Michael Ondaatje

Anils Geist

Roman

Aus dem Englischen
von Melanie Walz

Carl Hanser Verlag

Die Originalausgabe erschien erstmals
2000 unter dem Titel *Anil's Ghost*
bei McClelland & Stewart in Toronto.

3   4   5   04 03 02 01 00

ISBN 3-446-19917-9
© Michael Ondaatje 2000
Alle Rechte der deutschen Ausgabe:
© Carl Hanser Verlag München Wien 2000
Satz: Satz für Satz. Barbara Reischmann, Leutkirch
Druck und Bindung: Franz Spiegel Buch GmbH, Ulm
Printed in Germany

Vorbemerkung des Autors

Von der Mitte der achtziger Jahre des zwanzigsten Jahrhunderts bis in die frühen neunziger Jahre befand sich Sri Lanka in einer Krise, an der im wesentlichen drei Gruppierungen beteiligt waren: die Regierung, die regierungsfeindlichen Aufständischen im Süden der Insel und die separatistischen Guerillas im Norden. Aufständische und Separatisten hatten der Regierung den Krieg erklärt. Wie man weiß, führte dies zuletzt dazu, daß legale und illegale regierungsnahe Einheiten eingesetzt wurden, um mit den Separatisten und Aufständischen kurzen Prozeß zu machen.

Anils Geist ist ein Roman, der in dieser politischen und historischen Zeitspanne spielt. Organisationen und Ereignisse, die Episoden dieses Buches ähneln, hat es zweifellos gegeben, doch die Figuren und die Handlung dieses Romans sind erfunden.

Der Krieg in Sri Lanka wird heute in anderer Form fortgesetzt.

M. O.

1999

Auf der Suche nach Arbeit kam ich nach Bogala
Zweiundsiebzig Klafter tief fuhr ich in die Grube ein
Unsichtbar wie eine Fliege, von der Schachtöffnung aus nicht zu sehen

Erst wenn ich nach oben zurückkehre
Bin ich in Sicherheit ...

Gesegnet seien die Stützbalken unten im Schacht
Gesegnet sei das Rettungsrad am Ausgang der Mine
Gesegnet sei die Kette am Rettungsrad ...

Bergmannslied aus Sri Lanka

Wenn das Team um 5.30 Uhr morgens zum Fundort kam, warteten bereits ein, zwei Verwandte. Und sie wichen den ganzen Tag nicht von der Stelle, während Anil und die anderen arbeiteten; sie lösten einander ab, so daß immer einer von ihnen da war, als wollten sie verhindern, daß das Beweismaterial abermals verlorenging. Diese Totenwache, die vor halberkennbaren Körpern gehalten wurde.

Nachts war der Ort mit Plastikplanen abgedeckt, die von Steinen und Eisenstücken beschwert wurden. Die Familien wußten, wann die Wissenschaftler ungefähr erscheinen würden; sie entfernten die Abdeckung und näherten sich den halbvergrabenen Knochen, bis sie in der Ferne das Winseln des Vierradantriebs vernahmen. Eines Morgens entdeckte Anil den Abdruck eines nackten Fußes im Lehm. Ein andermal ein Blütenblatt.

Sie kochten Tee für das forensische Team. In den schlimmsten Stunden der guatemaltekischen Hitze hielten sie Umhänge oder Bananenblätter hoch, um Schatten zu spenden.

Immer herrschte die zwischneidige Furcht, das in der Grube könne ihr Sohn sein oder könne es nicht sein – was erneutes Suchen bedeutete. Stellte sich heraus, daß der Leichnam der eines Fremden war, dann erhob die Familie sich nach wochenlangem Warten und ging. Sie würden sich zu anderen Ausgrabungsorten in den Bergen im Süden begeben. Ihr verlorener Sohn konnte sich überall befinden.

Einmal gingen Anil und das übrige Team in der Mittagspause zu einem nahen Fluß, um sich zu erfrischen. Bei der Rückkehr sahen sie eine Frau in der Grabstätte sitzen. Sie hockte im Schneidersitz wie beim Gebet, die Ellbogen im Schoß, und blickte zu den Überresten der zwei Leichen hin-

unter. Bei einer Entführung im Vorjahr hatte sie Mann und Bruder verloren. Jetzt sah es aus, als lägen die Männer des Nachmittags schlafend nebeneinander auf einer Matte. Einst war sie das weibliche Verbindungsglied zwischen ihnen gewesen, diejenige, die sie zusammenbrachte. Jeden Nachmittag kehrten sie vom Feld zurück und traten in die Hütte, aßen das Essen, das sie ihnen bereitet hatte, und schliefen eine Stunde lang. Jeden Nachmittag der Woche war sie ein Teil davon.

Keine Worte, die Anil kennt, können das Gesicht dieser Frau schildern, nicht einmal für sie selbst. Den Schmerz der Liebe aber in jener Schulter wird sie nie vergessen, daran erinnert sie sich noch heute. Die Frau erhob sich, als sie sie kommen hörte, und trat zurück, um ihnen Platz zum Arbeiten zu lassen.

Sarath

Sie kam in den ersten Märztagen mit einem Flugzeug an, das vor Morgengrauen am Flughafen Katunayake landete. Seit sie die Westküste Indiens überquert hatten, waren sie mit der Dämmerung um die Wette geflogen, und nun traten die Passagiere im Dunkeln auf die geteerte Piste.

Als sie das Flughafengebäude verließ, war die Sonne aufgegangen. Im Westen hatte sie gelesen: *Die Morgendämmerung bricht an wie Donner*, und sie wußte, daß sie die einzige im Klassenzimmer gewesen war, die diese Wendung körperlich empfinden konnte. Obwohl es für sie nie unvermittelter Donner war. Es waren vor allem anderen die Geräusche von Hühnern und Karren und schüchternem Morgenregen oder das quietschende Zeitungspapier, mit dem ein Mann anderswo im Haus die Fenster putzte.

Sobald ihr Paß mit dem hellblauen UNO-Streifen abgestempelt war, näherte sich ein junger Beamter und ging neben ihr her. Sie mühte sich mit ihrem Gepäck ab, aber er bot keine Hilfe an.

»Wie lange waren Sie weg? Sie sind hier geboren, oder?«

»Fünfzehn Jahre.«

»Sprechen Sie noch Singhalesisch?«

»Ein bißchen. Ich hoffe, es macht Ihnen nichts aus, wenn ich unterwegs nicht rede. Ich habe Jet-lag. Ich will nur aus dem Fenster schauen. Vielleicht einen Toddy trinken, bevor es zu spät ist. Gibt es noch immer Gabriel's Saloon mit den Kopfmassagen?«

»Ja, in Kollupitiya. Ich habe seinen Vater gekannt.«

»Mein Vater hat seinen Vater auch gekannt.«

Ohne ein einziges Gepäckstück anzurühren, sorgte er da-

für, daß die Taschen in den Wagen geladen wurden. »Toddy!«
sagte er lachend und führte seinen Gedankengang fort. »Als
erstes nach fünfzehn Jahren. Die Heimkehr der verlorenen
Tochter.«

»Ich bin keine verlorene Tochter.«

Eine Stunde später verabschiedete er sich mit einem ener-
gischen Händedruck an der Tür des kleinen Hauses, das man
für sie gemietet hatte.

»Morgen ist ein Treffen mit Mr. Diyasena vorgesehen.«

»Danke.«

»Sie haben Freunde hier, oder?«

»Nicht wirklich.«

Anil war froh, allein zu sein. Über Colombo verstreut gab
es Verwandte, aber sie hatte ihnen nichts von ihrer Rückkehr
mitgeteilt. Sie förderte aus ihrer Handtasche eine Schlaf-
tablette zutage, schaltete den Ventilator ein, suchte einen Sarong aus und kroch ins Bett. Die Ventilatoren hatten ihr am
meisten gefehlt. Nachdem sie mit Achtzehn Sri Lanka verlassen hatte, bestand ihre einzige wirkliche Verbindung zu
dem Land in dem neuen Sarong, den ihre Eltern ihr jedes Jahr
zu Weihnachten schickten (und den sie pflichtschuldig trug),
sowie in Zeitungsausschnitten von Schwimmwettbewerben.
Anil war als Halbwüchsige eine begabte Schwimmerin gewesen, und darüber war ihre Familie nie hinweggekommen;
das Talent klebte ihr lebenslang an. Normalerweise konnte
man als Mitglied einer srilankischen Familie als renommier-
ter Cricketspieler eine geschäftliche Karriere auf dem eigenen
Können beim Werfen oder einem ehrenvoll gehaltenen Ball
beim Royal-Thomian Match begründen. Anil hatte mit Sechzehn das Wettschwimmen über zwei Meilen gewonnen, das
vom Mount Lavinia Hotel veranstaltet wurde.

Jedes Jahr rannten an die hundert Menschen ins Meer,
schwammen bis zu einer eineinhalb Kilometer entfernten Boje
und zurück zum Strand, woraufhin die schnellsten männlichen und weiblichen Teilnehmer etwa einen Tag lang die

Helden der Sportseiten waren. Es gab ein Foto von Anil, wie sie an jenem Januarmorgen aus der Brandung kam, das der *Observer* mit der Überschrift »Sieg für Anil!« veröffentlicht hatte und das ihr Vater in seinem Büro aufbewahrte. Jedes entfernte Familienmitglied hatte es studiert (in Australien, Malaysia und England ebenso wie auf der Insel), weniger ihres Sieges als ihres eventuellen gegenwärtigen oder künftigen guten Aussehens wegen. War sie um die Hüften herum etwas zu mollig?

Der Fotograf hatte Anils erschöpftes Lächeln auf dem Bild festgehalten, ihren erhobenen rechten Arm, bevor sie die Gummibademütze abnahm, ein paar unscharfe Nachzügler (früher hatte sie gewußt, wer sie waren). Das Schwarzweißfoto war in der Familie zu lange als Schatz gehütet worden.

Sie schob das Laken zum Fuß des Bettes und lag so im verdunkelten Zimmer, daß sie die Luftwellen spürte. Die Vergangenheit band sie nicht mehr an die Insel. In den letzten fünfzehn Jahren hatte sie ihren frühen Ruhm gründlich vergessen. Sie hatte Dokumente und Berichte voller Tragödien gelesen, und sie hatte lange genug in der Fremde gelebt, um Sri Lanka mit einem Blick aus weiter Ferne zu betrachten. Hier aber hatte man es mit einer moralisch komplizierteren Welt zu tun. Die Straßen waren noch immer Straßen, die Bürger blieben Bürger. Sie kauften ein, wechselten den Arbeitsplatz, lachten. Und doch waren die düstersten griechischen Tragödien harmlos neben dem, was hier geschah. Köpfe auf Pfählen. Skelette, die man aus einer Grube mit Kakaorückständen in Matale ausgegraben hatte. An der Universität hatte Anil Zeilen von Archilochos übersetzt – *In der Gastfreundschaft des Krieges überließen wir ihnen ihre Toten, auf daß sie sich unser erinnerten.* Doch hier gab es keine solchen Gesten den Familien der Toten gegenüber, nicht einmal die Information, wer der Gegner war.

Höhle 14 war einst der schönste Ort innerhalb einer Reihe buddhistischer Höhlentempel in der Provinz Shanxi. Wenn man ihn betrat, sah es aus, als wären gewaltige Salzblöcke fortgeschafft worden. Das Panorama der Boddhisatvas – die vierundzwanzig Reinkarnationen – war mit Äxten und Sägen aus den Wänden herausgehauen, mit roten Rändern, als versinnbildlichten sie den Einschnitt der Wunde.

»Nichts hat Bestand«, sagte Palipana zu ihnen. »Es ist ein alter Traum. Kunst verbrennt, löst sich auf. Und mit der Ironie der Geschichte geliebt zu werden – das ist nicht viel.« Er sagte es in seiner ersten Vorlesung zu seinen Archäologiestudenten. Er hatte über Bücher und Kunst gesprochen, darüber, daß der »Einfluß des Gedankens« oft als einziges überlebt.

Es war der Schauplatz eines ausgemachten Verbrechens. Köpfe vom Körper getrennt. Abgebrochene Hände. Keiner der Körper blieb übrig – alle Statuen waren in den Jahren nach ihrer Entdeckung 1918 durch japanische Archäologen verschwunden; westliche Museen hatten sofort die Boddhisatvas aufgekauft. Drei Torsi in einem Museum in Kalifornien. Ein Kopf verlorengegangen in einem Fluß südlich der Wüste Sind, nahe den Pilgerrouten.

Das königliche Nachleben.

Am zweiten Morgen ihres Aufenthalts wurde Anil gebeten, sich mit Studenten der Forensik im Kynsey Road Hospital zu treffen. Das war nicht der Grund ihres Kommens, aber sie erklärte sich einverstanden. Mr. Diyasena, den von der Regierung ausgewählten Archäologen, der mit ihr zusammen die Menschenrechtsuntersuchung durchführen sollte, hatte sie noch nicht zu sehen bekommen. Er hatte ihr ausrichten lassen, daß er nicht in der Stadt sei und sich bei ihr melden werde, sobald er nach Colombo zurückkehrte.

Der erste Leichnam, der hereingebracht wurde, war noch nicht lange tot; der Mann war ermordet worden, nachdem sie gelandet war. Als ihr klar wurde, daß es während ihres frühabendlichen Spaziergangs über den Markt von Pettah geschehen war, mußte sie sich zusammenreißen, damit ihre Hände nicht zitterten. Die zwei Studenten sahen einander an. Normalerweise übersetzte sie den Zeitpunkt eines Todes nie in eigene Lebenszeit, aber sie war noch immer mit der Frage beschäftigt, wieviel Uhr es jetzt in London war, in Toronto, in San Diego. Fünfeinhalb Stunden.

»Ist das etwa Ihre erste Leiche?« fragte einer der beiden.

Sie schüttelte den Kopf. »Die Knochen beider Arme sind gebrochen.« Da lag es nun vor ihr.

Sie blickte zu den jungen Männern auf. Es waren Studenten in den unteren Semestern, jung genug, um schockiert zu sein. Das machte die Frische des Leichnams. Er war noch ein Mensch. Meistens wurden die Opfer politischer Morde erst viel später gefunden. Sie tauchte jeden einzelnen seiner Finger in ein Gefäß mit blauer Lösung, damit sie sie auf Schnitte und Abschürfungen untersuchen konnte.

»Etwa zwanzig Jahre alt. Seit zwölf Stunden tot. Stimmen Sie mir zu?«

»Ja.«

»Ja.«

Sie wirkten nervös, sogar verängstigt.

»Wie heißen Sie noch mal?«

Sie sagten es.

»Wichtig ist, daß man die ersten Eindrücke laut aufsagt. Und dann überlegt. Vergessen Sie nie, daß Sie sich irren können.« (Schlug sie etwa einen belehrenden Ton an?) »Wenn Sie sich beim erstenmal geirrt haben, fangen Sie noch einmal von vorne an. Vielleicht fällt Ihnen etwas auf, was Sie übersehen hatten … Wie konnten sie die Arme und Handgelenke brechen, ohne die Finger zu verletzen? Das ist merkwürdig. Man hebt die Hände, um sich zu schützen. Normalerweise werden die Finger verletzt.«

»Vielleicht hat er gebetet.«

Sie hielt inne und sah den an, der gesprochen hatte.

Der nächste Leichnam, der gebracht wurde, hatte Trümmerbrüche am Brustkorb, was hieß, daß er aus großer Höhe – mindestens hundertfünfzig Meter – gefallen war, bevor er mit dem Bauch auf die Wasseroberfläche aufgetroffen war. Am ganzen Körper platt gedrückt. Das hieß aus einem Hubschrauber.

Am nächsten Morgen erwachte sie früh in dem für sie gemieteten Haus am Ward Place und ging in den dunklen Garten, den Lauten der Kohavögel nach, die geschäftig ihr Revier verteidigten und Ansprachen hielten. Sie trank im Stehen ihren Tee. Dann ging sie zur Hauptstraße, während leiser Regen einsetzte. Als ein dreirädriges Taxi neben ihr hielt, stieg sie ein. Das Taxi sauste los, quetschte sich in jede mögliche Lücke im dichten Verkehr. Sie hielt die Haltegurte fest umklammert; von den offenen Seiten des Wagens klatschte der Regen an ihre Knöchel. Im *bajaj* war es kühler als in einem klimatisierten Wagen, und ihr gefiel das kehlige Entengeschnatter der Hupen dieser Gefährte.

In diesen ersten Tagen in Colombo kam es ihr vor, als wäre sie bei Wetterumstürzen immer allein. Das Gefühl des Regens auf ihrem Hemd, der Geruch des naß werdenden Staubs. Wolken öffneten sich plötzlich, und die Stadt verwandelte sich in ein geselliges Dorf voller Leute, die den Regen begrüßten und sich laut verständigten. Oder sie nahmen den Regen zurückhaltender zur Kenntnis, falls es nur ein Schauer war.

Vor Jahren hatten ihre Eltern zu einem Abendessen eingeladen. Sie hatten den langen Tisch im verdorrten, ausgetrockneten Garten gedeckt. Es war Ende Mai, doch die Trockenheit hatte angehalten, und kein Monsun war in Sicht. Und plötzlich, gegen Ende des Essens, setzte der Regen ein. Anil erwachte in ihrem Zimmer, weil sie die Veränderung in der Luft spürte, lief zum Fenster und sah hinaus. Die Gäste rannten im prasselnden Regen hin und her und trugen antike Stühle ins Haus. Aber ihr Vater und die Frau neben ihm blieben draußen sitzen, um die neue Jahreszeit zu begrüßen, während um sie herum Erde zu Schlamm wurde. Fünf Minuten, zehn Minuten lang saßen sie da und unterhielten sich, um sicherzugehen, wie Anil dachte, daß es sich nicht lediglich um einen vorübergehenden Regenguß handelte, um sicherzugehen, daß es weiterregnen würde.

Hupen wie Entengeschnatter.

Der Regen fegte durch Colombo, als ihr *bajaj* auf dem Weg zur Archäologischen Behörde eine Abkürzung nahm. In den kleinen Läden wurden vereinzelt Lichter angezündet. Sie lehnte sich vor. »Zigaretten, bitte.« Sie beschrieben eine Kurve zum Gehsteig und hielten an, und der Fahrer rief etwas zu einem Laden hinüber. Ein Mann kam mit drei Sorten Zigaretten in den Regen hinaus, und sie wählte das Päckchen Gold Leaf und zahlte. Sie fuhren weiter.

Plötzlich war Anil froh, daß sie zurückgekehrt war, verschüttete Kindheitsgefühle wieder empfand. Als die Menschenrechtskommission in Genf einen forensischen Pathologen gesucht hatte, der bereit war, nach Sri Lanka zu gehen, hatte sie sich nur halbherzig beworben. Weil sie auf der Insel geboren war, hatte sie nicht erwartet, daß man sie nahm, obwohl sie inzwischen einen britischen Paß besaß. Außerdem schien es nicht allzu wahrscheinlich, daß ein Menschenrechtsexperte überhaupt ins Land gelassen wurde. Seit Jahren waren Beschwerden von Amnesty International und anderen Bürgerrechtsbewegungen in die Schweiz geschickt worden, wo sie wie Gletscher ruhten. Präsident Katugala sagte, er wisse nichts von irgendwelchen organisierten Gemetzeln auf der Insel. Unter dem Druck des Westens und um die dortigen Handelspartner zu beruhigen, fand sich die Regierung jedoch schließlich zu dem Angebot bereit, einheimische Behördenvertreter mit ausländischen Beratern gemeinsam einzusetzen, und Anil Tissera war die Forensikerin der Genfer Organisation, die in Colombo mit einem Archäologen zusammengeführt werden sollte. Das Projekt war auf sieben Wochen veranschlagt. In der Menschenrechtskommission versprach sich niemand viel davon.

Als sie die Archäologische Behörde betrat, hörte sie seine Stimme.

»*Oh – Sie sind die Schwimmerin!*« Ein breitschultriger Mann Ende Vierzig kam mit ausgestreckter Hand lässig näher. Sie hoffte, daß es nicht Mr. Sarath Diyasena war, aber er war es.

»Das ist lange her.«

»Trotzdem. Nein … vielleicht habe ich Sie in Mount Lavinia gesehen.«

»Tatsächlich?«

»Ich bin in St. Thomas zur Schule gegangen. Ebendort. Natürlich bin ich ein paar Jahre älter als Sie.«

»Mr. Diyasena … können wir das Thema Schwimmen auf sich beruhen lassen? Die Zeit ist seither nicht stehengeblieben, oder?«

»Richtig«, sagte er in einem gedehnten Singsang, der ihr vertraut werden sollte als unverkennbare Eigenart mit dem Ziel, Zeit zu gewinnen. Es erinnerte sie an das asiatische Nicken, dessen beinahe kreisförmige Bewegung auch ein Nein bedeuten konnte. Sarath Diyasenas wiederholtes »Richtig« war ein förmliches, unschlüssiges Einlenken höflichkeitshalber, das keineswegs ausschloß, daß das letzte Wort noch nicht gesprochen war.

Sie lächelte ihn an, um darüber hinwegzugehen, daß es ihnen gelungen war, schon im ersten Wortaustausch aneinanderzugeraten. »Ich freue mich wirklich, Sie kennenzulernen. Ich habe verschiedene Aufsätze von Ihnen gelesen.«

»Ich weiß, daß ich für Sie das falsche Gebiet habe. Aber wenigstens kenne ich die meisten Fundorte ...«

»Meinen Sie, wir können ein Frühstück bekommen?« fragte sie auf dem Weg zu seinem Wagen.

»Sind Sie verheiratet? Familie?«

»Weder verheiratet noch Schwimmerin.«

»Richtig.«

»Inzwischen kommen die Leichen jede Woche zum Vorschein. Der Terror erreichte 88 und 89 seinen Höhepunkt, aber er fing lange vorher an. Alle Seiten mordeten und versteckten die Beweise ihres Tuns. *Alle Seiten.* Es ist ein nichterklärter Krieg, und keine Partei will es sich mit den ausländischen Mächten verderben. Das Ergebnis sind Geheimbanden und Todesschwadronen. Nicht wie in Mittelamerika. Es war nicht nur die Regierung, die gemordet hat. Es gab und gibt noch immer drei feindliche Lager – eins im Norden, zwei im Süden –, die mit Waffen, Propaganda, Angst, raffinierter Reklame und Zensur operieren. Die moderne Waffen aus dem Westen einführen, aber auch Waffen selber herstellen. Und vor ein paar Jahren begannen Leute einfach zu verschwinden. Oder es wurden Tote gefunden, die man nicht identifizieren konnte, weil sie verbrannt worden waren. Schuld zuzuweisen ist aussichtslos. Und niemand weiß, wer die Opfer sind. Ich bin nur Archäologe. Der Zusammenschluß, den Ihr Ausschuß und die Regierung sich da ausgedacht haben, war nicht meine Idee – eine Rechtsmedizinerin und ein Archäologe, das ist ein abstruses Team, wenn Sie mich fragen. Das, womit wir hier zu tun haben, sind in der Mehrzahl der Fälle inoffizielle Hinrichtungen. Von den Aufständischen durchgeführt oder von der Regierung oder von den separatistischen Guerillas. Morde, die von allen Seiten begangen werden.«

»Ich könnte nicht sagen, wer am schlimmsten ist. Die Berichte sind grauenvoll.«

Er bestellte neuen Tee und sah auf das Essen, das serviert wurde. Sie hatte ausdrücklich Quark mit Jagrezucker bestellt. Als sie gegessen hatten, sagte er: »Kommen Sie, ich bringe Sie zum Schiff. Ich zeige Ihnen unseren Arbeitsplatz ...«

Die *Oronsay* war in den alten Tagen der Orientlinie ein Passagierkreuzer gewesen, mittlerweile aber aller brauchbaren Maschinenteile und der Luxusausstattung entblößt. Sie hatte einst zwischen Asien und England verkehrt – von Colombo nach Port Said, dann glitt sie durch die engen Tiefen des Suezkanals, und von dort fuhr sie weiter bis zu den Tilbury Docks. In den siebziger Jahren verkehrte sie nur noch auf lokalen Routen. Die Räume der Touristenklasse wurden für einen Frachtraum herausgerissen. Bis auf vereinzelte Ausnahmen wie arbeits- und abenteuerlustige Neffen von Aktionären der Schiffahrtslinie hatten Tee, Süßwasser, Kautschukerzeugnisse und Reis anspruchsvolle Passagiere abgelöst. Die *Oronsay* blieb ein Schiff des Orients, ein Schiff, das die Hitze Asiens ertragen konnte und in dessen Frachtraum noch immer die Gerüche von Salzwasser, Rost und Öl und der Duft von Tee hingen.

Die letzten drei Jahre hatte die *Oronsay* ohne Unterbrechung an einem unbenutzen Kai am Nordende des Hafens von Colombo vor Anker gelegen. Das imposante Schiff war mit dem Land weitgehend eins geworden und wurde vom

Kynsey Road Hospital als Lager und Werkstatt benutzt. Ein Teilbereich des umgewandelten Luxusliners war Sarath und Anil zugewiesen worden, denn die Krankenhäuser in Colombo hatten nicht genug Kapazität.

Sie verließen Reclamation Street und gingen die Laufplanke hoch.

Sie zündete ein Streichholz an; im dunklen Frachtraum bündelte sich das Licht und züngelte an ihrem Arm hoch. Sie sah den »schützenden« Baumwollstreifen um ihr linkes Handgelenk, bevor das Streichholz erlosch. In dem Monat, seit das *raksha bandhana* ihr während der *pirith*-Zeremonie einer Freundin angelegt worden war, hatte es seine rosa Farbe verloren. Wenn sie im Labor Gummihandschuhe anzog, wirkte der Stoff darunter noch blasser, wie in Eis eingeschlossen.

Neben ihr schaltete Sarath eine Taschenlampe ein, die er im Lichtschein ihres Streichholzes entdeckt hatte, und beide gingen hinter der Speiche zuckenden Lichts auf die Metallwand zu. Als sie sie erreichten, schlug er mit der flachen Hand fest dagegen, und sie hörten Bewegungen im Nebenraum, Ratten, die wegliefen. Er schlug nochmals an die Wand, und nochmals wiederholten sich die Geräusche. Anil murmelte: »Wie der Mann und die Frau, die aus dem Bett springen, als seine Frau nach Hause kommt...«, dann hielt sie inne. Sie kannte ihn nicht gut genug, um sich Witzeleien über die Institution der Ehe zu erlauben. Sie war im Begriff gewesen, hinzuzufügen: *Schatz, ich bin wieder da.*

Schatz, ich bin wieder da, sagte sie, wenn sie neben einer Leiche niederkauerte, um den Zeitpunkt des Todes zu bestimmen. Die Worte klangen je nach ihrer Stimmung sarkastisch oder zärtlich, wurden meist geflüstert, während sie die Hand ausstreckte und ihre Handfläche einen Millimeter über der Leiche hielt, um die Körperwärme zu spüren. *Die* Körperwärme, nicht mehr *seine*, nicht mehr *ihre*.

»Schlagen Sie noch mal hin«, forderte sie ihn auf.

»Ich nehme den Splitthammer.« Diesmal hallte das metallene Dröhnen im Dunkel, und als es erstarb, trat Stille ein.

»Schließen Sie die Augen«, sagte er. »Ich mache eine Schwefellampe an.« Doch Anil hatte nachts in Steinbrüchen unter schwefliger Helligkeit gearbeitet, in Kellern, die darin nackt erschienen waren. Das poröse Licht enthüllte einen großen Raum, die Überreste einer zusammengebrochenen Bartheke in der Ecke, hinter der sie später einen Lüster finden sollte. Hier würden sich der Lagerraum und das Labor befinden, klaustrophobisch anmutend, nach Lysol riechend.

Sie sah, daß Sarath bereits begonnen hatte, den Raum zu nutzen, um archäologische Funde unterzubringen. Überall befanden sich Stein- und Knochensplitter, in durchsichtige Plastikfolien verpackt, und festverschnürte Kisten. Na ja, sie war nicht hergekommen, um im Mittelalter herumzustöbern.

Er sagte etwas, was sie nicht hören konnte, während er Kisten aufsperrte und die Ausbeute einer vor kurzem erfolgten Grabung hervorholte.

»... großenteils sechstes Jahrhundert. Wir vermuten, daß es eine heilige Grabstätte für Mönche in der Nähe von Bandarawela war.«

»Wurden Skelette gefunden?«

»Bisher drei. Und versteinerte Holzgefäße aus der gleichen Zeit. Alles paßt ins gleiche Zeitschema.«

Sie zog ihre Handschuhe an und hob einen alten Knochen hoch, um sein Gewicht zu schätzen. Die Datierung schien zu stimmen.

»Die Skelette waren in Blätter und dann in Stoff gewickelt«, erklärte er. »Dann wurden Steine auf sie gelegt, die später durch die Rippenbögen in den Brustkorb gerutscht sind.«

Jahre nach der Bestattung eines Leichnams kam es zu leichten Veränderungen der Graboberfläche. Dann fiel der Stein in den Hohlraum, den das verwesende Fleisch hinterlassen hatte, als zeigte er das Entschwinden eines Geistes an. Es war eine Zeremonie der Natur, die Anil immer wieder berührend fand. Als Kind war sie einmal in Kuttapitiya auf das flache Grab eines eben erst beerdigten Huhns getreten, und durch ihr Gewicht war die Luft im Körper des toten Tiers zum Schnabel hinaus entwichen – ein unterdrücktes Quaken war ertönt, und sie war entsetzt zurückgesprungen, zutiefst verstört, und hatte die Erde weggescharrt, voller Furcht, das Tier blinzeln zu sehen. Aber es war tot, Sand in den Augen. Noch heute verfolgte Anil das Geschehen dieses Nachmittags. Sie hatte das Huhn wieder begraben und sich rückwärts gehend vom Grab entfernt.

Jetzt nahm sie ein Knochenstück von dem Haufen und rieb daran. »Stammt das von der gleichen Fundstätte? Sieht nicht nach sechstem Jahrhundert aus.«

»Das ganze Material stammt aus den Grabstätten der Mönche in der archäologischen Schutzzone. Kein Unbefugter hat Zutritt.«

»Aber dieser Knochen kann nicht aus der Zeit sein.«

Er hatte in seinem Tun innegehalten und beobachtete sie.

»Es ist ein Sperrgebiet, das von der Regierung überwacht wird. Die Skelette waren in den natürlichen Einbuchtungen der Höhlen von Bandarawela begraben. Ganze Skelette und einzelne Knochen. Wenig wahrscheinlich, dort etwas aus einer anderen Epoche zu finden.«

»Können wir hinfahren?«

»Ich denke schon. Ich will versuchen, eine Genehmigung zu bekommen.«

Sie kletterten auf das Schiffsdeck zurück, in Sonnenlicht und Lärm. Sie hörten Motorboote im Hauptkanal des Hafens von Colombo, Megafone, die laut über die verkehrsreichen Wasserstraßen plärrten.

An ihrem ersten freien Wochenende lieh sich Anil ein Auto und fuhr zu einem kleinen Dorf nicht weit hinter Rajagiriya. Sie parkte neben einem hinter Bäumen verborgenen Grundstück, das so klein war, daß Anil kaum glauben konnte, daß dort ein Haus stand. Große gefleckte Krotonblätter ergossen sich in den Hof. Es schien niemand dazusein.

Am Tag nach ihrer Ankunft hatte Anil einen Brief geschickt, aber keine Antwort erhalten. Sie wußte folglich nicht, ob die Fahrt möglicherweise vergebens war, ob das Schweigen Zustimmung bedeutete oder ob die Adresse nicht mehr stimmte. Sie klopfte; dann sah sie durch die Gitterstäbe des Fensters und drehte sich rasch um, als sie jemanden auf die Veranda kommen hörte. Anil erkannte die winzige bejahrte Frau fast nicht wieder. Sie standen einander gegenüber; Anil trat vor, um die Frau zu umarmen. In diesem Augenblick kam eine junge Frau aus dem Haus und beobachtete sie, ohne zu lächeln. Anil war sich des strengen Blicks bewußt, der die rührende Szene verfolgte.

Als Anil sich zurücklehnte, weinte die alte Frau, streckte die Hände aus und fuhr ihr übers Haar. Anil hielt sie an den Armen. Zwischen ihnen gab es eine verlorene Sprache. Sie küßte Lalitha auf beide Wangen, wobei sie sich zu ihr hinunterbeugen mußte, weil sie so klein und zerbrechlich war. Als sie sie losließ, wirkte die alte Frau wie gestrandet, und die junge Frau – *wer war sie?* – trat vor, führte sie zu einem Stuhl und ging. Anil saß neben Lalitha und hielt schweigend ihre Hand; es zog ihr das Herz zusammen. Auf dem Tisch neben ihnen stand eine große gerahmte Fotografie; Lalitha ergriff sie und reichte sie Anil. Lalitha als Fünfzigjährige, ihr Nichtsnutz von einem Ehemann und ihre Tochter mit zwei Säuglingen auf dem Arm.

Mit dem Finger deutete sie auf einen der Säuglinge und dann ins dunkle Hausinnere. Die junge Frau war also ihre Enkelin.

Die junge Frau brachte ein Tablett mit gezuckerten Keksen und Tee, und dann redete sie in Tamil auf Lalitha ein. Anil konnte gesprochenem Tamil nur sehr ungefähr folgen und reimte sich den Inhalt hauptsächlich aus der Sprechweise zusammen. Sie hatte einmal etwas zu einem Fremden gesagt, der ihren Worten mit verständnislosem Blick begegnet war, und man hatte ihr erklärt, daß der Zuhörer sie wegen mangelnder Betonung nicht verstanden hatte. Er hatte nicht gewußt, ob es sich um eine Frage, eine Feststellung oder eine Aufforderung handelte. Lalitha redete im Flüsterton; es schien ihr peinlich zu sein, daß sie Tamil sprach. Die Enkelin, die Anil nach dem Händeschütteln zur Begrüßung kaum eines Blicks würdigte, sprach mit lauter Stimme. Dann sah sie Anil an und sagte auf englisch: »Meine Großmutter will, daß ich Sie beide fotografiere. Zur Erinnerung an Ihren Besuch.«

Sie ging wieder ins Haus, kehrte mit einer Nikon zurück und wies die beiden an, näher zusammenzurücken. Sie sagte wieder etwas auf tamil und machte ein Foto, bevor Anil sich zurechtgesetzt hatte. Ein Foto schien zu genügen. An Selbstvertrauen mangelte es ihr offenbar nicht.

»Wohnen Sie hier?« fragte Anil.

»Nein. Das ist das Haus meines Bruders. Ich arbeite in den Flüchtlingslagern oben im Norden. Ich versuche, jedes zweite Wochenende herzukommen, damit er und seine Frau wegfahren können. Wie alt waren Sie, als Sie meine Großmutter das letztemal gesehen haben?«

»Ich war achtzehn. Seitdem bin ich weggewesen.«

»Leben Ihre Eltern hier?«

»Sie sind tot. Und mein Bruder ist fortgegangen. Nur die Freunde meines Vaters sind noch da.«

»Dann gibt es niemanden mehr, den Sie kennen?«

»Nur Lalitha. In gewisser Weise hat sie mich aufgezogen.« Anil hätte gern mehr gesagt, gesagt, daß Lalitha ihr als einzige konkrete Dinge beigebracht hatte.

27

»Sie hat uns alle aufgezogen«, sagte die Enkelin.

»Und Ihr Bruder, was –«

»Er ist ein ziemlich bekannter Popsänger!«

»Und Sie arbeiten in den Lagern ...«

»Seit vier Jahren.«

Als sie sich zu Lalitha zurückwandten, sahen sie, daß sie eingeschlafen war.

Sie betrat das Kynsey Road Hospital und fand sich in der Eingangshalle mitten in Gehämmer und Stimmenlärm wieder. Die Zementböden wurden herausgerissen und durch Fliesen ersetzt. Studenten und Lehrkräfte eilten an ihr vorbei. Niemand schien es zu stören, daß dieser Lärm für Patienten, die hergebracht wurden, um verbunden zu werden oder stabilisierende Medikamente zu erhalten, erschreckend oder ermüdend sein könnte. Noch schlimmer war die Stimme Dr. Pereras, des Oberarztes, der Ärzte und Assistenzärzte anbrüllte und als Drecksäue beschimpfte, weil sie nicht für Sauberkeit sorgten. Das Gebrüll war ein solcher Dauerzustand, daß es von den meisten, die hier arbeiteten, offenbar nicht mehr zur Kenntnis genommen wurde.

Er war ein kleiner dünner Mann und hatte wahrscheinlich nur einen einzigen Verbündeten im ganzen Haus, eine junge Pathologin, die ihn in Unkenntnis seines Rufes einmal um Hilfe gebeten und so aus der Fassung gebracht hatte, daß er freundlich zu ihr war. Seine übrigen Kollegen im Haus distanzierten sich von ihm mittels einer Flut anonymer Wandzettel und Anschläge. (Ein Anschlag verkündete, er werde in Glasgow wegen Mordes gesucht.) Perera verteidigte sich mit dem Argument, seine Mitarbeiter seien undiszipliniert, faul, dumm, unsauber und uneinsichtig. Nur wenn er sich in der Öffentlichkeit äußerte, brachte er intelligente und differenzierte Gedanken zur Politik und zu ihrem Zusammenhang mit forensischer Pathologie vor. Sein sanftmütigerer Zwillingsbruder schien dann mit ihm den Platz getauscht zu haben.

Anil hatte an ihrem zweiten Abend einen seiner Vorträge gehört und sich darüber gewundert, daß jemand mit solchen Ansichten einen so hohen Posten bekleidete. Doch jetzt im Krankenhaus, wo sie das Labor benutzen wollte, lernte sie den losgelassenen bissigen Hund kennen, der seine zweite Natur war. Sie stand mit offenem Mund da, während die erschöpften Ärzte, Angestellten, Arbeiter und herumlaufenden Patienten einen weiten Bogen um Perera machten und einen Kordon zwischen sich und diesem Zerberus schufen.

Ein junger Mann kam auf sie zu.

»Sie sind Anil Tissera, oder?«

»Richtig.«

»Sie haben das Stipendium für Amerika bekommen.«

Sie schwieg. Die fremdländische Berühmtheit wurde belagert.

»Können Sie einen kurzen Vortrag, dreißig Minuten, über Vergiftungen und Schlangenbisse halten?«

Sie wußten höchstwahrscheinlich genausoviel über Schlangenbisse wie sie, und sie war davon überzeugt, daß dieses Thema nicht zufällig gewählt worden war, sondern um das Gefälle zwischen der im Ausland Ausgebildeten und den Hiesigen zu nivellieren.

»Ja, einverstanden. Wann?«

»Heute abend?« sagte der junge Mann.

Sie nickte. »Sagen Sie mir in der Lunchpause, wo.« Das sagte sie, als sie einen Bogen um Perera beschrieb.

»*He, Sie!*«

Sie wandte sich um und sah den berüchtigten Oberarzt an.

»Sind Sie die Neue? Tissera?«

»Ja, Sir. Ich habe Ihren Vortrag vorgestern gehört. Es tut mir leid, daß ich –«

»Ihr Vater war ... warten Sie ... stimmt's?«

»Was ...«

»Ihr Vater war Nelson K. Tissera?«

»Ja.«

»Ich habe im Spittel's Hospital mit ihm gearbeitet.«

»Ja …«

»Sehen Sie sich diese *padayas* an! Sehen Sie nur diesen Abfall auf den Gängen! Das soll ein Krankenhaus sein? Diese verdammten Schweine, die reinste Latrine hier. Haben Sie gerade zu tun?«

Sie hatte zu tun, obwohl es nichts Unaufschiebbares war. Sie wollte sich unbedingt mit Dr. Perera unterhalten und Erinnerungen über ihren Vater austauschen, aber wenn er entkoffeiniert, ruhig und allein war, nicht mitten in einem Tobsuchtsanfall. »Ich habe leider einen Termin mit einem Regierungsbeamten, Sir. Aber ich bin noch eine Weile in Colombo. Ich hoffe, wir werden uns sehen.«

»Sie kleiden sich westlich, wie ich sehe.«

»Aus Gewohnheit.«

»Sie sind die Schwimmerin, stimmt's?«

Sie entfernte sich unter übertriebenem Nicken.

Sarath las ihre Postkarte mit der Schrift auf dem Kopf, als er ihr am Schreibtisch gegenübersaß. Unbewußte Neugier. Er war verwitterte Keilschrifttexte auf Stein gewohnt. Selbst im schattigen Licht der Archäologischen Behörde fiel ihm die Entzifferung nicht schwer.

Das vorherrschende Geräusch in der Behörde war gemessenes Schreibmaschinengeklapper. Anil hatte den Schreibtisch neben dem Kopierer bekommen, um den herum ständig Wehklagen ertönten, weil er nie richtig funktionierte.

»Gopal«, sagte Sarath in etwas lauterem Ton, und einer seiner Assistenten kam zum Schreibtisch.

»Zweimal Tee. Mit Bullenmilch.«

»Yessir.«

Anil lachte.

»Heute ist Mittwoch. Ihre Malariatablette.«

»Schon genommen.« Sarath' Fürsorglichkeit überraschte sie.

Der Tee wurde gebracht, bereits mit Kondensmilch angereichert. Anil nahm ihre Tasse in die Hand und beschloß, es zu wagen.

»Auf das Wohlergehen der Lakaien. Auf eine ruhmselige Regierung. Auf alle politischen Ansichten, die von ihrer eigenen Armee unterstützt werden.«

»Sie reden wie ein Journalist aus dem Ausland.«

»Diese Tatsachen kann ich nicht ignorieren.«

Er setzte seine Tasse ab. »Hören Sie, ich bin weder auf der einen noch auf der anderen Seite. Falls Sie das wissen wollen. Wie Sie sagen, jeder hat seine eigene Armee.«

Sie hob die Postkarte hoch und ließ sie zwischen ihren Daumen rotieren. »Entschuldigung. Ich bin müde. Den ganzen Vormittag habe ich Berichte im Büro der Bürgerrechtsbewegung durchgesehen. Nicht sehr ermutigend. Sollen wir heute abend essen gehen?«

»Ich kann nicht.«

Sie wartete auf eine Erklärung, aber mehr sagte er nicht. Nur sein Blick schoß zu einer Landkarte an der Wand, zum Bild des Vogels auf ihrer Postkarte. Während er weiter mit seinem Bleistift gegen den Tisch klopfte.

»Woher kommt dieser Vogel?«

»Oh ... nirgendwoher.« Auch sie konnte das Visier herunterlassen.

Eine Stunde später liefen sie durch den Regen, und als sie den Wagen erreichten, waren sie völlig durchnäßt. Er fuhr sie zum Ward Place und wartete mit laufendem Motor unter dem Säulenvordach, während sie ihre Sachen auf dem Rücksitz zusammensuchte. »Bis morgen«, sagte sie und schloß die Wagentür.

Im Haus entleerte Anil ihre Tasche auf dem Tisch, um die Postkarte zu finden. Die Botschaft, die ihre Freundin Leaf aus Arizona geschickt hatte, noch einmal zu lesen, verschaffte ihr Erleichterung. Eine Verbindung zum Westen. Sie ging in die Küche, in Gedanken abermals mit Sarath beschäftigt. Sie arbeitete seit Tagen mit ihm zusammen und konnte sich noch immer keinen Reim auf ihn machen. Er war ein hohes Tier in der regierungsabhängigen Archäologischen Behörde, und sie fragte sich, wie regierungsnah er selbst sein mochte. War er Auge und Ohr der Regierung, dafür zuständig, ihr bei der Menschenrechtsuntersuchung zu helfen und sie zugleich zu überwachen? Und für wen arbeitete sie, wenn es sich so verhielt?

Forensische Untersuchungen im Verlauf politischer Krisen waren, wie sie sehr wohl wußte, berüchtigt für ihre dreidimensionalen Schachzüge und heimlich getroffenen Vereinbarungen und frisierten Verlautbarungen »zum Wohle der Nation«. Im Kongo war eine Menschenrechtsbewegung zu weit gegangen, und ihre Daten waren über Nacht verschwunden, ihre Unterlagen verbrannt. Als wäre eine Stadt aus der Vergangenheit ein weiteres Mal verschüttet worden. Der Untersuchungskommission, in der Anil eine bescheidene Funktion als koordinierende Assistentin innehatte, blieb nichts anderes übrig, als das nächste Flugzeug zu besteigen und nach Hause zu fliegen. Soviel zum internationalen Einfluß der Genfer Behörde. Die großspurigen Abkürzungen auf den Briefköpfen und über den Portalen der europäischen Büros hatten an den Krisenherden nichts zu sagen. Wenn man von einer Regierung aufgefordert wurde, das Land zu verlassen, ging man. Man nahm nichts mit. Keinen Kasten mit Dias, keinen Meter Film. Während am Flughafen ihre Kleidung gefilzt worden war, hatte sie halbnackt auf einem Hocker gesessen.

Eine Postkarte von Leaf. Ein amerikanischer Vogel. Sie holte ein paar Koteletts und ein Bier aus dem Kühlschrank. Sie würde ein Buch lesen, eine Dusche nehmen. Später konnte sie zum Galle Face Green fahren und in einem der neueren Hotels etwas trinken und den betrunkenen Mitgliedern einer englischen Cricketmannschaft auf Tournee beim Karaokesingen zusehen.

War der Partner, den man ihr zugewiesen hatte, in diesem Krieg neutral? War er nur ein Archäologe, der seine Arbeit liebte? Am Tag zuvor hatte er ihr auf einer Fahrt in die Umgegend ein paar Tempel gezeigt, und als sie an einigen seiner Studenten vorbeikamen, die auf einem Ausgrabungsgebiet arbeiteten, hatte er sich ihnen fröhlich beigesellt und war schon bald damit beschäftigt, Glimmersplitter zu sammeln und den Studenten zu erklären, wo sie am ehesten Eisenstücke im Boden finden konnten, als wäre er von Natur aus mit der Gabe versehen, Dinge zu finden. Fast alles, was Sarath erfahren wollte, war mit dem Erdboden verbunden. Sie hatte ihn im Verdacht, daß er die soziale Welt um ihn herum für nebensächlich hielt. Sein größter Wunsch sei es, hatte er ihr erzählt, eines Tages ein Buch über eine Stadt im Süden der Insel zu schreiben, die es nicht mehr gab. Keine einzige Mauer war stehengeblieben, aber er wollte die Geschichte dieses Ortes erzählen. Sie würde sich aus diesem dunklen Handel mit der Erde ergeben, aus seinem Wissen um die Chroniken dieser Gegend – ihre mittelalterlichen Handelswege, ihre Existenz als bevorzugte Monsunstadt eines bestimmten Königs, wie es Gedichte erzählten, die das Alltagsleben der Stadt feierten. Er hatte einige Zeilen eines dieser Gedichte zitiert, die ihm sein Lehrer beigebracht hatte, ein Mann namens Palipana.

Das war Sarath in seinen lebendigsten Momenten, beinahe enthusiastisch, wie eines Abends nach einem Krebsessen in Mount Lavinia. Er stand vor der Brandung und beschrieb die Umrisse der Stadt mit den Händen, entwarf sie in der dunklen Luft. Durch die imaginären Linien, die er beschrieben hatte, konnte sie das Meer sehen, sein Wogen und Rollen, wie Sarath' unvermittelte Erregung, die sich auf sie übertrug.

Im ganzen Zug waren Polizeibeamte. Der Mann stieg mit einem Vogelkäfig in der Hand ein, der einen Hirtenvogel enthielt. Er ging mit flüchtigen Blicken auf die anderen Passagiere durch die Waggons. Es war kein Sitzplatz frei; er setzte sich auf den Boden. Er trug einen Sarong, Sandalen, ein T-Shirt mit Galle-Road-Aufdruck. Es war ein langsamer Zug, der sich durch Felspässe mühte und plötzlich in weite Landschaften vorstieß. Der Mann wußte, daß etwa eine Meile vor Kurunegala ein Tunnel kam, in dessen klaustrophobische Finsternis der Zug einbiegen mußte. Ein paar Fenster würden offenstehen – man benötigte die frische Luft, obwohl der Lärm unerträglich war. Sobald der Tunnel durchquert wäre und man wieder ins Sonnenlicht gelangte, würde man sich schon zum Aussteigen bereit machen.

Er stand auf, als der Zug in die Dunkelheit einfuhr. Ein paar Augenblicke lang gab es das schwache, trübe Licht der Glühbirnen, bevor sie flackernd erloschen. Er hörte den Vogel sprechen. Drei Minuten Dunkelheit.

Der Mann bewegte sich schnell zu der Stelle, wo, wie er sich erinnerte, der Regierungsbeamte saß, gleich neben dem Gang. Im Dunkeln riß er ihn an den Haaren zu sich her, schlang ihm die Kette um den Hals und begann ihn zu erdrosseln. Er zählte schweigend die Sekunden in der Dunkelheit. Als das Gewicht des Mannes gegen ihn fiel, traute er ihm noch immer nicht und ließ die Kette nicht los.

Er hatte noch eine Minute Zeit. Er stand auf und zog den Mann hoch. Er hielt ihn aufrecht in den Armen und bugsierte ihn zum nächsten offenen Fenster. Für eine Sekunde gingen die gelben Lichter flackernd an. Er hätte ein Bild aus dem Traum von jemandem sein können.

Er hob den Mann hoch und schob ihn durch die Fensteröff-
nung. Der Fahrtwind drückte Kopf und Schultern in den Zug
zurück. Er schob ihn weiter nach draußen und ließ ihn los,
und der Mann verschwand im Getöse des Tunnels.

Als Anil mit einer Gruppe von Forensikern in Guatemala arbeitete, flog sie nach Miami, um sich mit Cullis zu treffen. Sie kam erschöpft an, mit angespanntem Gesicht und ausgezehrtem Körper. Ruhr, Hepatitis, Denguefieber machten die Runde. Ihr Team aß in den Dörfern, in denen sie Leichen exhumierten; sie mußten essen, was man ihnen anbot, denn für sie zu kochen war die einzige Möglichkeit der Dorfbewohner, sich zu beteiligen. »Man betet um Bohnen«, murmelte sie, während sie die Arbeitskleidung auszog, in der sie abgeflogen war, um den letzten Flug nicht zu verpassen, und sich im Hotel zum erstenmal seit Monaten in die Badewanne legte. »Ceviche läßt man liegen. Wenn man es essen muß, kotzt man es so schnell wie möglich heimlich wieder aus.« Sie aalte sich im Mirakel eines Schaumbads und bedachte ihn mit einem müden Lächeln, froh, zu ihm gekommen zu sein. Er kannte diesen erschöpften und konzentrierten Blick, die schleppende, undeutliche Stimme, mit der sie ihre Geschichten erzählte.

»Ich habe selber noch nie vorher gegraben. Ich arbeite normalerweise nur im Labor. Aber wir haben draußen exhumiert. Manuel hat mir eine Bürste und ein Paar Stäbchen in die Hand gedrückt und gesagt, ich soll den Boden aufgraben und wegbürsten. Am ersten Tag haben wir fünf Skelette gefunden.«

Er saß auf dem Wannenrand und betrachtete sie, die Augen geschlossen, der Welt fern. Sie hatte sich die Haare kurz schneiden lassen. Sie war abgemagert. Er konnte sehen, daß sie sich noch mehr in ihre Arbeit verliebt hatte. Erschöpft, aber auch belebt davon.

Sie beugte sich vor und zog den Stöpsel heraus, und dann legte sie sich wieder zurück, um zu spüren, wie das Wasser um sie herum sank. Dann stand sie auf den Kacheln, und ihr Körper hielt passiv still, während er das Badetuch an ihre dunklen Schultern preßte.

»Ich weiß die Namen diverser Knochen im menschlichen Skelett auf spanisch«, prahlte sie. »Ich kann ein bißchen Spanisch – der hier heißt *omóplato*. Schulterblatt. *Maxilar superior* ist der Oberkiefer. *Occipucio* heißt das Hinterhauptbein.« Sie sprach undeutlich, als sei sie betäubt und versuche rückwärts zu zählen. »Die Leute, die an solchen Fundorten arbeiten, sind eine bunte Mischung. Starpathologen aus den USA, die nicht mal zum Salzstreuer greifen können, ohne unterwegs einer Frau an den Busen zu grapschen. Und Manuel. Er ist von dort und genießt folglich weniger Schutz als wir anderen. Er hat mal zu mir gesagt: *Wenn ich lange gegraben habe und müde bin und nicht mehr kann, dann denke ich daran, daß ich der in dem Grab sein könnte. Ich würde nicht wollen, daß der Ausgräber aufhört ...* Daran denke ich immer, wenn ich Schluß machen will. Ich schlafe im Stehen ein, Cullis. Ich kann nicht mal mehr reden. Lies mir was vor.«

»Ich habe etwas über norwegische Schlangen geschrieben.«

»Nein.«

»Lieber ein Gedicht?«

»Ja. Jederzeit.«

Doch Anil war bereits eingeschlafen, mit einem Lächeln auf dem Gesicht.

Cúbito. Omóplato. Occipucio. Cullis schrieb die drei Namen in sein Notizbuch; er saß am Tisch am anderen Ende des Zimmers. Sie lag im weißen Leinen der Bettwäsche verborgen. Ihre Hand bewegte sich unablässig, als bürste sie Erde weg.

Sie erwachte gegen sieben Uhr morgens im dunklen, heißen Zimmer und glitt nackt von dem großen Bett, in dem Cullis noch träumte. Das Labor fehlte ihr schon jetzt. Ihr fehlte die Anspannung, die sie durchfuhr, wenn die Lichter über den Aluminiumtischen eingeschaltet wurden.

Mit seinen bestickten Kissen und seinen Teppichböden hatte das Schlafzimmer in Miami die Atmosphäre einer Boutique. Anil trat ins Badezimmer und wusch sich das Gesicht, ließ sich etwas kaltes Wasser über die Haare laufen, war hellwach. Sie stellte sich unter die Dusche und drehte sie an, überlegte es sich aber nach einer Minute anders, weil sie einen Einfall hatte. Ohne sich vorher abzutrocknen, zog sie den Reißverschluß ihrer Reisetasche auf und entnahm ihr die große, veraltete Videokamera, die sie nach Miami mitgebracht hatte, um ein neues Mikrofon einbauen zu lassen. Es war eine aus zweiter Hand erstandene Fernsehkamera, die das forensische Team benutzte, ein Relikt aus den frühen achtziger Jahren. Sie arbeitete an Fundorten damit und hatte sich mit ihrem Gewicht und ihren Schwächen abgefunden. Sie steckte eine Kassette ein und hievte die Kamera auf ihre feuchte Schulter. Schaltete sie ein.

Sie begann mit einer Aufnahme des Zimmers, dann ging sie ins Badezimmer zurück und filmte sich kurz dabei, wie sie dem Spiegel zuwinkte. Eine Großaufnahme vom Stoff der Handtücher, eine Großaufnahme vom Wasser, das noch immer aus dem Duschkopf lief. Sie stellte sich aufs Bett und nahm Cullis' schlafenden Kopf auf, seinen linken Arm, der dahin ausgestreckt war, wo sie die ganze Nacht neben ihm gelegen hatte. Ihr Kissen. Wieder Cullis, sein Mund, seine schönen Rippen, jetzt zurück vom Bett auf Bodenniveau, ohne zu wackeln, bis zu seinen Knöcheln. Ging dann rückwärts und nahm ihre Kleider auf dem Boden auf, danach den Tisch mit seinem Notizbuch. Großaufnahme des Geschriebenen.

Sie nahm die Kassette aus dem Gerät und begrub sie unter der Kleidung in seinem Koffer. Die Kamera packte sie in ihre Tasche zurück, und dann legte sie sich wieder neben ihn ins Bett.

Sie lagen im Sonnenlicht im Bett. »Ich kann mir deine Kindheit nicht vorstellen«, sagte er. »Du bist für mich ganz fremd. *Colombo*. Geht es dort gemächlich zu?«

»Drinnen ja. Draußen herrscht Hektik.«

»Du fährst nicht hin.«

»Nein.«

»Ein Freund von mir war in Singapur. Klimatisiert, wo man steht und geht! Er sagte, es sei, wie wenn man eine Woche bei Selfridges eingesperrt wäre.«

»Ich vermute, die Leute in Colombo hätten nichts dagegen, bei Selfridges eingesperrt zu sein.«

Ihr gemeinsames Leben war am besten in diesen kurzen ruhigen Zeiträumen, wenn sie sich nach dem Liebesakt im Dunkeln schläfrig unterhielten. Für ihn war sie wach und amüsant und schön, für sie war er verheiratet, immer interessant, ununterbrochen in der Defensive. Zwei von drei Dingen waren nicht gut.

Einmal waren sie sich in Montreal begegnet. Anil besuchte dort eine Tagung, und Cullis hatte sie in der Hotelhalle angesprochen.

»Ich verzieh mich«, hatte sie gesagt. »Es reicht jetzt!«

»Gehst du mit mir essen.«

»Ich habe schon etwas vor. Ich will den Abend mit Freunden verbringen. Komm doch mit. Wir haben tagelang über Papierbergen gebrütet. Ich kann dir das schlechteste Essen von Montreal versprechen, wenn du mit mir kommst.«

Sie fuhren durch Vororte.

»Sprichst du Französisch?« fragte er.

»Nein. Nur Englisch. Ich kann ein bißchen Singhalesisch schreiben.«

»Ist das dein kultureller Hintergrund?«

Ein namenloser Platz erschien neben der Schnellstraße, und sie parkte unter dem blinkenden Lichtschein eines Bowlerama. »Hier wohne ich«, sagte sie. »Im Westen.«

Cullis wurde mit sieben weiteren Anthropologen bekannt gemacht, die ihn eingehend beäugten und sein Auftreten taxierten, um festzustellen, ob er für ihr Team zu gebrauchen war. Sie schienen von überall her zu kommen. Sie waren von Europa und Mittelamerika nach Montreal geflogen und hatten sich genau wie Anil vor einem abermaligen Diavortrag gedrückt, um jetzt Bowling zu spielen. Aus einem Automaten tröpfelte schlechter Rotwein in kleine Pappbecher wie beim Zahnarzt, er wurde von ihnen in großer Geschwindigkeit zusammen mit Kartoffelchips, Essig und Hummus aus der Dose konsumiert. Ein Paläontologe kümmerte sich um die computergesteuerten Punkteanzeigen, und keine zehn Minuten später hüpften diese medizinischen Kapazitäten – wahrscheinlich die einzigen Kunden im Bowlerama, die nicht Französisch sprachen – wie Kobolde in ihren Bowlingschuhen herum und schrien sich heiser. Es wurde um die Wette gemogelt. Bowlingkugeln wurden aufs Parkett fallen gelassen. Cullis dachte sich, daß er nie und nimmer seinen irgendwann toten Körper von so unfähigen Leuten anfassen lassen wollte, die so viele Fehler beim Bowling machten. Je länger sie spielten, um so häufiger liefen er und Anil aufeinander zu, um einander zu gratulieren und zu umarmen. Er kam sich schwerelos in seinen gesprenkelten Bowlingschuhen vor, er warf die Kugel, ohne zu zielen, und traf etwas, was wie ein Eimer voller Nägel klang. Sie kam zu ihm und küßte ihn vorsichtig, aber absichtsvoll hinten auf den Hals. Sie verließen das Lokal Arm in Arm.

»Irgendwas muß in dem Hummus gewesen sein. War das überhaupt Hummus?«

»Ja«, sagte sie lachend.

»Ein wohlbekanntes Aphrodisiakum ...«

»Ich werde niemals mit dir schlafen, wenn du sagst, daß du den Musiker nicht magst, der früher anders ... Küß mich hierhin. Hast du einen komplizierten zweiten Vornamen, den ich auswendig lernen muß?«

»Biggles.«

»Biggles? So wie in *Biggles fliegt in den Osten* und *Biggles macht ins Bett*?«

»Ja, genauso. Mein Vater ist mit diesen Büchern aufgewachsen.«

»Ich wollte nie einen Biggles heiraten. Ich wollte immer einen Kesselflicker heiraten. Ich liebe dieses Wort ...«

»Kesselflicker heiraten nicht. Jedenfalls nicht die echten.«

»Du bist verheiratet, stimmt's?«

Im Schiffslabor im Hafen schlitzte sie sich eines Abends, als sie dort allein arbeitete, mit einem Chirurgenmesser den Daumen auf. Sie goß aseptische Lösung über die Wunde und verband sie; dann beschloß sie, auf dem Nachhauseweg das Krankenhaus aufzusuchen; sie wollte nicht, daß die Wunde sich infizierte – die Ratten, die ständig auf der Lauer lagen, liefen möglicherweise über die Instrumente, wenn sie und Sarath nicht da waren. Sie war müde und hielt ein nächtliches *bajaj* an, das sie vor der Notaufnahme absetzte.

Etwa fünfzehn Personen saßen und lagen auf den langen Bänken. Hin und wieder schlenderte ein Arzt herein, machte dem nächsten Patienten ein Zeichen und verschwand mit ihm. Sie wartete über eine Stunde lang und gab es schließlich auf, weil immer mehr Verwundete von der Straße hereinkamen und ihre Verletzung daneben immer unbedeutender erschien. Aber das war nicht der Grund, warum sie ging. Ein Mann in schwarzem Mantel kam herein und setzte sich mit blutbefleckter Kleidung zwischen die anderen. Schweigend saß er da und wartete darauf, daß ihm jemand half, ohne sich die Mühe zu geben, wie die anderen eine Nummer zu ziehen. Irgendwann waren neben ihm drei Sitzplätze frei, und er streckte sich aus, zog seinen schwarzen Mantel aus und benutzte ihn als Kissen, doch er konnte nicht einschlafen, und seine geöffneten Augen starrten Anil über den Raum hinweg an.

Sein Gesicht war von dem Blut am Mantel gerötet und feucht. Er setzte sich auf, holte ein Buch aus der Tasche und begann sehr schnell zu lesen, wendete die Seiten, erfaßte den Text auf der Stelle. Er schluckte eine Tablette und legte sich wieder hin, und diesmal nickte er ein, vergaß Lage und Umgebung. Eine Krankenschwester trat auf ihn zu und berührte ihn an der Schulter; er bewegte sich nicht, und sie nahm ihre Hand nicht fort. An all das sollte sich Anil später deutlich erinnern. Dann erhob er sich, steckte das Buch ein, berührte einen der anderen Patienten und verschwand mit ihm. Er war Arzt. Die Krankenschwester nahm den Mantel und brachte ihn weg. Das war der Augenblick, als Anil ging. Wenn sie nicht mehr unterscheiden konnte, wer in einem Krankenhaus Arzt und wer Patient war, was wollte sie dann dort?

Der Nationalatlas von Sri Lanka weist dreiundsiebzig Versionen der Insel auf – jede Tafel enthüllt nur einen Aspekt, eine Obsession: Regendichte, Winde, Wassergehalt der Seen, die kostbareren Grundwasserreserven tief im Erdinneren.

Die alten Abbildungen zeigen Erzeugnisse und einstige Königreiche des Landes; die neuen zeigen Abstufungen von Reichtum, Armut und Bildung.

Die geologische Karte zeigt an, daß es im Muthurajawelasumpf südlich von Negombo Torf gibt, Korallen an der Küste zwischen Ambalangoda und Dondra Head und Perlenmuschelbänke weiter draußen im Golf von Mannar. Unter der Haut der Erde befinden sich noch ältere Ablagerungen von Glimmer, Zirkon, Thorianit, Pegmatit, Arkose, Topas, Kalksteinrotlehm, Dolomitmarmor. Graphit bei Paragoda, grüner Marmor bei Katupita und Ginigalpelessa. Schieferton bei Andigama. Kaolin oder Porzellanerde bei Boralesgamuwa. Graphitoid in Adern und Schuppen – Graphit höchster Reinheit (siebenundneunzig Prozent Kohlenstoff), wie er in Sri Lanka hundertsechzig Jahre lang abgebaut wurde, vor allem während der zwei Weltkriege, sechstausend Gruben über das Land verteilt, die größten davon bei Bogala, Kahatagaha und Kolongaha.

Ein anderes Blatt zeigt nichts anderes als die Vogelpopulation. Zwanzig der vierhundert auf Sri Lanka heimischen Vogelspezies, darunter die Rotschnabelkitta, der Strauchschmätzer, die sechs Familien des Bülbül, die Elsterdrossel mit ihrem verhaltenen Ruf, die Krickente, die Löffelente, Stiftbekassinen, Koromandelrennvögel und Steppenweihen hoch in den Wolken. Auf der Reptilienkarte finden sich die Stellen eingezeichnet, wo die Grüne Grubenotter Pala polanga vorkommt, die im Hellen – wo sie nicht gut sieht – blindlings angreift, mit gefletschten Giftzähnen dorthin schnellt, wo sie Menschen vermutet, wieder und wieder einer plötzlich lautlosen und furchterfüllten Stille entgegen.

Meeresumschlossen, erfährt das Land zwei Grundformen des Monsuns – das sibirische Hoch während des Winters der Nordhalbkugel und das Maskarenenhoch während des Winters der südlichen Halbkugel. Die Nordostpassate wehen von Dezember bis März, die Südwestwinde von Mai bis September. In den anderen Monaten bewegen sich milde Seewinde tagsüber landeinwärts und nachts in umgekehrte Richtung.

Es gibt Karten, die Isobare und Höhen verzeichnen. Ortsnamen kommen nicht vor. Nur die unbekannte und von niemandem besuchte Stadt Maha Illupalama findet sich hin und wieder verzeichnet, weil das Meteorologische Amt dort in den dreißiger Jahren, in Zeiten, die heute mittelalterlich anmuten, Winde und Regenmengen und Luftdruck maß und registrierte. Flußnamen kommen nicht vor. Keine Darstellungen menschlichen Lebens.

*K*umara Wijetunga, 17. 6. November 1989. Gegen 11.30 Uhr von zu Hause.

Prabath Kumara, 16. 17. November 1989. Um 3.20 Uhr morgens aus dem Haus eines Freundes.

Kumara Arachchi, 16. 17. November 1989. Gegen Mitternacht von zu Hause.

Pradeep Udagama, 16. 20. November 1989. Gegen 2.00 Uhr von zu Hause.

Manelka da Silva, 17. 1. Dezember 1989. Beim Cricketspielen vom Spielfeld des Embilipitiya Central College.

Jatunga Goonesenha, 23. 11. Dezember 1989. Um 10.30 Uhr vor seinem Haus, während er sich mit einem Freund unterhielt.

Pravantha Handuwela, 17. 17. Dezember 1989. Gegen 10.15 Uhr in der Nähe der Autoreifenhandlung von Embilipitiya.

Prasanna Jayawarno, 17. 18. Dezember 1989. 15.30 Uhr in der Nähe des Chandrika-Stausees.

Podi Wickramage, 49. 19. Dezember 1989. Um 7.30 Uhr auf dem Weg in die Innenstadt von Embilipitiya.

Narlin Gooneratne, 17. 26. Dezember 1989. Gegen 17.00 Uhr in einem Teeausschank in unmittelbarer Nähe des Militärstützpunkts Serena.

Weeratunga Samaraweera, 30. 7. Januar 1990. Gegen 17.00 Uhr auf dem Weg zum Baden in Hulandrawa Panamura.

Die Farbe eines Hemdes. Das Muster des Sarongs. Der Zeitpunkt des Verschwindens.

In den Büros der Bürgerrechtsbewegung im Nadesan Centre befanden sich die Bruchstücke der gesammelten Informationen, die festhielten, wann ein Sohn, ein jüngerer Bruder, ein Vater zuletzt gesehen worden war. In den angstvollen Briefen der Verwandten fanden sich die Einzelheiten wie Ort, Uhrzeit, Kleidung, Aktivität ... *Auf dem Weg zum Baden. Während er sich mit einem Freund unterhielt ...*

Im Schatten von Krieg und Politik kam es zu surrealen Verkehrungen von Ursache und Wirkung. In einem Massengrab, das 1985 in Naipattimunani entdeckt wurde, fand man blutbefleckte Kleidung, die ein Vater als die von seinem Sohn zum Zeitpunkt seiner Festnahme und seines Verschwindens getragene identifizierte. Als in einer Hemdtasche ein Ausweis gefunden wurde, ließ die Polizei die Ausgrabung auf der Stelle unterbrechen, und am nächsten Tag wurde der Vorsitzende des Bürgerrechtskomitees – der die Polizei zum Fundort der Leichen geführt hatte – verhaftet. Das Schicksal der anderen Toten in diesem Grab in der östlichen Provinz – wie sie gestorben waren, wer sie waren – wurde nie enthüllt. Der Leiter eines Waisenhauses, der Fälle von Ermordung meldete, wurde ins Gefängnis gesperrt. Ein Anwalt, der sich in der Menschenrechtsbewegung engagierte, wurde erschossen, und die Leiche wurde von Armeeangehörigen beseitigt.

Anil hatte vor ihrer Abreise aus den USA Berichte eingesehen, die von verschiedenen Menschenrechtsorganisationen zusammengestellt worden waren. Die ersten Untersuchungen hatten keine Festnahmen zur Folge gehabt, der Protest der Organisationen war nicht einmal bis in die mittleren Etagen von Polizei oder Regierung vorgedrungen. Hilfeersuchen von Eltern, deren halbwüchsige Kinder spurlos verschwunden waren, bewirkten nichts. Dennoch sammelte man unermüdlich jegliche Indizien, kopierte alles, woran man sich im Windsturm der Neuigkeiten festhalten konnte, und schickte es den Fremden in Genf.

Anil nahm Berichte in die Hand und öffnete Aktenordner, die Entführungen und Morde auflisteten. Das letzte, womit sie sich jeden Tag abgeben wollte, war so etwas. Und jeden Tag gab sie sich damit ab.

Seit 1983 herrschte ein Dauerausnahmezustand, gab es Überfälle aus rassistischen Motiven und politische Morde. Der Terrorismus der separatistischen Guerillagruppen, die für einen eigenen Staat im Norden der Insel kämpften. Die Erhebung der Aufständischen gegen die Regierung im Süden. Der Gegenterrorismus der Sondereinheiten gegen beide Bewegungen. Die Entsorgung von Leichen durch Verbrennen. Die Entsorgung von Leichen in Flüsse und ins Meer. Das Verstecken und Wiederbegraben von Leichen.

Es war ein hundertjähriger Krieg mit moderner Waffentechnik, unterstützt von Leuten hinter den Kulissen im sicheren Ausland, ein Krieg, den Waffen- und Drogenschmuggler schürten. Es war nicht länger zu übersehen, daß politische Gegner sich bei heimlichen Waffengeschäften die Hand reichten. *Der Grund des Krieges war Krieg.*«

Sarath fuhr Richtung Osten nach Bandarawela hinauf, wo die drei Skelette gefunden worden waren. Er und Anil hatten Colombo vor Stunden verlassen und befanden sich jetzt im Gebirge.

»Wissen Sie, ich würde Ihnen eher glauben können, wenn Sie hier lebten. Sie können nicht einfach auf der Bildfläche erscheinen, eine Entdeckung machen und wieder verschwinden.«

»Sie wollen, daß ich mich selbst zensiere.«

»Ich will, daß Sie die archäologischen Begleitumstände eines Fundes begreifen. Sonst sind Sie nicht besser als einer dieser Journalisten, die Berichte über entsetzliche Zustände verfassen, ohne einen Fuß aus dem Galle Face Hotel zu setzen. Dieses verlogene Mitgefühl und Moralisieren.«

»Sie haben mit Journalisten offenbar nicht die besten Erfahrungen gemacht.«

»So präsentiert man uns dem Westen. Hier ist es anders, gefährlich. Manchmal sind Recht und Gesetz auf der Seite der Macht, nicht der der Wahrheit.«

»Seit ich hier bin, habe ich das Gefühl, auf der Stelle zu treten. Türen, die mir geöffnet werden sollten, schlägt man mir vor der Nase zu. Offiziell sollen wir Fälle von Verschwinden aufklären. Aber die Behörden lassen mich vor der Tür stehen. Was wir hier tun, scheint mir eine reine Alibiveranstaltung zu sein.« Dann sagte sie: »Das Knochenstück, das ich am ersten Tag im Frachtraum gefunden habe – Sie wußten, daß es nicht alt war, oder?«

Sarath schwieg. Sie fuhr fort: »In Mittelamerika gab es einen Bauern, der zu uns sagte: *Als Soldaten unser Dorf abgebrannt haben, sagten sie, Recht und Gesetz verlangten es, und deshalb dachte ich, Recht und Gesetz bedeuten, daß die Armee das Recht hat, uns zu töten.«*

»Nehmen Sie sich in acht mit dem, was Sie sagen.«

»Und zu wem ich es sage.«

»Ja, damit auch.«

»Man hat mich eingeladen.«

»Internationale Untersuchungen haben nicht viel zu sagen.«

»War es schwierig, die Genehmigung zu erlangen, daß wir am Ausgrabungsort arbeiten dürfen?«

»Es war schwierig.«

Sie hatte seine Worte über die Archäologie auf diesem Teil der Insel aufgezeichnet. Jetzt wanderte ihre Unterhaltung zu anderen Themen, und nach einer Weile fragte sie ihn nach dem »silbernen Präsidenten«, wie Präsident Katugala seines weißen Haarschopfs wegen im Volksmund hieß. Wie war Katugala wirklich? Sarath sagte nichts, dann langte er zu ihr hinüber und nahm den Kassettenrecorder von ihrem Schoß. »Ist Ihr Gerät aus?« Er vergewisserte sich, daß es ausgeschaltet war, bevor er ihre Frage beantwortete. Das letztemal hatte sie das Gerät vor mehr als einer Stunde benutzt; seither lag es von ihr vergessen da. Aber er hatte es nicht vergessen.

Sie verließen die Straße und fuhren zu einem Rasthaus, wo sie etwas zu essen bestellten; sie setzten sich ins Freie, mit Blick über ein tiefes Tal.

»Sehen Sie den Vogel dort, Sarath.«

»Ein Bülbül.«

Sie versetzte sich in die Position des Vogels, der sich in die Luft schwang, und ihr wurde mit einemmal schwindelig, als sie sich klarmachte, wie hoch sie sich über dem Tal befanden, das sich wie ein grüner Fjord unter ihnen erstreckte. In der Ferne schimmerte die Ebene weißgebleicht, so daß sie wie das Meer aussah.

»Sie kennen sich mit Vögeln aus, nicht wahr?«

»Ja. Meine Frau kannte sich gut aus.«

Anil schwieg und wartete, daß er weitersprach oder demonstrativ das Thema wechselte. Aber er sagte nichts.

»Wo ist Ihre Frau?« fragte sie schließlich.

»Ich habe sie vor ein paar Jahren verloren. Sie ist – sie hat sich umgebracht.«

»O Gott. Das tut mir leid. Sarath, es tut mir wirklich ...«

Sein Gesicht hatte einen undurchdringlichen Ausdruck angenommen. »Sie hatte mich ein paar Monate zuvor verlassen.«

»Es tut mir leid, daß ich gefragt habe. Ich frage dauernd, ich bin zu neugierig. Ich mache die Leute wahnsinnig.«

Später, im Wagen, um das noch längere Schweigen zu brechen: »Haben Sie meinen Vater gekannt? Wie alt sind Sie?«

»Neunundvierzig«, sagte Sarath.

»Ich bin dreiunddreißig. Kannten Sie ihn?«

»Nur dem Namen nach. Er war um einiges älter als ich.«

»Ich habe immer gehört, daß er als Frauenheld galt.«

»Das habe ich auch gehört. Wenn jemand Charme hat, wird das von ihm behauptet.«

»Ich glaube, es stimmte. Ich wünschte nur, ich wäre damals älter gewesen – um von ihm lernen zu können. Ich wünschte, ich hätte von ihm gelernt.«

»Es gab einen Mönch«, sagte Sarath. »Er und sein Bruder waren die besten Lehrer, die ich je hatte, und das lag daran, daß sie mich als Erwachsenen lehrten. Wir brauchen auch Eltern, wenn wir alt sind. Ich sah ihn ein-, zweimal im Jahr, wenn er nach Colombo kam, und irgendwie half er mir, einfacher zu werden, mehr Klarheit zu finden. Nārada lachte gern. Er lachte über meine Schwächen. Ein Asket. Wenn er in der Stadt war, wohnte er in einem Zimmerchen in einem Tempel. Ich besuchte ihn auf eine Tasse Kaffee, er saß auf dem Bett, ich saß auf dem einen Stuhl, den er aus dem Flur holte. Und wir redeten über Archäologie. Er hatte einige Flugschriften auf singhalesisch geschrieben, aber sein Bruder Palipana war die eigentliche Berühmtheit auf diesem Gebiet, obwohl es nie Eifersucht oder Neid zwischen ihnen zu geben schien. Nārada und Palipana. Zwei brillante Brüder. Beide waren meine Lehrer.

Die meiste Zeit lebte Nārada in der Nähe von Hambantota. Meine Frau und ich besuchten ihn dort. Man wanderte über heiße Dünen und stand plötzlich vor der kleinen Kommune für arbeitslose Jugendliche, die er am Meer begründet hatte.

Seine Ermordung hat uns alle aufgewühlt. Er wurde in seinem Zimmer im Schlaf erschossen. Mir sind Freunde gestorben, die in meinem Alter waren, aber dieser alte Mann fehlt mir mehr als sie. Vielleicht habe ich erwartet, daß er mich lehrt, alt zu sein. Wie auch immer, einmal im Jahr, an seinem Todestag, kochten meine Frau und ich sein Lieblingsessen und fuhren nach Süden in das Dorf, in dem er gelebt hatte. An diesem Tag waren wir uns immer besonders nahe. Und ihn machte es ewig – ›beständig‹ wäre vielleicht treffender –, man spürte, daß er da war, bei den Jungen in der Kommune, die sich auf den *mallung* und die Desserts aus Kondensmilch stürzten, die er so gern aß.«

»Ich habe meine Eltern nie wiedergesehen. Sie starben bei einem Autounfall, nachdem ich Sri Lanka verlassen hatte.«

»Ich weiß. Ihr Vater hatte einen guten Ruf als Arzt.«

»Ich sollte praktische Ärztin werden, bin aber zur Forensik abgewandert. Wollte damals wahrscheinlich nicht in seine Fußstapfen treten. Und als beide tot waren, wollte ich nicht hierher zurückkommen.«

Sie hatte geschlafen, als er ihren Arm berührte.

»Dort unten sehe ich einen Fluß. Sollen wir schwimmen gehen?«

»Hier?«

»Dort drüben am Fuß des Hügels.«

»O ja! Liebend gern. Ja!« Sie holten Handtücher aus ihren Reisetaschen und kletterten zum Fluß hinunter.

»Das habe ich seit Jahren nicht mehr gemacht.«

»Es wird kalt sein. Wir sind oben in den Bergen, über fünf-hundert Meter hoch.«

Er ging voran, sportlicher, als sie erwartet hätte. Na ja, er ist schließlich Archäologe, dachte sie. Er erreichte den Fluß und verschwand hinter einem Felsen, um sich umzuziehen. Sie rief: »Ich ziehe schnell mein Kleid aus!«, damit er nicht auf die Idee kam, zurückzukommen. »Ich schwimme in der Unterwäsche.« Anil nahm wahr, wie dunkel es um sie herum auf dem waldigen Abhang war, doch dann sah sie, daß sie zu einem Becken voller Sonnenlicht weiter unten schwimmen konnten.

Als sie zum Wasser kam, schwamm er bereits und sah zu den Bäumen auf. Sie machte zwei Schritte vorwärts auf den spitzen Steinen und sprang mit einer Bauchlandung hinein. »Oh, ein Profi«, hörte sie ihn in seinem leicht schleppenden Ton sagen.

Das Prickeln, das das kalte Wasser auf ihrer Haut verursachte, hielt während der letzten Etappe ihrer Fahrt an – Gänsehaut auf den Unterarmen, die feinen Härchen gesträubt. Sie waren den Abhang hochgestiegen, dem Licht und der Hitze entge-gen, und sie hatte sich neben dem Wagen im Stehen die Haare getrocknet, indem sie sie mit den Händen fächerte. Sie hatte ihre nasse Unterwäsche in das Handtuch gerollt und trug auf der Weiterreise in die Berge nur ihr Kleid.

»In dieser Höhe bekommt man Kopfschmerzen«, sagte Sarath. »In Bandarawela gibt es ein anständiges Hotel, aber wir wollen lieber in einem Rasthaus unseren Arbeitsplatz auf-schlagen, was meinen Sie? So brauchen wir uns von unserer Ausrüstung und unseren Funden nicht zu trennen.«

»Der Mönch, von dem Sie mir erzählt haben. Wer hat ihn ermordet?«

Sarath sprach weiter, als hätte er sie nicht gehört. »Und wir wollen uns nicht zu weit vom Fundort entfernen ... Es wurde gemunkelt, Nāradas Ermordung sei von seinem eigenen No-vizen angezettelt worden und habe keinen politischen Hintergrund gehabt, wie man zuerst geglaubt hatte. In jenen Tagen konnte man nie wissen, wer wen tötete.«

Anil sagte: »Aber heute wissen Sie es, nicht wahr?«

»Heute haben wir alle Blut an den Kleidern.«

Sie gingen mit dem Besitzer des Rasthauses durch das Gebäude, und Sarath suchte drei Räume aus.

»Der dritte Raum ist voller Mehltau, aber wir stellen das Bett raus und lassen nachher die Wände streichen. Das wird unser Büro und unser Labor. Okay?« Sie nickte, und er wandte sich wieder mit Instruktionen an den Wirt.

Im Jahr 1911 wurden in der Gegend von Bandarawela prähistorische Reste gefunden, und man begann, Hunderte von Felshöhlen und Grotten zu erforschen. Die Überreste von Schädel- und Zahnknochen, die man fand, wurden auf eine frühere Zeit datiert als alles, was je in Indien gefunden worden war.

Und hier, in dieser archäologischen Schutzzone, einem von der Regierung überwachten Sperrgebiet, waren außerhalb einer der Felshöhlen von Bandarawela abermals Skelette entdeckt worden.

Während der ersten Tage ihres Aufenthalts beschränkten Sarath und Anil sich darauf, alten Schutt zu sichten und zu entfernen – arboreale und Süßwassergastropoden, Knochensplitter von Vögeln und Säugetieren, sogar Fischgräten aus fernen Epochen des Meeres. Die Gegend hatte etwas Zeitloses. Sie fanden verkohlte Epikarpe wilder Brotfrucht, wie sie noch heute, zwanzigtausend Jahre später, in dieser Gegend wuchs. Drei fast ganz erhaltene Skelette waren hier gefunden worden.

Doch einige Tage später entdeckte Anil bei Grabungen in den Ausläufern einer Höhle ein viertes Skelett, dessen Knochen noch vertrocknete, teilweise verbrannte Ligamente zusammenhielten. Nichts Prähistorisches.

»*Hören Sie*«, sagte sie im Rasthaus, wo sie die Leiche untersuchten, »man kann in Knochen Spurenelemente finden – Quecksilber, Blei, Arsen, sogar Gold –, die aus dem Boden in sie eingesickert sind. Sie können aber auch umgekehrt aus den Knochen in den benachbarten Boden gelangen. Diese

Elemente dringen die ganze Zeit in Knochen ein und treten aus ihnen aus, mit oder ohne Sarg. Dieses Skelett hier enthält überall Spuren von Blei. Aber in der Höhle, in der wir es gefunden haben, ist kein Blei, wie die Bodenproben beweisen. Verstehen Sie? Er muß vorher woanders begraben gewesen sein. Jemand hat Vorkehrungen getroffen, um zu verhindern, daß das Skelett gefunden wurde. Das ist kein gewöhnlicher Mord, keine gewöhnliche Beerdigung. Sie haben ihn begraben und ihn später an eine ältere Grabstätte geschafft.«

»Einen Leichnam zu beerdigen und später in ein anderes Grab zu bringen ist nicht unbedingt ein Verbrechen.«

»Aber es sieht ganz danach aus, oder?«

»Nicht, wenn wir einen Grund dafür finden.«

»Na gut. Passen Sie auf. Nehmen Sie diesen Stift und fahren Sie damit den Knochen entlang. So können Sie die Krümmung im Knochen deutlich erkennen. Er ist nicht so gerade, wie er sein sollte. Es gibt auch Querrisse, aber das lassen wir für später, es untermauert unsere Theorie nur.«

»Welche Theorie?«

»Knochen krümmen sich, wenn sie in ›grünem‹ Zustand verbrannt werden, das heißt mit Fleisch. Ein alter Leichnam, dessen Fleisch im Lauf der Zeit verwest ist und der dann später verbrannt wurde – so sehen die meisten der Skelette von Bandarawela aus. Aber der hier war eben erst gestorben, Sarath, als sie ihn zu verbrennen versucht haben. Oder schlimmer, sie haben versucht, ihn bei lebendigem Leib zu verbrennen.«

Sie mußte lange warten, bis er etwas sagte. In dem frisch gestrichenen Zimmer im Rasthaus lag auf jedem der vier Cafeteriatische ein Skelett. Sie hatten sie mit den Namen Kesselflicker, Hopfenpflücker, Seemann und Soldat versehen. Das, von dem sie gerade sprach, war Seemann. Sie sahen einander über den Tisch an.

»Können Sie sich vorstellen, wie viele Leichen überall auf der Insel begraben sein dürften?« fragte er schließlich. Nichts von dem, was sie gesagt hatte, stellte er in Abrede.

»Das ist ein Mordopfer, Sarath.«

»Mord ... meinen Sie irgendeinen Mord ... oder meinen Sie politischen Mord?«

»Das Skelett wurde innerhalb einer heiligen historischen Stätte gefunden. An einem Ort, der unter ständiger Überwachung der Regierung oder der Polizei steht.«

»Richtig.«

»Und es ist kein altes Skelett«, sagte Anil unbeirrt. »Es wurde vor höchstens vier bis sechs Jahren begraben. Was hat es hier zu suchen?«

»Es gibt Tausende von Leichen aus dem zwanzigsten Jahrhundert, Anil. Können Sie sich vorstellen, wie viele Morde ...«

»Aber diesen hier können wir beweisen – verstehen Sie denn nicht? Das ist *die* Gelegenheit, ein Mord, den wir zurückverfolgen können. Wir haben das Opfer an einem Ort gefunden, zu dem nur ein Regierungsbeamter Zutritt haben konnte.«

Er klopfte mit seinem Stift gegen die hölzerne Seitenlehne des Stuhls, während sie sprach.

»Wir können palynologische Untersuchungen durchführen, um den Pollen zu bestimmen, der sich an den nichtverbrannten Stellen mit dem Knochen verbunden hat. Nur die Arme und ein paar Rippen wurden verbrannt. Haben Sie eine Ausgabe von Wodehouse' *Pollen Grains*?«

»In meinem Büro«, sagte er leise. »Wir müssen ihn auch auf Bodensubstanzen untersuchen.«

»Können Sie einen forensischen Geologen ausfindig machen?«

»Nein«, sagte er, »es gibt niemanden außer uns.«

Sie hatten sich im Dunkeln fast eine halbe Stunde lang im Flüsterton unterhalten, seit sie von dem Skelett auf dem vierten Tisch zu Sarath getreten war, ihn leicht an der Schulter berührt und gesagt hatte: »Ich muß Ihnen etwas zeigen.«
»Was?« »*Das hier. Passen Sie auf ...*«

Sie deckten Seemann zu und verklebten die Plastikumhüllung. »Lassen Sie uns für heute Schluß machen«, sagte er. »Ich habe Ihnen versprochen, Sie zu dem Tempel mitzunehmen. Die beste Zeit zur Besichtigung ist in einer Stunde. Dann können wir den Trommler hören, der die Dämmerung beschwört.«

Anil paßte der abrupte Wechsel zu etwas Ästhetischem nicht. »Glauben Sie, das ist sicher genug?«

»Was wollen Sie sonst tun? Ihn überallhin mitnehmen? Machen Sie sich keine Sorgen. Denen kann hier nichts passieren.«

»Es ist –«

»Schluß jetzt.«

Sie beschloß, es freiheraus zu sagen. Ohne Umschweife. »Sehen Sie, ich weiß einfach nicht, auf welcher Seite Sie stehen – ob ich Ihnen vertrauen kann.«

Er öffnete den Mund, schloß ihn wieder und sagte dann langsam: »Was könnte ich tun?«

»Sie könnten ihn verschwinden lassen.«

Er rührte sich auf einmal, ging zur Wand und schaltete drei Lampen ein. »Und warum, Anil?«

»Sie haben einen Verwandten in der Regierung, nicht wahr?«

»Einen Verwandten, ja. Den ich so gut wie nie sehe. Vielleicht kann er uns helfen.«

»Vielleicht. Warum haben Sie das Licht angemacht?«

»Ich muß meinen Stift finden. Was – meinen Sie etwa, das wäre ein Signal gewesen?«

»Ich weiß nicht, wo Sie stehen. Ich weiß … ich weiß, daß es für Sie mit der Wahrheit nicht so einfach ist, daß es hier manchmal gefährlicher ist, wenn man die Wahrheit sagt.«

»Jeder hat Angst, Anil. Das ist unser Nationalleiden.«

»Es gibt inzwischen so viele Leichen in der Erde, das haben Sie selbst gesagt … ermordet, anonym. Ich will sagen, daß man nicht einmal weiß, ob sie zweihundert Jahre oder zwei Wochen alt sind, weil sie alle dem Feuer ausgesetzt waren. Manche lassen ihre Geister sterben, andere nicht. Sarath, wir können etwas tun …«

»Sie sind sechs Stunden von Colombo entfernt, und trotzdem flüstern Sie – denken Sie mal darüber nach.«

»Ich will jetzt nicht den Tempel besuchen.«

»In Ordnung. Sie müssen nicht hingehen. Ich gehe allein. Wir sehen uns morgen früh.«

»Ja.«

»Ich mache das Licht aus«, sagte er.

Oft sind wir in den Augen der Welt Verbrecher, nicht allein, weil wir Verbrechen begangen hätten, sondern weil wir wissen, daß Verbrechen begangen wurden.« Worte über einen für alle Zeiten im Gefängnis Begrabenen. *El Hombre de la máscara de hierro. Der Mann mit der eisernen Maske.* Anil brauchte den Trost alter Freunde, Sätze aus einem Buch, Stimmen, denen sie vertrauen konnte. *»Dies ist der Leichenraum«, sagte Enjolras.* Wer war Enjolras? Irgendwer in den *Elenden.* Ein Buch, das sie so sehr liebte, das so vom Menschsein strotzte, daß sie es am liebsten ins Jenseits mitgenommen hätte. Sie arbeitete mit einem Mann zusammen, der seine Zurückhaltung perfektioniert hatte und sich niemals irgend jemandem offenbaren würde. »Nur weil man paranoid ist, heißt das noch lange nicht, daß sie nicht hinter einem sind«, lautete das Witzwort. Möglicherweise war das die einzige Wahrheit an diesem Ort. In diesem Rasthaus bei Bandarawela mit vier Skeletten. *Sie sind sechs Stunden von Colombo entfernt, und trotzdem flüstern Sie – denken Sie mal darüber nach.*

In ihren Jahren im Ausland, als sie in Europa und Amerika ausgebildet wurde, hatte Anil das Fremde begrüßt, hatte sich wohl gefühlt, in der Bakerloo-U-Bahn-Linie ebenso wie auf den Highways um Santa Fe. Im Ausland fühlte sie sich als ganzer Mensch. (Selbst jetzt noch speicherte ihr Gehirn die Postleitzahlen von Denver und Portland.) Und inzwischen erwartete sie gut erkennbare Wege zum Ursprung der meisten Geheimnisse. Informationen konnten immer überprüft werden, waren immer zuverlässig. Doch sie erkannte, daß sie sich hier, auf dieser Insel, mit nur einem Arm der Sprache inmitten ungewisser Gesetze und einer alles durchdringenden Furcht bewegte. Mit diesem einen Arm konnte man sich an weniger festhalten. Die Wahrheit pendelte zwischen Klatsch und Rachsucht hin und her. Gerüchte schlüpften in jedes Auto und jede Barbierstube. Sie ahnte, daß zu Sarath' Alltag, dem Alltag eines professionellen Archäologen, Aufträge und Gunstbeweise von Ministern ebenso gehörten wie stundenlanges höfliches Warten in den Vorräumen ihrer Büros. Informationen wurden mit Abschweifungen und Subtexten veröffentlicht – als wäre die Wahrheit von keinem Interesse, wenn sie unmittelbar verkündet wurde, ohne zwei Schritte vor und drei zurück.

Sie öffnete die Plastikumhüllung, in die Seemann gewickelt war. Bei ihrer Arbeit verwandelte Anil Leichen in Repräsentanten von Rasse, Alter und Gegend, doch die ergreifendste aller Entdeckungen war für sie das Auffinden der Spuren in Laetoli einige Jahre zuvor gewesen – die fast vier Millionen Jahre alten Fußabdrücke eines Schweins, einer Hyäne, eines Nashorns und eines Vogels, ein eigenartiges Ensemble, identifiziert von einem Fährtenleser des zwanzigsten Jahrhunderts. Vier Kreaturen, die nichts miteinander zu tun hatten und schnell über eine feuchte Schicht vulkanischer Asche gelaufen waren. Um sich wovor in Sicherheit zu bringen? Historisch bedeutsamer waren andere Fußspuren in der Nähe, die eines Hominiden, der auf ungefähr eineinhalb Meter Körpergröße geschätzt wurde (das konnte man aus dem vertieften Fersenabdruck erraten). Doch was ihre Gedanken beschäftigte, das war das Tierquartett, das vor vier Millionen Jahren aus Laetoli weggelaufen war.

Die am genauesten festgehaltenen geschichtlichen Augenblicke fielen mit den stürmischen Ausbrüchen der Natur oder der Zivilisation zusammen. Das wußte sie. Pompeji. Laetoli. Hiroshima. Der Vesuv (dessen Gase den armen Plinius erstickt hatten, als er den »stürmischen Ausbruch« von einem Boot aus aufzeichnete). Tektonische Verschiebungen und brutale menschliche Gewalt schufen zufällige Zeitkapseln unhistorischer Leben. Ein Hund in Pompeji. Der Schatten eines Gärtners in Hiroshima. Doch in all diesen Ereignissen ließ sich, wie sie begriff, ohne die Distanz der Zeit menschlicher Gewalt keine Logik zuschreiben. Einstweilen wurde die Gewalt aufgezeichnet und in Genf einsortiert, doch einen Sinn konnte ihr niemand verleihen, niemals. Sie hatte immer geglaubt, der Sinn sei ein Schlupfloch, in das der Mensch sich flüchten konnte, wenn Kummer und Angst ihn bedrohten. Doch sie erkannte, daß jene, die die Gewalt erniedrigte und besudelte, den Zugriff auf Sprache und Logik verloren. Auf diese Weise begab man sich der Emotionen; es war der letzte Schutzmechanismus. Man hielt sich am farbig gemusterten Sarong fest, in dem ein vermißter Verwandter zuletzt geschlafen hatte und der in normalen Zeiten ein Putzlumpen geworden wäre, nun aber geheiligt war.

In einer Nation voller Angst wurde öffentlicher Kummer vom Klima der Ungewißheit unterdrückt. Wenn ein Vater gegen den Tod seines Sohnes protestierte, befürchtete man die Ermordung eines anderen Familienmitglieds. Wenn jemand, den man kannte, verschwand, bestand die Chance, daß er am Leben blieb, solange man keinen Ärger machte. Das war die entstellende Psychose des Landes: Tod und Verlust waren »unfertig«; man konnte nicht durch sie hindurchgehen. Jahr um Jahr hatte es nächtliche Durchsuchungen gegeben, Entführungen und Morde im hellen Tageslicht. Die einzige Hoffnung war die, daß die Kreaturen, die diesen Krieg führten, sich irgendwann selbst aufzehren würden. Von Recht und Gesetz war nichts geblieben als der Glaube an eine mögliche spätere Rache an den Mächtigen.

Und wer war dieses Skelett? In diesem Raum, unter diesen vieren verbarg sie sich zwischen den unhistorischen Toten. *Einen Leichnam zu holen: was für ein merkwürdiges Unterfangen! Den Leichnam eines unbekannten Gehängten abzuschneiden und dann den Körper des Lebewesens auf dem Rücken zu tragen ... etwas Totes, etwas Begrabenes, etwas bereits in Verwesung Übergehendes?* Wer war er? Dieser Repräsentant all dieser verlorenen Stimmen. Ihm einen Namen zu geben hieß die übrigen zu benennen.

Anil verriegelte die Tür und machte sich auf die Suche nach dem Wirt des Rasthauses. Sie bestellte ein leichtes Abendessen, ließ sich einen Shandy geben und trat auf die vordere Veranda. Es waren keine anderen Gäste da, und der Wirt folgte ihr.

»Kommt Mr. Sarath häufig her?« fragte sie.

»Manchmal, Madame, wenn er nach Bandarawela kommt. Wohnen Sie in Colombo?«

»Hauptsächlich in Nordamerika. Früher habe ich hier gelebt.«

»Einer meiner Söhne ist in Europa; er will Schauspieler werden.«

»Ah ja. Sehr gut.«

Sie verließ den glatten Boden der Veranda und ging in den Garten. Es war die höflichste Möglichkeit, ihren Gastgeber loszuwerden. Ihr war nicht nach bemühtem Small talk zumute. Doch als sie die rotglühende Dunkelheit des Flamboyants erreichte, drehte sie sich um.

»Ist Mr. Sarath je mit seiner Frau hierhergekommen?«

»Ja, Madame.«

»Wie war sie?«

»Sie ist sehr nett, Madame.«

Er nickte zur Bestätigung, dann legte er den Kopf etwas schief, als beschreibe er ein J, um mögliche Zweifel an seinem eigenen Urteil anzudeuten.

»*Ist?*«

»Ja. Madame?«

»Obwohl sie tot ist?«

»Nein, Madame. Heute nachmittag fragte ich Mr. Sarath, und er sagte, daß sie wohlauf ist. Nicht tot. Er sagte, daß sie gesagt hat, er solle mich von ihr grüßen.«

»Dann muß ich mich geirrt haben.«

»Ja, Madame.«

»Begleitet sie ihn auf seinen Reisen?«

»Manchmal begleitet sie ihn. Sie macht Rundfunksendungen. Manchmal begleitet ihn sein Cousin. Er ist Minister in der Regierung.«

»Wissen Sie, wie er heißt?«

»Nein, Madame. Ich glaube, ich habe ihn nur einmal gesehen. Ist Ihnen Krabbencurry recht?«

»Ja, vielen Dank.«

Um weitere Gespräche zu vermeiden, tat sie beim Essen so, als sehe sie ihre Notizen durch. Sie dachte über Sarath' Ehe nach. Es fiel ihr schwer, sich ihn als verheirateten Mann vorzustellen. Sie hatte sich bereits daran gewöhnt, ihn als Witwer zu betrachten, den eine schweigende Gegenwart umgab. Nun ja, dachte sie, die Nacht bricht herein, und man braucht Gesellschaft. Ein Mensch durchschreitet Hunderte von Türen, um den Launen der Toten zu willfahren, ohne zu merken, daß er sich selbst von den anderen absondert und begräbt.

Nach dem Essen ging sie in das Zimmer mit den Skeletten. Sie wollte noch nicht schlafen gehen. Sie wollte nicht über den Minister nachdenken, der mit Sarath nach Bandarawela gekommen war. Die schwache Beleuchtung war nicht hell genug zum Lesen, also machte sie eine Öllampe ausfindig und zündete sie an. Früher am Tag hatte sie die Bibliothek des Rasthauses begutachtet, die aus einem Regalbrett bestand. Agatha Christie. P. G. Wodehouse. Enid Blyton. John Masters. Die üblichen Verdächtigen in jeder asiatischen Bibliothek. Die meisten dieser Autoren hatte sie als Kind oder als Teenager gelesen. Statt dessen blätterte sie in ihrer eigenen Ausgabe von Bridges' *World Soils*. Anil kannte Bridges in- und auswendig, aber jetzt paßte sie den Text ihrer eigenen Situation an, und als sie las, spürte sie, daß sie die anderen, die vier Skelette, draußen im Dunkeln zurückließ.

Sie saß im Sessel, den Kopf auf die Brust gesunken, und schlief tief, als Sarath sie weckte.

Er berührte sie an der Schulter, dann zog er ihr die Kopfhörer vom Haar und setzte sie sich auf; er drückte den Startknopf und hörte die Cellosuiten, die alles aneinanderfügten, während er im Zimmer umherwanderte.

Ein Schlucken, als tauchte sie auf, um Luft zu holen.

»Sie haben die Tür nicht abgeschlossen.«

»Nein. Ist alles in Ordnung?«

»Alles ist da. Ich habe Frühstück bestellt. Es ist schon spät.«

»Ich bin auf.«

»Hinter dem Haus ist eine Dusche.«

»Mir ist nicht gut. Ich brüte irgendwas aus.«

»Notfalls können wir die Rückfahrt nach Colombo unterbrechen.«

Sie ging nach draußen mit ihrer Dr. Bronner's in der Hand, die sie auf allen Reisen rund um die Welt mitnahm. Die Anthropologenseife! Unter der Dusche war sie noch immer im Halbschlaf. Ihre Zehen schmiegten sich an ein Stück grobkörnigen Granit, kaltes Wasser ergoß sich über ihr Haar.

Sie wusch sich das Gesicht, verrieb die nach Pfefferminz duftende Seife auf ihren Augenlidern und wusch sie ab. Als sie über die Pisangblätter auf Schulterhöhe in die Ferne blickte, sah sie die blauen Berge weit hinten, die unscharfe Welt in all ihrer Schönheit.

Doch bis zum Mittag hatten fürchterliche Kopfschmerzen von ihr Besitz ergriffen.

Sie saß mit Fieber auf dem Rücksitz des Kastenwagens, und Sarath beschloß, auf halbem Weg nach Colombo haltzumachen. Die Krankheit bewegte sich wie ein Tier in ihr, brachte sie von unvermitteltem Schüttelfrost in Schweißausbrüche.

Dann, irgendwann nach Mitternacht, befand sie sich in einem Zimmer am Meer. Sie hatte die Südküste um Yala noch nie leiden können, nicht als Kind und auch jetzt nicht. Die Bäume schienen nur angepflanzt worden zu sein, um Schatten zu spenden. Sogar der Mond wirkte wie die Lampe in einem Innenhof.

Beim Abendessen hatte sie im Fieberwahn phantasiert, den Tränen nahe. Sarath schien auf der anderen Seite des Tischs Hunderte Meilen von ihr entfernt zu sein. Einer von ihnen schrie unnötig laut. Sie hatte Hunger, brachte aber nichts herunter, nicht einmal ihr geliebtes Krabbencurry. Sie löffelte nur den weichen, lauwarmen Dal und trank Limonensaft. Am Nachmittag hatte dumpfes Dröhnen sie geweckt. Mühsam kroch sie aus dem Bett, spähte die Veranda entlang und sah Affen um die Ecke verschwinden. Sie glaubte, was sie sah. Alle vier Stunden nahm sie Tabletten gegen das Kopfweh. Sie hatte einen Sonnenstich oder Denguefieber oder Malaria. In Colombo würde sie sich untersuchen lassen. »Die Sonne ist schuld«, murmelte Sarath. »Ich kaufe Ihnen einen größeren Hut. Ich kaufe Ihnen einen größeren Hut. Ich kaufe Ihnen einen größeren Hut.« Er flüsterte die ganze Zeit. Sie sagte dauernd: *Was? Was?* Brachte es kaum heraus. Gab es wirklich Affen? Affen stahlen Handtücher und Schwimmsachen von den Wäscheleinen, während die Leute ihre Siesta hielten. Sie hoffte inständig, daß man im Hotel nicht den Generator abstellen würde. Der Gedanke, daß es keinen Ventilator, keine Dusche gab, damit sie sich abkühlen konnte, war nicht zu ertragen. Nur das Telefon funktionierte. Sie erwartete einen nächtlichen Anruf.

Nach dem Abendessen nahm sie die Karaffe mit Limonensaft und Eiswürfel auf ihr Zimmer mit und schlief sofort ein. Um elf Uhr wachte sie auf und nahm noch mehr Tabletten, um die Kopfschmerzen zu betäuben, die, wie sie wußte, bald wiederkehren würden. Schweißnasse Kleidung. Transpirieren. Aspirieren. Diskutieren. Der Ventilator bewegte sich kaum, die Luft erreichte nicht einmal ihre Arme. Wo war Seemann? Sie hatte nicht an ihn gedacht. Sie wälzte sich im Dunkeln zum Bettrand und wählte Sarath' Zimmernummer. »Wo ist er?«

»Wer?«

»Seemann.«

»Er ist in Sicherheit. Im Kastenwagen. Vergessen?«

»Ja. Ich – ist er dort sicher?«

»Es war Ihre Idee.«

Sie legte auf, vergewisserte sich, daß der Hörer wirklich aufgelegt war, und blieb in der Dunkelheit liegen. Rang nach Luft. Als sie die Vorhänge öffnete, sah sie Licht vom Laternenpfahl sprühen. Auf dem dunklen Sandstrand machten Leute sich mit ihren Booten zu schaffen. Wenn sie Licht einschaltete, würde sie ihnen wie ein Fisch im Aquarium vorkommen.

Sie verließ ihr Zimmer. Sie brauchte ein Buch, um sich wach zu halten, bis der Anruf kam. Im Alkoven starrte sie eine Zeitlang auf das Bücherregal, dann griff sie zwei Bücher heraus und tappte in ihr Zimmer zurück. *In Search of Gandhi* von Richard Attenborough und eine Frank-Sinatra-Biographie. Sie zog die Vorhänge zu, schaltete das Licht ein und schälte sich aus ihrer feuchten Kleidung. In der Dusche hielt sie ihren Kopf unter das kalte Wasser und lehnte sich an die Wand, ließ sich von der Kühle benebeln. Sie brauchte jemanden, der mit ihr sang, vielleicht Leaf. Eines dieser Lieder in Dialogform, die sie in Arizona immer miteinander gesungen hatten ...

Sie schleppte sich aus der Dusche und setzte sich naß an den Fuß des Bettes. Ihr war heiß, aber sie konnte die Vorhänge nicht öffnen. Es hätte erfordert, daß sie vorher etwas anzog. Sie fing an zu lesen. Als sie sich zu langweilen begann, nahm sie das zweite Buch, und schon bald füllte ein immer größeres Personenrepertoire ihren Kopf. Die Beleuchtung war schlecht. Sie erinnerte sich, daß Sarath ihr gesagt hatte, das Wichtigste, was er auf jeder Fahrt mitnehme, sei eine Sechzig-Watt-Glühbirne. Sie kroch quer über das Bett und rief ihn an. »Kann ich Ihre Glühbirne haben? Das Licht hier ist schauderhaft.«

»Ich bringe sie Ihnen.«

Sie beklebten den ganzen Zimmerboden mit Seiten des Sunday Observer. *Haben Sie den Filzstift? Ja. Sie begann sich mit dem Rücken zu ihm auszuziehen; dann legte sie sich neben Seemanns Skelett. Sie trug nur ihre rote Seidenunterhose, die sie nie ohne ein Gefühl der Ironie anzog. Sie hatte sie nicht für die Öffentlichkeit vorgesehen. Sie sah zur Decke hoch, die Hände auf den Brüsten. Ihr Körper genoß den harten Boden, die Kühle des glatten Zements durch das Zeitungspapier, die gleiche Festigkeit, die sie als Kind empfunden hatte, wenn sie auf Matten schlief.*

Er benutzte den Filzstift, um ihren Umriß abzumalen. Sie müssen einen Moment die Arme hinlegen. Sie spürte, wie der Filzstift sich um ihre Hände und ihre Taille entlang bewegte und dann an ihren Beinen hinunter, innen und außen, bis die blauen Linien an den Fersen verbunden wurden.

Sie erhob sich aus ihrem Umriß, drehte sich um und sah, daß er auch die Umrisse der vier Skelette gezeichnet hatte.

Es klopfte, und sie rappelte sich auf. Sie hatte sich nicht bewegt. Den ganzen Abend hatte sie gemerkt, wie bewegungsunfähig sie war, außerstande, einen Gedanken zu fassen. Selbst beim Lesen hatte sie sich schläfrig in Absätze verheddert, die sie nicht losließen. Irgend etwas an der Formulierung der Beschwerde Ava Gardners über Sinatra fesselte ihre Aufmerksamkeit. In ein Bettuch gehüllt öffnete sie die Tür. Sarath reichte ihr die Glühbirne und verschwand aus ihrem Blickfeld. Er war in Hemd und Sarong gekleidet gewesen. Sie hatte ihn fragen wollen ... Sie schob den Tisch in die Zimmermitte und schaltete das Licht aus. Die heiße Glühbirne drehte sie mit Hilfe des Bettuchs aus der Fassung. Sie befürchtete, daß die Leitung unter Strom stehen könnte. Von draußen hörte sie das Rauschen der Wellen. Mühsam hob sie den Kopf und schraubte die Glühbirne ein, die Sarath ihr gebracht hatte. Alles war plötzlich schwer und zäh.

Wieder lag sie flach auf dem Bett, mit Schüttelfrost, ein Stöhnen erstickend. Sie kramte in ihrer Tasche und entdeckte zwei Scotchfläschchen aus dem Flugzeug. Sarath hatte sie ausgezogen und ihren Umriß abgemalt. Hatte er das getan?

Das Telefon läutete. Amerika. Eine Frauenstimme.

»Hallo? Hallo? Leaf? Gut, daß du es bist! Du hast meine Nachricht bekommen?«

»Du sprichst jetzt schon mit Akzent.«

»Nein, ich – ist das ein erlaubter Anruf?«

»Deine Stimme klingt furchtbar wackelig.«

»Wirklich?«

»Ist alles in Ordnung, Anil?«

»Ich bin krank. Es ist sehr spät. Nein, nein. Alles in Ordnung. Ich habe auf dich gewartet. Ich bin bloß krank, und deshalb komme ich mir allen Leuten noch ferner vor. Leaf – geht es dir gut?«

»Ja.«

»Erzähl mir. Wie gut?«

Schweigen. »Ich weiß nichts mehr. Ich vergesse jetzt schon dein Gesicht.«

Anil bekam keine Luft. Sie hielt den Hörer weg, um ihre Wange am Kissen abzutrocknen. »Leaf, bist du noch dran?« Sie hörte das Rauschen der weiten Entfernung in der Verbindung zwischen ihnen. »Ist deine Schwester bei dir?«

»Meine Schwester?« sagte Leaf.

»Leaf, hör mir zu, erinnere dich – wer hat auf Cherry Valance geschossen?«

Knacken und Stille, als sie den Hörer ans Ohr gepreßt hielt.

Im Nebenzimmer lag Sarath mit offenen Augen, außerstande, Anils Weinen zu überhören.

Sarath langte über das Frühstücksgeschirr und ergriff Anils Handgelenk. Den Daumen auf ihrem Puls. »Wir fahren heute nachmittag nach Colombo. Wir können das Skelett im Schiff untersuchen.«

»Und es bei uns behalten, was auch passieren mag«, sagte sie.

»Wir behalten alle vier. Als Einheit. Als Versteck. Wir tun so, als wären sie alle alt. Ihr Fieber ist gesunken.«

Sie zog ihre Hand weg. »Ich entferne einen Knochensplitter aus Seemanns Ferse – als Privatausweis.«

»Wenn wir genug Pollen und Erdproben mitnehmen, können wir herausfinden, wo er vorher begraben war. Dann können wir auf dem Schiff weitermachen.«

»Es gibt eine Frau, die sich mit hiesigen Larven beschäftigt«, sagte Anil. »Ich habe einen Artikel von ihr gelesen. Ich glaube, sie ist aus Colombo. Es war eine sehr gute Arbeit.«

Er sah sie fragend an. »Keine Ahnung. Versuchen Sie Ihr Glück bei den frisch Promovierten im Krankenhaus.«

Sie sahen einander schweigend an.

»Bevor ich herkam, habe ich zu meiner Freundin Leaf gesagt: *Vielleicht lerne ich den Mann kennen, der mein Ruin sein wird.* Kann ich Ihnen vertrauen?«

»Sie müssen mir vertrauen.«

Am frühen Abend erreichten sie die Mutwal-Docks von Colombo. Sie half ihm, die vier Skelette in das Labor auf der *Oronsay* zu tragen.

»Nehmen Sie sich morgen frei«, sagte er. »Ich brauche noch mehr Geräte; das dauert sicher einen Tag.«

Anil blieb auf dem Schiff, nachdem er gegangen war, um ein wenig zu arbeiten. Sie stieg die Treppe hinunter und betrat das Labor, ergriff die Metallstange, die sie neben der Tür aufbewahrten, und schlug damit gegen die Wände. Rascheln. Schließlich war kein Geräusch mehr in der Dunkelheit zu hören. Sie entzündete ein Streichholz und hielt es beim Gehen vor sich hin. Sie drückte den Hebel des Generators nach unten, und bald ertönte ein unsicheres Summen, und Elektrizität füllte langsam den Raum.

Sie saß da und betrachtete ihn. Das Fieber wich aus ihrem Körper, sie fühlte sich unbeschwerter. Sie begann das Skelett unter dem Schwefellicht erneut zu untersuchen, faßte die bisher bekannten Todesumstände zusammen, die unerschütterlichen Wahrheiten, die für Colombo wie für Troja galten. Ein gebrochener Unterarm. Teilweise Brandspuren. Wirbelsäulenverletzungen am Hals. Möglicherweise eine kleine Schußwunde im Schädel. Eintritts- und Austrittsloch.

Sie konnte Seemanns letzte Handlungen den Knochenverletzungen ablesen. Er hebt die Arme vors Gesicht, um sich vor dem Schlag zu schützen. Sie schießen mit einem Gewehr auf ihn; die Kugel dringt durch seinen Arm und dann in den Hals. Als er am Boden liegt, kommen sie näher und bringen ihn um.

Gnadenschuß. Die kleinste, billigste Kugel. Ein .22er-Loch, in das ein Kugelschreiber schlüpfen könnte. Und dann versuchen sie, ihn anzuzünden, und fangen in diesem Brandlicht an, sein Grab auszuheben.

Anil betrat das Kynsey Road Hospital und ging an dem Schild auf der Zimmertür des Oberarztes vorbei.

Laßt Gespräche verstummen.
Laßt das Lachen entfliehen.
Hier ist der Ort, wo der Tod
Freudig den Lebenden hilft.

Der Text war auf lateinisch, singhalesisch und englisch gedruckt. Sobald sie sich im Labor befand, in dem sie hin und wieder arbeitete, wenn sie die bessere Ausrüstung dort benötigte, konnte sie sich entspannen, allein in dem großen Raum. Oh, wie sie Laboratorien liebte. Die Hocker waren immer ein bißchen schief, man saß nie gerade, immer ernsthaft vorgeneigt. Ringsum an den Wänden befanden sich die Flaschen mit purpurroten Flüssigkeiten. Sie konnte den Tisch umrunden und einen Toten aus dem Augenwinkel betrachten und sich dann auf den Hocker setzen, und die Zeit existierte nicht mehr. Kein Hunger, kein Durst, keine Sehnsucht nach der Gegenwart eines Freundes oder Geliebten. Nur ein Bewußtsein davon, daß irgendwo jemand auf einen Boden einhämmerte, mit einem Hammer alten Zement durchbrach, als wolle er zur Wahrheit gelangen.

Sie lehnte sich an den Tisch, der sich an ihre Hüftknochen schmiegte. Sie fuhr mit den Fingern das dunkle Holz entlang, so daß sie jedes Sandkorn, jeden Splitter, jeden Krümel, jede klebrige Stelle ertasten konnte. In ihrer Abgeschiedenheit. Ihre Arme so dunkel wie der Tisch, schmucklos bis auf den Armring, der klapperte, wenn sie das Handgelenk vorsichtig auflegte. Keine anderen Geräusche, während Anil in der Stille vor ihr dachte.

Diese Gebäude waren ihr Zuhause. In den fünf, sechs Häusern ihres Erwachsenenlebens hatte sie es sich zur Regel und zur Gewohnheit gemacht, bescheidener als nötig zu leben. Sie hatte nie ein Haus gekauft und möblierte ihre Mietwohnungen spartanisch. Allerdings gab es in den Räumen, die man in Colombo für sie gemietet hatte, ein kleines Bassin im Fußboden, in dem man Blumen schwimmen lassen konnte. In ihren Augen war es Luxus. Etwas, was einen Dieb in der Dunkelheit verwirren mußte. Abends, wenn sie von der Arbeit zurückkehrte, schlüpfte Anil aus ihren Sandalen und stellte sich ins seichte Wasser, die Zehen zwischen den weißen Blütenblättern, die Arme verschränkt, während sie den Tag entkleidete, Ereignisse und Zwischenfälle Schicht um Schicht entfernte, um sie nicht länger mit sich herumzutragen. So blieb sie eine Weile stehen, bevor sie mit nassen Füßen ins Bett ging.

Sie wußte, ebenso wie andere es wußten, daß sie ein willensstarkes Geschöpf war. Sie hatte nicht immer Anil geheißen. Man hatte ihr zwei völlig unpassende Namen gegeben, und schon sehr früh hatte sie sich Anil gewünscht, den unbenutzten zweiten Vornamen ihres Bruders. Mit zwölf Jahren hatte sie versucht, ihm den Namen abzukaufen, und ihm Unterstützung in allen Familienstreitigkeiten angeboten. Er wollte sich nicht auf den Handel einlassen, obwohl er wußte, daß sie sich den Namen mehr als alles auf der Welt wünschte.

Ihre Kampagne hatte in der Familie für Zorn und Unfrieden gesorgt. Sie reagierte nicht mehr, wenn sie bei einem ihrer zwei Namen gerufen wurde, nicht einmal in der Schule. Zuletzt lenkten ihre Eltern ein, doch nun mußten sie ihren reizbaren Bruder überreden, auf seinen zweiten Vornamen zu verzichten. Der Vierzehnjährige behauptete, er benötige ihn möglicherweise eines Tages. Zwei Namen verliehen ihm größere Autorität, und vielleicht deutete ein zweiter Name auf eine zweite Seite seines Wesens hin. Seinen Großvater nicht zu vergessen. Keines der Kinder hatte den namengebenden Großvater gekannt. Die Eltern waren der Verzweiflung nahe, doch schließlich einigten sich die Geschwister. Das Mädchen bezahlte seinen Bruder mit hundert Rupien aus seiner Sparbüchse, einem Füller samt Mäppchen, auf den er seit längerem ein Auge geworfen hatte, einer Blechdose mit fünfzig Gold-Leaf-Zigaretten, die es gefunden hatte, und einer sexuellen Gefälligkeit, auf die er in den letzten Stunden des zähen Ringens verfallen war.

Von da an wollte sie keinen anderen Vornamen mehr in ihren Pässen oder Schulzeugnissen oder Bewerbungsunterlagen sehen. Wenn sie später an ihre Kindheit dachte, erinnerte sie sich am deutlichsten an den Hunger nach dem verweigerten Namen und an die Freude, als sie ihn bekam. Alles an dem Namen gefiel ihr – daß er so knapp und schmucklos war, daß er weiblich wirkte, obwohl er als Männername galt. Zwanzig Jahre später empfand sie noch immer so. Sie hatte den ersehnten Namen wie einen Geliebten verfolgt, den sie erblickt und begehrt hatte, unbeirrbar, ohne sich von ihrem Ziel abbringen zu lassen.

Anil erinnerte sich an die Atmosphäre der Stadt, die sie verlassen hatte, eine Atmosphäre des neunzehnten Jahrhunderts. Die Krabbenverkäufer, die ihre Ware den vorbeifahrenden Wagen auf der Duplication Road feilboten, die Häuser in Colombo Seven, die in makellosem Mattweiß gestrichen waren. »Heaven ... Colombo Seven ...« sang ihr Vater zur Melodie von »Cheek to Cheek«, wenn er Anil erlaubte, die Manschettenknöpfe in seine Hemdsärmel zu stecken, während er sich zum Abendessen umzog. Immer hatte es diesen heimlichen Pakt zwischen ihnen gegeben. Und sie wußte, daß er sie, selbst wenn er noch so spät von Bällen, von anderen gesellschaftlichen Verpflichtungen oder von Notoperationen nach Hause kam, am nächsten Morgen in der Dämmerung durch die menschenleeren Straßen zu ihrem Schwimmtraining im Otters Club fahren würde. Auf der Rückfahrt hielten sie an einem Stand, um eine Schale Milch und süße Reismehlpfannkuchen zu kaufen, die jeweils in eine Hochglanzseite aus einer englischen Zeitschrift eingewickelt waren.

Selbst in den Monsunmonaten lief sie um sechs Uhr morgens vom Wagen durch die Wolkenbrüche, sprang in das regengetüpfelte Wasser und schwamm eine Stunde lang aus Leibeskräften. Zehn Mädchen und ihre Trainerin, der Lärm des Regens, der auf die Autodächer prasselte, auf die harte Wasseroberfläche und auf die enganliegenden Bademützen der Schwimmerinnen, die drauflosplatschten, kehrtmachten und wieder auftauchten, während ein halbes Dutzend Eltern die *Daily News* lasen. Jede wirkliche Anstrengung und Energie ihrer Kindheit schien sich vor halb acht Uhr morgens ereignet zu haben. Diese Gewohnheit behielt sie im Westen bei; sie arbeitete zwei, drei Stunden lang, bevor sie in ihre Vorlesungen oder Übungen ging. In gewisser Hinsicht ähnelte ihr späteres besessenes Wühlen, um etwas herauszufinden, jener Unterwasserwelt, in der sie im Rhythmus angespannter Aktivität schwamm, als blicke sie durch die Zeit.

Trotz Sarath' Vorschlag, sie solle ausschlafen, hatte Anil folglich um sechs Uhr morgens schon gefrühstückt und war auf dem Weg zum Kynsey Road Hospital. Die ewigen Krabbenverkäufer standen am Straßenrand und hielten den Fang der letzten Nacht feil. In der Luft hing der Hanfgeruch der Seile, die vor Zigarettenständen angezündet waren. Als Kind hatte sie diesem Geruch nicht widerstehen können und sich in seiner Nähe herumgetrieben. Plötzlich fiel ihr unerfindlicherweise ein, wie die Schülerinnen des Ladies' College von einem Balkon zu den Schülern von St. Thomas herunterschauten – Rowdies allesamt –, die es darauf abgesehen hatten, so viele Verse wie möglich des Lieds »Der alte Kahn Venus« zu singen, bevor die Aufseherin sie verjagte.

> *Die Fahrt auf dem alten Kahn Venus,*
> *Die war weiß Gott ein Ereignis.*
> *Die Galionsfigur trieb's wie die letzte Hur*
> *Und schleckte dem Käpt'n den Penis.*

Die Mädchen, die in ihrer Schule beinahe so behütet lebten wie innerhalb der Grenzen höfischer Liebe, waren im Alter von zwölf und dreizehn Jahren von dieser seltsamen Choreographie überrascht worden, hörten aber aufmerksam zu. Erst als Zwanzigjährige in England sollte Anil das Lied wieder hören. Und da – bei einer Party nach einem Rugbyspiel – schien es besser zur Situation zu passen, zu dem männlichen Imponiergehabe um sie herum. Der Trick der Schüler von St. Thomas hatte darin bestanden, daß sie Notenblätter hochhielten, und anfangs hatte das Lied wie ein Weihnachtslied geklungen, mit Trillern und Variationen und wortlosem Summen, und so gelang es ihnen, die Aufseherin zu täuschen, die nur auf die Melodie achtete. Nur die Mädchen aus der vierten und fünften Klasse hörten jedes Wort.

> *Der Steuermann, der hieß Roger*
> *Und war ein kompletter Versager.*
> *Zum Scheißen zu dumm, soff Pisse als Rum,*
> *Und die Mannschaft, die rief: Halleluja!*

Anil liebte diesen Vers, und in den unerwartetsten Momenten gingen seine eingängigen Reime ihr im Kopf herum. Sie hatte eine Vorliebe für Lieder zornigen und strafenden Inhalts. Und so kam es, daß sie sich um sechs Uhr morgens auf dem Weg zum Krankenhaus an die übrigen Verse von »Der alte Kahn Venus« zu erinnern versuchte und die ersten laut sang. An den Rest erinnerte sie sich nicht deutlich und spielte ihn mit den Lippen, als wolle sie eine Tuba imitieren. »Ein echter Klassiker«, murmelte sie im Selbstgespräch. »Eines der ganz großen Lieder.«

Die angehende Wissenschaftlerin in Colombo, die über Larven geschrieben hatte, entpuppte sich als Mitarbeiterin in einem der Räume, die an die Pathologie grenzten. Anil hatte sich nicht auf Anhieb auf ihren Namen besinnen können, doch nun sah sie Chitra Abeysekera vor sich, die damit beschäftigt war, auf der Schreibmaschine Bewerbungsunterlagen auszufüllen, deren Papier von der Luftfeuchtigkeit im Raum schlaff war. Sie tippte im Stehen; sie trug einen Sari und hatte neben sich Dinge, die wie ein tragbares Büro aussahen – zwei große Kartons und einen Metallkasten. Sie enthielten Forschungsergebnisse, Präparate, Petrischalen und Teströhrchen. Der Metallkasten enthielt Insektenbrut.

Die Frau sah zu Anil auf.

»Störe ich …?« Anil blickte auf die vier Zeilen, die die Frau gerade getippt hatte. »Wollen Sie nicht eine Pause machen und mich weiterschreiben lassen?«

»Sind Sie nicht die Frau aus Genf?« Ihre Miene wirkte ungläubig.

»Doch.«

Chitra sah auf ihre Hände, und beide lachten. Die Haut war mit Schnitten und Insektenstichen bedeckt. Wahrscheinlich konnten diese Hände ohne weiteres in einen Bienenstock greifen und Beute machen.

»Sagen Sie mir, was ich schreiben soll.«

Anil trat neben sie, und während Chitra sprach, änderte sie den Text leicht ab, fügte Adjektive hinzu, formulierte den Antrag auf finanzielle Förderung dringlicher. Chitras nüchterne Darstellung ihres Projekts hätte kaum Aussicht auf Erfolg gehabt. Anil versah das Ganze mit der erforderlichen Dramatik und verwandelte Chitras Auflistung ihrer Fähigkeiten in einen attraktiveren Lebenslauf. Als sie fertig waren, fragte sie Chitra, ob sie gemeinsam essen gehen sollten.

»Nicht in der Krankenhauskantine«, sagte Chitra warnend. »Der Koch verdient sich in der Pathologie sein Zubrot. Wissen Sie, was mir gefallen würde? Chinalokal mit Klimaanlage. Wie wär's mit Flower Drum?«

Bis auf drei Geschäftsleute war das Restaurant leer.

»Danke für Ihre Hilfe beim Ausfüllen«, sagte Chitra.

»Es ist ein interessantes Projekt. Und wichtig. Können Sie die ganze Arbeit hier tun? Haben Sie Zugang zu Labors und so weiter?«

»Ich muß es hier tun, wegen der Larven ... und Puppen. Ich muß die Tests in der richtigen Temperatur durchführen. Und England gefällt mir nicht. Irgendwann will ich nach Indien gehen.«

»Wenn Sie Hilfe brauchen, sagen Sie mir Bescheid. Mein Gott, ich hatte schon ganz vergessen, wie sich kühle Luft anfühlt. Am liebsten würde ich hier einziehen. Ich möchte mit Ihnen über Ihre Forschungen sprechen.«

»Später, später. Sagen Sie mir, was Ihnen am Westen gefällt.«

»Oh – was mir gefällt? Ich glaube, am meisten gefällt mir, daß ich tun und lassen kann, was ich will. Hier gibt es überhaupt keine Anonymität. Mein Privatleben fehlt mir.«

Diese westliche Tugend machte keinerlei Eindruck auf Chitra.

»Ich muß um halb zwei zurück sein«, sagte sie und bestellte Chow Mein und Coca-Cola.

Der Karton mit den Teströhrchen stand offen; Chitra untersuchte eine Larve unter dem Mikroskop. »Die hier ist zwei Wochen alt.« Sie hob sie mit der Pinzette auf und legte sie in eine Schale, die ein Stück menschliche Leber enthielt, das, wie Anil vermutete, auf illegalem Weg beschafft worden war.

»Es geht nicht anders«, sagte Chitra als Antwort auf Anils Blick, bemüht, die Sache zu verharmlosen. »Bevor jemand beerdigt wurde, hat man ein kleines Stück weggenommen, um mir einen Gefallen zu tun. Die Wachstumsrate von Insekten, die sich so ernähren, unterscheidet sich signifikant von der, wenn Organe anderer Lebewesen verwendet werden.« Sie legte den Rest der Leber in eine Kühlbox, holte ihre Tabellen und breitete sie auf dem großen Tisch aus. »Sagen Sie mir, was ich für Sie tun kann ...«

»Ich habe ein teilweise verbranntes Skelett. Kann man in diesem Zustand noch etwas über Larven erfahren?«

Chitra hielt sich die Hand vor den Mund und rülpste, wie sie es seit dem Essen ununterbrochen getan hatte. »Hängt davon ab, wo es sich befindet.«

»Das ist das Problem. Ich habe Erdproben von der Stelle, wo wir es gefunden haben, aber wir vermuten, daß es dort nicht von Anfang an begraben war. Den ursprünglichen Begräbnisort kennen wir nicht. Erde habe ich nur von der letzten Fundstelle.«

»Ich könnte mir die Knochen ansehen. Manche Insekten ernähren sich von Knochen, nicht vom Fleisch.« Chitra lächelte sie an. »Vielleicht gibt es noch Larven vom ursprünglichen Ort. Wenn wir die Insektenarten kennen, können wir die Gegend ungefähr bestimmen. Schon komisch, nur in den ersten Monaten locken die Knochen bestimmte Tiere an.«

»Ungewöhnlich.«

»Hmm«, sagte Chitra, als esse sie Schokolade. »Manche Schmetterlinge suchen die Feuchtigkeit ...«

»Kann ich Ihnen einige der Knochen zeigen?«

»Ich fahre morgen für ein paar Tage in die Berge.«

»Dann heute abend? Paßt Ihnen das?«

»Hmm.« Chitras Stimme klang desinteressiert, abgelenkt durch einen Hinweis, eine Zeitangabe auf einer ihrer Tabellen. Sie wandte sich von Anil zu einem Sortiment von Insekten und wählte mit ihrer Pinzette eines im richtigen Alter und mit der richtigen Beleibtheit.

Am selben Abend goß Sarath im Frachtraum des Schiffes in Aceton aufgelöstes Plastik in ein flaches Gefäß und holte den Kamelhaarpinsel hervor, mit dem er die Knochen behandeln würde. Um ihn herum dämmriges Licht, das Summen des Generators.

Er trat an den Seziertisch, auf dem ein Skelett lag, hob die Klemmleuchte hoch – die einzige Quelle hellen, konzentrierten Lichts in diesem Raum – und ging mit der brennenden Lampe bis zu einem Schrank ganz hinten. Er öffnete den Schrank, füllte ein Glas zu zwei Dritteln aus einer Flasche mit Arrak und ging zum Skelett zurück.

Nun, der Luft ausgesetzt, würden die vier Skelette aus Bandarawela bald zu modern beginnen.

Er löste eine neue Wolframcarbidnadel aus ihrer Plastikhülle, steckte sie in die Halterung und begann die Knochen des ersten Skeletts zu säubern, die Erdreste von ihnen zu lösen. Dann schaltete er einen Luftschlauch ein und richtete den schwachen Strahl auf jeden einzelnen Knochen, ließ die Luft die Spuren des Traumas streicheln, als blase er mit gespitzten Lippen kühlen Atem auf die Stelle, wo ein Kind sich verbrannt hatte. Er tauchte den Kamelhaarpinsel in die Lösung und begann eine dünne Schicht schützendes Plastik auf die Knochen aufzutragen, Rückgrat und Rippen entlang. Danach trug er die Klemmleuchte zum zweiten Tisch und bearbeitete das zweite Skelett. Dann das dritte. Als er den Tisch mit Seemann erreichte, drehte er den Fersenknochen zur Seite, um den zentimetertiefen Einschnitt zu finden, wo Anil dem Fersenbein ein Knochenstück entnommen hatte.

Sarath dehnte und reckte sich und ging aus dem Licht in die Dunkelheit, tastete mit ausgestreckten Händen nach der Arrakflasche, die er zu Seemann in den Lichtkegel mitbrachte. Es war etwa zwei Uhr morgens. Als er alle vier Skelette behandelt hatte, machte er sich über jedes von ihnen Notizen und fotografierte drei von vorne und von der Seite.

Beim Arbeiten trank er. Der Plastikgeruch machte sich deutlich bemerkbar. Frischluftzufuhr gab es keine. Er sperrte die Türen geräuschvoll auf und kletterte mit der Arrakflasche an Deck. Über Colombo lag die Finsternis des Ausnahmezustands. Es wäre schön gewesen, zu dieser Stunde die Stadt zu Fuß oder auf dem Fahrrad zu erkunden. Die bedeutungsschwere Stille in der Nähe der Straßensperren, die alten Bäume, die entlang Solomon Dias Mawatha einen Baldachin bildeten. Im Hafen um ihn herum jedoch herrschte Geschäftigkeit – das Licht eines Schleppers, der sich im Wasser bewegte, die weißen Strahlen von Traktoren, die auf den Kais Kisten transportierten. Drei oder vier Uhr morgens. Er würde absperren und den Rest der Nacht auf dem Schiff schlafen.

Im Frachtraum hing noch immer der Plastikgeruch. Er holte ein dichtgepacktes Bündel Beedis aus einer Schublade, zündete eine an und inhalierte ihre satten und tödlichen zweiunddreißig angedeuteten Aromen. Er nahm die Klemmleuchte und ging zu Seemann. Ihn mußte er noch fotografieren. Na gut, tu es jetzt, sagte er sich und machte zwei Aufnahmen, eine von vorne, eine von der Seite. Er wartete, während die Polaroids entwickelt wurden, und schwenkte sie in der Luft. Als Seemanns Foto fertig war, steckte er das Bild in einen braunen Umschlag, versiegelte und beschriftete ihn und verstaute ihn dann in seiner Manteltasche.

Die drei anderen Skelette hatten keine Köpfe. Aber Seemann hatte einen. Sarath legte die halbgerauchte Beedi in die Metallspüle und beugte sich vor. Mit einem Skalpell zerteilte er die Ligamente, die den Schädel mit den Halswirbeln verbanden, und löste ihn ab. Er nahm ihn mit zu seinem Schreibtisch. Die Verbrennungen waren nicht bis zum Kopf gelangt; Stirnbein, Jochbein und Tränenbein waren glatt, die Nähte der Knochenplatten waren festgefügt und unbeschädigt. Sarath wickelte ihn in Plastik ein und steckte ihn in eine große Einkaufstüte mit der Aufschrift »Kundanmal's«. Er kehrte zurück und fotografierte Seemann ohne Kopf, zweimal, von der Seite und von vorne.

Jetzt war ihm klarer als je zuvor bewußt, daß er und Anil Hilfe benötigten.

Der Hain der Asketen

Der Epigraphiker Palipana bildete einige Jahre lang den Mittelpunkt einer nationalistischen Gruppierung, die schließlich den Europäern die Oberhoheit über die Archäologie in Sri Lanka entriß. Er hatte sich mit der Übersetzung von Pali-Texten und mit der Aufzeichnung und Entzifferung der Felsinschriften des Inselbergs Sigiriya einen Namen gemacht.

Palipana, Haupt einer pragmatisch orientierten singhalesischen Bewegung, schrieb einen klaren Stil, arbeitete auf der Grundlage ausführlicher Forschungen und kannte sich in den Zusammenhängen alter Kulturen hervorragend aus. Während man im Westen die Geschichte Asiens als fernen Horizont betrachtete, an dem sich Europa mit dem Osten verband, sah Palipana sein Land als unergründlich tief und farbig und Europa lediglich als Landmasse am Ende der asiatischen Halbinsel.

In den siebziger Jahren hatte man angefangen, eine Reihe internationaler Konferenzen abzuhalten. Wissenschaftler flogen für eine Woche nach Delhi, Colombo und Hongkong, erzählten ihre Lieblingsanekdoten, fühlten den Puls der ehemaligen Kolonie und kehrten nach London oder Boston zurück. Irgendwann begriff man, daß europäische Kultur alt sein mochte, asiatische Kultur aber älter war. Palipana, mittlerweile das geachtetste Mitglied der srilankischen Gruppierung, besuchte einmal eine derartige Konferenz; es war das erste- und das letztemal. Er war ein wortkarger Mann, außerstande, Höflichkeitszeremonielle und Trinksprüche zu ertragen.

Die drei Jahre, die Sarath bei Palipana studierte, stellten die schwierigste Zeit seiner akademischen Laufbahn dar. Alle archäologischen Angaben eines Studenten mußten bestätigt werden. Jede Keilinschrift, jede Felszeichnung mußte in Heften, in Sand, auf Tafeln so lange reproduziert werden, bis sie in die Träume einging. Für Sarath war Palipana in den ersten zwei Jahren jemand gewesen, der mit Lob geizte und auch geizig (eher denn asketisch) lebte. Er schien unfähig, anderen zu gratulieren, hätte einen anderen nie auf einen Drink oder zum Essen eingeladen. Sein Bruder Nārada, der kein Auto besaß und sich dauernd irgendwohin mitnehmen ließ, wirkte auf den ersten Blick ähnlich, war aber großzügig mit Zeit und Freundschaft, großzügig mit seinem Lachen. Palipana schien sich immer für die Sprache der Geschichte aufzusparen. Ehrgeizig und fordernd war er nur in seinem Anspruch, seine Arbeiten auf ganz bestimmte Weise veröffentlicht zu sehen, mit zweifarbigen Diagrammen auf gutem Papier, das Wetter und Fauna gewachsen war. Erst wenn ein Buch fertiggestellt war, verlagerte sich seine verbissene Konzentration, so daß er sich mit leeren Händen in eine andere Epoche oder Region des Landes begeben konnte.

In seiner Umgebung war die Geschichte allgegenwärtig. Die steinernen Überreste königlicher Bäder und Wassergärten, die versunkenen Städte, die nationalistische Inbrunst, die ihn trug und die er benutzte, verschafften ihm und seinen Mitarbeitern, darunter Sarath, endlosen Stoff zum Aufzeichnen und Interpretieren. Es hieß, er könne in jedem heiligen Hain eine These erkennen.

Palipana war erst in mittleren Jahren Archäologe geworden. Und seine Karriere verdankte er nicht Familienverbindungen, sondern nur dem Umstand, daß er mit den Sprachen und den Forschungsmethoden besser vertraut war als seine Vorgesetzten. Er war nicht sonderlich liebenswert, hatte seinen Charme offenbar in jungen Jahren eingebüßt. Unter seinen Studenten sollte er im Lauf der Jahre nur vier ergebene Protegés finden. Sarath war einer von ihnen. Bis Palipana sechzig war, hatte er sich mit jedem von ihnen überworfen. Keiner der vier hatte ihm die erlittenen Demütigungen verzeihen können. An zwei Dinge jedoch glaubten seine Studenten weiterhin – nein, an *drei*: daß er der beste Theoretiker der Archäologie im Lande war, daß er fast immer recht hatte und daß er trotz Ruhm und Erfolg weiterhin bescheidener lebte als jeder von ihnen. Vielleicht lag letzteres daran, daß er der Bruder eines Mönchs war. Palipanas Garderobe beschränkte sich augenscheinlich auf zwei identische Aufmachungen. Und je älter er wurde, um so weniger verkehrte er mit der Außenwelt, außer es betraf seinen ungeminderten Ehrgeiz als Autor. Sarath hatte ihn jahrelang nicht gesehen.

Während dieser Jahre war Palipana ohne viel Federlesens aus dem Establishment entfernt worden. Es begann mit seiner Veröffentlichung von Deutungen einer Reihe von Felsgraffiti, die Archäologen und Historiker verblüfften. Er hatte einen lingustischen Subtext entdeckt und übersetzt, der die politischen Wendungen und königlichen Winkelzüge auf der Insel im sechsten Jahrhundert erhellte. In ausländischen und inländischen Zeitschriften wurde die Arbeit gefeiert, bis einer von Palipanas Protegés die Ansicht äußerte, daß es keinen wirklichen Beweis für die Existenz der Texte gebe. Sie seien eine Erfindung. Historiker zeigten sich außerstande, die Schriftzeichen nachzuweisen, über die Palipana geschrieben hatte. Niemand konnte die Sätze der sterbenden Krieger finden, die er zitiert und übersetzt hatte, oder eines der Fragmente der von Königen hinterlassenen sozialen Manifeste oder die erotischen Verse in Pali, die von namentlich aufgeführten Liebenden und Höflingen stammen sollten, obwohl sie in der *Culavamsa* nirgends erwähnt waren.

Die detaillierten Verse, die Palipana veröffentlicht hatte, schienen anfangs Debatten und Streitigkeiten der Historiker beendet zu haben; für die Texte bürgte Palipanas Ruf als gewissenhafter Historiker, dessen Arbeit immer auf penibelster Recherche basierte. Nun argwöhnten manche, er habe seine ganze Laufbahn so inszeniert, um die Welt mit diesem einen Betrug zu täuschen. Vielleicht aber war es in seinen eigenen Augen etwas anderes als ein Betrug und nicht nur eine Täuschung; vielleicht war es für ihn kein Fehltritt, sondern das Eintreten in eine andere Realität, die letzte Phase eines langen, ehrlichen Tanzes.

Doch niemand konnte diese befremdliche Tat bewundern. Palipanas akademischen Anhänger nicht und nicht einmal Protegés wie Sarath, dem sein Mentor die ganze Studienzeit hindurch Laschheit und Ungenauigkeit vorgeworfen hatte. Die Fälschung, »Palipanas Fälschung«, wurde als Verrat an den Prinzipien aufgefaßt, die seinen Ruf begründet hatten. Fälschungen von der Hand eines Meisters kündeten von weit mehr als nur Übermut, sie kündeten von Verachtung. Nur unter dem allerharmlosesten Aspekt konnte man sie als autobiograhischen oder möglicherweise biochemischen Zusammenbruch deuten.

Die Graffiti des großen Inselbergs Sigiriya befanden sich an einem überhängenden Stück Fels nach den ersten paar hundert Metern Steigung. Älter als die berühmteren Malereien göttinnengleicher Frauen an der Spiegelmauer, waren sie höchstwahrscheinlich im sechsten Jahrhundert in den Stein geschnitten worden. Die verblaßten mottenfarbenen Inschriften hatten Historiker von jeher angezogen und beschäftigt – sie waren rätselhafte Bekundungen ohne ersichtlichen Zusammenhang –, und auch Palipana hatte sie fünfzehn Jahre seines Lebens lang erforscht und darüber gerätselt. Als Historiker und Wissenschaftler näherte er sich jedem Problem auf vielen Ebenen. Es war wahrscheinlicher, daß er neben einem Steinmetz arbeitete oder einer Wäscherin an einem neuentdeckten Felsbecken zuhörte, als daß er sich mit einem Professor der Universität von Peradeniya abgab. Schriftzeichen näherte er sich nicht mit Hilfe eines historischen Textes, sondern mit der pragmatischen Aufmerksamkeit gegenüber ererbten Fähigkeiten. Seine Augen erkannten, wie die unregelmäßige Oberfläche einer Felswand die Form einer gemalten Schulter erzwungen haben konnte.

Nachdem er bis zu seinem vierzigsten Jahr Sprachen und

Texte studiert hatte, verbrachte er die nächsten dreißig Jahre in der Feldforschung, schon im vorhinein im Besitz der historischen Erkenntnis. Wenn Palipana sich einem Fundort näherte, wußte er also bereits, was er vorfinden würde – sei es ein erkennbares Muster freistehender Pfeiler auf einer Lichtung, sei es ein vertrautes Bild auf einer Höhlenwand hoch oben. Es war eine eigenartige Selbsterkenntnis für jemanden, der in seinen Folgerungen immer bescheiden gewesen war.

Er breitete die Hände über jedes neuentdeckte Zeichen. Er zeichnete jeden Buchstaben des steinernen Buches von Polonnaruwa nach, eines Felsblocks, der zu einem Rechteck von etwa einem Meter Höhe und zehn Meter Länge geschnitten war, zum ersten Buch des Landes, legte seine bloßen Arme und seine Wange an diesen Sockel, auf dem sich die Hitze des Tages sammelte. Die meiste Zeit des Jahres war der Stein dunkel und warm, und nur zur Monsunzeit füllten sich die Buchstaben mit Wasser und bildeten kleine, vollendet geformte Häfen wie zu Karthago. Ein riesenhaftes Buch im Gras und Gestrüpp des heiligen Mauergevierts von Polonnaruwa, mit eingemeißelten Buchstaben, von einem Entenfries umsäumt. Enten für die Ewigkeit, flüsterte er lächelnd in der Mittagshitze, nachdem er sich das, was er einem alten Text entnommen hatte, zusammengereimt hatte. Ein Geheimnis. Seine größten Freuden waren solche Entdeckungen wie die, als er einen tanzenden Ganescha – möglicherweise den ersten in Stein geschnittenen Ganescha der Insel – mitten in einem Fries von Menschen in Mihintale entdeckte.

Er zog Parallelen und Verbindungen zwischen den Techniken der Steinmetze, die er in Matara erlebte, und der Arbeit, die er in den Jahren seiner Textübersetzungen und seiner Feldforschung geleistet hatte. Und er begann Dinge, über die man nur spekulieren konnte, als Wahrheit zu betrachten. Dies erschien ihm keineswegs als Fälschung oder Irreführung.

Die Archäologie unterliegt den gleichen Regeln wie der Code Napoléon. Es ging nicht darum, daß man ihm jemals nachweisen konnte, daß er sich mit seinen Theorien irrte, sondern darum, daß er nicht beweisen konnte, daß er recht hatte. Dennoch hatten die Muster, die für Palipana zutage traten, miteinander zu verschmelzen begonnen. Sie reichten einander die Hand. Sie erlaubten ihm, auf dem Wasser zu wandeln, sie erlaubten ihm, von Wipfel zu Wipfel zu springen. Das Wasser füllte ein eingeritztes Alphabet und verband dieses Ufer mit jenem. Und so trat die unbeweisbare Wahrheit zutage.

Wie gründlich er auch weltliche Güter und gesellschaftliche Gepflogenheiten aus seinem Leben verbannt haben mochte, es wurde ihm, als Antwort auf seine unbeweisbaren Theorien, noch mehr genommen. Seine Laufbahn weckte keine Ehrfurcht mehr. Dennoch weigerte er sich preiszugeben, was entdeckt zu haben er behauptete, ohne daß er versucht hätte, sich zu verteidigen. Statt dessen zog er sich zurück. Jahre zuvor war er bei einem Ausflug mit seinem Bruder auf die Überreste eines Klosters im Wald gestoßen, zwanzig Meilen von Anuradhapura entfernt. Mit seiner spärlichen Habe zog er jetzt dorthin. Es ging das Gerücht, er überlebe in den Resten einer »Blätterhalle« mit nur wenig dauerhaften Dingen. Dies paßte zu der Mönchssekte aus dem sechsten Jahrhundert, die so strenge Regeln befolgte, daß sie jeden religiösen Schmuck ablehnte. Nur einen einzigen Steinblock verzierten sie, und ihn benutzten sie zum Urinieren. So demonstrierten sie, was sie von Bildwerken hielten.

Palipana war in den Siebzigern; sein Augenlicht machte ihm Sorgen. Er schrieb noch immer mit der Hand, entriß sich hastig die Wahrheit. Er war zaundürr und trug dieselben Baumwollhosen, die er einst in der Galle Road gekauft hatte, dieselben zwei pflaumenfarbenen Hemden, seine Brille. Er hatte noch immer sein trockenes, kluges Lachen, das denen, die beide kannten, als einzige biologische Verbindung zwischen den Brüdern erschien.

Er lebte mit seinen Büchern und Schreibtafeln im Wald. Doch für ihn war nun alle Geschichte mit Sonnenlicht erfüllt, so wie jede Vertiefung mit Regenwasser – auch wenn er sich mitten in der Arbeit dessen bewußt war, daß das Papier, das diese Geschichten festhielt, schnell alterte. Es war von Insekten zerfressen, sonnengebleicht, windzerwühlt. Und da war sein alter, magerer Körper. Auch Palipana war mittlerweile nur noch den Elementen unterworfen.

Sarath fuhr mit Anil auf der Suche nach Palipana über Kandy hinaus nach Norden in die Trockenzone. Es gab keine Möglichkeit, dem Lehrer mitzuteilen, daß sie kamen, und Sarath hatte keine Ahnung, wie man sie aufnehmen würde – ob man sie abweisen oder mürrisch willkommen heißen würde. Anuradhapura erreichten sie in der Tageshitze. Sie fuhren weiter, und nach einer Stunde befanden sie sich am Waldrand. Sie stiegen aus und folgten zwanzig Minuten lang einem Fußpfad, der sich zwischen großen Felsblöcken dahinschlängelte und plötzlich unerwartet in eine Lichtung mündete. Verlassene Bauten aus Stein und Holz lagen vor ihnen verstreut – die vertrockneten Überreste eines Wassergartens, Felsplatten. Ein Mädchen siebte Reis, und Sarath ging zu ihm und sprach mit ihm.

Das Mädchen kochte Teewasser über einem Feuer aus Zweigen, und alle drei setzten sich auf eine Bank und tranken den Tee. Das Mädchen hatte noch kein Wort gesagt. Anil nahm an, daß Palipana in irgendeiner dunklen Hütte schlief. Nach einer Weile kam ein alter Mann in Sarong und Hemd aus einem der Gebäude. Er ging an ihnen vorbei, zog einen Eimer aus einem Brunnen und wusch sich Gesicht und Arme. Als er zurückkam, sagte er: »Ich habe deine Stimme gehört, Sarath.« Anil und Sarath standen auf, aber Palipana regte sich nicht. Er stand nur da. Sarath bückte sich und berührte die Füße des alten Mannes, und dann führte er ihn zu der Bank.

»Das ist Anil Tissera ... Wir arbeiten zusammen, wir untersuchen Skelette, die bei Bandarawela gefunden wurden.«

»Ja.«

»Wie geht es Ihnen, Sir?«

»Eine ausnehmend schöne Stimme.«

Und plötzlich merkte Anil, daß er blind war.

Er streckte die Hand aus und ergriff ihren Unterarm, berührte die Haut, betastete die Muskeln darunter; sie fühlte, daß er ihren Wuchs und ihre Größe aus diesem Teil ihres Körpers ableitete.

»Erzählt mir davon – wie alt?« Er ließ sie los.

Anil warf einen Blick zu Sarath, der auf den Wald ringsum wies. Wem sollte der alte Mann etwas weitersagen?

Palipanas Kopf bewegte sich unablässig hin und her, als wolle er erfassen, was in der Luft vor sich ging.

»Aha, ein Geheimnis vor der Regierung. Oder ein Regierungsgeheimnis, wer weiß. Wir sind hier im Hain der Asketen. Hier sind wir sicher. Und ich bin der zuverlässigste Geheimnisbewahrer. Außerdem ist es mir egal, wessen Geheimnis es ist. Das weißt du, Sarath, nicht wahr? Sonst wärst du nicht den weiten Weg gekommen, um Hilfe zu suchen. Stimmt das etwa nicht?«

»Wir müssen eine Sache durchdenken, und vielleicht brauchen wir Hilfe. Von einem Spezialisten.«

»Wie du siehst, bin ich blind, aber bring mir, was du mitgebracht hast. Was ist es?«

Sarath ging zu seiner Tasche neben dem Feuer aus Zweigen, entfernte die Plastikverpackung, kam zurück und legte Palipana den Schädel in den Schoß.

Anil beobachtete den alten Mann, der still und reglos vor ihnen saß. Es war gegen fünf Uhr nachmittags; ohne das grelle Sonnenlicht sahen die Felsauswüchse ringsum jetzt bleich und weich aus. Ihr wurde bewußt, daß die Töne um sie herum leiser geworden waren.

»Als Bell im neunzehnten Jahrhundert diesen Ort entdeckte, hielten er und andere Archäologen ihn für eine einstige Sommerresidenz. Aber die *Culavamsa* spricht von der Gründung waldbewohnender Bruderschaften durch Mönche, die Rituale und Prunk ablehnten.«

Palipana deutete nach links, ohne den Kopf zu bewegen. Er bewohnte das schlichteste der fünf Gebäude auf der Lichtung; es war an einen Felsen angebaut und besaß ein vergängliches Laubdach.

»Sie waren nicht wirklich arm, aber sie lebten karg ... Ihr kennt den Unterschied zwischen der grobschlächtigen materiellen Welt und der ›feinsinnigen‹ materiellen Welt, nicht wahr? Und diese wählten sie. Sarath hat dir gewiß von den kunstvoll verzierten Uriniersteinen erzählt. Das hat ihm immer gefallen.«

Palipana schürzte die Lippen. Sein Gesichtsausdruck zeigte eine Spur trockenen Humors, und Anil vermutete, daß dies bei ihm am ehesten einem Lächeln entsprach.

»Wir sind hier sicher, aber die Geschichte lehrt uns natürlich vieles. In der Regierungszeit Udayas III. entflohen einige Mönche dem Hof, um sich dem Zorn des Herrschers zu entziehen. Sie gelangten zum Hain der Asketen. Der König und die Uparaja folgten ihnen und köpften sie. Die Reaktion des Volkes darauf ist auch in der *Culavamsa* verzeichnet. Es geriet in Aufruhr ›wie das Meer, wenn ein Sturm es aufwühlt‹. Verstehst du, der König hatte ein Heiligtum entweiht. Überall im Königreich lehnte man sich gegen ihn auf, und all das wegen einiger Mönche. All das wegen einer Handvoll Köpfe ...«

Palipana verstummte. Anil betrachtete seine schönen, mageren Finger, die den Umriß des Schädels befühlten, den Sarath ihm gegeben hatte, die langen Fingernägel am Augenhöhlenrand und in den Augenhöhlen, und dann umfaßte er den Schädel, als wärmte er seine Hände daran, als wäre er ein Stein aus einem alten Feuer. Er untersuchte den Kiefer, die stumpfe Reihe der Zähne. Sie stellte sich vor, er könne einen bestimmten Vogel tief im Wald hören. Sie stellte sich vor, er könne Sarath' Sandalen auf und ab gehen hören, das Kratzen seines Streichholzes, das Knistern des brennenden Tabaks, während Sarath ein paar Schritte entfernt seine Beedi rauchte. Sie war überzeugt davon, daß er all das hören konnte, den leichten Wind, die anderen Bruchstücke von Geräuschen, die an seinem schmalen Gesicht vorbeitrieben, an seinem eigenen glasigbraunen knochigen Schädel. Und unterdessen blickten die stumpfen Augen geradeaus, durchbohrten, worauf sie fielen. Sein Gesicht war makellos rasiert. Hatte er das getan, oder war es das Mädchen?

»Sag mir, was du denkst – *du*.« Er wandte seinen Kopf Anil zu.

»Nun ja ... wir sind uns nicht ganz einig. Aber wir wissen beide, daß das Skelett, zu dem dieser Kopf gehört, aus der Gegenwart stammt. Es wurde in einem Versteck mit Knochen aus dem sechsten Jahrhundert gefunden.«

»Aber der Halswirbel wurde erst vor kurzem gebrochen«, sagte der alte Mann.

»Er –«

»Das war ich«, sagte Sarath. »Vor zwei Tagen.«

»Ohne meine Erlaubnis«, sagte sie.

»Sarath tut nie etwas grundlos, er läßt sich nicht von Launen leiten. Er hält sich immer in der Mitte des Stroms.«

»Nennen wir es einstweilen eine visionäre Entscheidung unter Alkoholeinfluß«, sagte sie so beherrscht sie konnte.

Sarath blickte zwischen ihnen hindurch, von ihrer Bemerkung keineswegs irritiert.

»Erzähl mir mehr. Du.« Er wandte ihr wieder den Kopf zu.

»Ich heiße Anil.«

»Ja.«

Sie sah, daß Sarath grinste und den Kopf schüttelte. Sie ging nicht auf Palipanas Frage ein und schaute in das dunkle Gebäude, in dem er wohnte.

Kein üppiges Grün umgab sie. Asketen wählten immer Felsbuckel, die sie von der dünnen Erdschicht befreiten. Es gab nur das Dach aus Stroh und Palmblättern. Seine Blätterhalle. Bescheuerte alte Asketen.

Aber es war ruhig hier. Lärmende unsichtbare Zikaden. Sarath hatte ihr erzählt, daß er nach seinem ersten Besuch eines Waldklosters nicht mehr weggewollt hatte. Er hatte geahnt, daß sein exilierter Lehrer eine der Blätterhallen wählen würde, die sich rings um Anuradhapura befanden, in einer traditionell von Mönchen bewohnten Gegend. Und Palipana hatte einmal gesagt, wie sehr er sich wünsche, dort begraben zu werden.

Anil ging an dem alten Mann vorbei und blieb am Brunnen stehen, blickte hinab. »Wohin geht sie?« hörte sie Palipana sagen, doch es klang nicht wirklich verärgert. Das Mädchen kam mit etwas Passionsfruchtsaft und aufgeschnittenen Guaven aus dem Haus. Anil trank schnell aus einem Glas. Dann wandte sie sich zu ihm.

»Wahrscheinlich wurde er zweimal begraben. Worum es geht, ist, daß er beim zweitenmal in einer Sperrzone begraben wurde, zu der nur Polizei, Armee oder hochrangige Regierungsmitarbeiter Zugang haben. Jemand wie Sarath beispielsweise. Niemand sonst kann diese Gebiete betreten. Es sieht also nicht nach einem Verbrechen aus, wie es der Durchschnittsbürger begehen könnte. Ich weiß, daß in Kriegen auch aus persönlichen Gründen Morde begangen werden, aber ich kann mir nicht vorstellen, daß ein Mörder sich den Luxus erlauben würde, das Opfer zweimal zu begraben. Das Skelett, zu dem dieser Kopf gehört, haben wir in einer Felshöhle in Bandarawela gefunden. Wir müssen herausbekommen, ob wir es mit einem Mord zu tun haben, den die Regierung begangen hat.«

»Ja.«

»Die Spurenelemente auf Seemanns Knochen gehören nicht –«

»Wer ist Seemann?«

»*Seemann* haben wir das Skelett genannt. Die Spurenelemente vom Erdboden in seinen Knochen passen nicht zu dem Erdboden, in dem wir ihn gefunden haben. Wir sind uns zwar nicht unbedingt über das genaue Alter der Knochen einig, aber wir sind fest davon überzeugt, daß er zuerst anderswo begraben war. Das heißt, er wurde umgebracht und dann begraben. Dann wurde er ausgegraben, weggebracht und wieder begraben. Nicht nur die Spurenelemente passen nicht, sondern wir vermuten auch, daß der Pollen, der sich an seinen Knochen abgesetzt hat, bevor er begraben wurde, aus einer ganz anderen Region stammt.«

»Wodehouse' *Pollen Grains* ...«

»Ja, darin haben wir nachgesehen. Sarath hat zwei Stellen lokalisiert, wo dieser Pollen vorkommen kann, eine bei Kegalle, die andere im Gebiet von Ratnapura.«

»Aha, ein Gebiet der Aufständischen.«

»Ja. Wo während des Ausnahmezustands viele Dorfbewohner verschwunden sind.«

Palipana stand auf und hielt ihnen den Schädel hin. »Jetzt ist es kühler, wir können essen. Wollt ihr über Nacht bleiben?«

»Ja«, sagte Anil.

»Ich helfe Lakma beim Kochen, wir kochen immer zusammen – vielleicht ruht ihr beide euch währenddessen aus.«

»Ich würde gern ein Bad am Brunnen nehmen«, sagte sie zu ihm. »Wir sind seit fünf Uhr morgens unterwegs. Ist das möglich?«

Palipana nickte.

Sarath trat in das Dunkel der Blätterhalle und legte sich auf eine Matte auf dem Boden. Er wirkte erschöpft von der langen Fahrt. Anil ging zum Wagen und holte zwei Sarongs aus ihrer Tasche; dann kehrte sie zu der Lichtung zurück. Sie zog sich am Brunnen aus, legte die Uhr ab, warf sich das *diyareddha*-Tuch über und ließ den Eimer in die Tiefe fallen. Weit unten klatschte es hohltönend. Der Eimer versank und füllte sich. Sie zog am Seil, so daß der Eimer hochsauste, und faßte es neben dem Griff. Nun goß sie sich das kalte Wasser über den Körper, und die Kühle durchdrang und erfrischte sie. Wieder ließ sie den Eimer in den Brunnen fallen und zog ihn hoch und goß ihn über ihr Haar und ihre Schultern aus, so daß das Wasser den dünnen Stoff über Bauch und Beinen bauschte. Sie verstand gut, daß Brunnen heilig sein konnten. Sie vereinten nackte Notwendigkeit und Luxus. Jeden Ohrring, den sie besaß, hätte sie für eine Stunde am Brunnen hingegeben. Immer von neuem wiederholte sie das Mantra der Handlungen. Als sie fertig war, wickelte sie sich aus dem nassen Tuch und stand nackt im Wind und im letzten Sonnenlicht da, bevor sie den trockenen Sarong anzog. Sie beugte sich vor und schüttelte das Wasser aus ihrem Haar.

Etwas später erwachte sie und richtete sich auf der Bank auf. Sie hörte Geplätscher, und als sie sich umdrehte, sah sie Palipana am Brunnen und das Mädchen, das Wasser über seinen nackten Körper goß. Er stand mit dem Gesicht zu Anil, die Arme gerade herabhängend. Er war so dünn wie ein verirrtes Wildtier, wie ein *Gedanke*. Lakma goß unaufhörlich Wasser über ihn, und jetzt gestikulierten und lachten beide.

Um Viertel nach fünf Uhr morgens hatten diejenigen, die im Dunkeln aufgestanden waren, bereits eine Meile zurückgelegt, die Straßen verlassen und die Felder erreicht. Sie hatten die einzige Laterne, die sie mitführten, ausgeblasen, und bewegten sich jetzt furchtlos in der Dunkelheit, die nackten Füße im Schlamm und im feuchten Gras. Ananda Udugama war die Wege im Finsteren gewohnt. Er wußte, daß sie bald die paar Schuppen erreichen würden, die frischen Erdhügel und die Wasserpumpe und das Loch in der Erde von einem Meter Durchmesser, das der Eingang zum Schacht war.

Im dunkelgrünen Morgenlicht schienen die Männer über der weiten Landschaft zu schweben. Sie konnten die Vögel, die mit Leben in ihren Schnäbeln von den Wiesen aufstiegen, hören und beinahe sehen. Sie begannen ihre Unterhemden auszuziehen. Sie arbeiteten alle in den Edelsteinminen. Bald würden sie unter der Erdoberfläche sein, auf den Knien in den Stollenwänden graben, nach der Härte von Steinen oder Wurzeln oder Edelsteinen fühlen. Sie würden sich im Gewirr der unterirdischen Gänge bewegen, barfuß durch Schlamm und Wasser schlurfen, mit den Fingern den nassen Lehm, die feuchten Wände durchwühlen. Jede Schicht dauerte sechs Stunden. Manche begaben sich im Dunkeln in die Erde und verließen sie bei Tageslicht, andere kehrten in die Dämmerung zurück.

Jetzt standen die Männer und die Frauen neben der Pumpe. Die Männer falteten ihre Sarongs und banden sie um die Taille, dann hängten sie ihre Unterhemden an die Balken des Schuppens. Ananda nahm einen Mundvoll Petroleum, das er auf den Vergaser sprühte. Als er an der Schnur zog, sprang der Motor dröhnend an. Wasser begann aus einem Schlauch *zu laufen. Nicht weit weg hörten sie einen anderen Motor bei einer anderen Edelsteinmine anspringen. In den nächsten zehn Minuten wurde die Landschaft in der Morgendämmerung sichtbar, doch da waren Ananda und drei andere schon eine Leiter hinunter in die Erde verschwunden.*

Bevor die Männer in die Tiefe stiegen, ließen sie sieben angezündete Kerzen in einem angeseilten Korb mehr als zehn Meter in das Loch von einem Meter Durchmesser hinab. Die Kerzen dienten als Lichtquelle und als Warnsignal, falls die Luft gefährliche Gase enthielt. Am Fuß der Grube, wo die Kerzen standen, zweigten drei Tunnel in die tiefere Dunkelheit ab, in welche die Männer sich begeben würden.

Die Frauen, die oben allein zurückgeblieben waren, kümmerten sich jetzt um die Körbe für den Abraum, und keine Viertelstunde später hörten sie das Pfeifsignal und begannen Körbe voll Schlamm hochzuziehen. Als es auf Feldern und Wiesen richtig hell war, erwachte die ganze flache Gegend um Ratnapura stotternd zum Leben – Pumpen holten das Wasser aus den Gruben, und die Frauen benutzten es, um vom Schmutz zu säubern, was auf der Suche nach irgend etwas Wertvollem hochgeholt worden war.

Die Männer unten arbeiteten halb in der Hocke, feucht von Schweiß und dem Wasser in den Tunneln. Wenn sich einer mit dem Grabemesser in Arm oder Oberschenkel schnitt, sah das Blut im Tunnellicht schwarz aus. Wenn Kerzen infolge der allgegenwärtigen Luftfeuchtigkeit qualmend erloschen, lagen die Männer im Wasser, und derjenige, der dem Schacht am nächsten war, kroch durch die Finsternis und sandte die Kerzen ins trockene Tageslicht des Grubenkopfs zurück, damit sie wieder angezündet und zurückgeschickt wurden.

Gegen Mittag war Anandas Schicht vorbei. Er und seine Gefährten kletterten die Leiter hoch und warteten ein paar Meter unter der Erdoberfläche einen Augenblick, um sich auf die gleißende Helligkeit einzustellen, bevor sie weiterstiegen und auf die Wiese traten. Mit Hilfe der Frauen gingen sie zum Erdhügel, wo sie sich mit dem Wasserstrahl, der auf ihre fast nackten Körper traf, von Kopf bis Fuß abspritzen lassen konnten.

Sie zogen sich an und machten sich auf den Heimweg. Um drei Uhr nachmittags war Ananda volltrunken in dem Dorf, in dem er mit Schwester und Schwager lebte. Er rollte von der Matte, auf die man ihn gesetzt hatte, kroch in seiner gewohnten gebückten Haltung zur Tür hinaus und pißte in den Hof, außerstande, sich aufzurichten oder auch nur aufzublicken, um sich zu vergewissern, ob ihm jemand zusah.

In der Blätterhalle mit ihren Schatten und gedämpften Farben fiel Anil als einziger heller Gegenstand Sarath' Armbanduhr auf. Es gab zwei zusammengerollte Matten und einen kleinen Tisch, an dem Palipana schrieb, immer noch, trotz seiner Blindheit, mit einer großen, ausufernden Schrift, die halb Sprache, halb Malerei war – die Grenzen verschwammen. Hier saß er an den meisten Morgen, wenn seine Gedanken wanderten und in dem dunklen Raum eingefangen wurden.

Das Mädchen legte ein Tuch auf den Boden, und sie setzten sich im Kreis darum herum, beugten sich zum Essen hinab und aßen mit den Fingern. Sarath erinnerte sich daran, wie Palipana mit seinen Studenten im Land umhergereist war, schweigend gegessen, ihnen zugehört und unvermittelt in einem zwanzigminütigen Monolog seine Ansichten dargelegt hatte. Und deshalb hatte Sarath *seine* ersten Mahlzeiten schweigend gegessen, ohne irgendwelche Theorien vorzubringen. Er hatte Regeln und Methoden des Diskutierens so erlernt, wie ein Junge Timing und Geschicklichkeit mit reglosem Körper erlernt, indem er eine sportliche Darbietung vom Rand des Spielfelds aus beobachtet. Bei jeglicher Mutmaßung wurden die Studenten von ihrem Lehrer zurechtgewiesen. Sie hatten ihm wegen seiner Strenge vertraut, weil er nicht korrumpierbar war.

Du, sagte Palipana und deutete mit dem Finger. Nie sprach er einen Namen aus, als wäre dieser für das Gespräch oder die Untersuchung bedeutungslos. Nur: *Wann wurde die Schrift in diesen Felsen gemeißelt? Was ist mit dem fehlenden Buchstaben? Wie heißt der Künstler, der diesen Arm gemalt hat?*

Sie reisten auf Nebenstraßen, übernachteten in drittrangigen Rasthäusern, zerrten bearbeitete Steinplatten aus dem Gebüsch ans Tageslicht, und nachts zeichneten sie Karten von Höfen und Palastanlagen, die auf den Überresten von Säulen und Bögen basierten, die sie tagsüber gesehen hatten.

»Ich hatte einen Grund dafür, den Kopf zu entfernen.«

Palipanas Hand deutete nachdrücklich auf die Schale.

»Nehmt von den *brinjals*, auf die bin ich besonders stolz ...«

Sarath wußte, daß Palipanas Unterbrechungen in solchen Augenblicken verrieten, wie aufmerksam er bei der Sache war. Es war eine Art zu scherzen. Die Lebenswirklichkeit wurde einem abstrakten Gedanken gegenübergestellt.

»Ich habe das Skelett mit und ohne Kopf fotografiert, für die Unterlagen. Einstweilen werden wir das Skelett weiter untersuchen – Bodenspuren, palynologische Spuren. Die *brinjals* sind sehr gut ... Sir, Sie und ich beschäftigen uns mit alten Steinen, mit Fossilien, neuerschaffenen ausgetrockneten Wassergärten, wir machen uns Gedanken darüber, warum eine Armee in die Trockenzone einmarschierte. Wir können einen Architekten anhand seiner Art, Winter- und Sommerpaläste zu bauen, identifizieren. Aber Anil lebt in der modernen Zeit. Sie benutzt moderne Methoden. Sie kann mit einer scharfen Säge einen Querschnitt durch einen Knochen machen und auf diese Weise exakt bestimmen, wie alt der Ermordete bei seinem Tod war.«

»Wie ist das möglich?«

Sarath schwieg, damit Anil antwortete. Sie unterstrich das, was sie sagte, mit der freien Hand. »Man legt den Querschnitt unters Mikroskop. Ein Zehntelmillimeter ist erforderlich, damit man die Kanäle erkennen kann, die das Blut transportieren. Wenn Leute älter werden, brechen die Kanäle, verzweigen sich, werden zahlreicher. Wenn wir einen solchen Mechanismus untersuchen können, erfahren wir das Alter annähernd exakt.«

»Annähernd exakt«, brummte er.

»Maximal fünf Prozent Abweichung. Ich schätze, daß die

Person, deren Schädel Sie untersucht haben, achtundzwanzig Jahre alt war.«

»Wie sicher ...«

»Sicherer, als Sie sein können, wenn Sie Schädel und Augenhöhlenrand befühlen und den Kiefer messen.«

»Wie wundervoll.« Er wandte ihr seinen Kopf zu. »Was für ein Wunderwesen du bist.«

Sie errötete vor Verlegenheit.

»Wahrscheinlich kannst du auch anhand eines Stückchens Knochen bestimmen, wie alt so ein Tattergreis wie ich ist.«

»Sie sind achtundsiebzig.«

»Was?« Palipana war entwaffnet. »Meine Haut? Meine Nägel?«

»Ich habe in der Singhalesischen Enzyklopädie nachgesehen, bevor wir losfuhren.«

»Ach so. Ja, ja. Du hattest Glück, daß du eine alte Ausgabe erwischt hast. In der neuen komme ich nicht mehr vor.«

»Dann müssen wir Ihnen eben eine Statue errichten«, sagte Sarath eine Spur zu geflissentlich.

Peinliches Schweigen trat ein.

»Ich habe mein Leben inmitten von Bildnissen verbracht. Ich glaube nicht an sie.«

»Tempel besitzen auch weltliche Heroen.«

»Du hast also den Kopf abgeschnitten ...«

»Wir wissen noch nicht, in welchem Jahr er ermordet wurde. Vor zehn Jahren? Vor fünf Jahren? Noch später? Um das festzustellen, fehlt uns die Ausrüstung. Und angesichts der Umstände, unter denen er begraben wurde, können wir kaum darum ersuchen.«

Palipana schwieg, saß mit gebeugtem Kopf und gekreuzten Armen da. Sarath sprach weiter. »Sie haben ganze Gebiete rekonstruiert, indem Sie Schriftzeichen ansahen. Sie haben Künstler ganze Szenen aus Fragmenten von Bildern wiedererschaffen lassen. Wir haben einen Schädel. Wir brauchen jemanden, der wiedererschaffen kann, was ihm ähnlich gesehen haben könnte. Ein Weg, festzustellen, wann er achtundzwanzig war, wäre, jemanden zu finden, der ihn identifizieren kann.«

Keiner rührte sich. Sogar Sarath senkte jetzt den Blick. Er sprach weiter. »Aber wir kennen keinen Spezialisten und wissen nicht, wie man so etwas bewerkstelligen kann. Deshalb habe ich den Schädel hergebracht. Damit Sie uns sagen, wohin wir uns wenden sollen, was wir tun sollen. Wir müssen es unauffällig tun.«

»Ja, natürlich.«

Palipana stand auf, woraufhin alle aufstanden, und trat aus der Blätterhalle in die nächtliche Finsternis. Sie reagierten auf seine abrupten Handlungen so, wie sie einem Hund Leine gegeben hätten. Alle vier gingen zum *pokuna* und blieben neben dem dunklen Wasser stehen. Anil mußte an Palipanas Blindheit inmitten dieser Landschaft aus Dunkelgrün und Dunkelgrau denken. Die Steinstufen und der Fels schmiegten sich in die abschüssige Erde, so wie die Ziegel- und Holzfragmente sich an das Felsgestein schmiegten. Diese Knochen einer alten Siedlung. Anil war, als wäre ihr Puls eingeschlafen, als bewegte sie sich wie das langsamste Lebewesen der Welt durch das Gras. Sie erfaßte komplizierte Details in dem, was sie umgab. Palipanas Geist war in seiner machtvollen Blindheit sicherlich erfüllt von solchen Dingen. Ich werde diesen Ort nicht verlassen wollen, dachte sie und erinnerte sich daran, daß Sarath ihr das gleiche erzählt hatte.

»Kennt ihr die Tradition des Nētra Mangala?« Er fragte es flüsternd, als dächte er laut. Palipana erhob die Rechte und deutete damit auf sein Gesicht. Er schien sich eher an sie als an Sarath oder das Mädchen zu wenden.

»Nētra heißt ›Auge‹. Es geht um ein Augenritual. Ein besonderer Künstler ist erforderlich, um die Augen einer Heiligenfigur zu malen. Das geschieht immer als letztes. Es verleiht dem Bildnis Leben. Wie ein Zünder. Die Augen sind der Zünder. Es muß geschehen, damit eine Statue oder ein Bild in einem *vihara* ein heiliger Gegenstand werden kann. Knox spricht davon und später Coomaraswamy. Habt ihr ihn gelesen?«

»Ja, aber ich kann mich nicht erinnern.«

»Coomaraswamy weist darauf hin, daß ein Götterbild nichts als ein Metall- oder Steinbrocken ist, bis die Augen aufgemalt sind. Doch nach dieser Handlung *ist das Bildnis fortan eine Gottheit.* Selbstverständlich gibt es verschiedene Arten, die Augen zu malen. Manchmal tut es der König, aber es ist besser, wenn ein Handwerker es tut, ein Künstler. Heutzutage haben wir natürlich keine Könige. Und Nētra Mangala ist besser ohne Könige.«

Anil, Sarath, Palipana und das Mädchen hatten das rechteckige Holzgerüst eines *ambalama* erreicht, in dem sie nun saßen, eine Öllampe in der Mitte. Der alte Mann hatte hingedeutet und gesagt, dort könnten sie sich vielleicht unterhalten und sogar übernachten. Der Holzbau hatte keine Wände und ein hohes Dach. Reisende oder Pilger suchten seinen Schatten und seine Kühle tagsüber auf. Nachts war er nur ein von Dunkelheit durchdrungenes Holzskelett, dessen wenige Pfosten ein Gefühl der Ordnung schafften. Ein Gebäude, auf Fels gebaut. Ein Heim aus Holz und Felsgestein.

Es war fast dunkel, und sie konnten die Luft riechen, die über das Wasser des *pokuna* zu ihnen wehte, konnten das Geraschel unsichtbarer Geschöpfe hören. Jeden Abend wanderten Palipana und das Mädchen von ihrer Waldlichtung her, um in dem *ambalama* zu schlafen. Er konnte über den Rand der Plattform Wasser lassen, ohne das Mädchen wecken und sich von ihm führen lassen zu müssen. Dort lag er und nahm die Geräusche aus dem Meer der Bäume ringsum wahr. Weiter weg gab es Kriege des Schreckens, wo die Schützen in die Detonation ihrer Geschosse verliebt waren, wo der Hauptzweck des Krieges der Krieg geworden war.

Das Mädchen befand sich zu seiner Linken, Sarath zu seiner Rechten, die Frau ihm gegenüber. Er wußte, daß die Frau jetzt aufstand, daß sie entweder zu ihm sah oder über ihn hinaus zum Wasser. Auch er hatte das Aufklatschen gehört. Irgendein Wassertier in dieser stillen Nacht. Aus den Bäumen kam ein Truthahngeier. Zwischen ihm und der Frau – auf dem Felsen, neben der ockergelben Lampe – war der Schädel, den sie mitgebracht hatten.

»Es gab einen Mann, der Augen malte. Er war der beste, den ich kannte. Aber er hat aufgehört.«

»Augen zu malen?«

Er hörte die neuerwachte Neugier in ihrer Stimme.

»Es gibt ein Zeremoniell, mit dem sich der Künstler in der Nacht, bevor er die Augen malt, vorbereitet. Ihr müßt wissen, daß er nur kommt, um die Augen auf das Buddhabildnis zu malen. Die Augen müssen um fünf Uhr morgens gemalt werden. Zu der Stunde, da Buddha der Erleuchtung teilhaftig wurde. Das Zeremoniell beginnt also am Vorabend – der Tempel wird geschmückt, heilige Texte werden rezitiert.

Ohne die Augen herrscht nicht nur Blindheit, sondern das Nichts. Es gibt kein Sein. Der Künstler erweckt Sicht und Wahrheit und Gegenwart zum Leben. Später wird man ihn mit Geschenken ehren. Ländereien oder Ochsen. Er tritt durch die Türen des Tempels. Er ist wie ein Fürst gekleidet, juwelengeschmückt, mit einem Schwert umgürtet, Spitze auf dem Kopf. Er wird von einem zweiten Mann begleitet, der Pinsel, schwarze Farbe und einen Metallspiegel trägt.

Er ersteigt eine Leiter vor der Statue. Sein Begleiter ersteigt sie ebenfalls. Das ist seit Jahrhunderten so, versteht ihr, es gibt Aufzeichnungen darüber seit dem neunten Jahrhundert. Der Maler taucht einen Pinsel in die Farbe und kehrt der Statue den Rücken zu, so daß es aussieht, als stehe er im Begriff, von den großen Armen umschlossen zu werden. Die Farbe auf dem Pinsel ist naß. Der andere, der ihm gegenübersteht, hält den Spiegel hoch, und der Künstler hält den Pinsel über die Schulter und malt die Augen, ohne das Gesicht unmittelbar anzusehen. Er läßt sich nur von der Widerspiegelung leiten – so daß lediglich der Spiegel das direkte Bild des Blicks empfängt, der geschaffen wird. Kein menschliches Auge darf dem des Buddhas beim Prozeß seines Entstehens begegnen. Um ihn herum werden die Mantras gesprochen. *Mögen dich*

die Früchte der Taten erquicken ... Mögen die Tage auf Erden
länger werden ... Heil euch, o Augen!

Seine Arbeit kann eine Stunde oder nicht einmal eine Minute lang dauern, abhängig vom Grad der inneren Vervoll-
kommnung des Künstlers. Er sieht nie direkt in die Augen. Er
kann nur den Blick im Spiegel sehen.«

Anil stand an dem Podest, auf dem sie später schlafen würde,
und dachte an Cullis. Wo er sich aufhalten mochte. Ohne
Zweifel in den Armen seiner umtriebigen Ehe. Sie wollte hier
nicht an ihn denken. Er hatte ihr nicht viel Platz in jener Welt
eingeräumt, und ihr Blick auf ihn war stets ein teilweise ver-
blendeter gewesen.

»Warum kannst du nicht loslassen, Cullis? Laß uns Schluß
machen. Warum sollen wir weitermachen? Nach zwei Jahren
komme ich mir noch immer wie deine Tanzstundenfreundin
vor.«

Sie saß neben ihm auf dem Bett. Ohne ihn zu berühren.
Wollte ihm nur in die Augen sehen, mit ihm sprechen. Er
streckte die Hand aus und griff mit seiner Linken in ihr Haar.

»Was auch geschehen mag, laß mich nicht los«, sagte er.

»Warum nicht?« Sie warf den Kopf zurück, aber er hielt sie
immer noch bei den Haaren fest.

»Laß los!«

Er hielt sie fest.

Sie wußte, wo es war. Sie langte hinter sich, und ihre Finger
umfaßten es, und sie führte das kleine Messer, mit dem er vorhin eine Avocado zerteilt hatte, in sicherem Bogen und stach
es in den Arm, der sie festhielt. Zischend entwich sein Atem.
Ahhh. Alle Betonung auf dem H. Fast konnte sie die Buchstaben sehen, die ihm in der Dunkelheit entströmten, und den
Griff der Waffe in seinem Armmuskel.

Sie sah sein Gesicht an, seine grauen Augen (bei Tageslicht wirkten sie immer blauer), und sah die Weichheit, die
er als Vierzigjähriger seinen Zügen zugestanden hatte, verschwinden, sich verflüchtigen. Die Miene angespannt, seine

Gefühle offengelegt. Er wog alles ab, den physischen Verrat. Ihre rechte Hand umfaßte noch immer das Messer, ohne es wirklich zu halten, streifte es leicht.

Sie sahen einander an, ohne daß einer nachgab. Sie war nicht bereit, von ihrer Wut abzulassen. Als sie sich diesmal losriß, ließen seine Finger ihr nasses dunkles Haar los. Sie wälzte sich von ihm weg und griff nach dem Telefon. Sie trug es ins Licht des Badezimmers und bestellte sich ein Taxi. Sie wandte sich zu ihm um. »Vergiß nicht, daß ich dir das in Borrego Springs angetan habe. Du kannst eine Geschichte daraus machen.«

Sie zog sich im Badezimmer an, schminkte sich und kehrte ins Schlafzimmer zurück. Sie schaltete alle Lampen ein, damit ihr nichts entging, kein Kleidungsstück, während sie ihre Tasche wieder packte. Dann schaltete sie die Lampen aus, setzte sich hin und wartete. Er lag auf dem Doppelbett, ohne sich zu bewegen. Sie hörte das Taxi vorfahren und hupen.

Als sie zu dem Wagen ging, spürte sie, daß ihr Haar noch feucht war. Das Taxi fuhr unter dem Una-Palma-Motel-Schild ab. Ihre Affäre war eine lange Zweisamkeit gewesen, die sich hauptsächlich im verborgenen abspielte, und der Abschied war kurz und unwiderruflich, obwohl sie im Taxi zum Busbahnhof eine Hand zur Brust führte und ihr Herz pochen spürte, als sprudele es die Wahrheit heraus.

Mit einem erhobenen Arm hielt sie sich am Balken über ihrem Kopf fest. Sie kam sich vor wie eine Peitsche, die losschnellen und mit ihrem langen Finger etwas einfangen konnte. Palipana stand der Frau zugewandt, die mit Sarath gekommen war. *Heil euch, o Augen!* Er wiederholte die Worte. Sarath war sich ihres blassen Arms im Licht der Öllampe bewußt, während er Palipana zuhörte. »Wenn er fertig ist, werden dem Maler die Augen verbunden, und man führt ihn aus dem Tempel. Alle Verantwortlichen belohnte der König mit Gütern und mit Land. All das ist aufgezeichnet. Er legte die Grenzen für neue Dörfer fest – Hochland und Flachland, Dschungel und Teiche. *Er setzt fest, daß dem Künstler dreißig* amunu *Saatreis, dreißig Stück Eisen, zehn Büffel aus der Herde und zehn Büffelkühe mit Kälbern zuzuteilen sind.*« In Palipanas Worten tauchten immer erinnerte Stellen aus historischen Texten auf.

»Büffelkühe mit Kälbern«, sagte Anil leise zu sich selbst. »Saatreis ... Man wurde für die richtigen Dinge belohnt.« Doch er hörte sie.

»Könige verursachten in jenen Tagen auch Kriege«, sagte er. »Auch damals konnte man sich auf nichts mit Gewißheit verlassen. Man wußte nicht, was die Wahrheit war. Wir haben die Wahrheit nie besessen. Nicht einmal mit dem, was ihr an den Knochen macht.«

»Wir benutzen die Knochen bei der Suche nach ihr. ›Die Wahrheit wird euch befreien.‹ Daran glaube ich.«

»In unserer Welt ist die Wahrheit fast immer nur eine Meinung.«

In weiter Ferne war Donnergrollen vernehmbar, als würden Erde und Bäume ausgerissen und versetzt. Der hölzerne *ambalama* war wie ein Floß oder ein Himmelbett, das auf der finsteren Lichtung dahintrieb. Vielleicht schmiegten sie sich nicht an den Fels, sondern trieben ohne Anker auf einem Fluß. Sie lag am Rand des Gebäudes auf einem der Podeste. Sie war aufgewacht und hörte, wie Palipana sich alle paar Minuten umdrehte, als fiele es ihm schwer, die richtige Stelle und Stellung zum Schlafen zu finden.

Anil kehrte zu ihren Erinnerungen zurück, zu Cullis. Sie spürte, daß eine physische Verbindung zu ihm existierte, wo immer er sich befinden mochte, über Ozeane und Stürme hinweg, eine dünne telefonische Leitung, die Ästen oder Felsen tief im Meer ausweichen mußte. Hatte er das Bild behalten, wie sie aus dem Zimmer in Borrego geschritten war? Beide hatten sich eine Nacht der Superlative erhofft. Als sie ging, hatte sie sich vorgenommen, ihn später anzurufen, um sich zu vergewissern, daß er nicht eingeschlafen war, doch ihre Wut war noch zu stark, und sie tat es nicht.

Sarath strich am Felsen neben dem *ambalama* ein Streichholz an. Unter ihnen war also kein Fluß. Licht flackerte, und sie roch den Rauch seiner Beedi. Ein Insekt, einer der Bewohner dieses Waldes der Asketen, zirpte – ein Geräusch, als würde eine Uhr aufgezogen. »Die Leidenschaft enthält immer den Mord«, hörte sie Palipana sagen.

Im Dunkeln fuhr er fort: »Selbst wenn man ein Mönch wie mein Bruder ist, kann man Leidenschaft und Mord nicht entgehen. Denn wenn es keine Gesellschaft gibt, kann man auch als Mönch nicht überleben. Man entsagt der Gesellschaft, doch um das zu tun, muß man zu ihr gehört haben, aus ihr zu dieser Entscheidung finden. Das ist das Paradox des Einsiedlers. Mein Bruder entschied sich für das Leben im Tempel. Er entfloh der Welt, und die Welt verfolgte ihn. Er war siebzig, als er von jemandem ermordet wurde, vielleicht von jemandem aus der Zeit, als er sich von der Welt freimachte – denn die Zeit, wenn man die Welt verläßt, ist ein schwieriges Stadium. Ich bin der letzte der Geschwister. Auch meine Schwester ist tot. Das Mädchen ist ihre Tochter.«

Einige Jahre zuvor hatte das Mädchen Lakma miterlebt, wie seine Eltern ermordet wurden. Eine Woche nach ihrer Ermordung wurde das zwölfjährige Kind in ein Waisenhaus der Regierung nördlich von Colombo gebracht, eine von Nonnen geführte Anstalt, in der man sich um Kinder kümmerte, deren Eltern dem Bürgerkrieg zum Opfer gefallen waren. Der Schock über die Ermordung ihrer Eltern hatte jedoch alles in ihr getroffen, hatte sie in ihren verbalen und motorischen Fähigkeiten auf Kleinkindniveau regredieren lassen. Hinzu kam die Verstocktheit einer Erwachsenen. Sie ließ nichts an sich heran.

So zog sie sich über einen Monat lang in sich selbst zurück, schweigend, reaktionslos, unter Einsatz physischer Kraft dazu gezwungen, ihr Zimmer zu verlassen und im Freien Leibesübungen zu machen. Die Alpträume plagten Lakma weiterhin, und sie war unfähig, mit möglichen wirklichen Gefahren fertig zu werden. Ein Kind, das um die Verlogenheit der vermeintlichen Sicherheit der Religionsgemeinschaft um es herum mit ihren reinlichen Schlafsälen und makellosen Betten wußte. Als Palipana, ihr einziger überlebender Verwandter, sie besuchen kam, erkannte er, daß sie an diesem Ort keiner Hilfe zugänglich war. Jedes unvermutete Geräusch bedeutete für sie Gefahr. Sie untersuchte alles Essen auf Insekten oder Glasscherben, schlief nicht in ihrem sicheren Bett, sondern darunter versteckt. Es war die Zeit der Krise in Palipanas eigener Laufbahn, und der grüne Star hatte seine Augen fast ganz ruiniert. Er hatte Lakma einfach mitgenommen, war mit ihr in der Eisenbahn bis Anuradhapura gefahren – die ganze Reise über war sie völlig verängstigt gewesen – und hatte sie dann in einem Karren zu der Einsiedelei im Wald, zu der Blätterhalle und dem *ambalama* im Hain der Asketen gebracht. Auf diese Weise verschwanden sie unbemerkt aus der Welt – ein Greis und ein zwölfjähriges Mädchen, das sich vor jeder menschlichen Gegenwart fürchtete, sogar vor diesem Mann, der es in die Trockenzone gebracht hatte.

Mehr als alles andere wünschte er sich, sie aus der Isolation zu befreien, in die sie gestoßen worden war. Was sie von ihren Eltern gelernt hatte, war allzutief in ihr verschüttet. Palipana, der große Epigraphiker, begann sie auf zwei Ebenen zu erziehen – er verhalf ihr zum mnemotechnischen Meistern des Alphabets und des Ausdrucks, und er unterhielt sich mit ihr auf dem höchsten Niveau seines Wissens und seiner Überzeugungen. All dies ereignete sich, als sein Blick sich trübte und er begann, sich langsam und unter übertriebenem Gestikulieren zu bewegen. (Später, als er der Dunkelheit und dem Mädchen mehr vertraute, reduzierte er seine Bewegungen auf ein Minimum.)

Er nahm an, daß er ihr von Anfang an vertraut hatte, ungeachtet ihrer Wut und ihrer Ablehnung der Welt. Er verwob ihr Leben mit seinen Erzählungen von Kriegen und mittelalterlichen *slokas* und von Texten in Pali, und er erzählte auch davon, wie die Geschichte verging, so wie Schlachten, und nur in der Erinnerung Bestand hatte – denn sogar die *slokas* auf Papyrus und gebundenen Palmblättern wurden irgendwann von Motten und Silberfischchen zerfressen, von Regenstürmen aufgeweicht –, und davon, daß nur Stein und Fels des einen Verlust und des anderen Schönheit für alle Zeiten bewahren konnten.

Sie reiste mit ihm – eine zweitägige Wanderung zu einem Kapitelhaus in Mihintale, sie erklommen die hundertzweiunddreißig Stufen, und sie klammerte sich in ihrer Furcht an den Blinden, der nicht davon abzubringen war, mit dem Bus nach Polonnaruwa zu fahren, um dem Steinernen Buch nahe zu sein und die Enten – die die Ewigkeit versinnbildlichten – zum letztenmal zu berühren. Sie fuhren auf Ochsenkarren, und er schnüffelte die Luft oder lauschte dem Summen in den Gummibäumen und wußte, wo er sich befand, wußte, daß es in der Nähe einen halbversunkenen Tempel gab, und sein magerer Körper sprang vom Karren, und sie folgte ihm. »Wir sind und ich war«, sagte er, »durch die Geschichte geformt. Aber die drei Orte, die ich liebe, sind ihr entgangen. Arankale. Kaludiya Pokuna. Ritigala.«

Und so reisten sie in den Süden bis nach Ritigala, wurden auf langsamen Ochsenkarren mitgenommen, auf denen sie sich mehr in Sicherheit fühlte, und sie kletterten auf den heiligen Berg und stiegen stundenlang durch den stickigen Wald unter dem Gelärme der Zikaden. Sie gelangten zu dem Fußweg, der in einem riesenhaften S nach oben führt. Sie brachen einen kleinen Zweig ab, als sie den Wald betraten, brachten ihn als Opfergabe dar und nahmen nichts sonst von dort mit.

Bei jeder alten Säule, der er im Freien begegnete, blieb er stehen und umarmte sie, als wäre es ein Mensch, den er einst gekannt hatte. Fast sein ganzes Leben hindurch hatte er die Geschichte in Steinen und Inschriften gefunden. In den letzten paar Jahren hatte er die verborgenen, absichtlich verlorengegangenen Geschichten entdeckt, die Sicht und Kenntnis der vergangenen Zeiten veränderten. Wie man die Wahrheit verbarg oder schrieb, wenn es an der Zeit war zu lügen, darum ging es.

Im Juni machte ich mich an die Untersuchung der Inschrift der Steinplatte, die im Vihara von Abhayagiri gefunden worden war... Indem ich das Verzeichnis eingehend erforschte, stellte ich fest, daß die Undeutlichkeit der ursprünglichen Beschriftung des Steins nicht allein aus der Verwitterung resultierte, die der Stein erlebt haben mochte, sondern auch aus dem Vorhandensein einer späteren Beschriftung in sehr kleinen Buchstaben, die zwischen und über den Zeilen eingraviert worden war... Wochenlange unermüdliche Bemühungen führten zur Entzifferung einer fortlaufenden Textstelle, die offenbarte, daß jene späteren Palimpseste – wenn man sie so nennen will – Berichte von historischen Ereignissen waren ...

Das hatte Palipana in seinem berüchtigten letzten Buch geschrieben. Er führte weitere Einzelheiten über den Stil der Marginalien oder des verborgenen Textes an.

Schriftzeugnisse aus unterschiedlichen Zeiten, horizontal, vertikal und diagonal angeordnet, überschneiden sich ... Sanskrittext in Zeilen, die sich von links aus abwärts neigen ... Text, der links mit Kreuz beginnt, in horizontalen Zeilen geschrieben, ebenso wie Zeilen, die diagonal nach oben führen ... Auf den ersten Blick wirkt die Schrift wie eine wirre Ansammlung eingeritzter Linien, doch nach konzentrierter Beobachtung gewöhnt das Auge sich daran, die ursprünglichen Schriftzeichen von denen einer späteren Zeit zu unterscheiden, einzelne Wörter werden lesbar, und mit Hilfe der Kontexte läßt sich die Identität der beschädigten und überschriebenen Buchstaben leicht deduzieren.

Die Inschriften beim Licht der Blitze entziffern und bei Regen und Donner aufschreiben. Eine tragbare Schwefellampe oder ein Feuer aus Dornengestrüpp im Schutz eines Höhleneingangs. Der Dialog zwischen alten und verborgenen Zeilen, das Hin und Her zwischen dem Offiziellen und dem Inoffiziellen im Verlauf einsamer Feldstudien, wenn er wochenlang mit niemandem redete, so daß sie seine einzigen Gespräche bildeten – ein Epigraphiker, der den Stil eines gemeißelten Buchstabens aus dem vierten Jahrhundert studierte und dann in den interlinearen Texten auf eine illegale Geschichte stieß, die von Königen und Staat und Priestern unterdrückt worden war. Diese Verse enthielten den düstereren Beweis.

Lakma sah ihm zu und hörte ihm zu, sagte kein Wort, ein schweigender Famulus, der seinen geflüsterten Geschichten lauschte. Er vermischte Bruchstücke von Erzählungen, so daß sie zu einer Landschaft wurden. Es machte nichts aus, wenn sie nicht zwischen seiner Version und der Wahrheit unterscheiden konnte. Endlich war sie in Sicherheit, bei ihm, dem älteren Bruder ihrer Mutter. Nachmittags schliefen sie in der Blätterhalle auf Matten und nachts innerhalb des *ambalama*-Gerüsts. Als sein Augenlicht ihn verließ, widmete er ihr immer mehr von seinem Leben. Die letzten Tage, als er noch Sehkraft besaß, verbrachte er damit, sie anzuschauen.

Seit er blind war, hatte sie die Autorität erlangt, die er ihr nicht hatte geben können. Sie ordnete die Alltagsrituale neu. Was sie in seiner Nähe tat, war nun Teil der unsichtbaren Welt. Ihre neue Halbnacktheit versinnbildlichte in gewisser Weise ihren Gemütszustand. Sie trug ihren Sarong wie ein Mann. Palipana sah es nicht, sah nicht ihre linke Hand auf ihrem Schamhügel, die an dem neuen Haar zupfte oder damit spielte, während er mit ihr sprach. Das einzige Regulativ ihres Betragens war der Vorrang seiner Sicherheit und seines Wohlergehens. Wenn er sich einer Wurzel näherte, sprang sie in großen Sätzen herbei. Jeden Morgen befeuchtete sie sein Gesicht mit Wasser, das sie abgekocht hatte, und dann rasierte sie ihn. Sie standen früh auf und gingen früh schlafen, Sonne und Mond gehorchend. So hatte sie zwei Jahre lang bei ihm gelebt, als Sarath und Anil erschienen. Bei ihrer Ankunft trat das Mädchen in den Hintergrund, obwohl sie in etwas eindrangen, was eher sein Zuhause war als das Palipanas. *Ihr* Tagesrhythmus wurde gestört. Höflichkeit oder Freundlichkeit des alten Mannes bemerkte Anil nur in seinen Handbewegungen und den Worten, die er Lakma zuflüsterte, gerade so laut, daß man sie auf einen Schritt Entfernung hören konnte, und deshalb waren Anil und Sarath vom Großteil ihrer Gespräche ausgeschlossen. Am Spätnachmittag saß das Mädchen zwischen seinen Beinen, und Palipanas Hände suchten in dem langen Haar nach Läusen und kämmten es mit ihren dünnen Fingern, während das Mädchen ihm die Füße rieb. Wenn er ging, steuerte sie ihn mit einem leichten Zupfen an seinem Ärmel an jedem Hindernis vorbei.

Als Palipana starb, verschwand das Mädchen nachts im Wald, so still wie Baumrinde.

Sie bekleidete seine Nacktheit mit *thambili*-Blättern, die zum Aufbahrungsritus gehörten, und nähte seine letzten Aufzeichnungen in seine Kleidung ein. Einen Scheiterhaufen hatte sie bereits am Rand des *pokuna* vorbereitet, dessen Geräusch er geliebt hatte, und nun züngelten seine Flammen im Wasser des Teichs. Eines seiner Worte hatte sie schon in den Felsen eingeschnitten, eines der ersten Dinge, die er zu ihr gesagt hatte, an dem sie sich in ihren Jahren der Furcht wie an einem Balken festklammerte. Sie hatte es dort angebracht, wo das Wasser auf den Felsen traf, so daß die Worte je nach Wasserstand und Mondanziehung überschwemmt sein oder oberhalb ihrer Widerspiegelung stehen oder in beiden Elementen sichtbar sein würden. Jetzt stand sie bis zur Taille im Wasser und schnitt die singhalesischen Buchstaben so in den dunklen Stein, wie er ihr die Arbeitsweise der Kunsthandwerker beschrieben hatte. Er hatte ihr einmal solche Zeichen gezeigt, die er auch als Blinder fand, und ihren Randschmuck von Enten, die die Ewigkeit versinnbildlichen. Und deshalb schnitt sie links und rechts von seinen Worten Entenumrisse in den Stein. Im Becken von Kaludiya Pokuna erscheint und verschwindet der meterlange Satz noch immer. Er ist schon zu einer alten Legende geworden. Doch das Mädchen, das in der letzten Woche von Palipanas ersterbendem Leben bis zur Taille im Wasser stand und ihn in den Stein schnitt und das den Sterbenden in das Wasser daneben trug und seine Hand im trüben Wasser darauf legte, war nicht alt. Er nickte, erinnerte sich an die Wörter. Und dann blieb er am Wasser, und jeden Morgen entkleidete sich das Mädchen und kletterte am Felsen ins Wasser hinunter und klopfte und meißelte, so daß ihn in den letzten Tagen seines Lebens das laute, großherzige Geräusch von Lakmas Arbeit begleitete, als spreche sie laut. Nur dieser eine Satz. Nicht sein Name und nicht seine Lebensjahre, nur ein sanfter Satz, an dem sie sich einst festgehalten hatte und dessen Widerschein nun das Wasser über den See verbreitete.

Er hatte Lakma seine alte, verwitterte Brille überreicht, und zuletzt, nachdem sie seine Aufzeichnungen in seine Kleidung eingenäht hatte, nahm sie nur diese Brille als Talisman mit, als sie in den Wald verschwand.

Doch in jener Nacht mit den zwei Fremden auf dem *ambalama* spürte das Mädchen Anils Ruhelosigkeit, die es so deutlich erkannte wie Sarath' Beedi, die hie und da im Dunkeln aufleuchtete. Palipana setzte sich auf, und Lakma wußte, daß er sprechen würde, als hätte es keine Unterbrechung von einer halben Stunde gegeben.

»Dem Mann, von dem ich sprach, dem Künstler, ist eine Tragödie in seinem Leben widerfahren. Jetzt arbeitet er in den Edelsteinminen, fährt an vier oder fünf Tagen in der Woche hinunter. Arrak-Trinker, soweit ich gehört habe. Unter Tage ist man in seiner Gesellschaft nicht sicher. Vielleicht ist er noch dort. Er war der Handwerkskünstler, der die Augen malte – wie sein Vater und sein Großvater. Eine ererbte Begabung, obwohl ich glaube, daß er der beste von ihnen war. Ich glaube, er ist der richtige Mann für euch. Ihr werdet ihn bezahlen müssen.«

Anil sagte: »Wofür bezahlen?«

»Um den Kopf zu rekonstruieren«, murmelte Sarath in der Dunkelheit.

Am nächsten Tag machten sie sich auf den Weg nach Colombo, wenngleich keiner von ihnen die verwunschene Gegenwart des alten Mannes und seiner Waldklause verlassen wollte. Sie warteten die Kühle des Sonnenuntergangs ab und fuhren, als Palipana und das Mädchen sich zum Schlafen zum *ambalama* begaben. Eine Stunde südlich von Matale sah Sarath nach einer Kurve die Lichter eines Lastwagens entgegenkommen. Er bremste heftig, und der Wagen schleuderte und drehte sich auf dem Teerbelag. Dann erkannte er, daß die Lichter sich nicht bewegten; der Lastwagen parkte vor ihnen auf der Straße mit eingeschalteten Scheinwerfern.

Er nahm den Fuß von der Bremse und fuhr langsam vorwärts. Anil hatte geschlafen und steckte jetzt den Kopf aus dem Fenster. Vor dem Lastwagen lag ein Mann auf der Straße. Der Lastwagen türmte sich riesengroß über ihm, die Strahlen der Scheinwerfer schienen geradeaus, doch der Mann lag auf dem Rücken unter ihnen im Dunkeln. Er trug kein Hemd, seine nackten Füße ragten keck empor, seine Arme lagen ausgebreitet. Erst waren sie beide erschrocken, dann erkannten sie die Komik der Situation. Tiefe Stille ringsum, als ihr Wagen leise vorbeifuhr. Nicht einmal ein Hund bellte. Keine Zikaden. Der Motor des Lastwagens war abgeschaltet.

»Ist das der Fahrer?« Sie flüsterte, um die Stille nicht zu stören.

»So schlafen sie manchmal, wenn sie sich kurz ausruhen wollen. Bleiben einfach auf der falschen Spur stehen, lassen das Licht an und legen sich für eine halbe Stunde auf den Asphalt. Vielleicht ist er auch nur betrunken.«

Sie fuhren weiter; Anil, die jetzt hellwach war, lehnte sich mit dem Rücken gegen die Tür, so daß sie Sarath beim Sprechen sehen konnte, dessen Worte im Wind, der durch die Fenster hereinrauschte, fast unhörbar waren. Als Archäologe war er immer nachts unterwegs, häufiger noch seit dem Tod seiner Frau, sagte er. Jede Woche zwei Fahrten, nach Puttalam oder an die Südküste.

Er begleitete Studentengruppen, die entlang den Dämmen neben Krabbenfarmen nach alten Dorfanlagen buddelten, oder erkundigte sich nach dem Stand der Restaurierungsarbeiten an einer Steinbrücke in Anarudhapura.

Sie befanden sich kurz hinter Ambepussa und würden den Stadtrand Colombos in einer Stunde erreichen. »In meiner Kindheit wettete mein Vater immer mit uns – wie viele Betrunkene wir neben ihren Lastwagen schlafen sehen würden, an wie vielen Hunden wir vorbeikommen würden. Ein Extrapunkt, wenn wir einen Hund neben einem Betrunkenen sahen. Manchmal waren es auch drei oder vier Hunde im Mondschatten eines für die Nacht abgestellten Lastwagens. Er wettete mit uns, um sich beim Fahren wach zu halten. Er wettete für sein Leben gern.«

Nach einer langen Pause sprach Sarath weiter. »Sein Leben lang hat er gespielt. Als Kinder haben wir das nicht begriffen. Er führte ein geregeltes Geschäftsleben, er war ein angesehener Anwalt. Wir hatten ein normales Familienleben. Aber er war ein Spieler, und mal war Geld da und mal nicht.«

»Als Kind wünscht man sich nur eines, und das ist Zuverlässigkeit.«

»Ja.«

»Als Sie Ihre Frau kennenlernten, waren Sie da sicher, daß Sie ... daß Sie beide ...?«

»Ich wußte, daß ich sie liebte. Aber über uns als Paar war ich mir nie sicher.«

»Sarath, können Sie bitte anhalten?« Sie hörte das leise hohle Klopfen, als sein rechter Fuß vom Gaspedal glitt. Der Wagen fuhr langsamer, ohne anzuhalten. Schweigend blickte sie geradeaus in die Dunkelheit. Er lenkte den Wagen an den Straßenrand, und sie saßen in dem schnurrenden Gefährt.

»Ist Ihnen aufgefallen, daß vorhin bei dem Lastwagen keine Hunde waren?«

»Ja. Das habe ich gemerkt, als ich zu sprechen begann. Irgend etwas stimmte nicht.«

»Vielleicht war es ein Dorf ohne Hunde ... Wir müssen zurückfahren.« Sie wandte den Blick von der Straße ab und sah ihn an, und der Wagen beschrieb einen holprigen Halbkreis und fuhr nach Norden zurück.

Zwanzig Minuten später waren sie bei dem Lastwagen. Der Mann daneben lebte, war aber bewegungsunfähig. Er war fast bewußtlos. Jemand hatte eine Eisenklammer in seine linke Handfläche und eine in seine rechte gehämmert und ihn so auf dem Asphalt gekreuzigt. Er war der Fahrer des Lastwagens, und als Sarath und Anil näher kamen, trat ein Ausdruck des Entsetzens auf sein Gesicht. Als kämen sie zurück, um ihn zu töten oder erneut zu foltern.

Sie hielt das Gesicht des Mannes zwischen ihren Händen, während Sarath die Klammern aus dem Asphalt zog und seine Hände befreite.

»Sie müssen die Klammern bis auf weiteres steckenlassen«, sagte sie. »Versuchen Sie nicht, sie zu entfernen.«

Sarath erklärte dem Mann, daß sie Ärztin war. Sie holten eine Decke aus dem Lastwagen und wickelten ihn hinein und legten ihn auf den Rücksitz. Es gab nichts zu trinken außer einem Rest Magenbitter, den er in einem Zug trank.

Sie fuhren wieder südwärts. Jedesmal wenn sie sich umdrehte, um nach dem Mann zu sehen, blickten seine weitaufgerissenen Augen sie an. Sie sagte zu Sarath, daß sie Salzlösung benötigten. Weiter vorne sah sie ein schwaches Licht, und sie legte Sarath eine Hand auf den Arm, um ihn zum Anhalten zu bewegen. Er fuhr den Wagen an den Straßenrand und schaltete den Motor ab.

»Welches Dorf ist das?«

»Galapitigama. Das Dorf der schönen Frauen«, sagte er wie

in einem Refrain. Sie sah ihn an. »Heißt es. McAlpine hat das behauptet.«

Sie stieg aus und ging zur Tür eines Hauses, hinter der sie Licht sah. Sie roch Tabakrauch. Sarath war neben ihr.

»Wir brauchen Salz. Und heißes Wasser. Wenn es kein heißes gibt, nehme ich kaltes. Eine kleine Schüssel mit Wasser – die Schüssel müssen wir mitnehmen.«

Als die Tür geöffnet wurde, sahen sie einen Raum, in dem auf Kniehöhe Geschäftigkeit herrschte. Sieben Männer befanden sich im Gesichtsfeld, die Zigaretten rollten, sie in Bündeln auf Waagschalen wogen und mit dünner Schnur umwickelten. Illegale Nachtarbeit. Sie trugen nur Baumwollsarongs in dem heißen, engen, fensterlosen Zimmer. Drei Lampen auf dem Fußboden, wo die Beedi-Stapel aufeinandergeschichtet wurden. Alles war im Licht der schmalen, flackernden Flammen bräunlich, orangegelb getönt. Alle Männer trugen blau-grün karierte Sarongs.

Der Mann mit nacktem Oberkörper, der die Tür öffnete, starrte an ihnen vorbei zum Wagen. Offenbar machte ihn der Gedanke nervös, daß sie beide Amtspersonen sein könnten. Sarath erklärte, daß sie einen Topf heißes Wasser und Salz benötigten, und dann fiel ihm ein, um ein paar Beedis zu bitten, falls man ihm welche verkaufen wolle. Darüber mußte der Mann lachen.

Einer der anderen ging durch die Hintertür hinaus, während Anil und Sarath auf der Schwelle standen, und dann kam er mit Salz in einer Hand und einer kleinen Schüssel in der anderen wieder. Anil schloß ihre Finger um sein Handgelenk und drehte es, so daß das Salz wolkig ins Wasser floß.

Diesmal setzte sie sich hinten neben den Lastwagenfahrer. Sarath sagte etwas zu ihm über die Schulter, und der Mann reichte ihr zögernd seine linke Hand. In der schwachen Deckenbeleuchtung tauchte Anil ein Taschentuch in die Salzlösung und drückte es auf seiner Handfläche aus, in der noch immer die Eisenklammer steckte. Dann die andere Hand, dann wieder die linke.

Sarath ließ den Motor an.

Zu beiden Seiten der leeren Straße waren Wälder. Das Surren des Motors erfüllte die Stille, eine Verbindung in dieser stummen Welt, nur sie und Sarath und der Verwundete. Hin und wieder ein Dorf, hin und wieder eine unbemannte Straßensperre, bei der sie bremsen und sich durch die enge Spurführung zwängen mußten. Als sie an einer Straßenlaterne vorbeikamen, sah Anil, daß das, was sie mittlerweile auf den Handflächen ausdrückte, blutiges Wasser war. Trotzdem hörte sie nicht damit auf, weil die Bewegung ihn ruhig und wach hielt, ihn vor dem Schock bewahrte. Die Gesten – wie sie drückte, wie er es geschehen ließ – wurden für beide hypnotisch.

»Wie heißen Sie?«

»Gunesena.«

»Leben Sie in der Nähe?«

Der Mann rollte leicht den Kopf hin und her, ein taktvolles Ja und Nein, und Anil lächelte. Eine Stunde später befanden sie sich am Stadtrand von Colombo, und bald darauf fuhren sie auf den Parkplatz der Notaufnahme.

Ein Bruder

In den Operationsräumen der Lazarette in der North Central Province waren vier Bücher immer griffbereit: Hammonds *Analysis of 2187 Consecutive Penetrating Wounds of the Brain in Vietnam*, *Gunshot Wounds* von Swan und Swan, C. W. Hughes' *Arterial Repair During the Korean War* und das *Chirurgische Jahrbuch*. Ärzte ließen mitten unter der Operation eine Ordonnanz umblättern, so daß sie den Text überfliegen konnten, während sie weiterarbeiteten. Nach zwei Wochen, in denen sie fünfzehn Stunden am Tag operiert hatten, brauchten sie die Hilfe der Bücher nicht mehr und kannten sich mit Wunden und Nähten aus. Doch die medizinischen Texte blieben da, für die Ausbildung künftiger Ärzte.

Im Aufenthaltsraum der Ärzte in einem Lazarett in der North Central Province hatte jemand eine Ausgabe der *Wahlverwandtschaften* zwischen den anderen, abgegriffeneren Taschenbüchern hinterlassen. Dort blieb sie den Krieg hindurch, ungelesen bis auf die Male, wenn jemand sie beim Warten zur Hand nahm, die Inhaltsangabe auf der Rückseite des Buchs studierte und es dann ehrfürchtig zu den anderen auf den Tisch zurücklegte. Diese – ein volkstümlicheres Trüppchen, darunter Erle Stanley Gardner, Rosemary Rogers, James Hilton und Walter Tevis – wurden in zwei, drei Stunden konsumiert, wie Sandwiches, die man im Laufen verschlingt. Hauptsache, man konnte seine Gedanken vom Krieg ablenken.

Die Gebäude, aus denen das Lazarett bestand, waren um die Jahrhundertwende errichtet worden. Bevor die Maßlosigkeit des Krieges Einzug gehalten hatte, war es mit einem gewissen Schlendrian geführt worden. In den grasbewachsenen Innenhöfen behaupteten sich Symbole einer unschuldigeren

Zeit über die Wellen der Gewalt hinweg. Halbtote Soldaten, die es nach Sonne und frischer Luft verlangte, ruhten sich dort aus und nahmen Morphiumtabletten neben einem Schild mit der Aufschrift BETELKAUEN VERBOTEN.

Opfer »bewußter Gewaltanwendung« waren erstmals im März 1984 aufgetaucht. Es waren fast ausnahmslos Männer zwischen Zwanzig und Dreißig, von Minen, Granaten, Mörsergeschossen verwundet. Die diensttuenden Ärzte legten *Das Spiel der Königin* oder *Die Braut des Plantagenbesitzers* beiseite und machten sich daran, die Blutungen zu stillen. Sie entfernten Metall und Steine aus Lungen, nähten aufgeschlitzte Oberkörper. Einer der Texte, die der junge Arzt Gamini im Lazarett las, enthielt eine Wendung, die zu einem Lieblingszitat wurde: *Bei der Diagnose von Gefäßverletzungen ist ein hohes Maß an Zweifeln erforderlich.*

Während der ersten zwei Kriegsjahre wurden mehr als dreihundert Verwundete, die auf das Konto von Sprengstoffexplosionen gingen, ins Lazarett gebracht. Dann wurden die Waffen raffinierter, und der Krieg in der North Central Province wurde brutaler. Die Guerillas besaßen Waffen aus aller Welt, die Waffenhändler ins Land schmuggelten, und sie besaßen ihre selbstgebastelten Bomben.

Die Ärzte retteten zuerst Leben, dann Gliedmaßen. Meistens handelte es sich um Verletzungen durch Granatsplitter. Eine Personenmine von der Größe eines Tintenfasses zerstörte die Füße eines Menschen fast vollständig. Wo sich auf dem Land Lazarette befanden, entstanden neue Dörfer. Man benötigte Rehabilitierungsmaßnahmen und das, was unter dem Namen »Jaipur-Prothese« bekannt werden sollte. In Europa kostete eine Fußprothese zweieinhalbtausend Pfund, während die Jaipur-Prothese hierzulande für dreißig Pfund hergestellt wurde; sie war billiger, weil asiatische Minenopfer ohne Schuhe gehen konnten.

Bei jeder Offensive gingen dem Lazarett schon in der ersten Woche die Schmerzmittel aus. Zu solchen Zeiten war man nicht man selbst, verloren im Gebrüll. Man hielt sich an

jeder Art von Ordnung fest – am Geruch des Desinfektions-
mittels, mit dem Böden und Wände gereinigt wurden, am
»Kinderbehandlungsraum« mit seinen fröhlichen Wandma-
lereien. Der ältere Daseinszweck des Krankenhauses bestand
neben dem Krieg weiter. Wenn Gamini tief in der Nacht zu
operieren aufhörte, ging er über das Grundstück zu den Gebäuden im Ostflügel, wo die Kinderstation war. Die Mütter
waren immer da. Sie saßen auf Hockern und schliefen, Oberkörper und Kopf auf das Bett ihres Kindes gelegt und die
kleinen Hände haltend. Väter waren nicht allzu viele anwe-
send. Gamini betrachtete die Kinder, die von den Armen ihrer
Eltern nichts wußten. Fünfzig Meter entfernt hatte er in der
Notaufnahme erwachsene Männer im Todeskampf nach ihrer
Mutter schreien hören. »*Warte auf mich!*« »*Ich weiß, daß du
hier bist!*« Von da an war ihm die Herrschaft der Menschen
auf Erden suspekt. Er wollte mit niemandem zu tun haben,
der einen Krieg befürwortete. Oder Grundbesitz oder Pri-
vatbesitz oder auch nur individuelle Rechte. All diese Motive
endeten letztlich in den Armen gedankenloser Gewalt. Man
war nicht besser und nicht schlechter als der Feind. Er glaubte
nur an die Mütter, die an ihre Kinder gelehnt schliefen, an
ihre seelische Sexualität, die Sexualität der Fürsorge, die
machte, daß die Kinder sich des Nachts vertrauensvoll geborgen fühlen.

Zehn Betten säumten die Wände, und in der Zimmermitte
stand der Tisch der Krankenschwester. Gamini liebte die
Ordnung dieser geschlossenen Stationen. Wenn er ein paar
Stunden frei hatte, mied er den Ärzteschlafsaal und kam hierher, um sich auf eines der freien Betten zu legen, wo ihn, selbst
wenn er nicht schlafen konnte, etwas umgab, was er sonst nirgends im Land finden konnte. Er wünschte sich den Arm
einer Mutter, der ihn auf dem Bett festhielt, der auf seinem
Brustkorb lag, der einen kühlen Waschlappen an sein Gesicht hielt. Er wandte sich um und beobachtete ein Kind mit
Gelbsucht, das im blaßblauen Licht wie in einem Diorama gebadet war. Ein bläuliches Licht mit einer bestimmten Fre-

quenz, eher warm als kühl. »*Reich mir einen Enzian. Gib mir eine Taschenlampe.*« Gamini hätte gern darin gebadet. Die Schwester sah auf die Uhr und kam von ihrem Tisch, um ihn zu wecken. Aber er hatte nicht geschlafen. Er trank eine Tasse Tee mit ihr und verließ dann die Kinderabteilung, die ihre eigenen Kümmernisse hatte. Er streckte die Hand aus und berührte im Vorbeigehen den kleinen Buddha in der Wandnische.

Gamini überquerte den grasbewachsenen Hof und kehrte in die Räume mit den Kriegsversehrten zurück, wo es keinen großen Unterschied zwischen Patienten vor und nach der Operation zu geben schien. Die einzige zuverlässige Gewißheit war die, daß morgen neue Opfer gebracht werden würden – Opfer von Stichverletzungen, Opfer von Landminen. Orthopädische Traumata, Lungenverletzungen, Rückenmarkverletzungen ...

Ein paar Jahre zuvor war eine Geschichte über einen Arzt aus Colombo namens Linus Corea, einen privat praktizierenden Neurochirurgen, in Umlauf gewesen. Er entstammte in der dritten Generation einer Familie von Ärzten; der Name seiner Familie war so fest etabliert wie der der sichersten Banken des Landes. Linus Corea war Ende Vierzig, als der Krieg ausbrach. Wie die meisten Ärzte hielt er den Krieg für Wahnsinn, und wie die wenigsten von ihnen behandelte er weiterhin Privatpatienten; der Premierminister gehörte ebenso zu seiner Klientel wie der Oppositionsführer. Bei Gabriel's bekam er um acht Uhr morgens seine Kopfmassagen, dann behandelte er von neun bis zwei seine Patienten, und danach spielte er Golf, von einem Leibwächter begleitet. Er aß auswärts zu Abend, kehrte vor der Ausgangssperre nach Hause zurück und schlief in einem klimatisierten Zimmer. Er war seit zehn Jahren verheiratet und hatte zwei Söhne. Er war wohlgelitten; er war höflich zu jedermann, weil es der leichteste Weg war, keinen Ärger zu bekommen und für jene, die ihn nicht interessierten, unsichtbar zu bleiben. Diese Umgänglichkeit war die Luftblase, in der er sich aufhielt. Hinter seinem Verhalten, hinter seiner Höflichkeit verbarg sich ein grundlegender Mangel an Neugier oder zumindest an Zeit für andere. Er fotografierte gern. Abends entwickelte er seine Fotos.

Doch 1987 wurde der Leibwächter erschossen und Dr. Linus Corea entführt, als er gerade auf dem Golfplatz einlochte. Sie kamen langsam aus dem Wald und scherten sich nicht darum, ob er sie sah. Das hieß, daß es ihnen egal war, und das machte ihm mehr als alles andere angst. Er war mit dem Leibwächter allein auf dem Golfplatz gewesen. Er stand neben der Leiche, die auf dem Bauch lag, umringt von den Männern, die ihr Opfer aus einer Entfernung von vierzig Metern genau in die richtige Stelle im Kopf geschossen hatten. Kein Gezappel.

Sie sprachen ruhig in einer erfundenen Sprache zu ihm, was ihn noch mehr ängstigte. Sie schlugen ihn ein einziges Mal und brachen ihm eine Rippe, damit er auf keine dummen Gedanken kam, und dann gingen sie zu ihrem Wagen zurück und fuhren mit Corea fort. Monatelang erfuhr niemand, wohin er gebracht worden war. Die Polizei, der Premierminister, der Vorsitzende der kommunistischen Partei wurden um Hilfe gebeten, und alle waren sie empört. Keine Entführer meldeten sich, um Lösegeld zu verlangen. Es war das Geheimnis von Colombo im Jahre 1987, und in den Zeitungen wurden Belohnungen ausgeschrieben, die niemand beanspruchte.

Acht Monate nach dem Verschwinden von Linus Corea befand seine Frau sich mit ihren zwei Kindern allein zu Hause, als ein Mann an die Tür kam, der ihr einen Brief ihres Mannes überbrachte. Es war eine schlichte Mitteilung. Sie besagte: *Wenn Du mich wiedersehen willst, komm mit den Kindern. Wenn Du es nicht willst, habe ich Verständnis dafür.*

Sie ging zum Telefon, und der Mann zog eine Waffe. Sie blieb stehen. Links neben ihr war ein Becken, in dessen seichtem Wasser Blumen schwammen. Alle ihre Wertsachen waren im Obergeschoß. Sie stand da, während die Kinder in ihren

Zimmern beschäftigt waren. Das eheliche Glück war nicht überwältigend gewesen. Es war eine finanziell abgesicherte, aber keine glückliche Ehe gewesen. Die Zuneigung hielt sich in Grenzen. Doch der Brief offenbarte bei aller Unsentimentalität etwas, was sie niemals erwartet hätte: Er ließ ihr die Wahl. Es war lakonisch ausgedrückt, aber da stand es, großzügig, ohne sie zu bedrängen. Später dachte sie, daß sie nicht gegangen wäre, wenn es sich anders verhalten hätte. Sie flüsterte dem Mann etwas zu. Er antwortete in einer erfundenen Sprache, die sie nicht verstand. Einige der Zeitungsberichte über das Verschwinden ihres Mannes hatten von Entführungen durch UFOs gemunkelt, und das fiel ihr jetzt befremdlicherweise im eigenen Wohnzimmer ein.

»Wir kommen mit Ihnen«, wiederholte sie mit lauter Stimme, und diesmal trat der Mann zu ihr und überreichte ihr einen zweiten Brief.

Er war nicht weniger knapp gehalten und lautete: »*Bring bitte folgende Bücher mit.*« Es folgte eine Liste von acht Titeln. In dem Brief stand, wo sie sie in seinem Arbeitszimmer finden würde. Sie sagte ihren Söhnen, sie sollten Kleidung und Schuhe einpacken, nahm aber selbst nichts mit. Sie hatte nur die Bücher dabei, und sobald sie das Haus verlassen hatten, führte der Mann sie zu einem Wagen mit laufendem Motor.

Linus Corea ging im Dunkeln zu dem Zelt zurück und legte sich auf die Bettstelle. Es war neun Uhr abends; falls sie kamen, würden sie in etwa fünf Stunden eintreffen. Er hatte den Männern gesagt, wann sie sie am ehesten allein zu Hause antreffen würden. Er mußte unbedingt schlafen. Er hatte fast sechs Stunden im Triagezelt gearbeitet, und trotz des kurzen Mittagsschlafs war er erschöpft.

Seit die Aufständischen ihn aus Colombo entführt hatten, befand er sich in ihrem Lager. Sie hatten ihn kurz nach zwei Uhr nachmittags gekidnappt, und um sieben befand er sich in den

Hügeln im Süden. Niemand hatte unterwegs mit ihm gesprochen, sie hatten sich nur untereinander in dieser idiotischen Sprache unterhalten, die sie offenbar für komisch hielten. Wozu das gut sein sollte, war ihm schleierhaft. Als er im Lager ankam, erklärten sie ihm auf singhalesisch, was sie von ihm wollten, nämlich daß er als Arzt für sie arbeitete. Mehr nicht. Er wurde nicht ausgefragt, wurde nicht bedroht. Sie sagten, in einigen Monaten könne er seine Familie sehen. Sie erklärten, er könne jetzt schlafen, werde am Morgen aber an die Arbeit gehen müssen. Ein paar Stunden später weckten sie ihn und sagten, es gebe einen Notfall; sie führten ihn in das Triagezelt, wo sie über einem Halbtoten eine Laterne an einen Haken hängten und verlangten, daß er im Licht der Laterne eine Schädelöffnung vornahm. Der Mann war nicht mehr zu retten, aber sie verlangten, daß er dennoch operierte. Er konnte sich mit seiner gebrochenen Rippe nicht gut bewegen, und jedesmal wenn er sich vorbeugte, durchfuhr ihn ein jäher Schmerz. Eine halbe Stunde später starb der Mann, und sie trugen die Laterne zu einem anderen Bett, wo jemand mit einer Schußwunde schweigend wartete. Das Bein mußte über dem Knie amputiert werden, aber dieser Mann überlebte. Linus Corea legte sich um halb drei schlafen. Um sechs weckten sie ihn, damit er wieder an die Arbeit ging.

Nach ein paar Tagen bat er um ein paar Kittel, Gummihandschuhe, etwas Morphium. Er gab ihnen eine Liste von Dingen, die er benötigte, und in derselben Nacht überfielen sie ein Krankenhaus bei Gurutulawa, wo sie das Nötigste entwendeten und eine Krankenschwester für ihn entführten. Auch sie beklagte sich merkwürdigerweise genausowenig über ihr Geschick, wie er sich über seines beklagt hatte. Insgeheim war er verärgert und einer Welt überdrüssig, die so etwas erforderlich machte, aber das höfliche Gehabe, das in seinem bisherigen Leben Verstellung gewesen war, verließ ihn nicht. Er dankte anderen für Kleinigkeiten und verlangte nichts, was er nicht dringend benötigte. Er gewöhnte sich an diese Bedürfnislosigkeit und war nicht wenig stolz darauf. Wenn er etwas brauchte – Spritzen, Verbandmaterial, ein Buch –, schrieb er eine Liste, die er ihnen gab. Und eine Woche später oder sechs Wochen später bekam er die Dinge. Sie hatten nur den ersten Krankenhausüberfall einzig um seinetwillen unternommen.

Er wußte nicht, wie lange sie ihn bei sich behalten würden, und deshalb begann er der Krankenschwester soviel über die Chirurgie beizubringen, wie er konnte. Rosalyn war um die Vierzig und trotz ihrem scheinbaren Phlegma von schneller Auffassungsgabe. Wenn der Ansturm der Verwundeten nicht zu bewältigen war, operierte sie selbständig an seiner Seite.

Nach dem ersten Monat mußte er sich eingestehen, daß ihm seine Frau und seine Kinder nicht mehr fehlten, nicht einmal unbedingt Colombo. Nicht daß er hier glücklich gewesen wäre, aber er war zu beschäftigt, um sich darüber Gedanken zu machen.

Er hatte nicht genug Energie übrig, um wütend oder beleidigt zu sein. Von sechs Uhr bis mittags. Zwei Stunden für Mittagessen und Ausruhen. Dann weitere sechs Arbeitsstunden. In Krisensituationen arbeitete er länger. Die Krankenschwester war immer bei ihm. Sie trug einen der Kittel, die er verlangt hatte, und war sehr stolz darauf; sie wusch ihn jeden Abend, damit er am Morgen sauber war.

An einem Tag wie jeder andere fiel ihm ein, daß er Geburtstag hatte. Er war einundfünfzig. Der erste Geburtstag in den Bergen. Mittags fuhr der Jeep vor, und er und die Krankenschwester wurden hineinverfrachtet. Nach einer Weile verband man ihm die Augen. Bald darauf wurde er aus dem Wagen gezerrt. Da gab er sich verloren. Heftiger Wind blies ihm ins Gesicht. Seine Füße ertasteten, daß er auf einer Felskante stand. Eine Klippe? Er wurde geschubst und flog durch die Luft, fiel, doch bevor er sich fürchten konnte, traf er auf Wasser. Gebirgskalt. Ihm fehlte nichts. Er riß sich die Binde ab und hörte Hochrufe. Die Schwester sprang in ihren Kleidern vom Felsen neben ihm ins Wasser. Die Männer sprangen hinterher. Irgendwie hatten sie von seinem Geburtstag erfahren. Von da an gehörte ein Sprung ins Wasser zu den täglichen Gewohnheiten, wenn genug Zeit war. Daran dachte er immer vor dem Einschlafen. Es erhöhte seine freudige Erwartung des kommenden Tages. Das Schwimmen.

Er schlief, als seine Familie ankam. Die Schwester versuchte ihn zu wecken, aber er schlief wie ein Stein. Sie schlug vor, seine Frau und die zwei Kinder sollten in ihrem Zelt warten, damit er ungestört schlafen konnte, denn in wenigen Stunden mußte er aufstehen und weiterarbeiten. Weiterarbeiten? sagte die Frau. Er ist schließlich Arzt, sagte die Krankenschwester.

Es war ihr nicht unrecht. Die Fahrt war anstrengend gewesen; sie und die Kinder waren ebenfalls müde. Es war nicht der richtige Moment für Begrüßungen und Gespräche. Als sie am nächsten Morgen aufwachten, war es zehn Uhr, und ihr Mann arbeitete bereits seit vier Stunden. War mit seinem Becher Tee in der Hand in ihr Zelt gekommen, hatte sie angesehen und war dann mit der Schwester zur Arbeit gegangen. Die Schwester hatte zu ihm gesagt, sie sei überrascht, wie jung seine Frau sei, und er hatte gelacht. In Colombo wäre er errötet oder wütend geworden. Ihm war bewußt, daß diese Schwester zu ihm sagen konnte, was sie wollte.

Und als seine Frau und Kinder erwachten, nahm keiner von ihnen Notiz. Die Krankenschwester war nicht im Zelt, die Soldaten, denen sie begegneten, kümmerten sich nicht um sie. Die Mutter bestand darauf, daß sie zusammenblieben, und sie irrten wie Touristen auf dem Gelände umher, bis sie die Krankenschwester fanden, die vor einem schmutzigen Zelt Verbände auswusch.

Rosalyn trat zu ihm und sagte etwas, was er nicht verstand, und sie wiederholte es, erklärte, seine Frau und seine Kinder seien am Zelteingang. Er sah auf und fragte sie, ob sie ihn vertreten könne, und sie nickte. Er unterbrach seine Arbeit im Zelt und ging vorbei an Leuten, die auf dem Boden lagen, zu seiner Frau und den Kindern. Die Schwester sah, daß er sich zusammennehmen mußte, um keine Freudensprünge zu machen. Als er sich seiner Frau näherte, sah sie das Blut auf seinem Kittel und blieb unschlüssig stehen. »Das macht nichts«, sagte er und schloß sie in die Arme. Sie berührte seinen Bart; er hatte ganz vergessen, daß er sich einen hatte wachsen lassen. Es gab keine Spiegel, und er hatte ihn noch nie gesehen.

»Kennst du Rosalyn schon?«

»Ja. Sie hat uns letzte Nacht untergebracht. Du warst natürlich nicht wach zu kriegen.«

»Hmm.« Linus Corea lachte. »Sie halten mich hier auf Trab.« Er hielt inne, dann sagte er: »Es ist mein Leben.«

Jedesmal wenn eine Bombe an einem öffentlichen Ort detonierte, stand Gamini am Eingang des Lazaretts, dem Triagetrichter, und teilte die eintreffenden Opfer in Kategorien ein, indem er den Zustand des einzelnen mit einem Blick einschätzte – die einen schickte er auf die Intensivstation, die anderen in die Chirurgie. Diesmal waren auch Frauen dabei, weil die Bombe auf einer Straße explodiert war. Alle Überlebenden des äußeren Radius kamen innerhalb der ersten Stunde. Die Ärzte verwendeten keine Namen. Man befestigte Schildchen am rechten Handgelenk – oder am rechten Fuß, wenn es keinen Arm mehr gab. Rot hieß Neurologie, grün Orthopädie, gelb Chirurgie. Keine Angaben zu Beruf oder Rasse. So gefiel es ihm. Namen wurden später aufgenommen, wenn die Überlebenden sprechen konnten, damit man im Fall ihres Todes Bescheid wußte. Jedem Patienten wurden zehn Milliliter Blut entnommen und neben Einwegspritzen, die bei Bedarf wieder verwendet wurden, an der Matratze befestigt.

Die Triage sonderte die Sterbenden von denen, die sofort operiert werden mußten, und denen, um die man sich später kümmern konnte; den Sterbenden gab man Morphium, damit sie einen keine Zeit kosteten. Die anderen zu sortieren war schwieriger. Straßenminen, die meist Nägel oder Kugeln enthielten, konnten Leuten den Bauch aufreißen, die sich fünfzig Meter vom Detonationsort entfernt befunden hatten.

Wenn jemand von einer Schockwelle durchdrungen wurde, zerriß ihm oft der Niederdruck die Magenwand. »Irgendwas ist mit meinem Magen passiert«, sagte beispielsweise eine Frau, die fürchtete, von Bombensplittern verletzt worden zu sein, während in Wirklichkeit der Luftdruck ihr den Magen wortwörtlich umgedreht hatte.

Bombenexplosionen waren für alle Beteiligten eine unerträgliche seelische Belastung. Monate später kamen oft noch Überlebende in die Ambulanz und erzählten, daß sie noch immer um ihr Leben fürchteten. Die Schrapnelle und Bombensplitter, die sich durch die Körper weiter entfernter Passanten bohrten, deren lebenswichtige Organe sie wie durch ein Wunder verschonten, waren harmlos, weil die Hitze der Detonation das Metall sterilisierte. Aber der seelische Schock richtete immensen Schaden an. Und hinzu kam die totale oder partielle Taubheit, je nachdem, in welche Richtung man den Kopf an jenem Tag auf der Straße gehalten hatte. Wenige konnten sich ein künstliches Trommelfell leisten.

In solchen Krisenzeiten verrichteten Assistenzärzte die Arbeit orthopädisch geschulter Chirurgen. Die Straßen, die zu größeren Kliniken führten, waren oft wegen der Minen gesperrt, und Hubschrauber konnten nachts nicht eingesetzt werden. Folglich sahen sich die jungen Ärzte mit Traumata und Verbrennungen jeglicher Art konfrontiert. Im ganzen Land gab es nur vier Neurochirurgen: zwei Gehirnchirurgen in Colombo, einen in Kandy und einen, der privat praktizierte – aber der war ein paar Jahre zuvor entführt worden.

Unterdessen kam es weit weg im Süden zu anderen Zwischenfällen. Aufständische stürmten das Ward Place Hospital in Colombo und ermordeten einen Arzt und zwei seiner Assistenten. Sie waren auf der Suche nach einem bestimmten Patienten. »Wo ist Soundso?« hatten sie gefragt. »Ich weiß es nicht.« Dann war die Hölle los. Nachdem sie den Patienten ausfindig gemacht hatten, zückten sie lange Messer und hackten ihn in Stücke. Dann bedrohten sie die Krankenschwestern und forderten von ihnen, daß sie nicht mehr zur Arbeit gingen. Am nächsten Tag kamen die Schwestern nicht in Tracht, sondern in Kittelschürze und Pantoffeln. Auf dem Dach des Krankenhauses waren Schützen positioniert. Überall lauerten Spitzel. Aber das Ward Place Hospital wurde nicht geschlossen.

Von dieser Art Politik war in den Lazaretten wenig zu spüren. Gamini und Kasan und Monica, seine Assistenten, machten ein Nickerchen im Aufenthaltsraum, wenn sie es sich erlauben konnten. Die Hälfte der Zeit konnten sie wegen der Ausgangssperre nicht nach Hause gehen. Schlafen konnte Gamini ohnehin nicht. Er spürte immer noch die Wirkung der Tabletten, die er seit kurzem nahm, das Adrenalin pulste noch in ihm, obwohl sein Gehirn und seine motorischen Sinne erschöpft waren, und deshalb wanderte er zumeist nach draußen in die Dunkelheit unter den Bäumen. Hier und dort rauchten ein paar Leute, Verwandte der Verwundeten. Er wollte mit niemandem sprechen, es war nur das in den Adern pochende Blut, das ihm keine Ruhe ließ. Dann ging er wieder zurück auf die Station, nahm sich ein Taschenbuch und starrte eine Seite an, als sei es eine Szene von einem anderen Planeten. Zuletzt ging er wieder in die Kinderstation, um dort zu schlafen, wo er ein Fremder war und sich sicherer fühlte. Einige Mütter blickten dann mißtrauisch hoch, wie Hennen, bestrebt, ihre Kinder vor dem Unbekannten zu beschützen, bis sie in ihm den Arzt wiedererkannten, der vor zwei Jahren hergekommen war, der nie Schlaf fand und sich jetzt auf eine unbezogene Matratze legte, wo er auf dem Rücken lag, bis sein Kopf beim Betrachten des blauen Lichts nach links fiel. Wenn er eingeschlafen war, schnürte die Nachtschwester seine Schuhe auf und zog sie ihm aus. Er schnarchte laut, und manchmal weckte das die Kinder.

Damals war er vierunddreißig. Es sollte schlimmer werden. Mit Sechsunddreißig arbeitete er in der Unfallklinik in Colombo. »Schußwaffenklinik« nannte man sie. Aber er erinnerte sich an die Kinderstation in der North Central Province, an das blaue Licht über dem gelbsüchtigen Kind, das auch ihn irgendwie getröstet hatte, an seine Wellenlänge zwischen 470 und 490 Nanometer, die die ganze Nacht über den Leberfarbstoff spalten half. Er erinnerte sich an die Bücher, an die vier medizinischen Basistexte und die Geschichten, die er nie zu Ende gelesen hatte, obwohl er sie stundenlang in der Hand hielt, während er sich im Rohrsessel auszuruhen versuchte, irgendeine Art menschlicher Ordnung in sein Inneres zu bringen versuchte und statt dessen nur erlebte, wie sich die Finsternis in diesem Zimmer über ihn senkte, während seine Augen auf die Seiten blickten und sein Gehirn durch sie hindurch auf die Wahrheit ihrer Zeit starrte.

Es war ein Uhr morgens, als Sarath und Anil nach einer Fahrt durch Colombos leere, graue Straßen die Innenstadt erreichten. Als sie vor der Notaufnahme vorfuhren, sagte sie: »Ist das in Ordnung? Daß wir ihn in der Gegend herumkutschieren?«

»Kein Problem. Wir bringen ihn zu meinem Bruder. Wenn wir Glück haben, hat er heute Dienst.«

»Ihr Bruder arbeitet hier?«

Sarath parkte ein und schwieg für einen Augenblick. »Mein Gott, ich bin todmüde.«

»Wollen Sie im Wagen schlafen? Ich kann ihn reinbringen.«

»Es geht schon. Ich sollte sowieso mit meinem Bruder sprechen. Falls er da ist.«

Gunesena schlief; sie weckten ihn, nahmen ihn in die Mitte und führten ihn in das Gebäude. Sarath sprach mit jemandem am Aufnahmeschalter, und sie setzten sich und warteten; Gunesena hielt die Hände wie ein Boxer auf dem Schoß. In der Notaufnahme herrschte eine Arbeitsatmosphäre wie bei hellem Tag, obwohl jedermann sich langsam und leise bewegte. Ein Mann in gestreiftem Hemd kam auf sie zu und unterhielt sich mit Sarath.

»Das ist Anil.«

Der Mann im gestreiften Hemd nickte ihr zu.

»Mein Bruder Gamini.«

»Richtig«, sagte sie kurz angebunden.

»Er ist mein jüngerer Bruder – der Arzt in der Familie.«

Die Brüder hatten keine Berührung ausgetauscht, keinen Händedruck.

»Kommen Sie –« Gamini half Gunesena auf die Beine, und sie folgten ihm in ein kleines Zimmer. Gamini entkorkte

eine Flasche und begann Gunesenas Handflächen zu betupfen. Anil fiel auf, daß er weder Handschuhe noch einen Arztkittel trug. Er sah aus, als wäre er vom Kartenspielen gekommen. Er injizierte dem Mann das Anästhetikum in die
Hände.

»Ich wußte nicht, daß er einen Bruder hat«, unterbrach sie
das Schweigen.

»Oh, wir sehen uns nicht häufig. Ich spreche auch nicht
von ihm. Wir gehen jeder seine eigenen Wege.«

»Aber er wußte, daß Sie hier sind und wann Sie Dienst
haben.«

»Anscheinend ja.«

Beide schlossen Sarath absichtlich aus dem Gespräch aus.

»Wie lange arbeiten Sie schon mit ihm zusammen?« fragte
jetzt Gamini.

Sie sagte: »Seit drei Wochen.«

»Deine Hände zittern nicht«, sagte Sarath. »Bist du geheilt?«

»Ja.« Gamini wandte sich zu Anil. »Ich bin das Familiengeheimnis.«

Er zog die Eisenklammern aus Gunesenas betäubten Händen. Dann wusch er sie mit Betalima, einer karmesinroten
Seifenlauge, die er aus einer Plastikflasche quetschte. Er verband die Wunden und sprach leise mit dem Patienten. Er war
sehr behutsam, und merkwürdigerweise überraschte sie das.
Er öffnete eine Schublade, holte eine Einwegspritze heraus
und gab Gunesena eine Tetanusinjektion. »Du schuldest der
Klinik zwei Spritzen«, sagte er leise zu Sarath. »An der Ecke
ist ein Laden. Du holst sie am besten, während ich mich austrage.« Er führte Sarath und Anil aus dem Raum und ließ den
Patienten zurück.

»Wir haben heute nacht kein freies Bett. Nicht für solche
Verletzungen. Verstehst du, nicht einmal eine Kreuzigung ist
heutzutage eine besonders schlimme Form der Körperverletzung ... Wenn du ihn nicht mitnehmen kannst, suche ich je-

manden, der auf ihn aufpaßt, während er in der Aufnahme schläft – ich werde es genehmigen, meine ich.«

»Wir nehmen ihn mit«, sagte Sarath. »Wenn er will, stelle ich ihn als Fahrer ein.«

»Du solltest dich um die Injektionsspritzen kümmern. Ich habe nicht mehr lange Dienst. Wollt ihr was essen? Irgendwo an Galle Face Green?« Jetzt sprach er wieder zu Anil.

»Es ist zwei Uhr morgens!« sagte Sarath.

Sie machte den Mund auf. »Ja. Gerne.«

Er nickte ihr zu.

Gamini öffnete die Beifahrertür und setzte sich neben seinen Bruder, was Anil nötigte, sich hinten neben Gunesena zu setzen. Nun gut, so hatte sie beide besser im Blick.

Bis auf eine stumme Militärpatrouille, die sich unter dem Blätterdach entlang der Solomon Dias Mawatha bewegte, war niemand unterwegs. An einer Straßensperre hielt man sie an und verlangte ihre Papiere. Eine halbe Meile weiter kamen sie zu einem Imbißstand, und Gamini stieg aus und holte für alle etwas zu essen. Auf der Straße sah der jüngere Bruder so schmal wie der eigene Schatten aus, wie ein wildes Tier.

Sie ließen Gunesena schlafend im Wagen zurück und begaben sich auf Galle Face Green, wo sie sich neben den Wellenbrecher setzten, nahe dem dunklen Meer. Während Gamini seine Einkäufe auspackte, zündete Anil sich eine Zigarette an. Sie war nicht hungrig, doch Gamini sollte im Verlauf der nächsten Stunde mehrere eingewickelte *lamprais* verdrücken, eine erstaunliche Menge für jemanden, der ihr so schmächtig und dünn vorkam. Sie sah, daß er eine Tablette, die er in der hohlen Hand hielt, mit Orangenlimonade herunterspülte.

»Solche Fälle werden häufig eingeliefert ...«

»Nägel in den Händen?« Sie merkte, daß ihre Stimme entsetzt klang.

»Heutzutage gibt es alles. Man ist schon fast erleichtert, wenn normale Zimmermannsnägel als Waffe gebraucht werden. Schrauben, Bolzen – sie packen alles in die Bomben, um sicherzugehen, daß man von der Explosion Wundbrand kriegt.«

Er wickelte das Blatt um eine weitere *lamprai* ab und aß sie mit den Fingern. »Gott sei Dank ist nicht Vollmond. *Poya*-Tage sind am schlimmsten. Alle denken, sie sähen genug. Gehen raus und treten auf was drauf. Seid ihr zwei das Team, das die neuen Skelette untersucht?«

»Wieso wissen Sie davon?« Sie war plötzlich auf der Hut.

»Es ist ein schlechter Zeitpunkt für Ausgrabungen. Ergebnisse sind unerwünscht. Die Regierung führt auf zwei Seiten Krieg. Noch mehr Kritik kann sie nicht brauchen.«

»Das verstehe ich«, sagte Sarath.

»Aber versteht sie es?« Gamini machte eine Pause. »Seid vorsichtig. Niemand ist vollkommen. Niemand hat recht. Und zu viele Leute wissen über eure Untersuchung Bescheid. Irgend jemand paßt immer auf.«

Kurzes Schweigen trat ein. Dann fragte Sarath seinen Bruder, was er ansonsten tue.

»Nichts außer schlafen und arbeiten«, sagte Gamini gähnend. »Nichts weiter. Meine Ehe hat sich in Luft aufgelöst. Das ganze Brimborium, und in wenigen Monaten war nichts mehr da. Ich kniete mich zu tief in die Arbeit. Wahrscheinlich bin auch ich ein typisches Trauma. Das kann einem passieren, wenn man kein anderes Leben hat. Wozu sollen meine bescheuerte Ehe und eure idiotische Untersuchung schon gut sein? Und die Rebellen im sicheren Ausland, die sich für die Gerechtigkeit stark machen – nichts gegen ihre Prinzipien, aber ich hätte die Leute gern hier. Zu Besuch bei uns in der Chirurgie.«

Er beugte sich vor und nahm eine von Anils Zigaretten. Sie gab ihm Feuer, und er nickte.

»Ich weiß alles über Sprengwaffen. Mörsergeschosse, Claymore-Minen, Personenminen, die Ammon-Gelite und Trinitrotoluol enthalten. Und ich bin Arzt! Personenminen bedeuten Amputation unterhalb des Knies. Die Opfer verlieren das Bewußtsein, der Blutdruck fällt. Man macht eine

Tomographie von Gehirn und Hirnstamm, die Blutungen und Ödeme nachweist. In solchen Fällen greifen wir zu Dexamethason und künstlicher Beatmung, weil wir die Schädeldecke öffnen müssen. In den meisten Fällen sind die Opfer grauenhaft verstümmelt, und wir beschränken uns darauf, die Blutungen zu stillen ... Sie werden Tag und Nacht eingeliefert. Wenn sie auf die Mine treten, drückt es Schmutz, Gras, Metall, die Überreste von Bein und Stiefel in Oberschenkel und Genitalien. Falls ihr beabsichtigt, in verminten Gegenden herumzuspazieren, tut ihr gut daran, Turnschuhe zu tragen. Die sind ungefährlicher als Fallschirmspringerstiefel. Die Burschen jedenfalls, die diese Bomben legen, werden von der westlichen Presse als Freiheitskämpfer bezeichnet ... Und da wollt ihr der *Regierung* auf die Finger klopfen?«

»Im Süden werden auch unschuldige Tamilen ermordet«, sagte Sarath. »Schreckliche Greueltaten. Du solltest die Berichte lesen.«

»Ich bekomme die Berichte.« Gamini lehnte den Kopf zurück, der jetzt an Anils Oberschenkel ruhte, was Gamini aber nicht zu merken schien. »Wir sitzen alle in der Scheiße. Und keiner weiß einen Ausweg. Wir machen einfach immer weiter. Bitte keine hohen Rösser mehr. Diesen Krieg führt die Infanterie.«

»Manche der Berichte ...« sagte sie. »Briefe von Eltern, die ihre Kinder verloren haben. So etwas kann man nicht mit einer Handbewegung abtun oder einfach übergehen.«

Sie berührte ihn an der Schulter. Er hob kurz die Hand, und dann rutschte sein Kopf weg, und sie sah, daß er eingeschlafen war. Sein Schädel, das ungekämmte Haar, das Gewicht seiner Müdigkeit auf ihrem Schoß. *Sleep come free me.* Die Worte eines Liedes in ihrem Kopf, doch die Melodie, die dazugehörte, wollte ihr nicht einfallen. *Sleep come free me ...* Später sollte sie sich daran erinnern, daß Sarath aufs schwarze Gewoge des Meeres hinausblickte.

Amygdala.

Der Name hatte srilankisch geklungen. Anil hatte ihn zum erstenmal gehört, als sie bei ihrem Studium am Guy's Hospital in London Gewebe entfernt hatte, das ein kleines Knäuel Fibern enthüllte. Nahe dem Hirnstamm. Der Professor, der neben ihr stand, sagte ihr die Bezeichnung: *Amygdala*.

»Was bedeutet es?«

»Nichts. Es ist eine Stelle. Es ist der dunkle Fleck des Gehirns.«

»Ich verstehe nicht –«

»Ein Ort, wo erschreckende Erinnerungen beherbergt werden.«

»Nur erschreckende?«

»Das weiß man nicht genau. Auch Zorn, vermuten wir, aber hauptsächlich Angst. Es ist reine Emotion. Genauer können wir es nicht bestimmen.«

»Warum nicht?«

»Wir wissen nicht, ob es etwas Vererbtes ist. Geht es um Urängste? Oder um Kindheitsängste? Angst vor dem, was uns im Alter widerfahren kann? Oder Angst davor, ein Verbrechen zu begehen? Vielleicht projiziert das Organ auch nur Furchtphantasien im Körper.«

»Wie bei Träumen.«

»Wie bei Träumen«, stimmte er zu. »Obwohl Träume manchmal nicht in der Phantasie ihren Ursprung haben, sondern in altgewohnten Verhaltensweisen, deren wir uns nicht bewußt sind.«

»Es ist also etwas, was wir selbst geschaffen haben, durch unsere eigene Geschichte, stimmt das? Der Knoten der einen Person unterscheidet sich von dem einer anderen, selbst wenn sie aus derselben Familie stammen. Weil jeder von uns eine andere Vergangenheit hat.«

Er schwieg einen Augenblick, bevor er weitersprach, vom Ausmaß ihres Interesses überrascht. »Ich glaube, wir wissen noch nicht, wie ähnlich die Knoten einander sind oder ob es Grundmuster gibt. Mir haben die Romane aus dem neunzehnten Jahrhundert immer gefallen, in denen Brüder und Schwestern in verschiedenen Städten leben und die gleichen Schmerzen empfinden, die gleichen Ängste haben ... Aber ich schweife ab. Wir wissen es nicht, Anil.«

»Der Name klingt srilankisch.«

»Sehen Sie nach, wovon er abgeleitet ist. Er klingt nicht wissenschaftlich.«

»Nein. Wie eine böse Gottheit.«

Sie erinnert sich an den Mandelkern. Bei Autopsien macht sie inzwischen heimlich einen Umweg, um nach der Amygdala zu suchen, dem Nervenbündel, das die Furcht beherbergt – und damit alles beherrscht. Wie wir uns verhalten, wie wir Entscheidungen treffen, wie wir sichere Ehen ansteuern, wie wir Häuser bauen und gegen Einbruch sichern.

Eine Fahrt mit Sarath. Er fragte: »*Ist Ihr Tonbandgerät aus?*« »Ja.« »In Colombo gibt es mindestens zwei inoffizielle Internierungslager. Eines befindet sich an der Havelock Road in Kollupitiya. Zum Teil werden die Gefangenen einen Monat lang festgehalten, aber die Folter selbst dauert nicht so lange. Die meisten kann man innerhalb einer Stunde brechen. Die meisten von uns kann man brechen, wenn man sie mit dem konfrontiert, was sein könnte.«

»Ist Ihr Tonbandgerät aus?« hatte er gesagt. »Ja, es ist aus.« Und erst da hatte er gesprochen.

»Ich wollte das eine Gesetz finden, das alles Leben regiert. Und ich fand die Angst ...«

Anils Name, den sie als Dreizehnjährige ihrem Bruder abge-
kauft hatte, mußte eine zweite Hürde nehmen, bevor er ihr
wirklich gehörte. Mit Sechzehn plagte Anil die Familie durch
ihre Schroffheit und ihre Wutausbrüche. Im Bemühen, diesen
Aspekt ihres Wesens zu mildern, brachten ihre Eltern sie zu
einem Astrologen in Wellawatta. Der Mann notierte ihre Ge-
burtsstunde und ihr Geburtsdatum, subtrahierte und divi-
dierte die Zahlen, berücksichtigte die benachbarten Stern-
zeichen und sagte, ohne sich über die Hintergründe im klaren
zu sein, ihr Name sei das Problem. Durch einen Namens-
wechsel lasse sich ihr Ungestüm zügeln. Er wußte nichts von
dem Handel, bei dem mit Gold-Leaf-Zigaretten und Rupien
bezahlt worden war. Er sprach in einem auf Gleichmut und
Weisheit bedachten Ton in seinem Kämmerchen, vor dessen Vorhang andere Familien im Flur warteten, die hofften,
Klatsch und Familiengeschichten zu hören zu bekommen.
Was sie zu hören bekamen, war die laute, störrische Ablehnung des Mädchens. Der Astrologe und Wahrsager hatte
schließlich als Kompromiß seinen Lösungsvorschlag auf das
Hinzufügen eines einzigen Buchstabens reduziert, eines *e*,
das aus Anil *Anile* machte. Das *e* würde sie und ihren Namen
weiblicher machen, es würde den Zorn mildern. Doch auch
dazu war sie nicht bereit.

Im nachhinein erkannte sie, daß ihre Streitlust nur ein
vorübergehendes Phänomen gewesen war. Im Leben jedes
Menschen gibt es Momente, wo im Körper Anarchie aus-
bricht: Bei Knaben geraten die Hormone außer Kontrolle,
junge Mädchen prallen wie ein Spielball der Familienpolitik
zwischen Vater und Mutter hin und her. Mädchen und ihr
Papa, Mädchen und ihre Mama. In den Teenagerjahren war

die Familie ein wahres Minenfeld, und erst als die Beziehung ihrer Eltern endgültig zerbrach, wurde sie ruhiger und driftete gelassen durch die nächsten vier Jahre, oder besser gesagt, sie schwamm.

Der Familienkrieg beschäftigte sie aber weiterhin, auch als sie ins Ausland ging, um Medizin zu studieren. In den forensischen Laboratorien setzte sie ihren Ehrgeiz darein, weibliche und männliche Charaktermerkmale so deutlich wie möglich zu unterscheiden. Sie erlebte mit, daß Frauen sich durch den Tort, den ein Liebhaber oder ein Ehemann ihnen antat, weit leichter aus der Fassung bringen ließen als Männer, daß sie aber bei der Arbeit Katastrophen besser gewachsen waren. Sie waren darauf eingestellt, Kinder zu gebären, sie zu beschützen und ihnen in kritischen Phasen beizustehen. Männer mußten innehalten und sich mit Kälte wappnen, um sich mit einem in Stücke gerissenen Körper beschäftigen zu können. Während ihrer ganzen Ausbildung in Europa und Amerika erlebte sie das immer wieder. Ärztinnen waren angesichts von Chaos und Unglücksfällen selbstsicherer, verhielten sich angesichts des Leichnams einer alten Frau, eines schönen jungen Mannes, kleiner Kinder gelassener. Anil wurde dann vom Schmerz übermannt, wenn sie ein angekleidetes totes Kind sah. Eine tote Dreijährige in der Kleidung, die die Eltern ihr angezogen hatten.

Anarchie regiert uns. Wir ziehen uns aus, weil wir es nicht tun sollten. Und in anderen Ländern führen wir uns noch ärger auf. In Sri Lanka sind wir umgeben von der Ordnung der Familie, fast alle wissen über fast jede Verabredung, die man hat, Bescheid, Anonymität ist ein Fremdwort. Doch wenn ich anderswo in der Welt jemandem aus Sri Lanka begegne und wir einen Nachmittag miteinander verbringen, dann muß es nicht notgedrungen so kommen, aber wir wissen beide, daß der Teufel los sein kann. Welche Eigenschaft in uns ist daran schuld? Was meinen Sie? Warum fabrizieren wir unseren Regen und unsere Stürme selber?«

Anil spricht mit Sarath, der sich, wie sie vermutet, auf dem Pfad von der Jugend zum Mannesalter den Zügeln elterlicher Prinzipien nicht entzogen hat. Sie ist davon überzeugt, daß er den Regeln gehorchte, auch wenn er nicht unbedingt an ihre Berechtigung glaubte. Die sexuelle Freiheit, die ihm möglich war, wird er nicht kennengelernt haben, auch wenn er in Gedanken mit der Anarchie geliebäugelt haben mag. Er ist ein schüchterner Mann, vermutet sie, schüchtern in der Hinsicht, daß es ihm an Selbstvertrauen fehlt, sich einer Frau zu nähern, ihr einen Antrag zu machen. Jedenfalls weiß sie, daß sie beide aus einer Gesellschaft kommen, zu der abenteuerliche Liebes- und Heiratseinfädelungen und ein nicht weniger unübersichtliches System planetarischer Einflüsse gehören. Sarath hat ihr bei einer Mahlzeit in einem Rasthaus von *henahuru* in seiner Familie erzählt ...

Unter einem bestimmten Stern geboren zu sein macht manche Menschen zu ungeeigneten Ehekandidaten. Eine Frau, die mit Mars im siebten Haus geboren ist, gilt als »unheilbringend«. Wen sie heiratet, der muß sterben. Was in der

Vorstellung eines Srilankesen bedeutet, daß sie letztlich an seinem Tod schuld ist, daß sie ihn umbringt.

Sarath' Vater beispielsweise hatte zwei Brüder. Der ältere Bruder heiratete eine Frau, die die Familie seit Jahren kannte. Keine zwei Jahre später starb er an einem hitzigen Fieber; während der Krankheit hatte sie ihn Tag und Nacht gepflegt. Sie hatten ein einziges Kind. Das Leid der Frau und ihr Rückzug aus der Welt nach seinem Tod waren schrecklich mit anzusehen. Die Familie forderte den zweiten Bruder auf, die Frau um des kleinen Jungen willen in die Welt zurückzuholen. Er brachte dem Kind Geschenke, bestand darauf, Mutter und Sohn in den Ferien aufs Land mitzunehmen, und schließlich verliebten er und die frühere Frau seines Bruders sich ineinander. In vieler Hinsicht war diese Liebe größer und inniger als die in der ersten Ehe. Leidenschaft und Gemeinsamkeit waren nicht von Anfang an bezweckt gewesen. Die Frau war in die Welt zurückgeholt worden. Sie war dem gutaussehenden jüngeren Bruder dankbar. Und als bei einer Autofahrt ihr erstes Lachen nach einem Jahr einen Funken von Begehren in ihm erwachen ließ, mußte ihm das wie ein Verrat an seinem ursprünglichen Motiv erscheinen, das nur großzügige Besorgnis um das Wohlergehen der Witwe seines Bruders gewesen war. Sie heirateten, er sorgte für das Kind seines Bruders. Sie bekamen eine Tochter, und innerhalb von anderthalb Jahren erkrankte er ebenfalls und starb in den Armen seiner Frau.

Natürlich stellte sich heraus, daß die Frau »unheilbringend« war. Der einzige, den sie unbeschadet hätte heiraten können, wäre ein Mann gewesen, der unter dem gleichen Stern geboren war. Also wurden unter einem solchen Stern geborene Männer von solchen Frauen gesucht. Männer, die »unheilbringend« waren, mußten ebenfalls eine Frau heiraten, die unter dem gleichen Stern wie sie geboren war, aber Frauen mit diesem Makel galten allgemein als beträchtlich gefährlicher denn Männer. Wenn ein »unheilbringender« Mann eine nichtunheilbringende Frau heiratete, mußte sie nicht unbedingt sterben. Aber im umgekehrten Fall starben die Männer unfehlbar. So eine Frau war *henahuru*, »Verursacher großen Unbehagens«. Allerdings weitaus gefährlicher.

Die Ironie des Schicksals wollte es, daß Sarath, der Sohn des dritten Bruders, der einige Jahre später auf die Welt kam und mit der Frau der zwei älteren Brüder nichts zu tun hatte, mit Mars im siebten Haus geboren wurde. »Mein Vater hat die Frau geheiratet, in die er sich verliebt hatte«, sagte Sarath. »Er hat die Sterne gar nicht erst befragt. Ich wurde geboren. Mein Bruder wurde geboren. Jahre später erfuhr ich die Geschichte, und ich hielt sie für nichts weiter als abergläubisches Altweibergeschwätz über die Macht der Sterne. Solche Vorstellungen kommen mir vor wie Trost aus grauer Vorzeit. Ich könnte zum Beispiel sagen, daß ich in den Jahren, als ich im Ausland studierte, Jupiter im Kopf hatte, was mir half, die Prüfungen zu bestehen. Und als ich zurückkam, wurde er durch Venus abgelöst, und ich verliebte mich. Venus ist manchmal kein guter Einfluß, man wird leichtfertig im Urteil. Aber an diese Dinge glaube ich nicht.«

»Ich auch nicht«, sagte sie. »Wir tun uns die Dinge selbst an.«

Anil hatte ihre erste Vorlesung im Guy's Hospital in London mit einer einzigen Eintragung in ihrem Heft verlassen: *Wer die Wahl hätte, würde sich für das Femur entscheiden.*

Die Art, wie der Dozent es gesagt hatte, beiläufig, aber gewichtig, gefiel ihr. Als wäre diese Information die Grundregel, die man kennen mußte, bevor man zu wichtigeren Prinzipien übergehen konnte. Das Studium der Forensik begann mit diesem Oberschenkelknochen.

Was Anil überraschte, als der Dozent Curriculum und Studiengebiet umriß, war die Stille in dem englischen Vorlesungssaal. In Colombo herrschte immer Lärm. Vögel, Lastwagen, kläffende Hunde, das Auswendiglernen einer Kindergartenklasse, Straßenhändler – all diese Geräusche drangen durch offene Fenster herein. In den Tropen konnte es schlechterdings keinen Elfenbeinturm geben. Anil notierte Dr. Endicotts Ausspruch, und ein paar Minuten später unterstrich sie ihn mit ihrem Kugelschreiber. Die restliche Vorlesung über war sie ganz Auge und Ohr für die Manieriertheiten des Dozenten.

Während sie am Guy's Hospital studierte, geriet Anil selbst in die Stürme einer schlechten Ehe. Sie war damals Anfang Zwanzig, und sie erzählte niemandem, den sie später kennenlernte, von dieser Episode ihres Lebens. Selbst jetzt noch war sie nicht bereit, zu ermessen, wie hoch der angerichtete Schaden war. Sie betrachtete die Geschichte eher als zeitgenössische Fabel, die als Warnung dienen mochte.

Er stammte ebenfalls aus Sri Lanka, und im nachhinein begriff sie, daß sie ihn aus Einsamkeit zu lieben begonnen hatte. Mit ihm konnte sie Curry kochen. Sie konnte von einem ganz bestimmten Barbier in Bambalapitiya erzählen, flüsternd ihre Sehnsucht nach Jagrezucker oder Jackfrucht gestehen und Verständnis finden. Das erleichterte ihr das Leben in dem neuen, allzu spröden Land. Vielleicht war sie selbst aus Unsicherheit und Schüchternheit zu nervös. Sie hatte nicht damit gerechnet, sich in England länger als ein paar Wochen als Fremde zu fühlen. Onkel, die eine Generation früher die gleiche Reise unternommen hatten, hatten von ihrem Auslandsaufenthalt geschwärmt. Sie hatten in ihr die Vorstellung genährt, die richtige Bemerkung oder Reaktion würde ihr alle Türen öffnen. Dr. P. R. C. Peterson, ein Freund ihres Vaters, hatte erzählt, wie er als Elfjähriger nach England auf die Schule geschickt worden war. Am ersten Tag hatte ein Mitschüler ihn als »Eingeborenen« tituliert. Er war aufgestanden und hatte dem Lehrer erklärt: »Ich bedaure es sagen zu müssen, Sir, aber Roxborough scheint nicht zu wissen, mit wem er es zu tun hat. Er hat mich einen ›Eingeborenen‹ genannt. Das ist falsch. *Er* ist der Eingeborene; ich bin Besucher in seinem Land.«

Aber so einfach war es nicht, akzeptiert zu werden. Anil, die ihrer Schwimmerfolge wegen in Colombo eine gewisse

Berühmtheit erlangt hatte, trat dort, wo man nichts von ihrem Talent wußte, schüchtern auf, und es fiel ihr schwer, ein Gespräch anzufangen. Später, als sich ihre Begabung für die forensische Arbeit herausstellte, erkannte sie, daß einer der Vorteile der Tätigkeit darin bestand, daß ihr Können ihre Existenz signalisierte, gewissermaßen wie ein neutraler Herold.

Während des ersten Monats in London hatten die geographischen Gegebenheiten ihrer Umgebung sie ständig in Verwirrung gestürzt. (Was ihr in der Klinik auffiel, waren die vielen Türen!) In der ersten Woche verpaßte sie zwei Vorlesungen, weil sie den Raum nicht finden konnte. Deshalb kam sie eine Zeitlang jeden Morgen zu früh und wartete auf der Treppe, bis Dr. Endicott erschien, und folgte ihm durch die Schwingtüren, Treppenhäuser, graurosa gestrichenen Korridore bis zum nicht weiter gekennzeichneten Vorlesungssaal. (Einmal folgte sie ihm, bis sie ihn und andere auf der Herrentoilette erschreckte.)

Selbst in ihren eigenen Augen kam sie sich schüchtern vor. Sie fühlte sich einsam und verloren. Sie führte Selbstgespräche wie eine ihrer altjüngferlichen Tanten. Eine Woche lang aß sie fast nichts und sparte genug Geld, um nach Colombo zu telefonieren. Ihr Vater war nicht zu Hause, ihre Mutter konnte nicht ans Telefon kommen. Es war etwa ein Uhr morgens; sie hatte ihre Ayah Lalitha geweckt. Sie unterhielten sich ein paar Minuten lang, bis beide weinen mußten, an entgegengesetzten Enden der Welt, wie es ihnen erschien. Einen Monat später erlag sie dem Charme ihres künftigen, baldigen und zum Schluß ehemaligen Ehemannes.

Ihr kam es vor, als wäre er nur aus Sri Lanka aufgetaucht, um sie im Sturm zu erobern. Auch er studierte Medizin. Schüchtern war er nicht. Schon wenige Tage nach ihrer ersten Begegnung konzentrierte er seine Verstandeskräfte gänzlich auf Anil – er war ein vielarmiger Verführer und Zettelschreiber und Blumenbringer und Hinterlasser telefonischer Botschaften (ihre Vermieterin hatte er sofort bezirzt). Seine strategisch geplante Leidenschaft ließ ihr keinen Ausweg. Sie hatte den Eindruck, daß er nie allein oder einsam gewesen war, bevor er sie kennengelernt hatte. Er hatte Verve, konnte die anderen Studenten mitreißen und dirigieren. Er war witzig. Er hatte Zigaretten. Sie merkte, wie er ihre Rugbystellungen mythologisierte und solche Themen in den Stoff ihrer Gespräche verwob, bis sie zu vertrauten Berührungspunkten wurden – ein Trick, der es ihnen erlaubte, nie um Themen verlegen zu sein. Ein Team, eine Bande, die in Wirklichkeit erst zwei Wochen alt war. Jeder hatte einen Spitznamen: Lawrence, der sich einmal in der U-Bahn übergeben hatte, die Zwillinge Sandra und Percy Lewis, deren Familienskandale bekannt waren und verziehen wurden, Jackman mit der breiten Stirn.

Er und Anil heirateten schnell. Einen Moment lang hegte sie den Verdacht, daß es für ihn noch ein Vorwand für eine Party war, die sie alle verbinden sollte. Er war ein feuriger Liebhaber, trotz seines außerfamiliären Lebens, dem er gerecht werden mußte. Er erweiterte die Geographie des Schlafzimmers, das mußte man ihm lassen; er bestand darauf, in ihrem nicht schallgedämpften Wohnzimmer den Liebesakt zu vollziehen, auf dem wackeligen Waschtisch im Gemeinschaftsbad am Ende des Flurs, auf der Randbegrenzung nicht weit vom Spieler hinter dem Stabhüter während eines Grafschafts-Cricket-Matches. Diese privaten Handlungen in einem beinahe öffentlichen Raum waren ein Spiegel seines sozialen Wesens. Für ihn schien es keinen Unterschied zwischen Privatsphäre und der Freundschaft mit Bekannten zu geben. Später sollte sie lesen, daß dies das herausragende Charakteristikum eines Ungeheuers war. Dennoch war das Vergnügen beider Parteien in diesem frühen Stadium nicht gering, auch wenn sie begriff, daß sie nicht umhinkönnen würde, wieder zurück auf den Boden zu kommen und ihre akademische Laufbahn fortzusetzen.

Bei einem Englandaufenthalt machte ihr Schwiegervater einen Überraschungsbesuch und führte sie zum Abendessen aus. Diesmal hielt der Sohn den Mund, und der Vater versuchte sie dazu zu überreden, nach Colombo zurückzukommen und seine Enkel in die Welt zu setzen. Er bezeichnete sich wiederholt als Philanthropen, was ihm den Glauben einzuflößen schien, er befinde sich grundsätzlich auf moralisch höherem Niveau. Je länger das Essen dauerte, um so deutlicher spürte sie, daß jeder Winkelzug aus dem gesellschaftlichen Kodex von Colombo Seven gegen sie eingesetzt wurde. Der Schwiegervater hatte etwas dagegen einzuwenden, daß sie einen Full-time-Beruf anstrebte, daß sie ihren eigenen Namen behielt, und es ärgerte ihn, daß sie ihm widersprach. Als sie beim Dessert die Übungsobduktionen schilderte, hatte er sich empört. »Gibt es gar nichts, wovor du zurückscheust?« Und sie hatte erwidert: »Ich würde keine idiotischen Würfelspiele mit Baronen und Grafen mitmachen.«

Am nächsten Tag ging der Vater allein mit seinem Sohn essen und flog dann nach Colombo zurück.

Zu Hause stritten die beiden inzwischen über jede Kleinigkeit. Sie mißtraute seinen Erkenntnissen und seinem Verständnis. Alle verfügbare Energie schien er in Mitgefühl zu investieren. Wenn sie weinte, weinte er mit. Danach traute sie keinem mehr, der weinte. (Später, im Südwesten Amerikas, mied sie Fernsehsendungen mit weinenden Cowboys und weinenden Priestern.) In diesen Zeiten der Klaustrophobie und der Ehekräche war Sex die einzige Konstante, von ihr nicht weniger eingefordert als von ihm. Sie glaubte, es verleihe der Beziehung etwas mehr Normalität. Tage des Kämpfens und des Vögelns.

Die Auflösung ihrer Beziehung war für sie so endgültig, daß sie sich keinen einzigen gemeinsamen Tag je wieder in Erinnerung rief. Energie und Charme hatten sie getäuscht; er hatte geweint und ihre Intelligenz untergraben, bis es ihr vorgekommen war, als wäre ihr keine mehr geblieben. Wie Sarath gesagt hätte, hatte sie Venus im Kopf gehabt, als sie Jupiter im Kopf hätte haben sollen.

Abends kam sie aus dem Labor nach Hause und sah sich

mit seiner Eifersucht konfrontiert. Anfangs sah es aus wie eine Form sexueller Eifersucht; dann erkannte sie darin den Versuch, ihre Forschungen, ihre Studien einzuschränken. Es waren die ersten Fesseln, die die Ehe ihr anlegte, und sie lähmten sie schier in der kleinen Wohnung in Ladbroke Grove. Nachdem sie ihm entkommen war, sagte sie seinen Namen nie wieder laut. Wenn sie seine Handschrift auf einem Briefumschlag sah, öffnete sie ihn nicht, erfüllt von Furcht und Klaustrophobie. Der einzige Bezug auf ihre Ehe, den sie in ihrem Leben zuließ, war Van Morrisons »Slim Slow Slider«, wo Ladbroke Grove erwähnt wird. Nur das Lied überlebte. Und nur deshalb, weil es von Trennung sprach.

> *Saw you early this morning*
> *With your brand-new boy and your Cadillac ...*

Sie sang mit und hoffte, daß er mit seiner sentimentalen Ader nicht auch mitsang, wo immer er sich befinden mochte.

> *You've gone for something,*
> *And I know you won't be back.*

Ansonsten behandelte sie die ganze Zeit der Ehe und Scheidung, das *hello* und *goodbye*, als etwas Verbotenes, das ihr zutiefst peinlich war. Sie verließ ihn, sobald das Semester am Guy's Hospital vorbei war, damit er sie nicht ausfindig machen konnte. Sie hatte ihre Abreise für das Semesterende geplant, um den Nachstellungen zu entgehen, die ihm zuzutrauen waren; er gehörte zu der Sorte Männer, die immer Zeit haben. *Laß mich endlich in Ruhe!* hatte sie ihm förmlich auf sein letztes kleines winselndes Billetdoux gekritzelt, bevor sie es zurückschickte.

Sie ging partnerlos daraus hervor. Endlich unbeschwert. Die freien Monate, bevor sie wieder Vorlesungen besuchen, sich wieder ihrem Studium widmen konnte, intensiver und ernsthafter, als sie sich je hätte träumen lassen, waren kaum zu ertragen. Als sie das Studium wiederaufnahm, verliebte sie sich in die Nachtarbeit, und bisweilen ertrug sie es nicht, das Labor zu verlassen, und legte ihren müden dunklen Kopf auf den Seziertisch. Keine Ausgangssperrre mehr, keine Kompromisse mit Liebhabern. Sie kam um Mitternacht nach Hause, war um acht auf den Beinen, und jede Fallgeschichte, jedes Experiment, jede Untersuchung war in ihrem Kopf lebendig und abrufbar.

Irgendwann erfuhr sie, daß er nach Colombo zurückgekehrt war. Und mit seiner Abreise gab es auch kein Bedürfnis mehr, Lieblingsbarbiere und bevorzugte Restaurants an der Galle Road in Erinnerung zu behalten. Ihre letzte Unterhaltung auf singhalesisch war das traurige Gespräch mit Lalitha gewesen, an dessen Ende sie weinend ihre Sehnsucht nach *rulang*-Eiern und Quark mit Jagrezucker bekannt hatte. Sie sprach mit niemandem mehr singhalesisch. Sie stellte sich ganz und gar auf den Ort ein, an dem sie sich befand, konzentrierte sich auf anatomische Pathologie und andere Zweige der Forensik und lernte Spitz und Fisher praktisch auswendig. Später erhielt sie ein Stipendium für die Vereinigten Staaten, und in Oklahoma weckte die Anwendung der Forensik auf die Menschenrechte ihr Interesse. Zwei Jahre später studierte sie in Arizona die physikalischen und chemischen Veränderungen, die Knochen nicht nur im Leben durchmachen, sondern auch nach Tod und Beerdigung.

Sie lebte jetzt mit der Sprache der Wissenschaft. Wer die Wahl hatte, entschied sich für das Femur.

Anil befand sich im Gebäude der Archäologischen Behörde in Colombo. Sie ging im Flur von Karte zu Karte. Jede Karte bildete einen Teilaspekt der Insel ab: Klima, Bodenbeschaffenheit, Pflanzenarten, Feuchtigkeit, historische Ruinen, Vögel, Insekten. Die charakteristischen Züge des Landes, so wie die Züge eines vielseitigen Freundes. Sarath hatte sich verspätet. Sobald er ankam, wollten sie den Jeep beladen.

».. . *Don't know much en-tomology*«, sang sie und betrachtete die Karte mit den Bodenschätzen, auf der die Minen wie schwarze Fasern verstreut waren.

Sie sah sich selbst undeutlich im Glas der Karte gespiegelt. Sie trug Jeans, Sandalen und ein weites Seidenhemd.

Don't know much about histology,
But I do know that I love you ...

Wäre sie in Amerika, würde sie wahrscheinlich Musik aus dem Walkman hören, während sie mit dem Mikrotom dünne Knochenringe abschnitt. Das war alter Brauch bei den Leuten, mit denen sie in Oklahoma zusammengearbeitet hatte. Toxikologen und Histologen waren auf Rock' n' Roll spezialisiert. Man trat durch die luftdichte Tür ein und hörte Heavy Metal aus dem Kopfhörer krachen und dröhnen, während Vernon Jenkins, der sechsunddreißig Jahre alt war und fünfundvierzig Kilo wog, Lungengewebe auf einem Glasstreifen untersuchte. Um ihn herum hätte Bürgerkrieg im Fillmore herrschen können. Nebenan war das Wachhäuschen, wo Leute ihre toten Verwandten und Freunde zu identifizieren versuchten und wegen des luftdicht abgeschlossenen Zimmers ebensowenig von der Musik ahnten wie von den Kurzbeschreibungen, die über Mikro und Kopfhörer der Gegensprechanlage ausgetauscht wurden: »*Bringt die Dame aus dem See.*« »*Bringt die Eigenhändige.*«

Sie liebte diese Rituale. Die Leute aus dem Labor schlenderten zur Mittagszeit mit ihren Thermoskannen und Sandwiches in den Erholungsraum, um »The Price is Right« anzuschauen, und staunten allesamt über diese andere Kultur, als hielten nur sie, die in einem Gebäude arbeiteten, in dem es mehr Tote als Lebende gab, sich in einer normalen Welt auf.

In Oklahoma gründeten sie einen Monat nach Anils Ankunft die Fuck Yorick School of Forensics. Das hatte nicht nur mit notwendiger Leichtfertigkeit zu tun, sondern es war auch der Name ihres Bowlingteams. Wo sie auch arbeitete, zuerst in Oklahoma, dann in Arizona, beendeten ihre Kohorten die Abende mit Bier in der einen und einem Käsetaco in der anderen Hand, während sie andere Teams anfeuerten oder beschimpften und in ihren Schuhen vom Planeten Andromeda an den Bowlingbahnen entlangschlurften. Sie hatte den Südwesten geliebt und bedauert, nicht dazuzugehören, und war inzwischen Lichtjahre von der Person entfernt, die sie in London gewesen war. Sie schufteten den ganzen Tag lang wie Galeerensklaven, und abends fuhren sie zu den wilden Bars und Clubs in den Vororten von Tulsa oder Norman, im Herzen Sam Cooke. Im Erholungsraum war eine Liste aller Bowlingbahnen in Oklahoma angeschlagen, die Alkohol ausschenken durften. Stellenangebote aus trockenen Bundesländern wurden ignoriert. Den Tod vertrieben sie mit Musik und Verrücktheit. Die *carpe-diem*-Warnungen befanden sich auf den Bahren im Flur. Die Rhetorik des Todes hörten sie über die Gegensprechanlage; »Vaporisation« oder »Mikrofragmentierung« hieß, daß der betreffende Kunde in Einzelteilen eingeliefert worden war. Dem Tod konnten sie nicht entgehen, er befand sich in jedem Gewebe, jeder Zelle ihrer Umgebung. Niemand drehte in einem Leichenschauhaus am Radio, ohne Handschuhe anzuhaben.

Helle Wolframlampen verliehen den Laboratorien ein kla

res, augenfreundliches Licht; die Musik in der Toxikologie war genau das richtige für Streckübungen, wenn Hals und Rücken durch die konzentriert gebeugte Haltung verspannt waren. Und neben ihr gab es ein kurzes, nonchalantes Gespräch, in dem über eine Leiche in einem Auto aufgeklärt wurde.

»Wann wurde sie vermißt gemeldet?«

»Das muß fünf oder sechs Jahre hersein.«

»Sie ist in den See gefahren, Clyde. Sie hatte anhalten müssen, um das Tor zu öffnen. Sie hatte getrunken. Ihr Mann hat gesagt, sie wäre mit dem Hund rausgegangen.«

»Kein Hund im Wagen?«

»Kein Hund. Ich hätte nicht mal einen Chihuahua übersehen, obwohl die Karre voller Schlamm war. Ihre Knochen waren demineralisiert. Die Scheinwerfer eingeschaltet. Schieb mal das Foto rüber, Rafael.«

»Du meinst, als sie das Tor öffnete, hat sie den Hund laufen lassen. Sie hatte etwas vor. Eine Eigenhändige. Als der Wagen vollief, kriegte sie es mit der Angst und ist auf den Rücksitz geklettert. Da wurde sie gefunden. Stimmt's?«

»Sie hätte besser den Alten um die Ecke gebracht ...«

»Vielleicht war er ein Heiliger.«

Das Geplapper und den verbalen Schlagabtausch der Pathologen sollte Anil immer lieben.

Sie war direkt aus den kargen High-Tech-Wüstenstädten des amerikanischen Südwestens nach Colombo gekommen. Ihr letzter Aufenthaltsort – Borrego Springs – war zunächst nicht wüstenähnlich genug für ihren Geschmack gewesen. Zu viele Cappuccinobars und Kleiderboutiquen an der Hauptstraße. Doch nach einer Woche fühlte sie sich wohl in dem Ort, der nichts als ein schmaler Streifen Zivilisation war, ein paar Luxusgüter des zwanzigsten Jahrhunderts mitten in der Nacktheit der Wüste. Die Schönheit der Landschaft war unaufdringlich. In den Wüsten des Südwestens mußte man die Leere zweimal anschauen, man mußte sich Zeit lassen; die

Luft war wie Äther, wo Dinge nur mühselig gediehen. Auf der Insel ihrer Kindheit brauchte sie nur auf den Boden zu spucken, und ein Busch schoß heraus.

Als Anil das erstemal in die Wüste gegangen war, hatte ihr Führer eine Sprühflasche mit Wasser am Gürtel getragen. Er hatte sie hergewunken, die schmalen Blätter einer Pflanze besprüht und ihren Kopf zu der Pflanze geneigt. Sie hatte Kreosotgeruch eingeatmet. Dieses Gift verströmte die Pflanze, wenn es regnete, um alles fernzuhalten, was in zu großer Nähe zu wachsen versuchen konnte, und auf diese Weise reservierte sie ihr engeres Umfeld für die eigene Wasserversorgung.

Sie lernte die mindestens sieben nützlichen Eigenschaften der Agave kennen, darunter die der Dornen als Nadel und der Fasern als Faden. Sie sah Käsepappeln, Gelbkraut, Händelwurz, ein Aronstabgewächs, das nur einen Monat des Jahres über genießbar war, Gelbholzsumachsträucher mit ihrem ausgeklügelten Wurzelwerk (einer exakten unterirdischen Widerspiegelung von Größe und Form des Baums über der Erdoberfläche) und den Peitschenkaktus oder Ocatilla, der seine Blätter abwarf, um Feuchtigkeit im Stamm zu speichern. Sie sah Pflanzen, deren Farben ausgewaschen schienen, und Pflanzen, deren satte Farben in der Dämmerung noch intensiver wurden. Sie verbrachte sowenig Zeit wie möglich in dem kleinen Haus, das sie an der H Street mitbewohnte. Für gewöhnlich war sie spätestens um halb acht mit einem Kaffee und einem Croissant im paläontologischen Labor mit seinem Flachdach. Abends fuhr sie mit ihren Kollegen im Jeep in die Wüste. Vor drei Millionen Jahren hatte es hier Zebras gegeben. Kamele. Die ganzen Wiederkäuer und Grasfresser. Auf Atollen, die aus Zeiten stammten, als hier Meer gewesen war – vor sieben Millionen Jahren –, wandelte sie über den Knochen dieser phantastischen ausgestorbenen Geschöpfe. Als sie die Hand von jemandem streifte, der ihr ein Fernglas zum Beobachten eines Rotfalken reichte, hatte das fast schon etwas von einem Flirt.

Und wieder entdeckte sie die gemeinsame Leidenschaft forensischer Anthropologen für das Bowling. Vielleicht lag es an der konzentrierten Sorgfalt, mit der sie tagsüber Partikel mit einer Pinzette aufnahmen oder Haarpinsel benutzten, daß sie abends in bierseliger Sorglosigkeit Dinge in die Gegend schleudern wollten. In Borrego Springs gab es keine Bowlingbahn, deshalb stiegen sie jeden Abend in einen Kleinlaster, der dem Museum gehörte, und fuhren aus dem Tal in die Städte in den nahen Bergen. Sie brachten ihre eigenen »Hämmer« mit – Wettkampfkugeln mit speziellem Gewicht. All diese Abende sang sie ungeachtet der plärrenden Jukebox in der Nissenhütte ein trauriges Lied – *Better days in jail – with your back turned towards the wall* ... Obwohl sie in dieser Zeit überhaupt nicht traurig war. Es war, als erwarte sie, daß die Traurigkeit des Liedes irgendwann zu ihr gelangen würde, als ahne sie, daß es zu einem Konflikt mit Cullis kommen würde, wenn er erst einmal da wäre.

Liebende, die Geschichten über die Liebe lesen oder Gemälde über sie betrachten, wollen vermeintlich Klarheit gewinnen. Desto verwirrender und chaotischer die Geschichte jedoch ist, um so glaubhafter erscheint sie den in die Liebe Verstrickten. In der Zeichenkunst gibt es nur wenige großartige, verläßliche Darstellungen der Liebe. Und sie enthalten einen Aspekt, der ungeordnet und privat bleibt, auch wenn sie noch so berühmt werden. Sie spenden keine geistige Gesundheit, sondern nur ein blaues gequältes Licht.

Die Schriftstellerin Martha Gellhorn hat gesagt: »Die beste Beziehung ist die zu jemandem, der fünf Häuserblocks entfernt wohnt, viel Humor hat und von seiner Arbeit in Anspruch genommen ist.« Das traf auf Anils Liebhaber Cullis zu. Bloß daß es sich in seinem Fall um fünf Staaten, um fünftausend Meilen handelte. Und er war verheiratet.

Sie schienen einander am meisten zu lieben, wenn sie getrennt waren. In der Gegenwart des anderen, dann, wenn die Extreme möglicher Freude gefährlich blieben, waren sie zu vorsichtig. In Borrego Springs war sie es zufrieden gewesen, Telefongespräche mit ihm zu führen. Frauen lieben die Entfernung, hatte er einmal zu ihr gesagt.

Was in Borrego Springs geschah, ereignete sich in ihrer ersten gemeinsamen Nacht. Sie mußte am nächsten Tag früh an ihrem Arbeitsplatz sein: Ein unerwarteter Fund war gemacht worden. Ein herrlicher Stoßzahn, aber das sagte sie Cullis nicht. Er war ein paar Stunden zuvor angekommen, war tausend Meilen geflogen. Seine schlechte Laune und sein Ärger, weil die Wochenendplanung über den Haufen geworfen war, entfesselten ihren ganzen angestauten Zorn. Schon zu lange hatten sie ihre dummen Loblieder auf eine Romanze mit beschränkter Haftung gesungen.

Sie erhob sich von dem Bett in Borrego und duschte im Sitzen auf dem Badewannenrand, das Gesicht dem Regen aus der Dusche zugekehrt. Ihre vor Zorn verkrampften Handgelenke. Wasserdampf erfüllte den Raum. Eine Woche vor Cullis' Ankunft hatte sie im Una Palma Motel ein Zimmer für ihn reserviert, für sie beide. Er sollte am Freitag abend mit dem Acht-Uhr-Bus vom Flughafen kommen, rechtzeitig zu Beginn ihres dreitägigen Wochenendes. Und dann war der Stoßzahn gefunden worden.

Als sie ihn an der Bushaltestelle abholte, überreichte sie ihm einen sorgfältig ausgewählten Zweig Wüstenlavendel, den er zerbrach, als er ihn sich ins Knopfloch stecken wollte.

Ein guter Archäologe kann einen Eimer mit Erde lesen wie einen komplexen historischen Roman. War ein Knochen von einem wie auch immer beschaffenen Stein gestreift worden, konnte Sarath, wie sie wußte, solche Beweispartikel bis zu ihrem wahrscheinlichen Ursprung verfolgen. So wie sie die wenigen Fragmente aus dem beschädigten Bereich von Seemanns Schädel benutzt hatte, um mit einer Klebespritze den ganzen Teil zu rekonstruieren. Doch in Colombo war nicht einmal die Hälfte der Arbeitsgeräte aufzutreiben, die für sie und Sarath unverzichtbar waren, Geräte, die es in Amerika im Überfluß gab. Sie würden sich auf Hacken und Schaufeln, Schnüre und Steine beschränken müssen. Sie hatte im Cargill's ein paar Rasierpinsel und einen Handbesen besorgt.

Als Sarath schließlich in der Archäologischen Behörde erschien, stellte er sich neben sie vor die Karten an der Wand. Seit dem Abend mit seinem Bruder auf Galle Face Green waren einige Tage vergangen. Sie hatte am nächsten Tag Sarath zu erreichen versucht, aber er war verschwunden gewesen, wie vom Erdboden verschluckt. Unterdessen hatte sie ein Päckchen von Chitra bekommen, und am ersten Nachmittag hatte sie sich durch die schlecht getippten Notizen der Entomologin gearbeitet und dann eine Straßenkarte aus ihrer Reisetasche geholt.

An diesem Sonntag morgen hatte Sarath sie in der Dämmerung angerufen und sich entschuldigt, nicht für die frühe Stunde, sondern weil er weggewesen war und sich nicht gemeldet hatte. Er hatte sie gebeten, sich mit ihm in der Behörde zu treffen. »In einer Stunde«, hatte er gesagt. »Sie wissen, wie man hinkommt? Von Ihrer Haustür geradeaus, bis Sie in die Buller's Road gelangen.«

Sie hatte aufgelegt, das verlockende Bett angeschaut und war unter die Dusche gegangen.

»Ich habe Bodenproben von der ersten Begräbnisstätte«, sagte er, »die aus Kavernen im Schädel stammen. Höchstwahrscheinlich ein Sumpf. Sie haben ihn bis auf weiteres in feuchter Erde begraben. Das ist einleuchtend. Man muß nicht so lange graben. Vielleicht haben sie ihn in ein Reisfeld eingebuddelt und später in das Sperrgebiet gebracht und dort versteckt, um zu vertuschen, daß er kein historischer Leichnam ist. Jedenfalls vermute ich, daß das erste Begräbnis ungefähr in dieser Gegend stattgefunden hat« – er deutete auf die Karte –, »im Ratnapura-Distrikt. Südöstlich von hier. Wir müssen die verschiedenen Grundwasserspiegel in Erfahrung bringen.«

»Es muß eine Gegend sein, in der Feuerkäfer vorkommen«, sagte sie. Er sah sie ausdruckslos an.

»Wir können genauere Angaben machen. Wir können den Radius einengen«, fuhr sie fort. »Leuchtkäfer. Dichtbesiedelte Orte kommen folglich nicht in Frage. Es muß ein freies Gelände sein, vielleicht ein Flußufer, das die Leute scheuen. Chitra, die Entomologin, von der ich Ihnen erzählt habe – diese Spuren, die wie Sommersprossen aussehen, hat sie auf dem Schiff untersucht, und sie hat sich Notizen gemacht. Sie hat Hunderte von Karten und Tabellen über die Insektenvorkommen auf der Insel. Sie sagt, es handele sich um Verpuppungssekret bestimmter Zikaden, die in Waldgebieten wie Ritigala vorkommen. Hier – sie hat uns eine Karte mit eventuellen Habitaten zusammengestellt; sie liegen alle südlich von hier, was sich mit Ihren Bodenergebnissen deckt. Vielleicht irgendwo am Rand des Waldgebiets von Sinharaja.«

»Am Nordrand«, sagte er. »Nur dort entspricht der Boden unseren Proben.«

»Gut, dann dieser Landstreifen hier.«

Mit einem roten Filzstift malte Sarath ein Rechteck auf die Verglasung der Karte. Weddegala im Westen, Moragoda im Osten. Ratnapura und Sinharaja.

»Irgendwo dort drinnen muß es einen Sumpf oder Teich geben, einen *pokuna* im Wald«, sagte er zur Verdeutlichung.

»Ich frage mich, wer noch dort sein mag.«

Da sich außer ihnen niemand in den Räumen der Archäologischen Behörde aufhielt, suchten sie in aller Ruhe die Karten und Bücher zusammen, die sie brauchten. Sarath ging hin und her und belud den Jeep, den er ausgeliehen hatte. Anil hatte keine Ahnung, wie lange sie aus Colombo fort sein und wo sie wohnen würden. Vielleicht in einem der Rasthäuser, die Sarath bevorzugte. Während er verschiedene Bodendiagramme durchsah, nahm sie eine Katasterkarte aus einem der Bibliotheksregale.

»Und wo wohnen wir? In Ratnapura?« Sie sagte es laut. Ihr gefiel das Echo in dem weitläufigen Gebäude.

»Hinter Ratnapura. Es gibt ein *walawwa*, einen alten Familiensitz, wo wir arbeiten können. Wenn wir Glück haben, ist niemand da. Seemann muß dort in der Gegend ermordet worden sein, vielleicht stammte er sogar von dort. Unterwegs können wir versuchen, Palipanas Künstler ausfindig zu machen. Ich rate Ihnen, den Kontakt zu Chitra abzubrechen.«

»Und Sie haben *niemanden* eingeweiht?«

»Ich muß Regierungsvertreter informieren und ihnen unser Vorhaben skizzieren, aber unsere Untersuchung ist für die von keinem Interesse. Unser Vorhaben habe ich für mich behalten.«

»Wie können Sie das nur ertragen!«

»Sie machen sich keine Vorstellung, wie fürchterlich es hier zuging. Was die Regierung tut, mag schlimm genug sein, aber als echtes Chaos herrschte, war es noch schlimmer. Sie haben das nicht miterlebt – außer ein paar guten Anwälten trat jedermann die Gesetze mit Füßen. Terror überall und von allen Seiten. Mit euren Fair-play-Regeln hätten wir nicht überlebt. Zur Vergeltung wurden illegale Regierungstruppen gebildet. Und wir steckten mittendrin. Es war, als wäre man mit drei Freiern in einem Raum eingesperrt, die alle drei Blut an den Händen haben. In fast jedem Haushalt, in fast jeder Familie kannte man jemanden, der entführt oder ermordet worden war, durch die eine oder die andere Seite. Ich will Ihnen etwas erzählen, was ich gesehen habe ...«

Sarath sprach in der menschenleeren Behörde, aber trotzdem sah er sich um.

»Es war im Süden ... Es war gegen Abend, die Märkte machten zu. Zwei Männer, Aufständische, wie ich vermute, hatten einen Mann gefangen. Ich weiß nicht, was er getan hatte. Vielleicht hatte er sie verraten, vielleicht hatte er jemanden umgebracht oder einen Befehl mißachtet oder nicht schnell genug ja gesagt. In jenen Tagen wurde die Todesstrafe für alles verhängt. Ich weiß nicht, ob sie ihn hinrichten wollten oder schlagen und ermahnen oder – am unwahrscheinlichsten – ihn laufenlassen. Er trug einen Sarong und ein weißes Hemd mit hochgekrempelten Ärmeln. Das Hemd hing über den Sarong. Er hatte keine Schuhe an. Und man hatte ihm die Augen verbunden. Sie richteten ihn auf und nötigten ihn, sich auf die Stange eines Fahrrads zu zwängen. Einer der Schergen setzte sich auf den Sattel, der andere stand mit dem Gewehr in der Hand daneben. Als ich sie sah, fuhren sie gerade los. Der Mann konnte weder sehen, was um ihn herum geschah, noch, wohin man ihn brachte.

Als sie losfuhren, mußte der Mann mit der Augenbinde sich festhalten. Die eine Hand hatte er an der Lenkstange, aber die andere mußte er dem Schergen um den Hals legen. Diese unvermeidliche intime Geste war das Verstörende. Sie fuhren schwankend davon; der mit dem Gewehr folgte auf einem zweiten Fahrrad.

Es wäre einfacher gewesen, wenn sie zu Fuß gegangen wären. Aber so hatte das Ganze etwas eigenartig Feierliches. Vielleicht war ihnen das Fahrrad wichtig, weil es in ihren Augen ein Statussymbol darstellte. Warum sollte man ein Opfer mit verbundenen Augen auf einem Fahrrad transportieren? Dadurch wirkte alles Leben gefährdet. Und es machte sie allesamt gleicher. Wie betrunkene Studenten. Der Mann mit der Binde vor den Augen mußte sein Gleichgewicht an das seines möglichen Mörders anpassen. Sie radelten durch den Straßenstaub davon, und am Ende der Straße, hinter den Marktständen, bogen sie ab und verschwanden. Natürlich haben sie es auf diese Weise getan, damit keiner von uns es je vergessen würde.«

»Was haben Sie getan?«

»Nichts.«

Es gibt Bildnisse, in Stein gemeißelt oder auf Stein gemalt – ein Blick auf ein Dorf von einem nahe gelegenen Berg herab, eine einzelne Linie, die des Rückens einer Frau, die sich über ein Kind beugt –, die Sarath' Wahrnehmung seiner Welt verändert haben. Vor Jahren betraten er und Palipana unbekannte Felsfinsternisse, entzündeten ein Streichholz und sahen Farbspuren. Sie gingen nach draußen, schnitten Rhododendronzweige ab, kehrten zurück und zündeten sie an, um die Höhle zu beleuchten; der Rauch des frischen Holzes war stechend und vernebelte das Licht der Flammen mit Qualm.

Dies waren Entdeckungen, die in den schlimmsten politischen Zeiten gemacht wurden, während Tausende schmutziger kleiner Verbrechen aus rassistischen oder politischen Motiven begangen wurden, aus Bandenwahnsinn oder Geldgier. Der Krieg hatte sich eingefressen wie Gift in einen Kreislauf und ließ sich nicht herausschwemmen.

Diese Höhlenbilder, durch Qualm und Feuer hindurch erblickt. Die nächtlichen Verhöre, die Gefangenenwagen, die bei Tag willkürlich Bürger einsammelten. Der Mann, der vor Sarath' Augen auf einem Fahrrad fortgebracht worden war. Massenhaftes Verschwinden in Suriyakanda, Berichte von Massengräbern in Ankumbura, von Massengräbern in Akeemana. Die halbe Welt, so schien es, wurde begraben, und die Wahrheit versteckte sich hinter der Angst, während die Vergangenheit im Licht eines brennenden Rhododendronbuschs sichtbar wurde.

Anil konnte dieses alte, akzeptierte Gleichgewicht nicht verstehen. Sarath wußte, daß die Reise für sie den Weg zur Wahrheit bedeutete. Aber was würde die Wahrheit für sie beide bedeuten? Sie war eine Flamme vor einem stillen Erdölsee. Sarath hatte erlebt, wie die Wahrheit von der ausländischen Presse in handliche Stücke gebrochen und zusammen mit irrelevanten Fotos verwendet worden war. Eine frivole Geste gegenüber Asien, die als Ergebnis solcher Informationen neue Racheakte und Greueltaten bewirken konnte.

Es war riskant, die Wahrheit einer gefährlichen Stadt auszuhändigen, die sich in unmittelbarer Nähe befand. Als Archäologe glaubte Sarath an die Wahrheit als Prinzip. Das heißt, er hätte sein Leben für die Wahrheit gegeben, wenn sie von irgendeinem Nutzen gewesen wäre.

Und insgeheim (dies erwog Sarath oft eingehend vor dem Einschlafen) würde er auch, das wußte er, sein Leben für das in Stein gehauene Bildnis aus einem vergangenen Jahrhundert geben, das eine über ihr Kind gebeugte Frau zeigte. Er erinnerte sich, wie sie davorgestanden hatten im flackernden Licht, wie Palipanas Arm der Linie des Rückens gefolgt war, der sich voll Zuneigung oder Trauer neigte. Ein Kind, das man nicht sah. Alle Gesten der Mutterschaft waren vorhanden. Eine Haltung wie ein unterdrückter Schrei.

Das Land lebte in einer schaukelnden, alles erstickenden Bewegung. Das Verschwinden von Schuljungen, der Foltertod von Anwälten, die Entführung von Leichen aus dem Massengrab in Hokandara. Morde im Sumpf von Muthurajawela.

Ananda

Sie folgten der kurvenreichen Straße in die Berglandschaft des Landesinneren.

»Wir sind nicht dafür ausgerüstet, diese Arbeit hier zu tun«, sagte sie, »und das wissen Sie.«

»Wenn der Künstler so gut ist, wie Palipana behauptet, dann kann er sich behelfen. Hatten Sie schon jemals mit so etwas zu tun?«

»Nein. Rekonstruktionen habe ich noch nie vorgenommen. Ich muß dazu sagen, daß meine Zunft nicht viel davon hält. Sie kommen uns vor wie Comics zur Geschichte. Wie Dioramen oder so. Lassen Sie von dem Schädel einen Abguß machen?«

»Warum?«

»Bevor Sie ihn dem Mann überlassen – wer auch immer dieser obskure Jemand sein mag. Übrigens bin ich froh, daß wir uns für einen Trunkenbold entschieden haben.«

»Sie können keinen Abguß machen lassen, ohne daß ganz Colombo Bescheid weiß. Wir müssen ihm den Schädel so geben.«

»Würde ich nicht tun.«

»Außerdem würde es Wochen dauern. Wir sind hier nicht in Brüssel oder in Amerika. Nur die Waffen sind in diesem Land auf dem neuesten Stand der Technik.«

»Na gut, suchen wir erst mal den Kerl und schauen, ob er überhaupt einen Pinsel halten kann, ohne zu zittern.«

Sie kamen zu einer Ansammlung von Lehmhütten mit Flechtfachwerk am Rand eines Dorfes. Es stellte sich heraus, daß der Mann namens Ananda Udugama nicht mehr bei seinem Schwager lebte, sondern an einer Tankstelle im nächsten

Ort wohnte. Sie fuhren weiter, und sie sah zu, wie Sarath ausstieg, die einzige Straße der Ortschaft entlangging und nach dem Mann fragte. Sie machten ihn ausfindig, als er gerade von einem Frühabendschläfchen erwachte. Sarath winkte Anil zu sich, und sie ging zu den beiden Männern.

Sarath erklärte, was sie von ihm wollten, erwähnte Palipana und sagte, daß sie ihn bezahlen würden. Der Mann, der eine Brille mit dicken Gläsern trug, sagte, er werde bestimmte Dinge benötigen – Radiergummis, solche wie an Bleistiftenden, und kleine Nadeln. Und er sagte, er müsse das Skelett sehen. Sie öffneten die Rückklappe des Jeeps. Der Mann benutzte ihre kompakte Taschenlampe, um das Skelett zu untersuchen, führte sie an den Rippen entlang, an Bögen und Biegungen. Anil hatte nicht den Eindruck, daß er aus einer solchen Untersuchung viel erfahren konnte.

Sarath überredete den Mann, mit ihnen zu kommen. Er schüttelte zuerst den Kopf, ging dann aber in das Zimmer, das er bewohnte, und kam mit seinen Habseligkeiten in einem kleinen Pappkarton zurück.

Zwei Fahrtstunden vor Ratnapura wurden sie an einer Straßensperre angehalten; Soldaten kamen träge aus dem Schatten an beiden Seiten der Straße auf sie zu. Sie saßen schweigend da, in erzwungener Höflichkeit, und reichten ihre Ausweise hinaus, als eine Hand in den Jeep schoß und mit den Fingern schnipste. Anils Ausweis schien den Soldaten nicht zu passen; einer von ihnen öffnete die Beifahrertür und blieb abwartend daneben stehen. Anil begriff nicht, was man von ihr erwartete, bis Sarath es ihr im Flüsterton erklärte; dann stieg sie aus.

Der Soldat beugte sich in den Jeep, hob ihre Schultertasche heraus und leerte den Inhalt geräuschvoll auf die Kühlerhaube. Alles rollte ins Sonnenlicht; eine Brille und ein Füller fielen auf den Asphalt, wo er sie liegen ließ. Als Anil einen Schritt machte, um sie aufzuheben, streckte er die Hand aus. Im Licht der Mittagssonne betastete er bedächtig jeden einzelnen Gegenstand: Er schraubte einen Flakon Eau de Cologne auf und schnüffelte am Inhalt, betrachtete die Postkarte mit dem Vogel, leerte Anils Brieftasche aus, steckte einen Stift in eine Kassette und drehte das Band wortlos weiter. In ihrer Tasche befand sich nichts wirklich Wertvolles, aber die Langsamkeit seiner Bewegungen war ihr peinlich und irritierte sie. Er öffnete ihren Wecker und nahm die Batterie heraus, und als er die Ersatzbatterien sah, die noch in Plastik eingeschweißt waren, nahm er auch die an sich und überreichte sie einem zweiten Soldaten, der sie zu einer mit Sandsäcken verbarrikadierten Höhle am Straßenrand brachte. Der Soldat ließ Tasche samt Inhalt liegen, entfernte sich, und ohne sich umzudrehen, machte er ihnen ein Zeichen, daß sie weiterfahren konnten. »Tun Sie bloß nichts«, hörte sie Sarath aus dem Dunkeln des Wageninneren sagen.

Sie stopfte ihre Sachen in die Tasche und setzte sich auf den Beifahrersitz.

»Die Batterien werden für selbstgebastelte Bomben gebraucht«, erklärte Sarath.

»Das weiß ich«, fuhr sie ihn an, »das weiß ich.«

Als sie losfuhren, sah sie sich nach Ananda um, der unbeteiligt einen Bleistift zwischen den Fingern drehte.

Ein *walawwa* in Ekneligoda; das Haus gehörte einer Familie namens Wickramasinghe, die es fünf Generationen lang bewohnte. Der letzte Wickramasinghe, ein Künstler, hatte in den sechziger Jahren darin gelebt. Nach seinem Tod war das zweihundert Jahre alte Haus von der Archäologischen und Historischen Gesellschaft übernommen worden. (Ein entfernter Verwandter hatte mit Archäologie zu tun.) Doch als es in der Gegend nicht mehr sicher war und immer mehr Leute verschwanden, ließ man das Gebäude leerstehen, und es wurde ein Bild der Verlassenheit wie ein versiegter Brunnen.

Sarath war als Kind zum erstenmal zu diesem Familiensitz gekommen, als man fürchtete, sein jüngerer Bruder werde sterben. »*Diphtherie*«, hatten sie gesagt. »*Etwas Weißes im Mund*«, hatten die Ärzte seinen Eltern zugeflüstert. Und deshalb war Sarath mitsamt seinen Lieblingsbüchern ins Auto verfrachtet und nach Ekneligoda gefahren worden, wo ihm nichts passieren konnte, bevor Gamini aus dem Krankenhaus nach Hause geholt wurde. Die Wickramasinghes befanden sich auf Europareise, und so kam es, daß der Dreizehnjährige, lediglich von einer Ayah beaufsichtigt, zwei Monate lang in ihren Gärten umherstreifte, die Wege verzeichnete, die die Mungos im Dickicht nahmen, und sich imaginäre Städte und Nachbarn ausdachte. Während an der Greenpath Road in Colombo die Familie alle Türen schloß und sich bereit machte, den sterbenden jüngeren Sohn zu pflegen, der wie ein kleiner Prinz umhegt war, gewappnet mit dem Geheimnis des Todes, von dem er selbst nichts ahnte.

In seinen Dreißigern besuchte Sarath das Haus, wenn die Feldforschung ihn in die Gegend führte, doch er war seit mindestens zehn Jahren nicht mehr hergekommen, und jetzt hatte die ungepflegte Leere von Haus und Gärten etwas Deprimierendes. Doch noch immer wußte er, wo die alten Schlüssel auf dem unteren Zaunbalken versteckt waren, und fand den unveränderten Weg der Mungos durch das Dorngebüsch im tiefer gelegenen Garten.

In Begleitung Anils und Anandas öffnete er die Türen aller Zimmer, damit jeder sich einen Arbeitsraum und ein Schlafzimmer aussuchen konnte, und schloß die anderen Räume wieder ab. Sie würden sowenig Platz wie möglich beanspruchen, sich nicht im ganzen Haus ausbreiten. Er wanderte mit Anil durch ein Haus, das ihm jetzt viel kleiner vorkam, und er hatte das Gefühl, in zwei Epochen gleichzeitig zu leben. Er beschrieb ihr die Bilder, die sich in früheren Zeiten an den Wänden befunden hatten, als er dort zu einer Isolation gefunden hatte, aus der er möglicherweise nie ganz wiedergekehrt war. Wenige überleben die Diphtherie, hatte man ihm nachdrücklich versichert. Und die Wahrscheinlichkeit, daß sein Bruder sterben würde, daß er bald der einzige Sohn sein würde, hatte er als Gewißheit akzeptiert.

Jetzt war neben ihm das Rascheln von Anils Schritten. Dann ihre ruhige Stimme. »*Was ist das?*« Sie waren in einen Raum getreten, aus dem man auf den Hof sah und in dem jemand in riesengroßen Lettern zwei singhalesische Wörter an die Wand geschrieben hatte. MAKAMKRUKA. Und auf der gegenüberliegenden Wand: MADANARAGA. »*Was ist das? Sind das Namen?*« Er hob den Arm, so daß er mit der Hand die braune Schrift berühren konnte.

»Nein, keine Namen. Ein *makamkruka* ist – schwer zu erklären ... ein *makamkruka* ist ein Aufrührer, ein Agitator. Jemand, der die Dinge vielleicht genauer sieht, weil er alles auf den Kopf stellt. Er ist fast ein Teufel, ein *yaksa*. Andererseits bewacht ein *makamkruka* merkwürdigerweise die heilige Stelle vor dem Tempel. Niemand weiß, warum eine solche Person mit dieser Verantwortung geehrt wird.«

»Und?«

»Das andere ist eigenartiger. *Mandanaraga* bedeutet: ›mit der Schnelligkeit der Liebe‹, sexuelle Erregung. Es ist ein Wort, das man in alten Romanzen findet. Nicht in der Alltagssprache.«

Während Ananda sich mit dem Kopf abmühte, wollte Anil ihre Arbeit an Seemanns Skelett fortsetzen; unter anderem versuchte sie seine »Tätigkeitsmerkmale« herauszufinden. Vielleicht war Seemann in seiner Heimatgegend »bedeutend« oder »identifizierbar«. Hier waren sie näher an der Quelle, und hier würden sie ungestört sein.

Am ersten Morgen ihres Aufenthalts war Ananda Udugama wortlos verschwunden. Sarath war wütend gewesen, Anil hatte diplomatisch geschwiegen. Sie richtete ihren Seziertisch und ihr temporäres Labor in einem Innenhof im gezackten Schatten eines Banyans ein und nahm Seemann nach draußen mit. Sarath entschied sich, seiner eigenen Arbeit im imposanten Speisezimmer nachzugehen. Hin und wieder würde er nach Colombo fahren müssen, um einzukaufen und sich bei der Behörde zu melden. Es gab keine Telefone, bis auf sein intermittierend funktionierendes Mobiltelefon, und sie kamen sich vom übrigen Land abgeschnitten vor.

Ananda war am ersten Morgen früh aufgewacht und zum nahe gelegenen Dorfmarkt gegangen, wo er frischen Toddy kaufte und es sich am öffentlichen Brunnen bequem machte. Er plauderte mit jedermann, der neben ihm saß, verteilte seine wenigen Zigaretten und betrachtete die Dörfler um ihn herum mit ihrem spezifischen Verhalten, ihren charakteristischen Körperhaltungen und Gesichtszügen. Er wollte herausfinden, was die Leute tranken, ob es eine besondere Ernährung gab, von der man prallere Wangen als üblich bekam, ob die Lippen hier voller waren als in Batticaloa. Auch die Eigentümlichkeiten der Haartracht, die Qualität des Sehvermögens. Gingen sie zu Fuß, oder fuhren sie Fahrrad? Wurde Kokosöl beim Kochen und beim Frisieren verwendet? Er verbrachte einen Tag im Dorf, und dann ging er auf die Felder und sammelte drei Säcke voll Lehm. Die zwei braunen Lehmsorten und die eine schwarze konnte er zu einer Vielzahl von Tönen mischen. Dann kaufte er im Dorf ein paar Flaschen Arrak und ging zum *walawwa* zurück.

Er stand von nun an meist in der Morgendämmerung auf und ließ sich in einem Flecken Sonnenlicht nieder; er bewegte sich mit der Sonne wie eine Katze. Vielleicht warf er hin und wieder einen Blick auf den Schädel, aber das war auch alles. Er ging ins Dorf und kam mit Drachenpapier in verschiedenen Farben zurück, mit Talg, Lebensmittelfarben und eines Tages mit zwei alten Plattenspielern und einer zufälligen Auswahl von 78er Schallplatten.

Von all den Räumlichkeiten in dem großen Haus hatte Ananda sich das Zimmer gewählt, in dem der Künstler gearbeitet hatte. Er wußte nichts von der Geschichte des Hauses, aber ihm gefiel das Licht in diesem Raum, wo die Wörter MAKAMKRUKA und MADANARAGA geschrieben waren. Der Hof, in dem Anil arbeitete, lag vor seinem Fenster. An dem Morgen, als er tatsächlich mit der Arbeit an dem Schädel begann, hörte sie Musik aus seinem Zimmer. Ein Tenor schmetterte plötzlich los, hielt eine kurze Weile durch und wurde langsamer, bevor das Lied zu Ende war. Neugierig trat sie ein und sah Ananda das Grammophon aufziehen. Daneben stand ein zweiter Plattenspieler, auf dem er eine Tonunterlage formte, die den Schädel trug. Mit der freien Hand konnte er den Plattenspieler wie eine Töpferscheibe nach links oder rechts drehen. Er arbeitete bereits am Hals. Sie trat zurück und verließ den Raum.

Sie erkannte die Technik der Gesichtsplastik. Er hatte verschiedene Nadeln mit roter Farbe markiert, um die unterschiedliche Dicke des Fleischs auf den Knochen anzudeuten, und dann eine dünne Schicht Knetmasse aufgetragen, die er anhand der Markierungen an den Nadeln dicker oder dünner verteilte. Zuletzt würde er dünne Lagen Radiergummi auf dem Ton anbringen und das Gesicht modellieren. So, aus diversen

Haushaltswaren collagiert, mußte es wie ein Ungeheuer aus einem Laden für Scherzartikel aussehen.

An den drei Wochentagen, an denen Sarath in Colombo war, gab es wenig Kommunikation zwischen Anil und Ananda, dem einstigen Augenmaler, nachmaligen trunksüchtigen Edelsteinminenarbeiter, späteren Kopfmodellierer. Sie gingen sich mürrisch aus dem Weg, bewegten sich lärmend im Haus; ein Minimum an Höflichkeit hatten sie schon nach dem ersten Tag abgelegt. Anil hielt das Unterfangen nach wie vor für eine hirnrissige Idee Sarath'.

Abends brachte sie die Geräte, die vor dem Regen geschützt werden mußten, in den Kornspeicher. Um diese Tageszeit hatte Ananda bereits zu trinken begonnen. Erst seit er an dem Kopf arbeitete, war sein Trinken zum Problem geworden. Inzwischen ärgerte er sich, wenn seine Lebensmittel in der Küche umgeräumt worden waren oder wenn er sich mit dem Federmesser schnitt, was die ganze Zeit geschah. Einmal marschierte er hinaus in die Nachmittagssonne, als Anil gerade mit Messungen an den Knochen beschäftigt war, und beim Vorbeigehen streifte sein Sarong ihren Tisch. Sie knurrte ihn an, und er drehte sich wütend um und brüllte zurück. Diesem Streit folgte eine stumme und noch tiefere Erbitterung. Er stolzierte in sein Zimmer, und fast erwartete sie, den Kopf herausrollen zu sehen.

In dieser Nacht ging sie mit einer Lampe aus dem Haus, um nach ihm zu suchen. Sie war erleichtert, daß er sich zum Abendessen nicht eingefunden hatte (sie kochten jeder für sich, aßen aber schweigend zusammen). Um halb elf war er immer noch nicht da, und bevor sie das Haus absperrte – was gewöhnlich er tat –, hatte sie das Gefühl, sie müsse wenigstens so tun, als suche sie nach ihm, und trat deshalb mit der Lampe in die Dunkelheit hinaus. Und dort fand sie ihn auf einem Mäuerchen, besinnungslos, nur mit seinem Sarong bekleidet. Sie zerrte ihn auf die Füße und schwankte unter seinem Gewicht zum Haus, während seine Arme hin und her baumelten.

Anil hatte nichts für Betrunkene übrig. Sie konnte nichts Komisches oder Romantisches an ihnen finden. Sie bugsierte ihn in den Flur; dort fiel er auf den Boden und war sofort wieder eingeschlafen. Es bestand keine Aussicht, ihn wach zu bekommen und aus dem Weg zu schaffen. Sie ging in ihr Zimmer und holte ihren Walkman und eine Kassette. Eine kleine Rache. Sie setzte ihm die Kopfhörer auf und schaltete den Walkman ein. Tom Waits, der »Dig, Dig, Dig« aus *Schneewittchen und die sieben Zwerge* sang, bohrte sich in seine Gehirnwindungen, und entsetzt sprang er auf. Er mußte denken, daß er die Stimmen von Toten hörte. Er taumelte, als könne er den Tönen in seinem Inneren nicht entkommen, und schließlich riß er die Drähte ab, die an seinem Kopf befestigt waren.

Sie setzte sich auf die Stufen zum Hof. Von dort sah sie plötzlich den Mond, der auf das starrte, was einst das Zuhause der Wickramasinghe gewesen war. Sie spulte das Band vorwärts bis zu Steve Earles »Fearless Heart« mit seinem raffinierten Angebergestus. Wenn es ihr richtig schlechtging, kam nur Steve Earle in Frage. Wenn sie eines seiner zornigen Klagelieder hörte, pochte ihr das Blut rascher in den Adern, ihre Bewegungen bekamen eine sexuelle Färbung. Halb tanzend bewegte sie sich an Seemanns Skelett vorbei in den Hof. Es war eine klare Nacht, sie konnte ihn draußen lassen.

Doch als sie sich in ihrem Zimmer auszog, dachte sie an sein klaustrophobisches Plastikgefängnis und ging hinaus, um ihn von den Planen zu befreien. Der Wind und alle nächtliche Dunkelheit waren in Seemann. Nach den Verbrennungen und Beerdigungen lag er nun auf einem Holztisch, vom Mondlicht gebadet. Sie ging in ihr Zimmer zurück; die Ekstase der Musik war vergangen.

In manchen Nächten hatte Cullis neben ihr gelegen und sie kaum mit der Fingerspitze berührt. Er war auf dem Bett nach unten gerutscht, hatte ihre braune Hüfte, ihr Haar geküßt, bis er die Höhle in ihr fand. Wenn sie getrennt waren, schrieb er, wie sehr er das Geräusch ihres Atems in diesen Augenblicken liebte, das Ein- und Ausatmen, gemessen und regelmäßig, als wisse ihr Körper um die bevorstehende lange Trennung und bereite sich darauf vor. Seine Hände auf ihren Oberschenkeln, sein Gesicht feucht von ihrem Geschmack, ihre Handfläche auf seinem Nacken. Oder sie saß über ihm und sah, wie er in ihre schnellen Handbewegungen hinein kam. Die deutlichen, unartikulierten Töne, die jeder beim anderen wahrnahm.

Ananda stolperte unsicher in ihr Blickfeld – der ausgemergelte Körper eines schweren Trinkers, noch immer ohne Hemd. Er rieb seine Arme und seinen knochigen Oberkörper, spähte in den Hof, ohne zu merken, daß sie sich in einer der dunklen Ecken befand.

An ihrem Arbeitstisch legte er sorgsam die Hände auf den Rücken, um sicherzugehen, daß er nichts berührte, und beugte sich vor, sah durch seine dicken Brillengläser auf ihre Zirkel und die Gewichtstabellen, als halte er sich in der ehrfurchtgebietenden Atmosphäre eines Museums auf. Er beugte sich noch tiefer und roch an den Gegenständen. Ein wissenschaftlicher Geist, dachte sie. Am Vortag hatte sie bemerkt, wie feingliedrig seine Finger waren, die die Arbeit ockergelb gefärbt hatte.

Jetzt hob Ananda das Skelett hoch und trug es in den Armen.

Was er tat, hatte nichts Abstoßendes für sie. Es hatte Zeiten gegeben, da auch sie das Bedürfnis gehabt hatte, Seemann zu berühren und ihn in die Arme zu nehmen, um sich daran zu erinnern, daß er war wie sie, dann, wenn sie aus ihrer Arbeit nicht mehr herausfand und nach stundenlanger Konzentration nichts anderes mehr wahrnahm. Er war nicht lediglich Beweismaterial, sondern jemand mit guten und schlechten Eigenschaften, Mitglied einer Familie, Bewohner eines Dorfs, der im unvermittelten Blitzlicht der Politik die Hände im letzten Moment erhoben hatte, weshalb sie ihm gebrochen worden waren. Ananda hielt Seemann in den Armen, ging langsam mit ihm umher und legte ihn auf den Tisch zurück, und erst da gewahrte er Anil. Sie nickte unmerklich, um ihm zu zeigen, daß sie ihm nicht böse war. Stand langsam auf und ging zu ihm hin. Ein kleines gelbes Blatt segelte herab, fiel in den Brustkorb des Skeletts und vibrierte dort sacht.

Sie sah die zwei Monde im Spiegel von Anandas Brillengläsern. Es war eine wackelige Konstruktion – die Gläser waren mit Draht am Gestell festgemacht, die Bügel mit alten Tuchfetzen umwickelt, eigentlich Lumpen, an denen er sich die Finger abwischte oder abtrocknete. Anil wünschte, sie wäre imstande, Informationen mit ihm auszutauschen, aber sie hatte die Feinheiten der Sprache, die sie einst mit ihm geteilt hatte, längst vergessen. Sie hätte ihm gesagt, was die Maße der Knochen Seemanns über Haltung und Körpergröße aussagten. Und er – Gott weiß, was für Erkenntnisse er haben mochte.

Nachmittags, wenn Ananda mit der Rekonstruktion des Schädels nicht weiterkam, nahm er ihn wieder auseinander, zerbrach den Ton. Befremdlich. Ihr erschien es wie Zeitverschwendung. Doch am nächsten Morgen in aller Frühe wußte er genau, welche Dichte und Textur er wiedererschaffen mußte, und reproduzierte die Arbeit des Vortags in zwanzig Minuten. Dann überlegte er und fügte dem Gesicht eine neue Nuance hinzu. Es war, als benötige er die Aufwärmphase der Beschäftigung mit der vorangegangenen Arbeit, um zuversichtlicher auf die Ungewißheit zugehen zu können, die vor ihm lag. So kam es, daß es nichts zu sehen gab, wenn sie sein Zimmer betrat, solange er nicht arbeitete. Nach bloß zehn Tagen glich das Zimmer einem Nest – Lumpen und Polstermaterial, Lehm und Ton, überall Farbschmierer, die großen Buchstaben an der Wand über ihm.

Doch in dieser Nacht schien es zu einem wortlosen Einverständnis gekommen zu sein. Die Art, wie er die Ordnung ihres Werkzeugs respektiert hatte, indem er nichts berührte, die Art, wie er Seemann in die Arme genommen hatte. Sie sah die Traurigkeit in seinem Gesicht hinter dem, was man für die billige Sentimentalität eines Betrunkenen halten konnte. Die Vertiefungen, die aussahen wie angenagt. Anil streckte die

Hand aus und berührte seinen Unterarm, dann ließ sie ihn im Hof allein. Die nächsten Tage zogen sie sich wieder in ihr gewohntes Schweigen zurück. Es war denkbar, daß er in jener Nacht sehr betrunken gewesen war und sich an nichts erinnerte. Zwei-, dreimal am Tag legte er eine von den alten 78ern auf und stand in der Tür seines Zimmers, den Blick auf das gerichtet, was sich im Hof in Anils Leben abspielte.

*Um sechs Uhr morgens zog sie sich an und ging dann die
Meile Weges zur Schule. Wenige hundert Meter, bevor es den
Hügel hochging, verengte die Straße sich zu einer Brücke, auf
deren einer Seite eine Lagune lag und auf der anderen ein
Fluß mit Salzwasser. Von dort an begegnete Sirissa den Halbwüchsigen; manche hatten eine Schleuder über der Schulter,
andere rauchten. Sie sahen zu ihr hin, sprachen aber nie ein
Wort, während Sirissa sie immer grüßte. Später, wenn sie ihr
auf dem Schulgelände begegneten, nahmen sie sie in keiner
Weise zur Kenntnis. Wenn sie ein paar Meter an ihnen vorbeigegangen war, drehte sie sich an der Brücke um und sah,
wie sie sie neugierig beobachteten. Sie war nicht sehr viel
älter als die Schüler. Und die versuchten, Eindruck auf sie zu
machen, und nur einer oder zwei von ihnen hatten vielleicht
schon Erfahrung mit Frauen. Sie nahmen Sirissas seidiges
Haar wahr, die geschmeidige Bewegung, wenn sie sich umdrehte, um im Weitergehen zurückzuschauen – eine sinnliche
Geste, die sie inzwischen erwarteten.*

    *Es war immer halb sieben, wenn sie zu der Brücke kam.
Ein paar Krabbenfischerboote waren zu sehen, ein Mann, der
bis zum Hals im Wasser stand und dessen unsichtbare Hände
die Netze ausrichteten, die sein Sohn nachts vom Boot ins
Wasser gelassen hatte. Der Mann bewegte sich lautlos, als sie
an ihm vorbeiging. Von hier waren es nur noch zehn Minuten
bis zur Schule, wo Sirissa sich in einem Verschlag umzog,
Lumpen in einem Eimer mit Wasser auswrang und sich daran-
machte, die Tafeln abzuwischen. Dann fegte sie die Blätter
aus den Zimmern, die durch die Gitterfenster hereingeweht
waren, wenn es nachts gewindet oder gestürmt hatte. Sie arbeitete auf dem menschenleeren Schulgelände, bis sie hörte,*

wie die Kinder, die Halbwüchsigen, die größeren Jugend-
lichen nach und nach kamen, als würden Vögel allmählich
eintreffen, wie die Stimmen lauter wurden, als wären sie zu
einer Versammlung auf einer Dschungellichtung einberufen
worden. Sie ging zwischen ihnen hin und her und wischte die
Tafeln sauber, die sich am Rand des sandbestreuten Hofes be-
fanden und von den Jüngsten benutzt wurden, die vor den
Lehrern auf der Erde saßen und ihr Singhalesisch, ihre Ma-
thematik, ihr Englisch lernten: »Der Pfau ist ein schöner Vo-
gel ... Er hat einen langen Schwanz!«

Während des Unterrichts am Vormittag wurde striktes
Schweigen gewahrt. Dann, um ein Uhr mittags, erfüllten
wieder Lärm und Menschen den Hof, wenn der Schultag zu
Ende war und die Schüler in ihren weißen Uniformen sich in
die drei oder vier Dörfer zerstreuten, aus denen sie stammten,
zurück in ihr anderes Leben. Sie aß ihr Mittagessen am Pult
des Mathematikklassenzimmers. Sie packte das Blatt aus, in
dem das Essen eingewickelt war, hielt es in der linken Hand
und wanderte zur Tafel, wobei sie mit drei Fingern und dem
Daumen aß, ohne auch nur hinzusehen, nur damit beschäf-
tigt, die mit Kreide geschriebenen Ziffern und Symbole zu
betrachten, um die Gleichung zu erfassen. Sie war eine gute
Mathematikschülerin gewesen. Die Logik der Lehrsätze hatte
sich ihr völlig klar offenbart. Sie konnte einen Winkel ergrei-
fen und zu einem ordentlichen gleichschenkligen Dreieck fal-
ten. Sie hörte immer den Lehrern zu, wenn sie in den Blu-
menbeeten oder im Flur arbeitete. Nun wusch sie sich unter
dem Wasserhahn die Hände und machte sich auf den Heim-
weg; einige Lehrer weilten noch im Flur, andere überholten
sie später auf dem Fahrrad.

Abends hielt sie sich während der Ausgangssperre im Haus
auf, mit einer Lampe und einem Buch in ihrem Zimmer. Ihr
Mann würde in einer Woche wieder bei ihr sein. Wenn sie eine
Seite umblätterte, stieß sie manchmal auf ein dünnes Blatt Pa-
pier mit einer Zeichnung von ihr, das Ananda an einer späte-

ren Stelle ins Buch geschoben hatte. Oder auf die Zeichnung einer Wespe, an der sie sich gestört hatte, ihre riesigen Augen. Sie wäre lieber nach dem Abendessen auf der Straße spazierengegangen; sie schaute gern zu, wenn die Läden schlossen. Die dunklen Straßen, das elektrische Licht, das aus den Läden auf die Straße fiel. Diese Zeit mochte sie am liebsten; es war, als würden die Sinne einer nach dem anderen weggeräumt – hier der Getränkeladen, dort das Kassettengeschäft, hier Gemüse, die eingepackt wurden, und auf der Straße wurde es immer dunkler, während sie weiterging. Und ein Fahrrad, das sich mit drei balancierenden Kartoffelsäcken in eine noch schwärzere Dunkelheit entfernte. In das andere Leben. Jene Existenz. Denn wenn Menschen sich heutzutage von uns verabschieden, können wir nie sicher sein, sie wiederzusehen oder unverändert wiederzufinden. Deshalb liebte Sirissa die Ruhe der nächtlichen Straßen, in denen kein Verkehr mehr herrschte, einem Theater nach der Vorstellung vergleichbar. Vimalarajahs Kräuterladen oder das Silbergeschäft seines Bruders, wo ein Rolladen, den man langsam herunterließ, zunehmend Dunkelheit verbreitete und den Lichtschein verengte, bis er nur noch ein Spalt unter der Metalltür war, eine golden glänzende Linie, und dann wurde der Schalter abgedreht, und auch dieser Horizont entschwand. Die Luft wehte um ihr Kleid, während sie sich ausmalte, wie es wäre, ohne Ausnahmezustand und Ausgehverbot spazierenzugehen. Die Tauben ließen sich zwischen den Glühbirnen nieder, die den Namen Cargill's bildeten. So vieles ereignete sich unter dem Gefieder der Nacht. Das erschreckte Rennen, die Entsetzten, die Verängstigten, die hirnlos Wütenden und die müden professionellen Totmacher, die ein weiteres abtrünniges Dorf bestraften.

Um halb sechs Uhr morgens erwacht Sirissa und badet am Brunnen hinter dem Haus, in dem sie wohnt. Sie zieht sich an, ißt ein paar Früchte und macht sich auf den Weg zur Schule. Es ist der altvertraute Weg. Sie weiß, daß sie sich auf der

Brücke träge umdrehen wird, nachdem sie an den Jungen vorbeigegangen ist. Es wird die vertrauten Vögel geben – Brahminenweihen, vielleicht einen Fliegenschnäpper. Die Straße verengt sich. Hundert Meter vor ihr liegt die Brücke. Links die Lagune. Rechts der Salzwasserfluß. Heute morgen sind keine Fischer auf dem Wasser, und die Straße ist verlassen. Sie beschreitet sie als erste, weil sie als Dienstmädchen an der Schule arbeitet. Halb sieben. Niemand, zu dem sie sich umdrehen könnte, um zu zeigen, daß sie sich ihm ebenbürtig weiß. Es sind noch zehn Meter bis zur Brücke, als sie die Köpfe von zwei Schülern auf Pfählen erblickt, zu beiden Seiten der Brücke, einander gegenüber. Siebzehn, achtzehn, neunzehn Jahre alt ... sie weiß es nicht, und es ist ihr egal. Am anderen Ende der Brücke sieht sie zwei weitere Köpfe, und selbst von hier aus erkennt sie einen davon wieder. Am liebsten würde sie sich ganz klein machen und zurücklaufen, aber sie kann nicht. Sie spürt, daß hinter ihr etwas ist, das, was dies hier verursacht hat. Sie wünscht sich, zu Luft zu werden. Kann keinen Gedanken fassen. Sie kommt nicht einmal auf die Idee, sie von dieser öffentlichen Zurschaustellung zu erlösen. Kann nichts berühren, weil alles sich lebendig anfühlt, versehrt und wund, aber lebendig. Sie beginnt zu rennen, an ihren Augen vorbei, die eigenen fest geschlossen, bis sie daran vorbei ist. Den Hügel hoch zur Schule. Sie rennt weiter, und dann sieht sie mehr.

Anil stand völlig reglos da, konzentriert nachdenkend. Sie hatte keine Ahnung, wie lange sie im Hof gewesen war, wie lange sie alle möglichen Fährten Seemanns verfolgt hatte, aber als sie aus ihrer Trance erwachte und sich rührte, fühlte ihr Hals sich an, als stecke ein Pfeil darin.

Es war eine unumstößliche Binsenwahrheit in ihrem Beruf, daß man keinen Verdächtigen hatte, solange man kein Opfer hatte. Und obwohl sie wußten, daß Seemann höchstwahrscheinlich in diesem Distrikt ermordet worden war, obwohl sie sein Alter und seine Haltung ziemlich detailliert bestimmen konnten, seine Körpergröße und sein Gewicht ungefähr kannten, obwohl Ananda an der »Kopfplastik« arbeitete, in die sie nicht viel Hoffnung setzte, war es wenig wahrscheinlich, daß sie ihn würden identifizieren können; noch immer wußten sie nichts über die Welt, aus der Seemann stammte.

Und selbst wenn sie ihn identifizierten, selbst wenn sie die näheren Umstände seiner Ermordung herausfanden, was dann? Er war ein Opfer unter Tausenden. Was sollte das ändern?

Sie erinnerte sich an Clyde Snow, der in Oklahoma ihr Lehrer gewesen war, und an seine Worte über die Arbeit der Menschenrechtsbewegungen in Kurdistan: *Ein Dorf kann für viele Dörfer sprechen. Ein Opfer kann für viele Opfer sprechen.* Sie und Sarath wußten, daß in der ganzen stürmischen Geschichte der Bürgerkriege der letzten Jahrzehnte, in all den vorgetäuschten polizeilichen Untersuchungen keine einzige Mordanklage während der Unruhen erfolgt war. Dies hier aber konnte der Regierung vielleicht eindeutig zur Last gelegt werden.

Aber ohne Seemann identifizieren zu können, hatten sie noch immer kein Opfer.

Anil hatte mit Lehrern gearbeitet, die bei der Untersuchung eines Skeletts aus dem dreizehnten Jahrhundert anhand des Nachweises von körperlichem Streß oder Traumata in den Knochen feststellen konnten, welchen Beruf dieser Mensch ausgeübt hatte. Lawrence Angel, ihr Mentor an der Smithsonian Institution, konnte aus nichts weiter als der leichten Rechtskrümmung eines Rückgrats einen Pisaner Steinmetz erraten und aus Daumenfrakturen toter Texaner ableiten, daß sie viele Abende damit verbracht hatten, sich am Sattelknauf mechanischer Stiere in Amüsierlokalen festzuhalten. Kenneth Kennedy von der Cornell University wußte zu berichten, daß Angel einen Trompeter aus den zerfetzten Leichenteilen der Opfer eines Busunglücks herausgefunden hatte. Und Kennedy selbst entdeckte bei der Untersuchung einer thebanischen Mumie aus dem ersten vorchristlichen Jahrtausend auffällige Furchen an den Ligamenten der Fingerglieder und schloß daraus, daß es sich um einen Schreiber gehandelt haben mußte und die Furchen daher rührten, daß er ständig einen Schreibgriffel gehalten hatte.

Ramazzini hatte diese Entwicklung mit seiner Abhandlung über die Berufskrankheiten von Handwerkern in Gang gesetzt, in der er sich mit dem Auftreten von Bleivergiftungen bei Malern beschäftigte. Der Engländer Thackrah hatte nach ihm die Unterleibsverformungen von Webern untersucht, die stundenlang vor ihren Webstühlen hockten. (»Der Ausdruck Weberhintern«, notierte Kennedy, »stand möglicherweise Pate für den Weber Bottom im *Sommernachtstraum*.«) Steinzeitliche Speerwerfer aus der Sahara in der Gegend des Niger und heutige Golfsportler wurden aufgrund ähnlicher anatomischer Deformationen miteinander verglichen.

Das waren die Tätigkeitsmerkmale ...

Am Vorabend hatte Anil Kennedys Tabellen in *Reconstruction of Life from the Skeleton*, einem ihrer unverzichtbaren Reisebegleiter, durchgeblättert. An Seemanns Knochen konnte sie keine aussagekräftigen Merkmale tätigkeitsbedingter Abnutzung finden. Als sie nun völlig reglos im Hof stand, kam ihr der Gedanke, daß sie aus dem Skelett, das vor ihr lag, auf *zwei* mögliche Leben schließen konnte. Und die zwei Aspekte des Skeletts paßten in logischer Hinsicht nicht zueinander. Der erste, ihrer Untersuchung der Knochen abgelesen, deutete auf eine »Tätigkeit« oberhalb der Schulterhöhe hin. Er hatte mit nach oben oder nach vorn ausgestreckten Armen gearbeitet. Vielleicht Wände bemalt oder an Wänden gemeißelt, aber es war offenbar anstrengender gewesen als bloßes Malen. Die Armgelenke waren symmetrisch abgenutzt, er hatte also mit beiden Armen gearbeitet. Unterleib, Rumpf und Beine deuteten ebenfalls auf Beweglichkeit hin, vergleichbar der Geschmeidigkeit eines Trampolinspringers. Akrobat? Zirkusartist? Trapezkünstler – wegen der Arme? Aber wie viele Zirkusse hatte es während des Ausnahmezustands im Süden gegeben? Sie erinnerte sich an zahlreiche Wanderzirkusse in ihrer Kindheit. Und sie erinnerte sich an ein Kinderbuch über ausgestorbene Tiere, in dem eines der ausgestorbenen Geschöpfe ein *Akrobat* war.

Das zweite Leben war anders beschaffen. Das linke Bein zeigte an zwei Stellen schwere Brüche. (Diese Verletzungen hatten nichts mit seiner Ermordung zu tun. Sie konnte erkennen, daß die Brüche etwa drei Jahre vor seinem Tod erfolgt waren.) Und die Fersenknochen – die Fersenknochen wiederum wiesen auf ein völlig anderes Profil hin, auf eine bewegungsarme, sitzende Lebensweise.

Anil schaute sich im Hof um. Sarath, der im dunklen Hausinneren saß, war kaum zu sehen; Ananda hockte gemütlich im Schneidersitz vor dem Kopf auf dem Plattenspieler, eine angezündete Beedi im Mund. Sie konnte sich das Blinzeln seiner Augen hinter den Brillengläsern vorstellen. Auf ihrem Weg zu den Regalen im Kornspeicher kam sie an ihm vorbei. Dann ging sie zurück.

»Sarath«, sagte sie leise, und er kam aus dem Haus. Er spürte die Anspannung in ihrer Stimme.

»Ich – können Sie Ananda bitten, sich nicht zu bewegen?

Er soll bleiben, wie er ist. Ich werde ihn berühren müssen, sagen Sie ihm das?«

Sarath' Brille war ihm auf die Nase gerutscht. Er sah sie an.

»Haben Sie mich verstanden?«

»Nicht ganz. Sie wollen ihn berühren?«

»Sagen Sie ihm nur, daß er sich nicht bewegen soll, ja?«

Sobald Sarath seinen Arbeitsraum betrat, warf Ananda ein Tuch über den Kopf. Ein kurzes Gespräch entspann sich, dann kam zögernde, einsilbige Zustimmung nach jedem Satz, den Sarath sagte. Anil ging langsam ins Zimmer und kniete neben Ananda nieder, doch sobald sie ihn anfaßte, schrak er auf.

Sie wandte sich frustriert ab.

»*Ne, ne!*« Sarath schaltete sich wieder erklärend ein. Es dauerte eine Weile, bis Ananda wieder genau in der Haltung dasaß, die er vorher eingenommen hatte.

»Bringen Sie ihn dazu, die Muskeln anzuspannen, als würde er arbeiten.«

Anil umfaßte mit beiden Händen Anandas Knöchel. Sie drückte mit den Daumen Muskeln und Knorpel, fuhr ein paar Zentimeter über dem Knöchel nach oben. Ananda ließ ein trockenes Lachen ertönen. Dann wieder zur Ferse hinunter.

»Fragen Sie ihn, warum er in dieser Haltung arbeitet.« Sarath sagte zu ihr, er finde es bequem.

»Es ist aber nicht bequem«, sagte sie. »Der ganze Fuß ist verspannt. Viel zu verspannt. Das Ligament reibt sich am Knochen. Die Folge wird eine dauerhafte Läsion sein. Fragen Sie ihn.«

»Was?«

»Fragen Sie ihn, warum er so arbeitet.«

»Er ist Steinschneider. So arbeitet er eben.«

»Aber hockt er immer in dieser Haltung?«

Sarath stellte die Frage, und beide redeten schnell aufeinander ein.

»Er sagt, er habe sich in den Edelsteinminen an das Arbeiten in der Hocke gewöhnt. Die Stollen sind kaum mehr als einen Meter hoch. Er hat dort ein paar Jahre lang gearbeitet.«

»Danke. Bitte sagen Sie ihm, daß ich ihm danke...«

Sie war aufgeregt.

»Seemann hat auch in einer Mine gearbeitet. Kommen Sie her, sehen Sie sich die Strukturen an den Knöcheln des Skeletts an – das gleiche, was sich bei Ananda unter dem Fleisch befindet. Das erkenne ich eindeutig. Es war das Spezialgebiet meines Professors. Sehen Sie diese Ablagerungen auf dem Knochen, diesen Wulst. Ich glaube, Seemann hat in einer Mine gearbeitet. Wir brauchen eine Karte der Minen und Gruben in diesem Gebiet.«

»Meinen Sie Edelsteinminen?«

»Jede Art von Minen kommt in Frage. Außerdem ist das nur ein Aspekt seines Lebens; der Rest sieht ganz anders aus. Er muß eine aktivere Tätigkeit ausgeübt haben, bevor er sich das Bein brach. Wir haben also eine Lebensgeschichte. Ein Mann, der aktiv war, fast ein Akrobat, dann erlitt er diese Verletzung und mußte in einer Mine arbeiten. Was für andere Minen gibt es hier noch?«

Es folgten zwei stürmische Tage, die sie im Haus verbringen mußten. Sobald das schlechte Wetter ein Ende nahm, lieh Anil sich Sarath' Mobiltelefon aus, suchte sich einen Regenschirm und ging in den leichten Regen hinaus. Sie kletterte einen Abhang hinunter, entfernte sich von den Bäumen und stakste über ein Reisfeld bis dorthin, wo Sarath zufolge der klarste Empfang zu bewerkstelligen war.

Sie brauchte einen Austausch mit der Außenwelt. In ihrem Kopf war die Einsamkeit zu stark geworden. Zuviel Sarath. Zuviel Ananda.

Dr. Perera im Kynsey Road Hospital nahm den Hörer ab. Es dauerte eine Weile, bis er sich an sie erinnerte, und er staunte, als er hörte, daß sie ihn von einem Reisfeld aus anrief. Was wollte sie?

Sie hatte mit ihm über ihren Vater sprechen wollen, wußte, daß sie sich seit ihrer Ankunft auf der Insel um die Erinnerung an ihn herumlaviert hatte. Sie entschuldigte sich dafür, daß sie nicht früher angerufen und sich nicht vor ihrer Abfahrt aus Colombo mit ihm verabredet hatte. Doch am Telefon wirkte Perera wortkarg und wachsam.

»Sie klingen krank, Sir. Sie sollten viel Flüssigkeit zu sich nehmen. Eine Virusgrippe fängt oft so an.«

Sie wollte ihm nicht sagen, wo sie sich aufhielt – Sarath hatte ihr das eingeschärft –, und als er sie zum zweitenmal danach fragte, tat sie, als könne sie ihn nicht verstehen, rief: »Hallo ... hallo? Sind Sie noch dran, Sir?« und legte auf.

Anil bewegt sich schweigend, mit unterdrückter Energie. Ihr Körper ist so straff wie ein Arm, die Musik ertönt laut und brutal in ihrem Kopf, während sie darauf wartet, daß der Rhythmus eine Zäsur vollzieht, bei der sie die Arme ausbreiten und losschnellen kann. Und das tut sie jetzt, den Kopf zurückgeworfen, ihr Haar ein schwarzes Gefieder, das fast bis zur Taille reicht. Und sie wirft die Arme hoch, um bei ihrem Rückwärtssalto wieder auf die Füße zu kommen, so schnell, daß ihr weiter Rock gar keine Zeit hat, sich der Schwerkraft bewußt zu werden und herunterzurutschen.

Es ist eine Musik, zu der sich ganz wunderbar tanzen läßt – sie hat bei fröhlichen und geselligen Anlässen mit anderen zusammen dazu getanzt, im Rausch einer Party, alle Energie auf ihrer Hautoberfläche, wie ihr schien, doch das jetzt ist kein Tanz, enthält nicht den leisesten Rest der Verbindlichkeit oder Gemeinsamkeit, die zum Tanz gehört. Anil weckt jeden einzelnen Muskel ihres Körpers, blendet jede Regel aus, die ihr Leben bestimmt, verwendet all ihre geistigen Fähigkeiten auf die Bewegung ihres Körpers. Nur diese Willensintensität kann sie rückwärts in die Luft heben und ihre Hüfte drehen, so daß ihre Füße über sie hinwegfliegen.

Ein Tuch, das sie eng um den Kopf geschlungen hat, hält die Kopfhörer fest. Sie braucht die Musik als Antrieb, um Extreme und Anmut zu finden. Sie braucht Anmut, und sie erlangt sie hier nur an solchen Morgen oder nach einem spätnachmittäglichen Wolkenbruch – wenn die Luft leicht und kühl ist und zugleich die Gefahr besteht, daß man auf den nassen Blättern ausrutscht. Ihr ist zumute, als könne sie wie ein Pfeil aus dem eigenen Körper hinausschnellen.

Sarath sieht ihr vom Eßzimmerfenster aus zu. Er beobachtet einen Menschen, den er noch nie gesehen hat. Eine Wahnsinnige, eine Druidin im Mondlicht, eine Lichtschnuppe. Das ist nicht die Anil, die er kennt. Genau wie sie für sich selbst in diesem Zustand unsichtbar ist, auch wenn es der Zustand ist, nach dem sie sich sehnt. Nicht die graue Maus in einem Männerklüngel. Nicht jemand, der Knochen trägt und wiegt, obwohl sie auch diese Seite ihrer Persönlichkeit braucht, so wie sie sich als Liebende mag. Doch jetzt ist sie die, die zu einem zornerfüllten Liebeslied tanzt, das den Verlust heraustrommelt – »Coming In from the Cold« –, die mit ihrem ganzen Sein die Rhetorik des Abschieds einer Liebenden tanzt. Ihr scheint, daß sie am vernünftigsten mit der Liebe verfährt, wenn sie auf Gesten verfällt, die ihn verurteilen, sie, sie beide als Paar, Eros, den bittersüßen, von ihnen verschlungen und im letzten Stadium ihrer Liebesgeschichte ausgespien. Die Tränen kommen leicht. In diesem Zustand bedeuten sie ihr nicht mehr als Schweiß, nicht mehr als der Schnitt im Fuß, den sie sich beim Tanzen zuzieht, nichts, was sie innehalten ließe, wie sie sich auch um eines Liebhabers Geheuls oder süßen Lächelns willen nicht verändern würde, weder jetzt noch jemals.

Sie bleibt stehen, als sie sich vor Erschöpfung kaum mehr rühren kann. Sie wird niederkauern und sich anlehnen, auf dem Stein liegen. Ein Blatt weht herunter. Sein Beifallsraschceln. Die Musik tönt furios weiter wie Blut, das noch ein paar Minuten lang in einem Toten zirkuliert. Sie liegt unter dem Geräusch der Musik und spürt, wie ihr Verstand wiederkommt, sein Licht sich im Dunkeln entzündet. Und sie atmet ein und aus, ein und aus.

Am Wochenende, als sie sich im Garten vor dem *walawwa* aufhielten, setzte Ananda sich zu ihnen und sagte etwas auf singhalesisch zu Sarath.

»Er ist mit dem Kopf fertig«, sagte Sarath, ohne sich zu ihr zu wenden, sondern den Blick immer noch auf Anandas Gesicht gerichtet. »Seinen Worten zufolge ist er fertig. Ich schlage vor, daß wir den Mund halten, falls uns irgend etwas nicht paßt; er ist ziemlich betrunken. Irgendwelche Zweifel behalten wir lieber für uns. Sonst läßt er uns am Ende hier sitzen.«

Sie schwieg, und die beiden Männer sprachen weiter, während um sie herum die Dämmerung hereinbrach, von Froschgequake begleitet. Sie stand auf und schlenderte dem Gekrächze entgegen. Versonnen lauschte sie diesem Wechselgesang, bis sie Sarath' Hand auf ihrer Schulter spürte.

»Kommen Sie jetzt.«

»Bevor er völlig hinüber ist? Ja, sofort. Und kein Wort Kritik.«

»Danke.«

»Ich passe mich ihm an. Ich passe mich Ihnen an. Und wann bin ich dran?«

»Ich habe nicht den Eindruck, daß Sie wollen, daß man sich Ihnen anpaßt.«

»Dann einen Gefallen, irgendwann.«

Im Hof war eine Fackel aus Zweigen in den Lehmboden gesteckt. Seemanns Kopf stand auf einem Stuhl. Sonst nichts, nur sie beide und der Kopf.

Das Feuer verlieh dem Gesicht eine Art Mienenspiel. Doch was ihr naheging – ihr, die den Eindruck hatte, jede körperliche Besonderheit Seemanns zu kennen, die ihn in seinem postumen Leben begleitet hatte, als sie durch das Land gereist waren, die die Nacht in einem Sessel verbracht hatte, während er auf dem Tisch im Rasthaus von Bandarawela lag, die jede Spur eines Traumas aus seiner Kindheit kannte –, das war, daß dieser Kopf nicht nur das mögliche Aussehen von jemandem repräsentierte, sondern eine ganz bestimmte Person *war*. Er kündete von einer individuellen Persönlichkeit, so real wie Sarath' Kopf. Als begegne sie endlich einer Person, die ihr in Briefen beschrieben worden war, oder jemandem, den sie als Kind auf den Armen getragen hatte und der nun erwachsen war.

Sie setzte sich auf die Treppe. Sarath ging auf den Kopf zu und entfernte sich wieder von ihm. Dann drehte er sich um, als wolle er ihn unversehens überraschen. Sie sah ihn einfach direkt an, verständigte sich mit ihm. Auf den Zügen lag ein Friede, den sie in letzter Zeit nicht oft zu sehen bekommen hatte. Keine Anspannung. Ein Gesicht, das mit sich selbst im reinen war. So etwas hätte sie nicht von einem so verstörten und unzuverlässigen Kandidaten wie Ananda erwartet. Als sie sich umwandte, war er nicht mehr da.

»Er sieht so friedlich aus.« Sie sprach als erste.

»Ja. Das ist das Problem«, sagte Sarath.

»Das ist doch nichts Schlimmes.«

»Ich weiß. Es ist das, was er sich von den Toten wünscht.«

»Er sieht jünger aus, als ich gedacht hätte. Sein Gesichtsausdruck gefällt mir. Was wollen Sie damit sagen? ›Was er sich von den Toten wünscht‹.«

»Wir haben hier in den letzten Jahren so viele auf Pfählen aufgespießte Köpfe gesehen. Vor zwei Jahren war es am schlimmsten. Man sah sie frühmorgens, wenn jemand nachts zugeschlagen hatte, bevor ihre Familien davon erfuhren und sie herunterholten und nach Hause brachten. In Hemden eingewickelt oder einfach im Arm. Irgend jemandes Sohn. Es traf die Leute ins Herz. Nur eines war noch schrecklicher: wenn ein Familienmitglied sang- und klanglos verschwand, ohne jede Spur seiner weiteren Existenz oder seines Todes. Im Ratnapura-Distrikt verschwanden 1989 sechsundvierzig Schüler und ein paar Lehrer. Das Fahrzeug, das sie fortbrachte, hatte keine Nummernschilder. Ein gelber Lancer war im Armeecamp gesehen worden und wurde bei der Razzia wiedererkannt. Das ereignete sich während des Höhepunkts der Vernichtungskampagne gegen Aufständische und ihre Sympathisanten in den Dörfern. Um diese Zeit ist Anandas Frau Sirissa verschwunden...«

»Großer Gott!«

»Er hat es mir erst neulich erzählt.«

»Ich ... ich schäme mich.«

»Es ist drei Jahre her. Er hat sie bis heute nicht gefunden. Er war nicht immer so. Und deshalb ist der Kopf, den er gemacht hat, so friedlich.«

Anil erhob sich und ging in die dunklen Räume zurück. Sie konnte das Gesicht nicht länger ansehen, denn in jedem seiner Züge sah sie nur Anandas Frau. Sie setzte sich in einen der großen Rohrsessel im Speisezimmer und begann zu weinen. Sarath konnte sie so nicht gegenübertreten. Ihre Augen gewöhnten sich an die Dunkelheit; sie sah jetzt den rechteckigen Umriß eines Gemäldes und daneben Ananda, der reglos dastand und durch die Schwärze zu ihr hinsah.

Um wen haben Sie geweint? Ananda und seine Frau?«

»Ja«, sagte sie. »Ananda, Seemann, die Frauen, die sie liebten. Um Ihren Bruder, der sich zu Tode arbeitet. Hier gibt es nur die Logik des Wahnsinns, aber keine Lösungen. Ihr Bruder hat etwas gesagt, er hat gesagt: ›Man muß das alles mit Humor sehen, sonst ergibt es keinen Sinn.‹ Um so etwas allen Ernstes zu sagen, muß man sich mitten in der Hölle befinden. Wir sind ins Mittelalter zurückgefallen. Ich habe Ihren Bruder vor der Nacht im Krankenhaus mit Gunesena schon einmal gesehen. Ich hatte mich ziemlich tief geschnitten und wollte die Wunde in der Notaufnahme nähen lassen. Ihr Bruder saß dort in einem schwarzen Mantel, und er war von Kopf bis Fuß voller Blut, von Kopf bis Fuß voller Blut, und las in einem Taschenbuch. Ich bin mir ganz sicher, daß er es war. Als ich Sie beide zusammen sah, kam er mir irgendwie bekannt vor. Ich hatte ihn für einen Patienten gehalten, für ein Attentatsopfer. Ihr Bruder ist auf Speed, stimmt's?«

»Er war schon auf allem möglichen. Ich weiß nicht, was es zur Zeit ist.«

»Er ist so dünn. Man muß ihm helfen.«

»Er tut sich das aus freien Stücken an. Er hat es mittlerweile im Griff.«

»Was wollen Sie mit dem Kopf machen?«

»Vielleicht kam er aus einem der benachbarten Dörfer. Ich kann versuchen festzustellen, ob ihn jemand wiedererkennt.«

»Sarath, das können Sie nicht tun … Sie haben selbst gesagt, daß Leute aus diesen Ortschaften ermordet wurden. Die Leute waren mit enthaupteten Leichen konfrontiert.«

»Was wollen wir hier eigentlich? Wir versuchen ihn zu identifizieren. Irgendwo müssen wir damit anfangen.«

»Bitte, tun Sie es nicht.«

Er hatte dagestanden und ihnen zugehört, wie sie im Hof englisch sprachen. Doch jetzt stand er vor ihr, ohne zu wissen, daß die Tränen teilweise ihm galten. Oder daß sie begriffen hatte, daß das Gesicht keineswegs ein Porträt Seemanns war, sondern einen Frieden zeigte, den Ananda an seiner Frau gekannt hatte, einen Frieden, den er sich für jedes Opfer wünschte.

Sie hätte das Licht angeschaltet, aber ihr war aufgefallen, daß Ananda nie in einen elektrisch beleuchteten Raum trat. Wenn der Himmel zu bedeckt war, arbeitete er in seinem Zimmer bei Fackellicht. Als hätte die Elektrizität ihn schon einmal im Stich gelassen und er vertraute ihr nicht mehr. Oder vielleicht gehörte er zu jener Generation von Batterieanhängern, die sich an offizielles Licht nicht gewöhnen konnten. Entweder batteriebetrieben oder Feuer oder Mondlicht.

Er trat zwei Schritt vor und strich mit dem Daumen zusammen mit den nassen Tränen die Schmerzen um ihr Auge weg. Es war eine überaus zarte Berührung auf ihrem Gesicht. Seine linke Hand ruhte so zärtlich und formell auf ihrer Schulter wie die der Krankenschwester auf Gamini in jener Nacht in der Notaufnahme. Anandas Hand auf ihrer Schulter, um sie zu beruhigen, während die andere Hand an ihr Gesicht gehoben wurde, die Haut knetete, unter der die Anspannung in Tränen implodiert war, so als wäre auch ihr Gesicht eines, das er formen mußte, obwohl sie wußte, daß er nicht an dergleichen dachte. Was sie empfing, war Zärtlichkeit. Dann seine andere Hand auf ihrer anderen Schulter, der andere Daumen unter ihrem rechten Auge. Sie hatte zu schluchzen aufgehört. Dann war er nicht mehr da.

Ihr fiel auf, daß Sarath sie in der ganzen Zeit fast nie berührt hatte. Sie existierte lediglich *neben* ihm. Gaminis Händedruck in der Notaufnahme, sein schlafender Kopf auf ihrem Schoß in jener Nacht hatten etwas Persönlicheres gehabt. Und jetzt hatte Ananda sie auf eine Weise berührt, wie sie es von niemandem außer vielleicht ihrer Ayah Lalitha kannte. Oder vielleicht von ihrer Mutter, ferner zurückliegend in ihrer verlorenen Kindheit. Sie schlüpfte leise in den Hof und sah Sarath, der noch immer Seemanns Bildnis betrachtete. Er wußte wohl längst, was auch sie wußte – daß niemand das Gesicht erkennen würde. Was sie ansahen, war keine Rekonstruktion von Seemanns Gesicht.

Einmal waren sie und Sarath in das Waldkloster von Arankale gegangen und hatten dort ein paar Stunden verbracht.
Ein Wellblechschild war als Schutz vor Sonne und Regen in
den Eingang einer Felshöhle genagelt. Dahinter führte ein ge-
wundener sandiger Pfad zu einem Wasserbecken. Jeden Morgen kehrte ein Mönch den Pfad zwei Stunden lang und säuberte ihn von tausend Blättern. Bis zum späten Nachmittag
waren weitere tausend Blätter und kleine Zweige auf ihn gefallen. Doch gegen Mittag war seine Oberfläche so klar und
gelb wie ein Fluß. Diesen sandigen Pfad entlangzugehen war
allein schon eine Meditationsübung.

Im Wald war es so still, daß Anil keine Geräusche vernahm,
bis sie auf den Gedanken kam, darauf zu lauschen. Dann
konnte sie die Schreihälse lokalisieren, als zöge sie ein Sieb
durchs Wasser, und konnte die Rufe von Pirolen und Papa-
geien ausmachen. »Wer nicht lieben kann, schafft Orte wie
diesen. Sie setzen voraus, daß man die Leidenschaft überwun-
den hat.« Es war fast das einzige, was Sarath an jenem Tag in
Arankale sagte. Die meiste Zeit ging und schlief er, in seine
eigenen Gedanken versunken.

Sie hatten den Wald durchstreift und Überreste alter Anla-
gen entdeckt. Ein Hund folgte ihnen, und sie erinnerte sich
daran, daß die Tibeter glaubten, Mönche, die nicht gebüh-
rend meditiert hatten, würden im nächsten Leben Hunde
sein. Sie wanderten im Kreis zu der Lichtung zurück, einer
Lichtung wie ein *kamatha*, die Stelle in einem Reisfeld, wo
gedroschen wird. Auf einer Steinbalustrade thronte eine
kleine Buddhastatue, durch ein Pisangblatt gegen Sonnenglut
und Regen abgeschirmt. Der Wald ragte so hoch über ihnen
auf, daß ihnen war, als befänden sie sich tief unten in einem

grünen Brunnenschacht. Das Wellblechschild am Höhlenein-
gang klapperte und ratterte jedesmal, wenn der Wind durch
die Bäume fuhr.

Sie verspürte keinerlei Wunsch, diesen Ort zu verlassen.

Könige und solche Menschen, die Macht besitzen, begeh-
ren, was sie zu Boden drückt: historische Ehre, angemessenen
Besitz, ihre Gewißheiten. Doch in Arankale, erzählte ihr Sarath, hatten in den letzten Jahren des zwölften Jahrhunderts
Asanga der Weise und seine Getreuen jahrzehntelang in der
Einsamkeit gelebt, von der Welt vergessen. Als sie starben,
waren das Kloster und danach der Wald menschenleer. Und
in jenen Jahren der Unbewohntheit überdeckten Blätter die
Pfade, und niemand sang beim Kehren. Kein Safran-, kein
Zedrachduft stieg aus den Bädern. Arankale wurde möglicherweise schöner, dachte Anil, und ätherischer ohne Menschen in den Bauwerken, die sie entworfen hatten, als sie nicht
mehr in den Strömungen der Liebe dahintrieben.

Vier Jahrhunderte später begannen Mönche wieder die
Höhlen oberhalb der einstigen Lichtung vor dem Tempel zu
bewohnen. Es war eine lange Epoche der Abwesenheit von
Menschen und von Religion gewesen. Das Wissen um ein sol-
ches Kloster hatte sich aus dem Gedächtnis der Menschen
verflüchtigt; der Ort selbst war ein verlassenes Pflanzenmeer.
Was an hölzernen Altaren noch da war, wurde von Insekten-
kolonien vertilgt. Generationen von Pollen verstopften das
Wasserbecken, und danach siedelte sich darin robuste Vegeta-
tion an, so daß es unsichtbar für jeden Vorbeigehenden war,
der nicht wußte, wie tief es unvermittelt war – ein Paradies für
Geschöpfe, die auf dem warmen behauenen Felsen und den
namenlosen Pflanzen in dieser nächtlichen Welt geschäftig
umhereilten.

Vierhundert Jahre lang der ungehörte kehlige Schrei von
Vögeln. Das Summen irgendwelcher mittelalterlicher Bienen,
die sich in die Luft katapultierten. Und in den Überresten des
Brunnens aus dem zwölften Jahrhundert unter dem gespie-
gelten Himmel ein silbriges Aufblitzen im Wasser.

Sarath sagte in der Nacht auf Galle Face Green folgendes zu ihr:

»Palipana konnte sich in archäologischen Ausgrabungsstätten bewegen, als seien sie seine eigenen historischen Behausungen aus früheren Leben – er konnte die Lokalität eines Wassergartens erahnen, ihn ausgraben, die Ufer rekonstruieren, ihn mit weißem Lotos füllen. Jahrelang hat er sich mit den königlichen Parkanlagen von Anuradhapura und Kandy beschäftigt. Er mußte nur einen imaginären Schritt tun, und schon war er in einem anderen Jahrhundert. Wenn er im Wald der Könige oder an einem der aus dem Fels gehauenen Kloster im Westen stand, muß es ihm schwergefallen sein, zwischen Gegenwart und Vergangenheit zu unterscheiden. *Jahreszeiten* kann man identifizieren – Temperatur, Regenmenge, Feuchtigkeit, den Geruch von Gras, seine verbrannten Farben. Aber das ist alles. Sonst deutet nichts auf eine bestimmte Zeit hin ... Deshalb kann ich verstehen, was er getan hat. Es war in seinen Augen nur der nächste Schritt – Grenzen und Kategorien zu eliminieren, alles in einer Landschaft zu finden und auf diesem Weg die Geschichte zu entdecken, die sich ihm vorher nicht offenbart hatte.

Nicht zu vergessen, daß er erblindete. In den letzten Jahren, als er noch einen Rest Sehvermögen hatte, glaubte er, endlich die halb erkennbaren interlinearen Texte zu sehen. Während ihm allmählich Buchstaben und Wörter unter den Fingern und aus dem Blick verschwanden, spürte er, daß etwas anderes die vorhandene Struktur der Formen sah, so wie Farbenblinde im Krieg durch Tarnfarben hindurchsehen können. Er lebte allein.«

Gamini, der ebenfalls zuhörte, lachte.

Sarath schwieg; dann sprach er weiter. »In seiner Jugend war Palipana meistens allein, wenn er Pali und andere Sprachen studierte.«

»Aber Frauen hat er *sehr* gemocht«, sagte Gamini. »Er war einer von denen, die auf drei Bergen drei Frauen haben. Natürlich hast du recht, er lebte allein ... Wahrscheinlich hast du recht.«

Indem er den Satz wiederholte, widerrief Gamini seine Zustimmung. Er ließ sich auf das Gras zurücksinken und sah nach oben. Das Meer schlug leise gegen die Wellenbrecher entlang Galle Face Green. Sein Bruder und die Frau waren nach Gaminis Unterbrechung verstummt, und deshalb sprach er weiter. »Das hier war ein zivilisiertes Land. Wir hatten ›Siechenhäuser‹ vier Jahrhunderte vor Christus. In Mihintale gab es zum Beispiel ein wunderschönes. Sarath kann Ihnen die Ruinen zeigen. Es gab Armenkliniken und Entbindungsheime. Im zwölften Jahrhundert waren Ärzte über das ganze Land verteilt, damit sie sich um abgelegene Dörfer und sogar um asketische Mönche kümmern konnten, die in Höhlen lebten. Muß spannend gewesen sein, mit diesen Burschen zu tun zu haben. Die Namen von Ärzten kommen jedenfalls auf Steininschriften vor. Es gab eigene Dörfer für die Blinden. In den alten Texten sind Einzelheiten über Gehirnoperationen verzeichnet. Ayurvedische Kliniken wurden gegründet, die es heute noch gibt – ich werde sie Ihnen bei Gelegenheit zeigen. Ist nicht weit mit dem Zug. Mit Krankheiten und dem Tod konnten wir immer gut umgehen. Wir konnten mit den Besten mithalten. Und heute tragen wir die Verletzten ohne Anästhesie die Treppe hoch, weil der Fahrstuhl nicht geht.«

»Ich glaube, ich kenne Sie.«

»Das glaube ich nicht. Ich habe Sie noch nie gesehen.«

»Erinnern Sie sich an jeden? Sie haben einen schwarzen Mantel.«

Er lachte. »Wir haben nicht genug Zeit, um uns zu erinnern. Lassen Sie sich von Sarath Mihintale zeigen.«

»Oh, das hat er schon getan, er hat mir dort etwas Witziges gezeigt. Oben an der Treppe, die zum Tempel auf dem Hügel führt, war ein Schild, auf dem in Singhalesisch stand: VORSICHT – BEI REGEN SIND DIESE STUFEN GEFÄHRLICH. Sarath hat gelacht. Jemand hatte eine singhalesische Silbe auf dem Schild verändert, und jetzt lautet es: VORSICHT – BEI REGEN SIND DIESE STUFEN HERRLICH.«

»Das soll mein ernsthafter Bruder sein? Normalerweise ist

er in unserer Familie für historische Ironie zuständig. Für ihn sind wir Musterbeispiele dafür, warum Städte zu Ruinen werden. Die sieben Gründe für den Untergang Polonnaruwas als politisches Zentrum. Zwölf Gründe, warum Galle ein großer Hafen wurde und bis ins zwanzigste Jahrhundert überlebt hat. Mein Bruder und ich sind uns nicht oft einig. Er denkt, meine Exfrau sei das Beste gewesen, was mir je widerfahren konnte. Wahrscheinlich wollte er mit ihr vögeln und hat es bloß nicht getan.«

»Schluß jetzt, Gamini.«

»Ich hab's jedenfalls nicht getan. Nicht oft. Wurde zu sehr abgelenkt. Die Leichen wurden stapelweise herangekarrt. Der Geruch von Desinfektionsmitteln auf meiner Haut hat ihr nicht zugesagt. Oder daß ich im Dienst Medikamente genommen habe. Und deshalb später zu Hause nicht besonders munter war. Kein besonders inniges Geturtel. Ich setzte mich in die Badewanne und schlief ein. Die Flitterwochen habe ich in einem Lazarett verbracht. Das Land fiel auseinander, und die Familie meiner Frau beklagte sich, weil ich nicht zur Verfügung stand. Ich hätte mir mein Hemd bügeln lassen und auf Dinnerpartys gehen sollen, ihre Hand halten, während wir auf den Wagen warteten ... Vielleicht hätte ich auch gelacht, wenn ich das Schild an der Treppe gesehen hätte ... Gefährlich ... herrlich ... Schön für euch, daß ihr dort wart. Er« – Gamini deutete in die Dunkelheit – »hat mich dorthin mitgenommen, als er bei Palipana Student war. Ich mochte Palipana. Ich mochte seine Strenge. Er war mittendrin im Herzen unserer Zeit. Kein Small talk. Wie hat er sich genannt?«

»Epigraphiker«, sagte Sarath.

»Was für eine Fähigkeit ... Inschriften beim Licht von Blitzen zu entziffern. Sie bei Donnergrollen aufzuschreiben. Großartig! Die Geschichte zu untersuchen, als wäre sie ein Leichnam.«

»Aber das tut Ihr Bruder auch.«

»Aber ja. Und dann wurde Palipana verrückt. Was sagst du, Sarath?«

»Möglicherweise Halluzinationen.«

»Er wurde verrückt. Diese Überinterpretationen, die wir als Lügen bezeichnen müssen, über diesen interlinearen Quatsch.«

»Er ist nicht verrückt.«

»Von mir aus. Nicht mehr als du und ich. Aber keiner aus seiner Clique hat zu ihm gehalten, als es rauskam. Er war sicher der einzige wirklich großartige Mensch, den ich erlebt habe, aber ein ›Heiliger‹ war er für mich nie. Im Zentrum jedes Glaubens gibt es eine Geschichte, die uns lehrt, kein Vertrauen zu haben –«

»Sarath hat ihn besucht«, unterbrach ihn Anil.

»Hat er das? Hat er . . .?«

»Nein. Erst letzte Woche.«

»Also ist er allein«, sagte Gamini. »Nur die drei Frauen auf den drei Bergen.«

»Er lebt mit seiner Nichte zusammen. Sie ist die Tochter seiner Schwester.«

Anil erwachte aus einem tiefen Schlaf. Vogelgetrappel auf dem Dach oder ein Lastwagen in der Ferne mußte sie geweckt haben. Sie nahm die stummen Kopfhörer aus ihrem Haar, tastete nach ihrem T-Shirt mit Prince-Aufdruck und ging in den Hof. Vier Uhr morgens. Der Strahl ihrer Taschenlampe richtete sich wie von allein auf Seemanns Skelett. Ihm war also nichts passiert. Sie schwenkte den Lichtstrahl zum Stuhl und sah, daß der Kopf verschwunden war. Sarath mußte ihn weggenommen haben. Was hatte sie geweckt? Jemand, der einen Alptraum hatte? Gamini in seinem schwarzen Mantel? Sie hatte von ihm geträumt. Oder vielleicht Cullis in der Ferne. Es war etwa die gleiche Zeit, um die sie ihn in Borrego verletzt zurückgelassen hatte. Ihr spaßiges Valentinsandenken.

Im Hof war es eine Spur heller. Wind regte sich auf den Dachziegeln, stärkerer Wind und Rascheln oben in der hochaufragenden Dunkelheit der Bäume. Sie hatte kein Bild von ihm eingesteckt, als sie gepackt hatte, und war stolz darauf. Sie setzte sich auf eine Treppenstufe. Sie dachte, sie hätte Vogelzwitschern gehört, und lauschte. Dann vernahm sie das Keuchen, rannte zu Anandas Zimmertür und stieß sie ins Dunkel hinein auf.

Es waren Laute, die sie nie zuvor gehört hatte. Sie lief zurück, um die Taschenlampe zu holen, schrie nach Sarath und ging wieder ins Zimmer. Ananda lag in eine Ecke gelehnt und versuchte sich mit aller Kraft, die ihm noch geblieben war, die Kehle aufzuschlitzen. Das Blut an dem Messer und an seinen Fingern und seinen Arm hinunter. Seine Augen in ihrem Lichtstrahl wie die eines wilden Tiers. Das Geräusch, das von weiß Gott woher ertönte. Nicht aus seiner Kehle. Es konnte nicht aus seiner Kehle kommen. Jetzt nicht mehr.

»Wie schnell waren Sie da?« Das war Sarath.

»Schnell. Ich war draußen. Reißen Sie was von dem Bettzeug ab.«

Sie näherte sich Ananda. Die Augen waren offen, blinzelten nicht, und sie dachte, er sei vielleicht schon tot. Sie wartete, um zu sehen, ob sich seine Augen bewegten, und nach einem Zeitraum, der ihr unendlich lange erschien, blinzelte er. Seine Hand war noch immer halb erhoben. »Ich brauche den Stoff gleich, Sarath.« »Sofort.« Sie versuchte, Ananda das Messer zu entwinden, brachte es nicht fertig und gab auf. Das Blut tropfte von seinem Ellbogen auf ihren Sarong; sie war nahe genug, um es zu riechen; sie hielt die Taschenlampe im Kauern zwischen die Schenkel geklemmt, den Lichtstrahl nach oben gerichtet.

Sarath begann den Kissenbezug zu zerreißen und reichte ihr Stoffstreifen, die sie Ananda um den Hals wickelte. Sie legte den großen losen Hautlappen eng an den Hals und brachte einen festen Verband an.

»Ich brauche ein Antiseptikum. Wissen Sie, wo es ist?« Als er es brachte, durchtränkte sie den Verband mit der Flüssigkeit, um so die Wunde zu desinfizieren. Die Luftröhre war unverletzt, aber sie mußte den Verband noch fester anziehen, um den Blutverlust zu verringern, obwohl Ananda schon jetzt nur mühsam atmete. Sie beugte sich vor und drückte mit den Fingern auf die Wunde; das Messer in seiner Hand befand sich nun hinter ihrem Rücken.

»Sie müssen Gamini anrufen, damit er jemanden herschickt.«

»Das Mobiltelefon funktioniert nicht. Ich gehe ins Dorf zum Telefonieren. Wenn niemand kommen kann, fahre ich ihn nach Ratnapura.«

»Zünden Sie eine Lampe für uns an, ja? Bevor Sie gehen.«

Er kam mit einer Öllampe zurück. Er drehte den Docht herunter, denn das, was er zu sehen bekam, war entsetzlich.

»Er hat die Toten gerufen«, flüsterte sie.

»Nein. Er gehört nur zu denen, die sich umzubringen versuchen, weil sie jemanden verloren haben.«

In den Augen vor ihr sah sie ein Flackern.

Anil merkte es nicht, als Sarath ging. Sie blieb in der Zimmerecke bei Ananda; das Licht der Lampe vereinte sie. *Sie* hätte gehen sollen. Sarath konnte mit ihm sprechen und ihn beruhigen. Oder brauchte er Schweigen? Vielleicht. Vielleicht war die Gegenwart einer Frau tröstlich.

Sie rutschte im Blut aus, als sie sich aus der Hocke erhob, und riß noch mehr Streifen von dem Kissenbezug ab. Unter dem Kissen ertastete sie ein Amulett und nahm es an sich. Als sie zurückkam, waren seine Augen weit aufgerissen, schienen alles aufzusaugen. O Gott – er hatte seine Brille nicht auf. Er konnte gar nichts sehen. Sie fand die Brille auf dem Boden; er hatte sie aufgehabt, als er anfing, sich umzubringen.

Sie rieb ihre blutbeschmierten Hände an ihrem Sarong ab und setzte ihm die Brille auf. Plötzlich schien er trotz seiner Wunde, trotz des Messers, das seine Rechte noch immer festhielt, das noch immer eine Bedrohung war, wieder bei ihr zu sein, unter den Lebenden. Sie hatte das Gefühl, daß sie in jeder Sprache sprechen konnte, daß er die Bedeutung jeder Geste verstehen würde. Wie weit lag der Augenblick zurück, als eine Verbindung zwischen ihnen gewesen war, als seine Hand auf ihrer Schulter geruht hatte? Nur ein paar Stunden. Sie gab ihm das Amulett in die linke Hand, aber er konnte oder wollte es nicht halten. Er entglitt wieder in Bewußtlosigkeit oder Schlaf.

Was bedeutete ihm jetzt schon ein Amulett, ein *baila*? Oder eine Brille oder eine menschliche Bindung. All das diente ihrer eigenen Seelenruhe. Sie hatte seinen Tod unterbrochen. Sie war das Hindernis auf dem Weg zu dem, was er wollte. Der Verband war bereits blutgetränkt. Sie stand auf und lief, begleitet vom Zufallsschein der Taschenlampe, durch den Hof zur Küche, zur Kühlbox. Öffnete sie und fand ganz hinten, in Zeitungspapier eingewickelt, die Notration Epinephrin, die

sie immer bei sich hatte. Vielleicht konnte es die Blutung ver-
langsamen, die Blutgefäße zusammenziehen und den Blutdruck beeinflussen. Sie rieb eine Ampulle zwischen den
Handflächen, um sie zu erwärmen. Auf den Knien neben ihm
hockend, saugte sie das Epinephrin in die Spritze. Es kam ihr
vor, als sehe er sie aus weiter Ferne an, ohne sich für das, was
sie tat, zu interessieren. Sie legte ihm die linke Hand auf die
Brust, damit er sich nicht bewegte – sie merkte, daß sie ihn so
weit es ging in die Ecke schob, um ihn in eine sichere Position
zu bugsieren, und dann stach sie die Nadel in seinen Arm.
Während sie ihn mit der Linken weiter festhielt, füllte sie die
Spritze erneut mit dem Inhalt einer zweiten Ampulle, die sie
zwischen den Knien hielt, und gab ihm noch eine Injektion.
Als sie aufblickte, sah er noch immer durch sie hindurch.
Doch als das Medikament zu wirken begann, nahmen seine
Augen einen gefährdeten Ausdruck an. Sie verdrehten sich
langsam, als suchten sie nach einer Brüstung, auf der sie sich
wach halten konnten. Als glaube er, er müsse sterben, wenn er
jetzt in die Reglosigkeit zurückfiel.

Es war zehn Uhr vormittags, und sie hörte den Aufseher, der wie gewohnt auf dem Gut erschien. Er kam, um den Tee zu wiegen, den sieben Arbeiter gepflückt und in Säcken gesammelt hatten. Anil ging immer nach draußen, um bei der Zeremonie dabeizusein. Sie tat es um einer Erinnerung willen, die sie seit ihrer Kindheit begleitete. Sie hatte den durchdringenden Geruch der Blätter schon immer geliebt, und was ihr Grün betraf, wußte sie, daß es kein grüneres Grün gab. Sie erinnerte sich daran, wie sie Tee- und Kautschukfabriken betreten hatte, als wären es Königreiche, und sich vorgestellt hatte, zu welchem dieser Königreiche sie als Erwachsene gehören wollte. Ein Ehemann, der im Teehandel, oder einer, der im Kautschukhandel tätig war. Eine andere Wahl gab es nicht. Und ihr Haus auf der Spitze eines einsamen Berges.

Sarath hatte seinen Bruder nicht ausfindig machen können und hatte deshalb Ananda ins Krankenhaus von Ratnapura gefahren. Er war noch nicht zurück. Sie stand am Schuppen neben dem Haus, in dem sich die Waage befand, und als die Teepflücker gegangen waren, trat sie auf die wackelige Plattform, bückte sich und hob ein paar kleine grüne Blätter auf.

Bevor sie letzte Nacht ins Bett gegangen war, hatte sie einen Eimer Wasser in das Zimmer getragen und auf Händen und Knien den Boden geschrubbt. Sie hatte es sofort tun müssen, solange er noch am Leben war. Wenn er in der Nacht gestorben wäre, hätte sie es nicht über sich gebracht, den Raum noch einmal zu betreten. Sie putzte eine halbe Stunde lang. Im Licht der Öllampe sah das Blut schwarz aus. Später zog sie im Hof ihr T-Shirt und ihren Sarong aus und wusch beides. Und erst danach badete sie sich selbst – jeden Zentimeter Haut, auf dem sie getrocknetes Blut spüren konnte, jede Strähne ihres dünnen dunklen Haars. Sie nahm ihren Armreif ab und rieb ihr Handgelenk sauber, und dann steckte sie den Armreif in den Eimer und säuberte ihn auch. Mehrere Male zog sie den gefüllten Eimer aus dem Brunnen hoch und goß das Wasser über sich. Sie kam sich unnatürlich wach vor, zitterte am ganzen Körper, wollte reden. Sie ließ die Kleider am Brunnen liegen, ging in ihr Zimmer und versuchte im Schlaf unterzutauchen. Sie spürte die Kälte des Brunnenwassers bis in ihre Erschöpfung hinein, spürte, wie sie in ihre Knochen eindrang. Sie war mit Sarath und Ananda zusammen, durch ihre Freundschaft eingebürgert – die beiden im Auto, die beiden im Krankenhaus, wo ein Fremder Ananda zu retten versuchte. Ihre Hände lagen neben ihrem Körper, sie vermochte kaum ein Laken zu ergreifen, um sich zuzudecken. Es war fast Morgen, Licht war bei ihr im Zimmer. Erst da dämmerte sie weg, überzeugt davon, daß der gute Fremde Ananda retten würde.

Nachmittags schlug sie die Augen auf, und Sarath war da.

»Er wird durchkommen.«

»Oh«, murmelte sie. Sie preßte Sarath' Hand an ihre Wange.

»Du hast ihn gerettet. Weil du ihn so schnell gefunden hast, den Verband angelegt, das Epinephrin gespritzt hast. Der Arzt sagt, die wenigsten wären in so einer Situation so geistesgegenwärtig gewesen.«

»Ich hatte Glück. Ich bin allergisch gegen Bienengift; deshalb habe ich es immer bei mir. Manche Leute kriegen nach einem Stich keine Luft mehr. Und zufällig wirkt sich Epinephrin auf den Blutkreislauf aus.«

»Du solltest hier leben. Nicht bloß für einen Job herkommen.«

»Das ist kein ›Job‹! Ich hatte beschlossen zurückzukommen. Ich wollte zurückkommen.«

Von der Dorfstraße führt ein langer gepflasterter Weg zum *walawwa* hoch. Zur Rechten befindet sich eine von Grün überwucherte alte Mauer. Nach dreißig Metern gabelt sich der Weg. Wenn man mit dem Auto kommt, nimmt man die linke Abzweigung und parkt neben dem Schuppen der Teepflücker. Kommt man mit dem Fahrrad oder zu Fuß, gelangt man über den Weg rechts zum Haus, das man durch eine kleine Tür in der Ostwand betritt.

Es ist ein traditionelles Gebäude, zweihundert Jahre alt und durch fünf Generationen weitervererbt. Von keiner Stelle aus wirkt es überdimensioniert oder prätentiös. Lage und Gelände, die durchdachte Einbeziehung von Entfernungen – wie weit man vom Haus weggehen kann, um es zu betrachten, das Fehlen der Aussicht auf anderer Leute Landbesitz – machen, daß man sich eher nach innen wendet als die Welt ringsum zu dominieren sucht. Es hat schon immer gewirkt wie ein verborgener, zufällig entdeckter Ort, wie im *Grand Meaulnes*.

Man tritt durch das Tor mit der idiosynkratischen Neigung des obersten Balkens und befindet sich in einem umfriedeten Garten mit sandfarbenem, festgetretenem Erdboden. Hier gibt es zwei schattige Orte. Die schattige Veranda und den Schatten des großen roten Baums. Unter dem Baum steht eine niedrige Steinbank. Anil verbringt hier viel Zeit, unter dem Baum, der wie eine Äolsharfe gekrümmt ist und hundert Spielarten von Schattenmustern auf den sandigen Boden wirft.

Wie alt war der Maler aus der Familie der Wickramasinghe, als er starb? Wie alt ist Ananda? Wie alt war Anil, als sie an einem Flughafen stand und den Schmerz ihres unbefriedigten, unerwiderten Begehrens nicht herausschreien konnte? Welche Organe fehlten den Menschen, so daß sie als höflich treulose, wortlose Geschöpfe durchs Leben spazierten? Wenn zwei Liebenden zumute war, als könnten sie sich wegen des Verlusts oder des Begehrens umbringen, wie stand es dann um den übrigen Planeten von Fremden? Um jene, die kein bißchen verliebt waren und von den Ehrgeizigen und Ruhmsüchtigen in gegnerische Lager geführt oder getrieben wurden ...

Sie war im Garten neben dem Moonamalbaum und dem Kohombabaum. Die abgefallenen Blüten des Moonamal lagen immer mit dem Kelch zum Mond gewandt. Die Zweige des Kohomba konnte man abbrechen und schälen, um sich damit die Zähne zu putzen, oder verbrennen, um die Moskitos zu vertreiben. Dieser Ort war wie der Garten eines weisen Fürsten. Doch der weise Fürst hatte sich umgebracht.

Die ästhetischen Gegebenheiten des *walawwa* waren nie ein Thema zwischen ihnen gewesen. Es war ein Ort der Zuflucht und der Furcht, ungeachtet der ruhigen, beständigen Schatten, der mäßigen Höhe der Mauern, der Bäume, die auf Augenhöhe Blüten trugen. Doch Haus, Sandgarten und Bäume hatten von ihnen Besitz ergriffen. Anil sollte die Tage hier nie vergessen. Jahre später sollte sie eine Radierung oder eine Zeichnung sehen und etwas daran erfassen, ohne zu wissen warum – bis man ihr sagte, daß der *walawwa*, in dem sie gewohnt hatte, der Familie des Künstlers gehört und daß auch er eine Zeitlang dort gelebt hatte. Doch was hatte das mit der Zeichnung zu tun? Mit diesen schlichten Umrissen eines nackten Wasserträgers beispielsweise und der genau richtigen Entfernung zwischen seiner Gestalt und dem Baum, dessen gekrümmter Stamm an die Form einer Harfe erinnerte.

An privatem Kummer kann man so gut sterben wie an öffentlichem. Hier waren verschiedene Familien vereinsamt, hatten möglicherweise angefangen, leise Selbstgespräche zu führen, während ein Bleistift gespitzt wurde. Oder sie lauschten einem Transistorradio und vernahmen schwache Töne vom äußersten Ende des Antennenradius. Wenn die Batterien den Geist aufgaben, dauerte es manchmal fast eine Woche, bis einer von ihnen sich ins Dorf begab, in dieses Meer von elektrischem Licht! Denn es war ein herrschaftliches Haus, das in der Ära von Lampen erbaut worden war, erbaut, als es nur privaten Kummer zu geben schien. Doch hier hatten sie zu dritt eine öffentliche Geschichte ausgegraben. »Das Drama unserer Zeit«, hat der Dichter Robert Duncan gesagt, »ist, daß alle Menschen in einem Geschick gebündelt sind.«

Der Sturm naht sich ihnen von Norden. Schwarzer Himmel, ein kühler Wind, der die Äste schüttelt, als sie unter dem roten Baum sitzen. Unberührt von dem Sturm ist nur Sarath, dessen Augen aufmerksam die Ferne absuchen, während sie sich unterhalten.

»Komm, laß uns reingehen –«

»Bleib da«, sagt er. »Naß sind wir doch schon.«

Sie setzt sich auf die Steinbank ihm gegenüber und sieht zu, wie der Regen seinen sorgfältig gescheitelten Haarschopf zerzaust. Es kommt ihr leichtsinnig vor, bei einem solchen Sturm draußen zu bleiben. Als Kind hätte sie so etwas getan. Aus dem Dorf hört sie Trommeln, im Geräusch des Regens nur schwach vernehmbar.

»Mit zerzaustem Haar siehst du wie dein Bruder aus. Übrigens, dein Bruder gefällt mir.« Sie beugt sich vor. »Ich gehe rein.«

Sie geht zur Veranda und steigt aus dem Matsch die Stufen hoch, schüttelt ihr Haar und wringt es wie ein Tuch aus. Sie blickt zurück. Sarath hält den Kopf gesenkt, seine Lippen bewegen sich, als spreche er mit jemandem. Sie weiß, daß man ihn mit keinem Schiff erreichen kann, daß man nie erfahren wird, was er denkt. Denkt er an seine Frau? An ein Höhlenbild? Das Prasseln des Regens vor seinen Augen? Sie trocknet sich die Arme im dunklen Speisezimmer ab und hält sich die linke Hand vor den Mund, um den Regen vom Armreif zu lecken.

Im Regen fällt ihm ein, was er ihr über Ananda erzählen wollte. Er hatte auf der Fahrt vom Krankenhaus zurück darüber nachgedacht. »Graphit«, sagt er; das Wort füllt seinen Kopf. »Möglicherweise hat er in einer Graphitmine gearbeitet.«

Noch lange nach Mitternacht konnte Anil das Trommeln durch den Regen hindurch hören. Es verlieh allen Dingen Maß und Rhythmus. Sie wartete auf sein Verstummen.

Seemanns Kopf, Anandas Version seines Kopfes, befand sich bereits im Dorf, und dort hatte sich ein unbekannter, unerwünschter Trommler an ihn geheftet und angefangen, neben ihm zu spielen. Anil wußte, wie unwahrscheinlich es war, daß man ihn identifizieren würde. So viele waren verschwunden. Sie wußte, daß nicht der Kopf dem Skelett einen Namen geben konnte, sondern daß nur seine Tätigkeitsmerkmale es konnten. Sie und Sarath würden folglich als nächstes die Dörfer in der Gegend aufsuchen, in der Graphit abgebaut wurde.

Die Trommel dröhnte weiter in ihrem komplizierten Wechselpulsschlag, Stufen vergleichbar, die sie eine Treppe zum Meer hinunterführten. Das Trommeln würde erst aufhören, wenn man einen Namen für den Kopf gefunden haben würde. Doch in dieser Nacht hörte es nicht auf.

Das Mäuschen

Als Gaminis Frau Chrishanti ihn verließ, blieb er eine Woche lang im Haus, inmitten all jener Dinge, die er nie hatte haben wollen – die supermoderne Kücheneinrichtung, Chrishantis Platzdeckchen mit Zebrastreifen. Ohne ihre Aufsicht taten Gärtner und Putzmann und Köchin nicht einmal mehr das Nötigste. Er entließ den Fahrer. Zur Notaufnahme ging er zu Fuß. Am Ende der ersten Woche verließ er das Haus und blieb in der Klinik, wo er, wie er wußte, immer ein Bett finden würde; so konnte er im Morgengrauen aufstehen und war sofort auf der Chirurgischen Station. Hin und wieder klopfte seine Hand auf die Brusttasche, um nach dem Füller zu tasten, den Chrishanti ihm geschenkt und den er verloren hatte, aber sonst fehlte ihm wenig aus seinem früheren Leben.

Als sein Bruder besorgt anrief, erklärte er ihm, er brauche seine Besorgnis nicht. Er spülte inzwischen seine Tabletten mit einem Vitamindrink hinunter, um unablässig für jene wach zu sein, die um ihn herum starben. *Bei der Diagnose von Gefäßverletzungen ist ein hohes Maß an Zweifeln erforderlich.* Wäre er nicht ein so guter Arzt gewesen, hätte sein Verhalten Folgen für ihn gehabt. Er wußte, daß das, was er im Krankenhaus leisten konnte, seine einzige soziale Tugend ausmachte. Dort traf er auf sein Schicksal, in diesem Kampf, den er hinter der Bühne mit dem Krieg führte. Kriegsnachrichten nahm er nicht zur Kenntnis. Man hatte ihm gesagt, er rieche nicht gut, und das machte ihm aus irgendeinem Grund zu schaffen. Er hortete Lifebuoy-Seife und duschte dreimal täglich.

Sarath' Frau besuchte Gamini einmal in der Notaufnahme und hakte sich bei ihm unter, als er aus dem Dienst kam. Sie sagte, sie und Sarath wollten ihn bei sich aufnehmen, er sei ein regelrechter Vagabund geworden. Sie war der einzige Mensch, von dem er sich so etwas sagen ließ. Er lud sie zum Lunch ein, aß mehr, als er in Monaten gegessen hatte, und manövrierte ihre Fragen auf Themen hin, die sie selbst interessierten. Die ganze Mahlzeit über sah er unverwandt ihr Gesicht und ihre Arme an. Er benahm sich so höflich wie möglich, berührte sie kein einziges Mal; sie hatten sich nur berührt, als sie sich bei der Begrüßung bei ihm untergehakt hatte. Als sie Abschied nahmen, umarmte er sie nicht. Sie hätte sonst gespürt, wie schmal er geworden war.

Über Sarath sprachen sie nicht. Nur über ihre Arbeit beim Rundfunk. Sie wußte, daß Gamini sie immer gemocht hatte. Er wußte, daß er sie immer geliebt hatte – ihre geschäftigen Arme, den sonderbaren Mangel an Selbstsicherheit bei jemandem, der ihm so vollkommen erschien. Kennengelernt hatte er sie bei einem Kostümball im Garten von irgend jemandem außerhalb von Colombo. Sie trug einen Smoking und hatte ihr Haar glatt zurückgekämmt. Er fing ein Gespräch an und tanzte zweimal mit ihr, verkleidet, so daß sie nicht wissen konnte, wer er war. Das war vor Jahren gewesen, bevor einer von ihnen verheiratet war.

Und an jenem Abend war er der Bruder ihres Verlobten.

Auf dem Ball hielt er zweimal um ihre Hand an. Sie befanden sich auf der *cadju*-Terrasse. Er war bemalt und kostümiert wie ein *yakka*, und sie wehrte ihn halb lachend ab und sagte, sie sei schon verlobt. Sie hatten sich ernsthaft über den Krieg unterhalten, und sie hielt seinen Antrag für einen Scherz, nichts weiter als den Wunsch, das Thema zu wechseln. Und er erzählte, seit wann er den Garten kannte, in dem sie sich aufhielten, wie oft er schon hiergewesen war. Sie kennen sicher meinen Verlobten, sagte sie, er kommt auch oft hierher. Aber er tat so, als sage ihm dessen Name nichts. Beiden war heiß, und sie lockerte ihre Smokingschleife, so daß sie lose herabhing. »Ihnen ist sicher auch heiß. Mit dem ganzen Zeug, das Sie anhaben.« »Ja.« Es gab einen Teich mit einer Fontänendüse aus Bambus, die umkippte, um Wasser aufzunehmen, und er kniete sich daneben. »Passen Sie auf, daß von Ihrer Schminke nichts ins Wasser kommt, wegen der Fische.« Gehorsam nahm er seinen Turban ab, tränkte ihn mit Wasser und begann, sich die Schminke vom Gesicht zu wischen. Als er aufstand, erkannte sie ihn, den Bruder ihres Verlobten, und er machte ihr den dritten Heiratsantrag.

Jetzt, Jahre später, nachdem seine eigene Ehe vorbei war, traten sie aus der Krankenhauskantine auf die Straße, wo ihr Wagen stand. Beim Abschied blieb er auf Distanz, berührte sie nicht, bis auf einen flüchtigen hungrigen Blick, bis auf ein flüchtiges Winken in Richtung des davonfahrenden Wagens.

Gamini erwachte auf der fast leeren Station des Krankenhauses. Er duschte und zog sich an, aufmerksam beobachtet von dem Patienten im Nachbarbett. Es hatte noch nicht zu dämmern begonnen, im prunkvollen Treppenhaus war es dunkel. Er ging langsam hinunter, ohne das Geländer zu berühren, in dessen altem Holz sich Gott weiß was verbergen mochte. Er kam an der Pädiatrie vorbei, an der Quarantäneabteilung, der Orthopädie und betrat den vorderen Hof, kaufte sich am Straßenstand Tee und Kartoffelroti und verzehrte beides unter einem Baum, in dem Vögel lärmten. Abgesehen von wenigen Momenten wie diesem war er fast den ganzen Tag im Haus. Er kam manchmal heraus, um sich auf eine Bank zu setzen. Er bat einen der Assistenzärzte, ihn eine Stunde später zu wecken, falls er einschlief. Die Grenze zwischen Schlaf und Wachen war ein so schwach gefärbter Baumwollfaden, daß er sie oft unversehens überschritt. Wenn er nachts operierte, war ihm manchmal zumute, als schneide er ins Fleisch in Gegenwart von nichts anderem als Nacht und Sternen. Aus solchen Träumereien erwachte er dann und eilte in das Gebäude zurück, merkte, wie es sich erneut um ihn schloß. Es gehörte zu seiner Arbeit, daß er mit Fremden zu tun hatte, die er aufschnitt, ohne ihren Namen zu wissen. Selten sagte er etwas. Es war, als nähere er sich Leuten nur, wenn sie verwundet waren, selbst wenn er die Wunde nicht sehen konnte – die gähnende Ordonnanz im Flur, der Politiker, der das Krankenhaus besuchte und mit dem fotografiert zu werden Gamini sich weigerte.

Krankenschwestern lasen ihm die Eintragungen auf den Tabellen vor, während er sich die Hände wusch. Sie arbeiteten gern mit ihm; er war erstaunlich beliebt, obwohl er so streng war. Wenn er merkte, daß er den Körper, den er operierte, nicht retten konnte, traf er brutale Entscheidungen. »Genug«, sagte er dann und ging. »*Basta*«, sagte jemand, der in der Welt herumgekommen war, und er lachte in der Drehtür. Es war fast eine Art menschlicher Konversation. Gamini wußte, daß er noch nie ein anregender Gesprächspartner gewesen war; Small talk erstarb in seiner Gegenwart. Hin und wieder weckte ihn eine Nachtschwester und bat ihn um Hilfe. Sie tat es behutsam, doch er wachte sofort auf und ging mit ihr, nur mit einem Sarong bekleidet, um einem Kind, das sich sträubte, eine Infusion legen zu helfen. Danach schlüpfte er wieder in sein geborgtes Bett. »Ich schulde Ihnen einen Gefallen«, sagte die Schwester, wenn er ging. »Sie schulden niemandem irgendeinen Gefallen. Wecken Sie mich ruhig, wenn Sie mich brauchen.«

Ihr Licht, das die ganze Nacht brannte.

Manchmal wurden Leichen an den Strand gespült, von den Brechern hereingeschmettert. An der Küste von Matara oder bei Wellawatta oder in Mount Lavinia beim St. Thomas College, wo Sarath und Gamini als Kinder schwimmen gelernt hatten. Es handelte sich um die Opfer politischer Morde – Opfer, die in dem Haus in der Gower Street oder einem Haus hinter der Galle Road gefoltert worden waren –, die im Hubschrauber in die Lüfte expediert, ein paar Meilen geflogen und dann klaftertief durch die Luft geworfen worden waren. Doch nur die wenigsten gelangten je als Beweise in die Arme des Landes zurück.

Im Landesinneren trieben die Leichen die vier Hauptflüsse hinunter – den Mahaveli Ganga, den Kalu Ganga, den Kelani

Ganga und den Bentota Ganga. Und alle landeten irgendwann im Dean Street Hospital. Gamini hatte sich dafür entschieden, mit Toten nichts zu tun zu haben. Er mied die
Gänge im Südflügel, wohin die Opfer der Folter gebracht
wurden, um identifiziert zu werden. Assistenzärzte listeten
die Verwundungen auf und fotografierten die Leichen. Dennoch sah er einmal wöchentlich die Akten und Fotos der Toten durch, bestätigte die Vermutungen, wies auf frische Nar-
ben hin, die durch Säure oder Metall verursacht waren, und
unterschrieb die Berichte. Wenn er diesen Dienst antrat, lebte
er von der Energie, die ihm seine Aufputschmittel verliehen;
er sprach schnell in den Kassettenrecorder, den ihm ein Mann
von Amnesty International dagelassen hatte; er stellte sich ans
Fenster, um besseres Licht auf die scheußlichen Bilder zu haben, bedeckte die Gesichter mit der linken Hand, während
der Puls in seinem Handgelenk raste. Er las die Nummer der
Akte vor, äußerte sich zum Befund und unterschrieb. Die fin-
sterste Stunde der Woche.

Er entfernte sich vom wöchentlichen Stapel Fotografien.
Die Türen öffneten sich, und Tausende von Leichen glitten
herein, als hätten sie sich in Fischernetzen verfangen, als hätte
man sie zerfleischt. Tausende von Haifisch- und Rochenlei-
chen in den Gängen, und einige der dunkelhäutigen Fische
zappelten ...

Inzwischen deckte man die Gesichter auf den Fotos ab. So
konnte er besser arbeiten, und es bestand keine Gefahr, daß er
die Toten wiedererkannte.

Das Komische an der Sache war, daß er den Arztberuf in der Vorstellung ergriffen hatte, dort herrsche das Tempo des neunzehnten Jahrhunderts. Ihm gefiel die Autorität amateurhaften Vorgehens. Es gab eine Anekdote über Dr. Spittel, der angeblich einen Patienten aus dem Krankenhaus getragen hatte, als während einer nächtlichen Operation in Kandy das Licht ausfiel, ihn auf eine Bank auf dem Parkplatz gelegt und mit Autoscheinwerfern beleuchtet hatte. Ein unauffällig heroisches Leben, das sich in ein paar derartigen Geschichten niederschlug. Darin bestand die Befriedigung. Man würde sich seiner erinnern wie eines Cricketspielers, dem an einem Nachmittag des Jahres 1953 ein klassischer Wurf gelungen war und dessen Name ein, zwei Wochen lang in einem Straßen*baila* vorgekommen war. Berühmt in einem Lied.

Als Kind, zu der Zeit, als er gegen die Diphtherie ankämpfte, lag Gamini beim Mittagsschlaf auf einer Matte und wünschte sich nichts anderes als das Leben, das seine Eltern führten. Welche Laufbahn er auch wählen mochte, er wollte sie in ihrem Stil und in ihrem Tempo leben. Früh aufstehen und bis zu einem späten Lunch arbeiten, dann schlafen und Gespräche führen, dann noch einmal kurz im Büro vorbeischauen. Die Büros seines Vaters und seines Großvaters nahmen einen ganzen Flügel des geräumigen Familiensitzes an der Greenpath Road ein. In dieses geheimnisvolle Labyrinth war ihm in jüngeren Jahren an Arbeitstagen kein Zutritt gestattet, doch um fünf Uhr nachmittags trug er ein Glas mit bernsteingelber Flüssigkeit in Händen, trat die Schwingtür mit dem Fuß auf und ging hinein. Drinnen gab es gedrungene Aktenschränke und kleine Tischventilatoren. Er begrüßte den Hund seines Vaters und setzte das Glas auf dem Schreibtisch seines Vaters ab.

Im selben Augenblick wurde er in die Luft gehoben und herumgewirbelt, bis er auf dem Schoß seines Vaters saß, von breiten dunklen Armen umfaßt. »Fang beim Anfang an«, sagte er, und Gamini begann ihm zu erzählen, was er an diesem Tag erlebt hatte, was in der Schule passiert war, was seine Mutter gesagt hatte, als er nach Hause kam. In diesen frühen Jahren hatte er ein unbeschwertes Verhältnis zu seiner Familie. Im Rückblick konnte er sich keiner Übellaunigkeit oder Unruhe zu Hause entsinnen. Seine Eltern hatte er als behutsam im Umgang miteinander in Erinnerung. Ständig unterhielten sie sich miteinander, machten alles gemeinsam, und im Bett hörte er das anhaltende Summen ihrer Gespräche wie Wolle, die das Haus von der Welt abschirmte. Später begriff er, daß alle Dimensionen der Welt seines Vaters sich auf das Haus konzentriert hatten. Mandanten kamen *zu ihm*. Hinter dem Haus gab es einen Tennisplatz, wo sich am Wochenende Gäste zur Familie gesellten.

Es galt als ausgemacht, daß die zwei Brüder in die Firma der Familie eintreten würden. Doch Sarath zog von zu Hause aus; er wollte kein Anwalt werden. Und wenige Jahre darauf verriet auch Gamini die Stimmen im Haus und studierte Medizin.

Zwei Monate nachdem seine Frau ihn verlassen hatte, brach Gamini vor Erschöpfung zusammen, und die Krankenhausverwaltung verordnete ihm Zwangsurlaub. Er wußte nicht, wohin; sein Zuhause war verödet. Er merkte, daß die Notaufnahme, auch wenn sie das reinste Tollhaus war, eine Art Kokon geworden war, wie einst das Haus seiner Eltern. Alles, was ihm wichtig war, ereignete sich dort. Er schlief auf den Stationen, kaufte sein Essen am Straßenimbiß vor dem Krankenhaus. Und jetzt verlangte man von ihm, daß er diese Welt verließ, in die er sich eingegraben hatte, die er um sich herum geschaffen hatte, diese eigentümliche Replik der Ordnung seiner Kindheit.

Er ging zu Fuß nach Nugegoda und klopfte laut an die verschlossene Tür seines Hauses. Es roch nach Essen. Ein Fremder erschien, wollte aber nicht öffnen. »Ja?« »Ich bin Gamini.« »Ja und?« »Ich wohne hier.« Der Mann verschwand, und aus der Küche waren Stimmen zu hören.

Es dauerte eine Weile, bis Gamini begriff, daß man ihn ignorieren wollte. Er durchquerte den kleinen Garten. Der Essensgeruch kam ihm köstlich vor. Noch nie war er so hungrig gewesen. Er wollte nicht sein Haus, er wollte eine anständige Mahlzeit. Er ging durch die Hintertür hinein. Als er sich umsah, fiel ihm auf, daß sie sein Haus viel besser in Schuß hielten, als er es getan hatte. Der Mann, der ihn nicht hineingelassen hatte, war mit zwei Frauen in der Küche. Keinen der drei kannte er. Zuerst hatte er gedacht, seine Frau hätte Verwandte hergeschickt. »Kann ich etwas Wasser haben?«

Der Mann brachte ihm ein Glas. Weiter weg im Bungalow hörte Gamini Kinder, und das freute ihn, es freute ihn, daß aller Platz genutzt wurde. Ihm fiel etwas ein, und er fragte, ob Post für ihn gekommen sei. Sie brachten ihm einen Stapel Briefe. Ein Brief seiner Frau, den er einsteckte. Schecks aus dem Krankenhaus. Er öffnete die Umschläge, unterschrieb zwei Schecks auf der Rückseite und gab sie einer der Frauen. Zwei andere behielt er für sich. Die Frauen luden ihn mit Gesten ein, und er setzte sich und aß mit ihnen. Pfannkuchen, *pol sambol*, Hühnercurry. Danach spazierte er mit angenehm vollem Bauch zur Bank. Er war erhitzt. Er bestellte sich bei Quickshaw einen Wagen und wartete in der klimatisierten Lobby des Grindlays, bis er vorfuhr. Er stieg neben dem Fahrer ein.

»Nach Trincomalee. Danach zum Nilaveli Beach Hotel.«

»Nein, nein.«

Das hatte er nicht anders erwartet. Weil sich Guerillas in der Nähe aufhielten, galt es dort als gefährlich. »Sie haben nichts zu befürchten, ich bin Arzt. Ärzten passiert nichts, genau wie Prostituierten. Hier haben Sie ein Rotkreuzabzeichen für die Windschutzscheibe. Ich miete Ihren Wagen für eine Woche. Sie müssen mich nicht mögen und sich auch nicht höflich benehmen. Ich bin nicht darauf angewiesen, daß man mich liebt. Halten Sie hier.«

Er stieg aus und setzte sich auf den Rücksitz, weil er sich hinlegen wollte. Als der Wagen Colombo verließ, schlief er. »Nehmen Sie die Küstenstraße«, murmelte er vor dem Einschlafen. »Wecken Sie mich in Negombo.«

Gamini und der Fahrer betraten die düstere Lobby des alten Rasthauses von Negombo. Eine kleine Lampe an der Rezeption beleuchtete den Manager, der vor einem stümperhaft gemalten Wandgemälde saß, das das Meer darstellte, und Gamini, der sich an etwas erinnerte, drehte sich um, schaute durch die Tür und sah die gleiche Szenerie in Wirklichkeit. Sie tranken ein Bier und fuhren weiter. Bei Kurunegala verlangte er, daß der Fahrer eine Nebenstraße nahm. Ein paar Meilen weiter stieg Gamini aus und bat den Fahrer, ihn am nächsten Morgen an derselben Stelle abzuholen. Es dauerte eine Weile, bis der Fahrer seinen Wunsch verstand. Aber er wollte hier die Nacht verbringen.

Sein Vater hatte ihn als Kind zu dem nahe gelegenen Waldkloster in Arankale mitgenommen, und seitdem hatte Gamini es alle paar Jahre einzurichten gewußt, den Ort wieder zu besuchen. Als Arzt im Krieg war ihm wenig Glauben geblieben, doch hier empfand er immer großen Frieden. Mit wenig Zubehör, einem leichten Hemd und Hose, keinem Sonnenschirm und keinen Lebensmitteln, machte er sich auf den Weg in den Wald. Manchmal sah er, wenn er kam, daß jemand aufgeräumt hatte; manchmal hatte der Ort sich wie ein Auge im Wald verschlossen.

Es gab den Brunnen. Es gab das verrostete Schild, das über dem Eingang, wo alte Mönche geschlafen hatten, ein Dach bildete. Dort konnte er bleiben. Morgens konnte er am Brunnen baden. Er knöpfte seine Brusttasche zu, damit seine Brille nicht hinausfiel und verlorenging.

Eine Woche später verließ Gamini das Grundstück des Nila-veli Beach Hotel und ging zum Meer. Er war sehr betrunken. Er hatte sich mit einem Koch und einem Nachtportier und zwei Frauen, die in den leeren Zimmern aufräumten und jedesmal schrien, wenn der Koch sie in den Swimmingpool zu schubsen versuchte, in dem verwaisten Hotel herumgetrie-ben. In den Gängen kam es ständig zu Handgemengen. Am Strand schlief er ein, und als er aufwachte, umringten ihn lachende Bewaffnete.

Sein Sarong hatte sich halb geöffnet. So deutlich er konnte, sagte er in beiden Sprachen: »*Ich – bin – Arzt*«, bevor er wie-der einschlief. Als er das nächstemal erwachte, befand er sich in einer Hütte voll verwundeter Jungen. Siebzehn. Sechzehn. Manche noch jünger. Das sollte sein Urlaub sein, und er sagte es zu einem der Bewaffneten. »Ich werde um sieben zum Abendessen erwartet. Wenn ich nicht um halb acht erscheine, gibt es nichts mehr.«

»Ja, ja. Aber das hier –« Der Mann deutete mit dem Arm auf die Verwundeten. »Da ist das hier, oder?«

Gamini war gerade auf Tablettenentzug und dabei, auf Al-kohol umzusteigen, so daß ihm der Grad seiner Berauschtheit nicht ganz klar war. Er hatte viel geschlafen. Wenn er auf-wachte, fand er sich oft im Garten eines Fremden wieder. Es war nicht so sehr, daß er zu schlafen wünschte, sondern er brauchte Schlaf. In einem seiner Träume hatte er Leichen in Aufzüge hinein- und aus Aufzügen herausgeschleppt. Auf-züge verursachten stets ein Gefühl der Klaustrophobie in ihm, aber sie waren immer noch besser als das knarzende Schwindelgefühl von Treppen.

Als die Guerillas ihn schlafend am Strand entdeckten, hatte die Flut seine Knöchel erreicht. Sie hatten den Touristen ge-sucht, der angeblich Arzt war. Eine der Frauen am Swim-mingpool hatte ihnen die Richtung gewiesen.

Gamini ging hin und her und besah sich die Körper in der Hütte. Lumpen, die um Wunden geknotet waren, keine Schmerzmittel, kein Verbandmaterial. Er schickte einen Soldaten mit seinem Zimmerschlüssel ins Hotel, damit er Laken besorgte, die man in Stücke reißen konnte, und die Plastiktüte holte, die nützliche Dinge enthielt – Rasierwasser, Tabletten. Als der Bewaffnete zurückkam, trug er eines von Gaminis Hemden. Gamini schüttete die Tabletten auf den Tisch und viertelte sie. Es würde Verständigungsprobleme geben. Er sprach zu schlecht Tamil, sie sprachen kein Singhalesisch. Gamini und ihr Anführer radebrechten englisch miteinander.

Es war später Nachmittag, und er hatte Hunger. Er hatte das Mittagessen verpaßt, und in dieser Hinsicht waren die Hotelangestellten unerbittlich. Er bat den Anführer, jemanden ins Hotel zu schicken, um etwas zu essen für ihn aufzutreiben. Er hoffte, er würde keine Schüsse aus der Ferne hören. Dann begann er mit der Arbeit – ein Verwundeter nach dem anderen.

Die meisten würden überleben, aber einen Arm verlieren oder anderweitig versehrt bleiben. Während seiner kurzen Fahrt durch Trincomalee hatte er schon mehr als genug Verwundungen zu sehen bekommen. Er arbeitete weiter in seiner Behelfsstation mit einer hölzernen *pakispetti*-Kiste, setzte sich neben einen Jungen und schiente ihn mit Bettuchstreifen. Kurz vor der Operation erhielten die Kandidaten jeweils ein Viertel seiner kostbaren Tabletten, damit sie high waren, wenn es soweit war. Er wunderte sich, wie stark die Wirkung selbst dieser kleinen Ration war; länger als ein Jahr hatte er ganze Tabletten geschluckt. Fünfzehn Minuten nach Einnahme des Tablettenviertels hielten drei Guerillas den Patienten fest, und Gamini nähte einen Schnitt. Es war so heiß, daß er sein Hemd ausgezogen und sich Lumpen um die Handgelenke gebunden hatte, damit der Schweiß ihm nicht bis zu den Fingern rann. Er brauchte Schlaf, seine Augen flackerten, was stets ein Indiz war, und noch immer gab es nichts zu essen. Fast hätte er einen kleinen Tobsuchtsanfall bekommen, doch dann legte er sich neben die Verwundeten und rollte sich zum Schlafen zusammen.

Er schnarchte laut. Als seine Frau ihn verließ, hatte Gamini ihr vorgeworfen, sie verlasse ihn wegen seines Schnarchens. Jetzt verhielten die Jungen um ihn sich still, um ihn nicht im Schlaf zu stören.

Doch er erwachte, als jemand vor Schmerzen schrie. Er ging nach draußen und wusch sich unter dem Wasserhahn das Gesicht. Mittlerweile war der Koch auf einem Fahrrad hergebracht worden, und Gamini bestellte langsam und auf singhalesisch zehn große Portionen für die ganze Mannschaft und ließ sie auf seine Rechnung setzen. Das bewirkte einiges. Als das Festmahl eintraf, wurden die Operationen unterbrochen. Die Hotelangestellten hatten zwei Flaschen Bier für Gamini mitgebracht. Beim Essen dachte er an das Verschwinden des Dr. Linus Corea und fragte sich, ob er selbst jemals nach Colombo zurückkehren würde.

Er arbeitete bis in die Nacht, über Patienten gebeugt, während auf der anderen Seite der Betten jemand anders eine alte Coleman-Lampe hochhielt. Einige der Jungen waren im Fieberdelirium, wenn die Wirkung der Tabletten nachließ. Wer schickte einen Dreizehnjährigen in den Kampf, und um welcher blutigen Sache willen? Für einen alten Führer? Für irgendeine farblose Fahne? Gamini mußte sich dauernd in Erinnerung rufen, wer diese Männer waren. Bomben auf Straßen voller Menschen, in Busbahnhöfen, auf Reisfeldern und in Schulen waren von Leuten wie diesen hier gelegt worden. Hunderte von Opfern waren unter Gaminis Händen gestorben. Tausende konnten nicht mehr gehen, hatten keine Gewalt mehr über ihre Gedärme. Trotzdem. Er war Arzt. In einer Woche würde er wieder in Colombo seiner Arbeit nachgehen.

Nach Mitternacht ging er den Strand entlang zu seinem Hotel zurück, von einem bewaffneten Guerilla begleitet. Im Hotel fiel ihm als erstes auf, daß der Wecker, den er in Kurunegala gekauft hatte, verschwunden war. Er kletterte auf sein unbezogenes Bett und schlief ein.

Wo hatte der geheime Krieg zwischen ihm und seinem Bruder begonnen? Seinen Anfang hatte er in dem Wunsch gehabt, der andere zu sein, sogar in der Unmöglichkeit, ihm nachzueifern. Gamini sollte im Geiste immer der jüngere bleiben, der den anderen nicht einholen konnte. Sein Spitzname war Meeya, »das Mäuschen«. Und ihm gefiel es, daß er keine Verantwortung tragen mußte, nie im Mittelpunkt stand und doch wahrnahm, was dort vor sich ging. Seine Eltern waren sich seiner Anwesenheit oft gar nicht bewußt, wenn er in einen Sessel vergraben las und mit gespitzten Ohren wie ein treuer Hund ihren Gesprächen lauschte. Sarath liebte die Geschichte, ihr Vater liebte das Recht, Gamini versteckte sich weiß Gott wo. Die Mutter, die als junge Frau Tänzerin hatte werden wollen, gestaltete die Choreographie der Familie. Für Gamini blieb sie immer rätselhaft. Ihre Liebe war eine allgemeine Zuneigung, die sich nie im besonderen an ihn richtete. Es fiel ihm schwer, sie sich als Geliebte seines Vaters vorzustellen. Sie wirkte so töchterlos, nur auf die drei Männer im Haus konzentriert – den redseligen Ehemann, den intelligenten älteren Sohn, von dem man Erfolg erwartete, und den verschlossenen Zweitgeborenen. Gamini. Das Mäuschen.

Der Umstand, daß keiner der Brüder einmal die Kanzlei des Vaters übernehmen wollte, nötigte die Mutter dazu, jeden Standpunkt zu vertreten – mit einem Fuß im Lager jedes Sohnes und eine Hand auf der Schulter ihres Mannes. Wie auch immer, sie gingen getrennte Wege. Sarath wendete sich der Archäologie zu, und Gamini stürzte sich ins Studium der Medizin und vor allem in ein Leben außerhalb der Familie. Die einzige Verbindung, die er zu ihnen unterhielt, bestand in den

Gerüchten über seine Eskapaden. Waren Gaminis Eltern sich seiner Anwesenheit zu Hause früher nicht sonderlich bewußt gewesen, begegneten sie nun auf Schritt und Tritt anstößigen Anekdoten über seinen Lebenswandel. Es war offenkundig, daß er von ihnen in Ruhe gelassen werden wollte, und zuletzt taten sie es aus schierer Hilflosigkeit.

In Wahrheit hatte er die Welt der Familie geliebt. Selbst wenn Sarath' Frau später im Gespräch einwenden sollte: »In was für einer Familie nennt man ein Kind ›das Mäuschen‹?« Sie konnte ihn als Kind vor sich sehen, unbeachtet von den Erwachsenen, mit seinen großen Ohren in dem großen Sessel.

Ihn hatte es nicht gestört. Er hatte angenommen, so gehe es allen Kindern. Er und sein Bruder hatten sich mit dem Alleinsein abgefunden, mit der nicht vorhandenen Notwendigkeit zu sprechen. »Das macht mich ja gerade wahnsinnig«, hatte Sarath' Frau erwidert. »Das macht mich an euch beiden wahnsinnig.« In den Gesprächen mit ihr sah Gamini seine Kindheit weiterhin als Zeit der Zufriedenheit, während er in ihren Augen mit Mühe und Not überlebt hatte und nie darauf hatte vertrauen können, daß man ihn liebte. »Ich wurde verwöhnt«, sagte er gern. »Du fühlst dich nur sicher, wenn du allein bist und etwas allein tust. Du wurdest nicht verwöhnt, sondern vernachlässigt.« »Ich werde nicht den Rest meines Lebens damit verbringen, meiner Mutter vorzuwerfen, daß sie mich nicht oft genug abgeküßt hat.« »Das könntest du aber.«

Er glaubte, daß er seine Kindheit geliebt hatte. Er hatte die dunklen nachmittäglichen Wohnzimmer geliebt, hatte es geliebt, die Fährten der Ameisen auf dem Balkon zu verfolgen, sich zu kostümieren, indem er Kleidungsstücke aus allen möglichen Schränken hervorholte und sich vor dem Spiegel verkleidete und dabei sang. Und der Sessel in seiner Pracht hatte einen bleibenden Eindruck auf ihn gemacht. Am liebsten wäre er auf der Stelle einen kaufen gegangen, jetzt, als Vorrecht und Laune eines Erwachsenen. Wenn er an Zuflucht dachte, dann erinnerte er sich an den Sessel, nicht an Mutter oder Vater. »Ich gebe es auf«, sagte Sarath' Frau leise.

Und Sarath war in den Augen seiner Eltern ein Kind gewesen, das die Götter liebten. Zu dritt lachten und diskutierten sie beim Abendessen, während Gamini sich ihr Auftreten und ihre Eigenarten einprägte. Als Elfjähriger war er stolz auf seine Imitationskünste; zum Beispiel konnte er die fragende Miene eines besorgten Hundes nachahmen.

Doch noch immer blieb er unsichtbar, sogar für sich selbst, und sah selten in den Spiegel, wenn er sich nicht gerade verkleidete. Einer seiner Onkel veranstaltete Theateraufführungen von Laiengruppen, und einmal war Gamini, der sich allein in dessen Haus aufhielt, auf Theaterkostüme gestoßen. Er probierte sie eines nach dem anderen an, zog das Grammophon auf, tanzte dann über die Sofas und sang selbsterdachte Lieder, bis er von der Rückkehr seiner Tante überrascht wurde. Sie hatte nur gerufen: »Aha! Das stellst du also an ...« Und er hatte sich maßlos und unvorstellbar gedemütigt gefühlt und geschämt. Jahrelang hielt er sich von da an für eitel und verschloß sich daher noch mehr vor der Außenwelt. Er verstummte, nahm die eigenen leiseren Regungen fast nicht mehr wahr. Später sollte er sich nur Fremden gegenüber lebhaft zeigen, im Getümmel einer Party kurz vor dem Aufbruch oder im Chaos einer Notaufnahmestation. Dann war er der Gnade teilhaftig. In solchen Momenten konnten Menschen sich wie im Tanz vergessen, so sehr auf ihre Künste oder Begierden konzentriert, daß sie sich ihrer Macht nicht bewußt waren, während sie einer Liebesaffäre hinterherjagten oder Notfälle verarzteten. Er konnte im Mittelpunkt sein und sich dennoch der eigenen Unsichtbarkeit versichert fühlen. In jener Zeit begann er zum Sonderling zu werden.

Die Barriere, die in seiner Kindheit zwischen ihm und seiner Familie bestanden hatte, fiel nicht. Er wünschte es auch gar nicht, er wollte die zwei Welten nicht miteinander vereinbaren. Das war ihm nicht wirklich bewußt. Erst später erkannte er es deutlich im Verlauf einer schrecklichen Krise. Da sollte er seinen Bruder in den Armen halten und erkennen, daß er seit seiner Kindheit gewußt hatte, daß dieser gütige Bruder der Katalysator der Freiheit und Verschwiegenheit war, die er immer gesucht hatte. Jahre später sollte Gamini all das laut zu dem Bruder sagen, neben dem er sich befand, entsetzt ob der eigenen ungekannten Rachsucht. Wenn wir jung sind, dachte er, lautet die erste wichtige Regel: Wir müssen verhindern, daß man von uns Besitz ergreift. Das lernen wir als Kinder. Ständig ist das Summen der Familienideologie um uns wie Meeresrauschen um eine Insel. Deshalb sucht sich die Jugend in etwas so Kargem wie einem Speer oder so Unzugänglichem wie Baumrinde zu verstecken. Und daher können wir später mit Fremden unbeschwerter und vertraulicher verkehren.

Das Mäuschen wollte das letzte Schuljahr keinesfalls in Colombo verbringen, sondern im Internat am Trinity College in Kandy. Auf diese Weise war er die meiste Zeit des Jahres weit genug von seiner Familie entfernt. Er liebte das gemächliche Schaukeln des Zugs, der ihn in das Landesinnere brachte. Züge hatte er immer geliebt; er hatte sich nie einen Wagen gekauft, nie fahren gelernt. Als junger Mann in den Zwanzigern genoß er den Wind, der gegen seinen berauschten Kopf brandete, wenn er sich ins Getöse des bedrohlichen Tunnels hinauslehnte, in die unauslotbare Leere. Er unterhielt sich gern vertraulich und fröhlich mit Fremden; oh, er wußte, daß das alles nicht normal war, aber es gefiel ihm trotzdem, diese Distanz, diese Anonymität.

Er war sensibel, nervös und gesellig. Nach mehr als drei Jahren Tätigkeit in abgelegenen Krankenhäusern im Norden war er ein schwieriger Zeitgenosse geworden. Die Ehe, die er ein Jahr später einging, erwies sich fast vom ersten Tag an als Fehlschlag, und von da an war er meistens allein. Wenn er operierte, wollte er nicht mehr als einen einzigen Assistenzarzt dabeihaben. Andere konnten aus der Entfernung zusehen und lernen. Er erklärte nie genau, was er tat und was vor sich ging. Kein guter Lehrer, aber ein gutes Beispiel.

Er hatte sich nur einmal in eine Frau verliebt, und sie hatte er nicht geheiratet. Später gab es eine zweite Frau, eine Ehefrau in einem Lazarett bei Polonnaruwa. Zu guter Letzt hatte er das Gefühl, auf einem Schiff voller Dämonen der einzige Zurechnungsfähige und Normale zu sein. Er war der ideale Kriegsteilnehmer.

Die Zimmer, die Sarath und Gamini als Kinder bewohnten, waren vom Sonnenlicht Colombos abgeschirmt, von Verkehrslärm und Hunden, von anderen Kindern, vom Geräusch des Metalltors, das scheppernd ins Schloß fiel. Gamini erinnerte sich an den Drehstuhl, in dem er herumwirbelte, bis Chaos in den Papieren und Regalen, in der verbotenen Atmosphäre des väterlichen Büros herrschte. Für Gamini sollten später alle Büros die ehrfurchtgebietende Aura vielschichtiger Geheimnisse besitzen. Selbst als Erwachsener kam er sich beim Betreten solcher Räume wie ein unwürdiger Eindringling vor. Banken und Anwaltskanzleien verstärkten seine Unsicherheit, gaben ihm das Gefühl, sich im Zimmer des Schuldirektors zu befinden, und er glaubte, er werde nie in der Lage sein, zu verstehen, was man ihm erklärte.

Wir entwickeln uns nicht geradlinig. Gamini wuchs auf, ohne die Hälfte dessen zu wissen, was er seiner Ansicht nach hätte wissen sollen – er schuf und entdeckte ungewöhnliche Zusammenhänge, weil die gewöhnlichen Wege ihm verborgen geblieben waren. Die meiste Zeit seines Lebens war er ein Knabe, der sich in einem Stuhl drehte. Und weil Dinge vor ihm verborgen worden waren, wurde er auch zu einem Geheimnisbewahrer.

Im Haus seiner Kindheit drückte er das rechte Auge gegen eine Türklinke, klopfte behutsam, und wenn es keine Antwort gab, schlüpfte er zur Zeit des Mittagsschlafs in das Zimmer seiner Eltern oder seines Bruders oder eines Onkels. Dann trat er barfuß ans Bett und betrachtete die Schläfer, schaute aus dem Fenster und ging. Nicht viel los draußen. Oder er näherte sich leise einem Grüppchen Erwachsener. Er hatte sich früh angewöhnt, nur zu sprechen, wenn es eine Frage zu beantworten galt.

Er hielt sich bei seiner Tante in Boralesgamuwa auf, und sie und ihre Freundinnen spielten Bridge auf der langen Veranda, die um das ganze Haus lief. Er trat zu ihnen mit einer angezündeten Kerze, deren Flamme er mit der Hand beschirmte. Er stellte die Kerze auf ein Tischchen neben den Frauen. Niemand beachtete ihn. Er verzog sich wieder in das Haus. Ein paar Minuten später kroch er auf dem Bauch mit seinem Luftgewehr durchs Gras, schlich sich vom Ende des Gartens an. Er trug eine kleine Tarnkappe aus Blättern, um sich noch besser zu verbergen. Fast konnte er hören, wie die vier Frauen ihre Einsätze machten und gelangweilt plauderten.

Er schätzte die Entfernung auf zwanzig Meter. Er lud das Luftgewehr, nahm die Haltung eines Heckenschützen ein – Ellbogen nach unten, Beine gespreizt, um einen Halt zu haben – und feuerte. Nichts wurde getroffen. Er lud nach und zielte erneut. Diesmal traf er das Tischchen. Eine der Frauen blickte auf, legte den Kopf schief, konnte aber nichts erkennen. Er beabsichtigte, die Kerzenflamme mit dem Geschoß zu löschen, aber der nächste Schuß ging nach unten los, nur wenige Zentimeter über dem roten Verandaboden, und traf einen Knöchel. Im selben Augenblick, als Mrs. Coomaraswamy hörbar den Atem anhielt, sah seine Tante auf und erblickte ihn, das Luftgewehr an Kopf und Schulter geschmiegt, wie er direkt auf sie zielte.

Gamini war damals am glücklichsten, als er aus der Unordnung der Jugend in die Ekstase der Arbeit trat. Bei seiner ersten Stelle, die ihn in die Krankenhäuser im Nordosten führte, war ihm, als nehme er endlich an einer Reise aus dem neunzehnten Jahrhundert teil. Er entsann sich der Erinnerungen des alten Dr. Peterson, die er gelesen hatte und in denen von solchen Reisen berichtet wurde, wie sie vor mindestens sechzig Jahren stattgefunden hatten. Das Buch enthielt auch Radierungen – ein Ochsenkarren, der blätterüberdachte Wege entlangfuhr, Bülbüls, die an einem Wasserbecken tranken –, und an einen Satz erinnerte Gamini sich:

Ich reiste mit dem Zug bis nach Matara und den Rest des Weges zu Pferde und im Karren, und ein Hornbläser ging die ganze Zeit voraus und blies sein Horn, um die wilden Tiere fernzuhalten.

Jetzt, mitten im Bürgerkrieg, fuhr er in dem langsamen, quietschenden Bus im fast gleichen Tempo in eine beinahe gleiche Landschaft. In einem kleinen romantischen Winkel seines Herzens wünschte er sich einen Hornbläser.

Im Nordosten arbeiteten nicht mehr als fünf Ärzte. Lakdasa war der Oberarzt; er hatte die Aufgabe, sie den Randgebieten und den kleineren Dörfern zuzuteilen. Skanda war Chefchirurg und in Notfällen für Triagemaßnahmen zuständig. Es gab den Kubaner, der für ein Jahr da war. C., die Augenärztin, die vor drei Monaten zu ihnen gestoßen war. »Ihr Diplom ist nicht viel wert«, hatte Lakdasa nach einer Woche zu den anderen gesagt, »aber sie ist tüchtig, und ich kann nicht auf sie verzichten.« Und es gab den jungen Gamini, frisch von der Universität.

Vom Zentralklinikum in Polonnaruwa begaben sie sich zu

den Außenlazaretten, wo einige von ihnen wohnen würden. Ein Anästhesist erschien einmal wöchentlich, und an diesem Tag wurde operiert. Waren an anderen Tagen Notoperationen erforderlich, improvisierte man mit Chloroform oder mit dem, was gerade zur Hand war und womit man den Patienten betäuben konnte. Vom Zentralklinikum fuhren sie an Orte, von denen Gamini noch nie gehört hatte und die er nicht einmal auf Karten ausfindig machen konnte – Arangawila, Welikande, Palatiyawa –, um Lazarette in halberrichteten Schulräumen zu besuchen, wo Mütter und Kleinkinder sie erwarteten, Malaria- und Cholerakranke.

Die Ärzte, die diese Zeit im Nordosten überlebten, sollten niemals vergessen, daß sie nie in ihrem Leben mehr gearbeitet hatten und nie jemandem nützlicher gewesen waren als jenen Fremden, die geheilt wurden und ihnen wie Getreidekörner durch die Finger glitten. Kein einziger von ihnen kehrte später in die wirtschaftlich sichere Karriere einer Privatpraxis zurück. Hier lernten sie alles Wichtige. Was ihnen Kraft verlieh, war keine abstrakte oder moralische Qualität, sondern physisches Können. Es gab weder Zeitungen noch anständige Tische, noch brauchbare Ventilatoren. Hin und wieder ein Buch, hin und wieder Nachrichten über ein Cricketmatch aus dem Radio, abwechselnd auf singhalesisch und auf englisch. Bei besonderen Anlässen oder in den entscheidenden Stunden eines Vergleichsspiels war im Operationssaal ein Transistorradio erlaubt. Wenn der Reporter englisch sprach, mußte Rohan, der Anästhesist, einspringen und das Ganze ins Singhalesische übersetzen. Er war der Zweisprachigste von allen, weil er das Kleingedruckte auf den Sauerstoffbehältern lesen mußte. (Rohan war auf alle Fälle ein Leser und fuhr oft mit dem Bus bis nach Colombo, um einen srilankischen oder einen auswärtigen südasiatischen Schriftsteller auf dem Campus von Kelaniya aus einem neuen Buch lesen zu hören.) Oft dämmerten Patienten auf der Chirurgischen Station ins Bewußtsein zurück und fanden sich mit der Dramatik eines Cricketmatchs konfrontiert.

Nachts rasierten sie sich bei Kerzenlicht und gingen glatt-rasiert wie Fürsten zu Bett. Danach erwachten sie um fünf Uhr morgens im Dunkeln. Sie blieben einen Moment lang liegen und überlegten, wo sie waren, versuchten sich an die Form des Zimmers zu erinnern. Gab es über ihnen ein Mos-kitonetz oder einen Ventilator oder nur eine Antimoskito-spirale? Befanden sie sich in Polonnaruwa? Sie waren so viel unterwegs, schliefen an so vielen Orten. Draußen regten sich Kohavögel. Ein *bajaj*. Lautsprecher, die vor Morgengrauen eingeschaltet wurden, so daß nur ihr Rauschen und Knistern zu hören war. Die Ärzte öffneten die Augen, wenn jemand sie an der Schulter berührte, wortlos, wie in Feindesland. Und um sie war die Dunkelheit, waren die wenigen Anhaltspunkte für ihren Aufenthaltsort. Ampara? Manampitiya?

Oder sie erwachten zu früh – es war erst drei Stunden nach Mitternacht, und sie befürchteten, nicht wieder einschlafen zu können, was ihnen aber innerhalb einer Minute gelang. Kein einziger von ihnen litt in jenen Tagen an Schlaflosigkeit. Sie schliefen wie Steinsäulen, in der gleichen Körperhaltung, in der sie ins Bett oder auf die Liege oder die Rattanmatte ge-sunken waren, auf dem Rücken oder auf dem Bauch, meistens auf dem Rücken, weil es ihnen das Vergnügen erlaubte, ein paar Sekunden lang bei wachem Bewußtsein zu ruhen, des kommenden Schlafes gewiß.

Sobald sie aufgestanden waren, zogen sie sich sofort im Dunkeln an und versammelten sich im Flur, wo es heißen Tee gab. Bald würden sie die vierzig Meilen zu ihren Lazaretten fahren, ihr Wagen würde mit zwei schwachen Scheinwerfern die Dunkelheit zerteilen, den Dschungel und die unsichtbare Aussicht rechts und links von ihnen, und hier und da würde das Feuer eines Bauern am Straßenrand aufflackern. An einem Imbißstand hielten sie dann an. In der abnehmenden Dunkelheit ein Frühstück aus Bratfisch. Besteck, das ge-räuschvoll weitergereicht wurde. Lakdasa, der hustete. Noch immer keine Unterhaltung. Nur die Vertrautheit, die darin bestand, die Straße zu überqueren, um jemanden eine Tasse

Tee zu bringen. Das war jedesmal wie eine bedeutende Expedition. Sie waren Könige und Königinnen.

Gamini arbeitete länger als drei Jahre im Nordosten. Lakdasa blieb dort, richtete Kliniken ein. Und die Augenärztin mit dem dubiosen Diplom verließ die abgelegenen Krankenhäuser ebenfalls nicht. Gamini hatte gesehen, wie sie in den schlimmsten Krisensituationen mitten in einer Notoperation Wischtücher und Desinfektionsmittel an Assistenzärzte austeilte. Worum die anderen sie am meisten beneideten – abgesehen von ihrer Attraktivität –, war die konkrete Augenfälligkeit ihres Tuns. Gamini liebte den Anblick ihrer Station, wo sich alle Patienten in den fünfzehn Betten zur Tür wandten, wenn er eintrat, allesamt mit dem gleichen weißen Fleck auf dem dunklen Gesicht, dem gleichen Abzeichen, das besagte, daß sie zu ihr gehörten.

Irgend jemand brachte einmal ein Buch über Jung mit, und ein anderer unterstrich einen Satz in dem Buch. (Sie hatten es sich angewöhnt, kritische Bemerkungen in Bücher zu kritzeln. Ausrufungszeichen neben psychologisch oder klinisch zweifelhaften Aussagen. Kamen in einem Roman sensationelle oder unglaubwürdige körperliche Heldentaten oder sexuelle Leistungen vor, schrieb Skanda, der Chirurg, beispielsweise an den Rand: *Das ist mir auch schon passiert,* und noch hohntriefender schrieb er darunter: *Dambulla, August 1978.* Eine Szene, wo ein Mann in einem Hotelzimmer von einer Frau im Negligé mit einem Martini in der Hand empfangen wurde, kommentierte er ähnlich. Als Skanda sich nach Karapitiya bei Galle versetzen ließ, wo er auf der Krebsstation arbeitete, wußten die anderen, daß er am neuen Ort in gewohnter Manier Bücher vollkritzeln würde, Fachbücher wie Romane; er hatte als Kritzler die größte kriminelle Energie von allen.) Wie auch immer, wahrscheinlich hatte der Anästhesist das Buch über Jung mitgebracht. Bilder, Aufsätze, Kommentare und biographischer Abriß. Und jemand hatte die Worte unterstrichen: *Jung hatte in einer Sache völlig recht.*

Götter haben Besitz von uns ergriffen. Man darf nur nicht den Fehler machen, sich mit der Gottheit zu identifizieren, die Besitz von einem ergriffen hat.

Was immer das heißen mochte, es schien eine wohlüberlegte Warnung zu sein, und sie merkten sich die Worte. Sie wußten alle, daß es das Gefühl der eigenen Bedeutung betraf, das sie in jenen Tagen an jenem Ort erfuhren. Sie arbeiteten nicht für eine Sache oder für politische Ziele. Sie hatten einen Ort gefunden, der von Regierungen, Medien und finanziellen Ambitionen weit entfernt war. Sie waren ursprünglich für drei Monate in den Nordosten gekommen, und obwohl es an Geräten fehlte, an Wasser und überhaupt an jeglicher Annehmlichkeit, ausgenommen gelegentlich eine Dose Kondensmilch, an der man im Auto mitten im Dschungel nuckelte, waren sie zwei oder drei Jahre geblieben, in einigen Fällen länger. Es gab keinen besseren Ort. Einmal sagte Skanda, nachdem er fast fünf Stunden am Stück operiert hatte: »Wichtig ist, daß man in einer Gegend oder in einer Situation lebt, in der man den sechsten Sinn die ganze Zeit benötigt.«

Das Zitat über Jung und Skandas Worte waren das, was Gamini mitnahm. Und der Satz über den sechsten Sinn war das Geschenk, das er ein paar Jahre später Anil machte.

Zwischen Herzschlägen

In den forensischen Labors in Arizona lernte Anil eine Frau namens Leaf kennen; sie waren Kolleginnen. Die ein paar Jahre ältere wurde ihre beste Freundin. Sie arbeiteten Seite an Seite und telefonierten ununterbrochen miteinander, wenn eine von beiden irgendwo auf Mission war. Leaf Niedecker – was *das* für ein Name sei, hatte Anil wissen wollen – führte Anil in die höhere Kunst des Bowlings mit zehn Kegeln ein, des grölenden Randalierens in Kneipen und der Privatrennen in der Wüste, bei denen man im Zickzackkurs durch die Nacht raste. »*Tenga cuidado con los armadillos, señorita.*«

Leaf war ein Filmfan und trauerte den Autokinos und ihrer Freiluftatmosphäre nach. »Die Schuhe ausgezogen, die Hemden ausgezogen und auf den Ledersitzen im Chevy lümmeln – das gab's nur einmal, das kam nicht wieder.« Und zwei-, dreimal in der Woche erschien Anil mit einem Grillhuhn in dem Haus, das Leaf gemietet hatte. Das Fernsehgerät thronte bereits nackt neben einer Yuccapalme im Hof. Sie liehen sich *Der schwarze Falke* oder irgendwelche anderen Filme von John Ford oder Fred Zinnemann aus. Sie sahen sich *Geschichte einer Nonne*, *Verdammt in alle Ewigkeit*, *Es geschah in einem Sommer* an, saßen in Leafs Liegestühlen oder schmiegten sich in der breiten Hängematte aneinander und schauten dem ruhigen, diskret sexuellen Gang Montgomery Clifts in Schwarzweiß zu.

Abende im Hof hinter Leafs Haus vor langer, langer Zeit im Westen. Die Luft um Mitternacht noch immer heiß. Sie hielten den Film an, machten eine Pause und kühlten sich unter dem Gartenschlauch ab. Es gelang ihnen, innerhalb von drei Monaten das Gesamtwerk von Angie Dickinson und

Warren Oates zu sehen. »Ich bin Asthmatikerin«, sagte Leaf. »Ich muß Cowboy werden.«

Sie teilten sich einen Joint und verloren sich in den Feinheiten von *Red River*, stellten Betrachtungen an über die merkwürdig beiläufigen Schüsse auf John Ireland vor dem Showdown zwischen Montgomery Clift und John Wayne. Sie ließen den Film zurückspulen und sahen ihn sich noch einmal an. Wayne drehte sich elegant auf der Ferse, fast ohne stehenzubleiben, um auf einen neutralen Freund zu schießen, der einen Zweikampf verhindern wollte. Sie hockten auf den Knien im verdorrten Gras vor dem Fernseher und suchten den Film Einzelbild für Einzelbild nach irgendeinem Anzeichen von Empörung ob dieser Unfairneß auf der Miene des Opfers ab. Es war keines zu sehen. Eine nebensächliche Gewalttat, einer Nebenfigur zugefügt, die den Mann das Leben gekostet haben mochte oder auch nicht, und niemand äußerte sich darüber in den verbleibenden fünf Minuten des Films. Ein typisch blutrünstiges Happy-End.

»Ich glaube nicht, daß die Kugel tödlich war.«

»Na ja, wir wissen nicht genau, wo sie ihn getroffen hat; Hawks schneidet zu früh. Der Kerl hält sich die Hand vor den Bauch und fällt um.«

»Wenn er einen Leberschuß abgekriegt hat, dann gute Nacht. Du darfst nicht vergessen, daß wir uns in Missouri Anno Tobak befinden.«

»Tja. Wie heißt er?«

»Wer?«

»Der, auf den John Wayne schießt.«

»Valance. Cherry Valance.«

»Cherry? Meinst du Jerry oder Cherry wie Cherry Brandy?«

»Cherry Valance, nicht Cherry Brandy.«

»Und er hält zu Montgomery Clift.«

»Ja, Montgomerys Freund Cherry.«

»Hmm.«

»Ich glaube nicht, daß es ein Leberschuß war. Schau dir den

Schußwinkel an. Das Projektil scheint schräg nach oben zu fliegen. Von einer Rippe abgeprallt, vermute ich, oder es hat eine Rippe gestreift.«

»Vielleicht ein Streifschuß, der irgendeine Passantin getötet hat?«

»Oder Walter Brennan ...«

»Nein, irgendein Flittchen am Straßenrand, mit dem Howard Hawks was hatte.«

»Frauen sind nachtragend. Wissen die das denn nicht? Die Mädchen aus dem Saloon werden sich an Cherry erinnern ...«

»Weißt du, Leaf, wir sollten ein Buch schreiben. *Forensiker und der Film.*«

»Die Filme aus der schwarzen Serie sind ein Problem. Die Leute haben so weite Sachen an, und es ist immer dunkel.«

»Ich nehm mir *Spartacus* vor.«

Wenn in srilankischen Kinos eine besonders spektakuläre Szene vorkam, erzählte Anil Leaf – meistens eine Musikeinlage oder eine stürmische Kampfszene –, rief das Publikum so lange: »Wiederholung!« oder: »Noch mal, noch mal!«, bis Theaterbesitzer und Vorführer nachgeben mußten. Jetzt bewegten die Filme sich in kleinerem Rahmen in Leafs Hinterhof stolpernd vor und zurück, bis beiden die Handlung klar war.

Am meisten Kopfzerbrechen bereitete ihnen *Point Blank.* Zu Beginn des Films schießt ein Verräter im verlassenen Gefängnis von Alcatraz auf Lee Marvin (der Liberty Valance gespielt hat, kein Verwandter von Cherry Valance). Der Verräter hält ihn für tot und nimmt ihm sein Mädchen und seinen Anteil an der Beute weg. Die Rache folgt auf dem Fuße. Anil und Leaf verfaßten einen Brief an den Regisseur, in dem sie ihn fragten, ob er nach all den Jahren noch wisse, an welcher Körperstelle Lee Marvin seiner Meinung nach getroffen worden war, so daß er noch in der Lage war, wiederaufzustehen, während der Titel durch das Gefängnis zu taumeln und die gefährlichen Wasser zwischen der Insel und San Francisco zu durchschwimmen.

Sie erklärten dem Regisseur, daß es einer ihrer Lieblings-
filme sei und daß sie sich nur in ihrer Eigenschaft als Forensiker erkundigten. Bei näherer Betrachtung der Szene sahen
sie, daß Lee Marvins Hand zu seiner Brust hochfuhr. »Sieh
hin, rechts tut es ihm weh. Wenn er später die Bucht durchquert, benutzt er den linken Arm.« »Mann, ein großartiger
Film. Fast keine Musik. Viel Stille.«

Gamini arbeitete während seines letzten Jahres im Nordosten im Zentralklinikum in Polonnaruwa. Dorthin wurden alle Schwerverletzten aus der östlichen Provinz von Trincomalee bis Ampara gebracht. Morde an Familienmitgliedern, Typhusausbrüche, Verletzungen durch Granaten, Mordversuche durch die eine oder andere Seite. Auf den Stationen herrschte ständig Tohuwabohu – ambulante Patienten in der Chirurgie, bettlägerige Patienten in den Fluren, Techniker aus einem Radiogeschäft, die das Elektrokardiogramm reparieren sollten.

Der einzige kühle Ort war die Blutbank, wo das Plasma aufbewahrt wurde. Der einzig stille Ort war die Rheumatologie, wo ein Mann schweigend und langsam ein riesiges Rad drehte, um seine Schultern und Arme zu kräftigen, die ein paar Monate zuvor bei einem Unfall gebrochen waren, und wo eine Frau allein dasaß, die arthritische Hand in ein Becken mit warmem Wachs getaucht. Doch in den Gängen, deren Wände feuchter Moder bedeckte, luden Männer unter Getöse große Sauerstoffzylinder ab. Sauerstoff war die Lebensessenz, die zischend in die Säuglingsstation gepumpt wurde, wo Babys in Inkubatoren versorgt wurden. Außerhalb dieses Raums voller Kleinkinder und außerhalb der Hülle des Gebäudes war das Land besetzt. Die aufständischen Guerillas überwachten nach Einbruch der Dunkelheit alle Straßen, so daß sogar die Armee sich nachts nicht hinauswagte. Auf der Kinderstation kümmerten sich Janaka und Diluni um ihre Patienten – einer hatte Herzflimmern, der andere litt unter Krämpfen –, doch bei Bombardierungen oder einem Überfall auf ein Dorf wurden auch sie Teil der »fliegenden Truppe«; sogar das Personal der Säuglingsstation beteiligte sich dann an Triage und Operationen. Man ließ einen Pfleger zum Aufpassen da.

Die Spezialisten, die in den Norden kamen, beschränkten ihre Tätigkeit fast nie auf ihr Fachgebiet. Den einen Tag in der Pädiatrie, den Rest der Woche vielleicht damit beschäftigt, einen Choleraausbruch in einem der Dörfer eindämmen zu helfen. Wenn es keine Choleramedikamente gab, taten sie, was Ärzte in einer früheren Zeit getan hatten – sie lösten einen Teelöffel Kaliumpermanganat in einem halben Liter Wasser auf und gossen die Mixtur in jeden Brunnen, jedes stehende Gewässer. Die Vergangenheit war stets nützlich. Einmal versuchte Gamini vier Tage lang, ein Kleinkind am Leben zu erhalten. Das Mädchen konnte nichts bei sich behalten, nicht die Muttermilch, nicht einmal Wasser, und es trocknete aus. Da fiel ihm etwas ein, und er besorgte sich einen Granatapfel, dessen Saft er dem Kind einflößte. Es behielt ihn im Magen. Etwas über Granatäpfel in einem Lied, das seine Ayah gesungen hatte ... Es hieß, daß jedes tamilische Heim auf der Halbinsel Jaffna drei Bäume im Garten stehen hatte: einen Mangobaum, einen Murungabaum und einen Granatapfelbaum. Murungablätter wurden in Krabbencurrys mitgekocht, um Vergiftungen zu verhindern, Granatapfelblätter wurden in Wasser eingeweicht, mit dem man Augenleiden linderte, und die Früchte wurden als Verdauungshilfe gegessen. Die Mangofrucht war zum puren Genuß da.

Gamini arbeitete mit Janaka Fonseka in der Kinderchirurgie, als sie in den Gängen das Gerücht hörten, daß ein Dorf überfallen worden sei. Vor ihm lag auf dem Operationstisch ein kleiner Junge, nackt bis auf eine weiße Unterhose und eine riesengroße Maske über dem winzigen Gesicht. Die zwei Ärzte hatten sich die ganze Woche über auf die Operation vorbereitet; keiner von ihnen hatte sie je zuvor ausgeführt, und sie hatten die Beschreibung des Vorgehens in Kirklans *Cardiac Surgery* wieder und wieder gelesen. Sie mußten die Körpertemperatur des Kindes auf fünfundzwanzig Grad Celsius abkühlen, indem sie ihm kaltes Blut zuführten, bis die Herztätigkeit aussetzte. Dann mußten sie operieren. Als sie zu schneiden begannen, strömten Verwundete in die Gänge, und um sie herum trat die fliegende Truppe in Aktion.

Gamini und Fonseka blieben bei dem Jungen und behielten nur eine Krankenschwester bei sich. Ein Herz von der Größe einer Guajave. Sie öffneten die rechte Herzkammer. Das kam einem Wunder so nahe, wie es in jenen Tagen an jenem Ort überhaupt möglich war. Sie tauschten sich hektisch untereinander aus, um sich zu vergewissern, daß sie nichts falsch machten. Sie hörten die Bahren mit Geräten oder Leichen – schwer zu sagen, welches von beiden – durch die Gänge poltern. Es hatte ein Massaker gegeben, erfuhren sie jetzt, ein dreißig Meilen entferntes Dorf war weitgehend ausgelöscht worden. Irgend jemand mußte hinfahren, um nachzusehen, ob es Überlebende gab. Das Kind vor ihnen hatte eine angeborene Anomalie, ein wunderschönes Kind, Gamini hätte am liebsten die Maske abgenommen, um das Gesicht noch einmal zu sehen. Die tiefschwarzen Augen des Knaben zu sehen, die voller Zutrauen gewesen waren, die zu ihm aufgeblickt hatten, als er die Nadel injizierte, die das Kind in unkontrollierten Schlaf versetzte.

Fallot-Tetralogie. Ein vierfacher Herzfehler, der bedeutete, daß das Kind vielleicht kaum älter als zwölf, dreizehn werden würde, wenn sie es jetzt nicht operierten. Ein wunderschönes Kind. Gamini würde es nicht im Stich lassen, es nicht in seinem Schlaf verraten. Er behielt Fonseka bei sich, ließ ihn nicht zu den anderen gehen, was Fonseka für seine Pflicht hielt. »Ich muß gehen, sie rufen dauernd nach mir.« »Ich weiß. Das hier ist nur ein Junge.« »Ach, Scheiße, das meine ich nicht.« »Du bleibst hier.«

Die Operation dauerte sechs Stunden, und Gamini blieb die ganze Zeit bei dem Jungen. Nach drei Stunden ließ er Fonseka gehen. Die Krankenschwester würde ihm helfen müssen, den Bypass aufzuheben. Er wußte, daß sie Schwesternschülerin war, die tamilische Frau eines Mitarbeiters. Sie und ihr Mann waren im Vormonat an das Lazarett gekommen. Gamini stand neben dem Jungen und erklärte, was zu tun war.

Das Kind mußte durch höher temperiertes Blut erwärmt werden, und im richtigen Augenblick mußten sie den Bypass entfernen. *Fallot-Tetralogie*. Niemand hatte die Operation je zuvor in diesem Land ausgeführt.

Und in der fünften Stunde kehrten Gamini und die Schwester den Prozeß um, den er und Fonseka eingeleitet hatten. Die junge Schwester beobachtete ihn, um zu sehen, ob sie irgend etwas falsch machte. Aber sie arbeitete völlig fehlerlos, ruhiger, wie ihm schien, als er es war. »Hier?« »Ja. Sie müssen dort einen leichten Einschnitt machen, nicht tiefer als sechs bis sieben Zentimeter. Nein, weiter links.« Sie schnitt in den Körper des Kindes. »Bleiben Sie nicht Krankenschwester. Sie haben das Zeug zu einem guten Arzt.« Sie lächelte unter dem Mundschutz.

Sobald der Junge auf der Pflegestation war, ließ Gamini ihn dort in ihrer Obhut. Niemandem außer ihr konnte er vertrauen. Er holte zwei Beeper und sagte, sie solle ihm Bescheid sagen, falls Komplikationen einträten. Er machte den OP-Tisch sauber und ging dann in den Hexenkessel der Triage. Alle bis auf ihn waren blutverschmiert.

Es dauerte noch ein paar Stunden, bis man die Krise bewältigt hatte. In der Chirurgie trugen sie weiße Gummistiefel, und alle Türen mußten geschlossen bleiben. Manchmal schlüpfte einer der Ärzte, der vor Hitze keine Luft mehr bekam, für ein paar Minuten in die kühle Blutbank, zu Plasma und Blutzellen. Gamini löste den operierenden Arzt ab. Auf fast jeder Station gab es einen kleinen Buddha mit einer schwach glimmenden Glühbirne, auch in der Chirurgie.

Alle Überlebenden waren mittlerweile hergebracht worden. Die Massaker hatten sich um zwei Uhr morgens in einem kleinen Dorf neben der Hauptstraße nach Batticaloa ereignet. Man hatte Gamini neun Monate alte Zwillinge gebracht, denen man beiden in die Handflächen und ins rechte Bein geschossen hatte – es konnte also kein Zufall sein; absichtliche Schüsse aus nächster Nähe, die Kinder dem sicheren Tod überlassen; ihre Mutter war ermordet worden. Nach zwei Wochen waren die beiden Kinder friedfertige Wesen mit strahlenden Augen. Man fragte sich: Womit hatten sie das verdient? Und dann: Wie konnten sie das überleben? Ihre Wunden, letztlich unerhebliche Wunden, konnte er nicht vergessen. Vielleicht lag es an der bewußten Bösartigkeit der Tat; er hätte es nicht sagen können. An jenem Morgen waren dreißig Menschen massakriert worden.

Lakdasa fuhr in das Dorf, um die Leichenschau vorzunehmen, denn sonst hätten die überlebenden Verwandten keine Entschädigung bekommen. Und jedermann in dieser Gegend war bettelarm. In diesen Dörfern verdiente der Vater einer siebenköpfigen Familie bei der Arbeit in einem Sägewerk hundert Rupien am Tag, was bedeutete, daß jeder von ihnen für fünf Rupien am Tag zu essen hatte. Für diesen Betrag konnte man sich ein Bonbon leisten. Wenn politische Würdenträger mit Gefolge in die Provinzen fuhren und zum Lunch und zum Tee eingeladen wurden, kostete so ein Besuch vierzigtausend Rupien.

Die Ärzte mußten mit Verletzungen aller politischen Kontrahenten fertig werden, und sie hatten nur einen einzigen Operationstisch. Wenn ein Patient heruntergehoben wurde, saugte man das Blut mit Zeitungspapier auf, wischte den Tisch mit Desinfektionsmittel ab und legte den nächsten Patienten darauf. Das Hauptproblem war der Wassermangel, und in den größeren Krankenhäusern wurden Vakzine und andere Medikamente wegen der häufigen Stromausfälle ständig weggeworfen. Die Ärzte mußten die Dörfer ausräubern, um an Zubehör zu kommen – Eimer, Seifenpulver, eine Waschmaschine. »Klammern waren für uns, was Goldschmuck für eine Frau ist.«

Ihr Krankenhaus organisierte sich wie ein mittelalterliches Dorf. Auf einer Tafel in der Küche waren die Anzahl der Brote und die Mengen an Reis verzeichnet, die man brauchte, um fünfhundert Menschen täglich zu ernähren. Das war in der Zeit, bevor die Opfer der Massaker hergebracht wurden.

Die Ärzte legten zusammen und stellten zwei Marktschreiber als Registratoren an, die neben ihnen die Stationen abschritten und die Namen und Leiden der Patienten auflisteten. Die am häufigsten auftauchenden Probleme waren Schlangenbisse, Tollwut durch Fuchs- oder Mungobisse, Nierenversagen, Enzephalitis, Diabetes, Tuberkulose und der Krieg.

Die Nacht besaß ihre eigenen Aktivitäten. Er wachte auf und war sofort mit den Geräuschen der Welt verbunden. Handgreiflichkeiten, ein rennender Mann, der etwas holte, Wasser, das in ein Gefäß gegossen wurde. In seiner Kindheit hatte Gamini sich immer vor der Nacht gefürchtet; mit weitgeöffneten Augen hatte er dagelegen, bis er einschlief, davon überzeugt, daß er und sein Bett in der Dunkelheit ihren Anker verloren hatten. Er brauchte Uhren neben sich, die laut tickten. Am liebsten wäre ihm ein Hund im Zimmer gewesen oder ein Mensch – eine Tante oder eine Ayah, die schnarchte. Jetzt, wenn er während der Nachtschichten arbeitete oder schlief, fühlte er sich inmitten all der menschlichen und tierischen Aktivität außerhalb des Lichts der Station geborgen. Nur die Vögel, die tagsüber so lärmend ihr Revier verteidigten, waren verstummt, doch gab es in Polonnaruwa einen Hahn, der von drei Uhr morgens an eine falsche Morgenröte ankündigte. Klinikangestellte hatten versucht, ihn umzubringen.

Gamini schritt das Krankenhausgrundstück von Flügel zu Flügel ab, Luft um sich herum. Nahe den Lichtpfützen hörte man im Vorbeigehen das Summen des elektrischen Stroms. Nur nachts fiel einem das auf. Man sah einen Busch und spürte, wie er wuchs. Jemand trat aus dem Gebäude und schüttete Blut in den Rinnstein und hustete. Jedermann in Polonnaruwa hatte diesen bösen Husten.

Er registrierte jeden Laut. Jeden Schritt eines Schuhs oder einer Sandale, das Quietschen der Sprungfedern, wenn er einen Patienten hochhob, das Klirren einer Ampulle. Wenn er auf einer der Stationen schlief, konnte er sich als Glied einer großen Kreatur fühlen, das durch die Geräusche mit den anderen verbunden war.

Später, wenn er im Wohngebäude des Klinikpersonals keinen Schlaf finden konnte, ging er die zweihundert Meter entlang der wegen des Ausgehverbots menschenleeren Hauptstraße zur Klinik zurück. Die Nachtschwester am Schreibtisch drehte sich um, sah seinen Gesichtsausdruck und wies ihm ein Bett zu. Innerhalb von Sekunden war er eingeschlafen.

Im Dorflazarett waren zwanzig Mütter mit ihren Kleinkindern. Die Ärzte legten Krankenakten an und untersuchten die Schwangeren auf Diabetes und Anämie. Sie unterhielten sich mit jeder einzelnen und beobachteten die Frauen, die sich in der Schlange weiterbewegten. Auf einem Behelfstisch wickelte eine Krankenschwester Vitamintabletten in Zeitungspapier ein und verteilte sie an die Mütter. Ein Dampfkochtopf diente als Sterilisator für gläserne Spritzenkolben und Nadeln.

Das Geschrei setzte ein, sobald das erste Baby gepikst wurde, und innerhalb von Sekunden plärrten fast alle Säuglinge in dem kleinen Schuppen, der als Außenlazarett diente. Nach etwa fünf Minuten beruhigten sie sich wieder; man hatte ihnen die Brust gegeben, und die Mütter strahlten ihre Babys an, und jeder bekam etwas und hatte gewonnen. Dieses Lazarett versorgte vierhundert Familien aus der Umgegend sowie dreihundert aus einem Nachbargebiet. Niemand aus dem Gesundheitsministerium hatte sich je in die Grenzdörfer verirrt.

Für alle Ärzte stellte Lakdasa die größte moralische Kraft dar, den hemdsärmeligen Mann der Gerechtigkeit. »Das Problem hier draußen ist nicht das tamilische Problem, sondern das menschliche Problem.« Er war siebenunddreißig und bereits grau. Wenn er trank, offenbarte er ein verschlungenes Muster von Gesprächsstrategien, als manövriere er sich auf wohlbekannten Routen durch einen Hafen. »Wenn ich mehr als zweiundsiebzig Millimeter trinke, beschwert sich meine Leber. Wenn ich weniger trinke, beschwert sich mein Herz.«

Lakdasa lebte hauptsächlich von Kartoffelrotis. Er rauchte Gold-Leaf-Zigaretten in seinem Jeep, in dem ein Ventilator an das Armaturenbrett geklebt war. Seinen Sarong bewahrte er im Handschuhfach auf, und er schlief, wo er gerade zu tun hatte – im Personalgebäude des Zentralklinikums, auf einem Sofa im Wohnzimmer eines Freundes. Es gab Monate, in denen er plötzlich zehn Pfund abnahm. Er war von seinem Blutdruck wie besessen und maß ihn täglich, und am Ende jeder Sitzung in der Klinik wog er sich und testete seinen Blutzucker. Er notierte die Glockenkurven und fuhr weiter wie gewohnt durch Dschungel und besetztes Land, um seine Patienten aufzusuchen. Es war egal, in welchem Zustand er sich befand, solange er wußte, in welchem Zustand er sich befand.

Samstag morgens fuhren Gamini und Lakdasa nach Polonnaruwa zurück und hörten die Übertragung der Cricketmatches. Ein langer Tag im Krankenhaus. Manchmal waren auf der Straße zehn Meter lange Getreidestreifen ausgelegt, um auf dem Asphalt zu trocknen, gerade so breit, daß ein Wagen über sie hinwegfahren konnte, ohne die Körner mit den Reifen zu berühren. Ein Mann mit einem Besen stand daneben, um die Autofahrer darauf aufmerksam zu machen und um das Getreide wieder in die Straßenmitte zu kehren, wenn sie nicht aufpaßten.

In der Kantine des Zentralklinikums – Gamini hatte eine halbe Stunde Pause – setzte sich eine Frau zu ihm an den Tisch und trank ihren Tee, aß einen Keks mit ihm. Es war etwa vier Uhr morgens, und er kannte sie nicht. Er nickte ihr nur zu; er war mit seinen eigenen Gedanken beschäftigt und zu müde, um zu sprechen.

»Ich habe Ihnen vor ein paar Monaten bei einer Operation geholfen. In der Nacht des Massakers.« Seine Gedanken drehten sich ein Jahrhundert zurück.

»Ich dachte, Sie wären versetzt worden.«

»Ja, das stimmt, aber danach bin ich wieder hergekommen.«
Er hatte sie überhaupt nicht wiedererkannt. Als er die entscheidenden langen Stunden über dem Jungen mit ihr verbracht hatte, war ihr Gesicht hinter dem Mundschutz verborgen gewesen. Und vorher, als ihr Gesicht unverhüllt gewesen war, hatte er sie wahrscheinlich nur flüchtig angeblickt. Ihre Kameradschaft war weitgehend anonym gewesen.

»Sie sind mit jemand von hier verheiratet, nicht wahr?« Sie nickte. An ihrem Handgelenk war eine Narbe. Sie mußte neu sein; während der Operation wäre ihm so etwas aufgefallen.

Er warf einen Blick auf ihr Gesicht. »Es ist schön, Sie zu sehen.«

»Ja. Für mich auch«, sagte sie.

»Wo waren Sie?«

»Er« – sie hustete –, »er wurde nach Kurunegala versetzt.«

Gamini beobachtete sie unverwandt, beobachtete, wie sie ihre Worte wählte. Ihr Gesicht war jung und schmal und dunkel, ihre Augen strahlten wie am hellen Tag.

»Ich bin Ihnen auf den Stationen oft begegnet!«

»Es tut mir leid.«

»Nein, nein. Ich weiß, daß Sie mich nicht erkennen konnten. Wie sollten Sie auch.« Schweigen. Sie fuhr sich mit der Hand durchs Haar und schwieg lange.

»Ich habe den Jungen gesehen.«

»Den Jungen?«

Sie blickte nach unten, lächelte jetzt in sich hinein. »Den Jungen, den wir operiert haben. Ich habe ihn besucht. Sie ... sie haben ihm einen neuen Namen gegeben, Gamini. Die Eltern. Nach Ihnen. Es war nicht leicht, der ganze bürokratische Kram, den sie auf sich nehmen mußten.«

»Gut. Dann habe ich also einen Erben.«

»Ja, das haben Sie ... Ich mache eine Zusatzausbildung auf der Kinderstation.« Sie war im Begriff weiterzusprechen und hielt dann inne.

Er nickte; plötzlich überkam ihn wieder die Müdigkeit. Was er sich in seinem Leben wünschte, kam ihm auf einmal wie etwas unermeßlich Großes vor. Was er sich wünschte, betraf das Leben anderer, bedeutete Jahre der Anstrengung. Chaos. Unfaireß. Lügen.

Sie sah in ihre Tasse und trank ihren Tee aus.

»Es war schön, Sie wiederzusehen.«

»Ja.«

Gamini sah sich selbst fast nie vom Blickwinkel eines Fremden aus. Obwohl die meisten wußten, wer er war, hatte er das Gefühl, für die Leute, mit denen er zu tun hatte, unsichtbar zu sein. Und deshalb trat jetzt die Frau an seine Seite und spazierte im fast leeren Haus seines Herzens umher. Wie in der Nacht der Operation wurde sie nun zur einzigen Gefährtin seiner Gedanken, seiner Arbeit. Wenn er später die Hände eines Patienten umdrehte, dachte er an die Narbe an ihrem Handgelenk, daran, wie ihre Finger durch ihr Haar geglitten waren, und an das, was er ihr gerne offenbart hätte. Doch es war sein eigenes Herz, das nicht fähig war, in die Welt hinauszugehen.

Vor der abendlichen Sechs-Uhr-Visite auf den Stationen gibt es eine Pause. Gamini holt den Dienstplan aus dem Regal. Seit die Schreiber als Registratoren arbeiten, haben sich die Eintragungen sehr verbessert, sind in lesbarer kleiner Schrift geschrieben, und Sonntage und Monate sind mit grüner Tinte unterstrichen. Er kann sich an das Datum nicht mehr erinnern und sucht deshalb nach einer Stelle mit vielen Eintragungen, wie es bei den Massakern der Fall gewesen sein muß. Dann geht er die Liste der Pfleger und Schwestern durch.

Prethiko
Seela
Raduka
Buddhika
Kaashdya

Er fährt mit den Fingern die Zeilen entlang, um die Dienste nachzusehen, und entdeckt ihren Namen.

Er geht fast eine Meile in seinem einzigen guten Jackett zu der Veranstaltung. Das Rasthaus serviert den üblichen Fraß in dem verglasten Speisesaal, der auf das Wasser hinausragt. Die Kinder warten mit unangezündeten Wunderkerzen, völlig aus dem Häuschen, wie bei jeder zeremoniellen Handlung. Kuchen in der einen Hand, Wunderkerze in der anderen. Lakdasa ist für das Feuerwerk zuständig und sortiert auf dem Floß seine Feuerräder und Leuchtraketen. Gamini hat sie von weitem erblickt. Er ist ihr seit der Tasse Tee, die sie vor zwei Wochen miteinander getrunken haben, nicht wieder begegnet.

Als sie später vor ihm steht, sieht er die kleinen roten Ohrringe, die sich von ihrer dunklen Haut abheben. Sie haben ihrer Großmutter gehört, und ihre kurzgeschnittene Jungenfrisur erlaubt es ihm, die Ohrringe deutlich zu erkennen, die roten Steine auf den Ohrläppchen, winzig wie Marienkäfer. »Wenn ich sie nicht trage, vergrabe ich sie«, sagt sie. Sie schlendern vom Rasthaus fort, zu den Ruinen. Ein Schild besagt: BITTE NICHT EINTRETEN UND NICHT DIE FÜSSE AN DAS BILDNIS LEGEN UND NICHT FOTOGRAFIEREN.

Hinter ihr sind alte Farbpartikel, die weißrot gemusterten Randlinien auf dem bemalten Stein, die er selbst im Mondlicht erkennen kann. Von der Erhebung aus sehen sie zu, wie das Feuerwerk entzündet wird. Einige der bombastischen Explosionen verpuffen, stürzen zu früh ins Wasser oder schlittern gefährlich wie brennende Wurfgeschosse auf das Rasthaus zu.

Er dreht sich zu ihr um. Sie trägt sein Jackett über ihrem zerknitterten Hemd.

Und sie begreift, daß dieser distanzierte Mann von großem emotionalen Ernst ist. Sie muß sich rückwärts aus dem Irrgarten tasten, in den sie ahnungslos geraten sind. Er ist es zufrieden, neben ihr zu sein, neben der Schönheit dieses Ohrs und des Ohrrings, und dann vergleicht er es mit der anderen

Seite ihres Gesichts, und der Mond ist über ihnen und gleichzeitig im Wasser, und das Wasser enthält die Nachtlilien und
ihr Spiegelbild. Falsche und wirkliche Alternativen ringsum.

Sie ergreift seine Hand und hält sie an ihre Stirn. »Spür nur.
Spürst du es?« »Ja.« »Das ist mein Gehirn. Ich bin nicht so betrunken wie du, also bin ich schlauer als du. Aber selbst wenn
du nicht betrunken wärst, wäre mir dies hier klarer als dir.
Wenigstens ein bißchen.« Dann ein Lächeln, für das er ihr
alles vergeben wird, was sie je sagen wird.

Sie spricht zu ihm, deutlicher, als die Narbe an ihrem
Handgelenk vermuten ließe; ihr Hemd bauscht sich am Hals-
ausschnitt.

»In manchen Momenten siehst du aus wie die Frau meines
Bruders.« Er lacht.

»Dann wirst du der Bruder meines Mannes sein. So werde
ich dich behandeln. Das ist auch Liebe.«

Er lehnt sich an den steinernen Pavillon, diesen kosmischen
Berg von wem auch immer, und sie kommt näher, zu ihm, wie
er glaubt, aber sie gibt ihm nur sein schwarzes Jackett zurück.

Er weiß noch, daß er später an jenem Abend schwimmen
gegangen ist, nackt in das dunkle Wasser stieg und auf das verlassene Feuerwerksfloß kletterte. Er sieht vereinzelte Silhou-
etten im verglasten Raum über dem Wasser. Vor Jahren, als sie
jung war, ist die Königin von England in dieses Rasthaus gekommen. Er sitzt dort draußen und vertreibt aus seinem
Kopf das Bild, wie sie mit einer beinahe unmerklichen Höflichkeitsbezeigung in der Menge verschwunden ist. Wie sie …

Ein Jahr darauf wird er nach Colombo zurückkehren und
seine künftige Ehefrau kennenlernen. *Gamini?* wird eine
Frau namens Chrishanti fragen, die auf ihn zugeht. *Chrishanti.* Er war mit ihrem Bruder zusammen auf der Schule. Es
ist wieder ein Kostümball. Keiner der beiden ist kostümiert,
aber beide hat die Vergangenheit verkleidet.

*E*inige Zugpassagiere hockten in den Gängen mit einge-
wickelten Bündeln und zahmen Vögeln.

Mich hätte sie lieben sollen, sagte Gamini.

Anil, die neben ihm saß, erwartete eine Beichte. Der lau-
nenhafte Doktor, der sein Herz öffnen wollte. Diese Verfüh-
rungsmethode also. Doch die restliche Fahrt über – die Fahrt
zur ayurvedischen Klinik, die er ihr zeigen wollte –, bediente
er sich mit keinem Wort, keiner Geste irgendwelcher Ver-
führungsstrategien. Da war nur sein langsames Murmeln,
während der Zug sich blindlings in dunkle Tunnels stürzte
und er statt seiner Hände sein Spiegelbild im Fenster an-
schaute. So erzählte er es ihr, den Blick nach unten oder weg
von ihr gerichtet, und sie sah ihn nur im zitternden Spiegelbild, das verschwand, wenn sie wieder ins Helle fuhren.

Ich habe sie oft gesehen. Öfter, als die meisten wußten.
Mit ihrer Arbeit beim Radio und meinen ungewöhnlichen
Arbeitszeiten war das nicht schwer. Und wir waren »Verwandte« ... Ich habe ihr nicht den Hof gemacht. Das klingt,
als würden zwei Leute miteinander tanzen. Nun ja, einen Tanz
gab es wohl, bei meiner Hochzeit. »The Air That I Breathe«.
Erinnern Sie sich an das Lied? Ein romantischer Augenblick.
Schließlich war es eine Hochzeit, man durfte sich küssen. Ich
heiratete. Sie war schon verheiratet. Aber mich hätte sie lieben
sollen. Damals war ich schon auf Speed, wenn ich mich mit
ihr traf.

Von wem sprechen Sie, Gamini?

Ich bin immer wach. Ich mache meine Arbeit gut. Und als
sie in das Dean Street Hospital gebracht wurde, hatte ich gerade Dienst. Sie hatte Lauge geschluckt. Selbstmörder entscheiden sich für diese Todesart, weil sie am qualvollsten ist

und sie deshalb vielleicht doch davor zurückschrecken. Erst wird der Hals verätzt, dann die inneren Organe. Sie war bewußtlos, und auch als sie aufwachte, wußte sie nicht, wo sie war. Zusammen mit zwei Schwestern fuhr ich sie in die Notaufnahme.

Mit einer Hand gab ich ihr Schmerzmittel und mit der anderen verabreichte ich ihr Ammoniak, um sie wach zu halten. Ich mußte zu ihr vordringen. Ich wollte nicht, daß sie in dieser letzten Phase dachte, sie sei allein. Ich vergiftete sie mit Schmerzmitteln, aber ich wollte verhindern, daß sie einschlief. Es war selbstsüchtig von mir. Ich hätte sie einfach betäuben sollen, einschlafen lassen sollen. Aber ich wollte, daß meine Anwesenheit sie tröstete. Daß ich bei ihr war, nicht er, nicht ihr Mann.

Ich hielt ihr die Lider mit den Daumen offen. Ich schüttelte sie, bis sie mich erkannte. Es interessierte sie nicht. Ich bin hier. Ich liebe dich, sagte ich. Sie schloß die Augen – wie angewidert, kam es mir vor. Dann hatte sie wieder Schmerzen.

Mehr kann ich dir nicht geben, sagte ich, sonst verliere ich dich ganz. Sie hob die Hand und fuhr sich damit über die Kehle.

Der Zug wurde von der Dunkelheit verschlungen, und sie bewegten sich darin, erschauerten im Dunkeln.

Wer war sie, Gamini? Sie konnte ihn nicht sehen. Sie berührte seine Schulter und spürte, daß er sich zu ihr umdrehte. Er näherte sein Gesicht dem ihren. Trotz des unregelmäßigen trüben Lichtflackerns konnte sie nichts sehen.

Was nützt Ihnen ein Name? Aber es war keine Frage. Er spie es aus.

Der Zug tauchte für ein paar Sekunden ins Tageslicht, bevor er in die Dunkelheit des nächsten Tunnels glitt.

Auf allen Stationen herrschte in jener Nacht Hochbetrieb, fuhr er fort. Opfer von Schießereien, Operationskandidaten. In Kriegen kommt es immer zu zahlreichen Selbstmorden. Zuerst findet man das eigenartig, aber mit der Zeit begreift man es. Und sie, glaube ich, hat es einfach nicht ausgehalten.

Die Schwestern ließen mich mit ihr allein, aber dann mußte ich auf die Triagestation. Sie schlief, mit Morphium vollgepumpt. Im Flur lief mir ein Junge über den Weg, dem ich auftrug, auf sie aufzupassen. Sobald sie aufwachte, sollte er mich in Flügel D holen. Es war drei Uhr morgens. Ich wollte nicht, daß er einschlief, und gab ihm ein halbes Benzedrin. Später kam er und sagte, sie sei wach. Aber retten konnte ich sie nicht.

Ein Zugfenster stand offen, und das stählerne Rasseln wurde lauter. Sie spürte den Luftzug.

Was nützt Ihnen ihr Name? Wollen Sie es meinem Bruder erzählen?

Jemand trat ihr gegen den Knöchel, und sie hielt den Atem an.

Als Leaf Arizona verließ, hörte Anil mehr als sechs Monate lang nichts von ihr. Obwohl sie beim Abschied hoch und heilig versprochen hatte zu schreiben. Leaf, ihre engste Freundin. Einmal erhielt sie eine Postkarte, auf der eine Edelstahlstange abgebildet war. Quemado, New Mexico, schien der Poststempel zu lauten, aber es war keine Adresse angegeben. Anil nahm an, daß Leaf sie zugunsten eines neuen Lebens und neuer Freunde aufgegeben hatte. *Achten Sie auf die Armadillos, Señorita!* Dennoch behielt Anil ein Foto auf dem Kühlschrank, auf dem sie bei einer Party miteinander tanzten, sie und diese Frau, die ihr Echo gewesen war, mit ihr im Hof Filme angeschaut hatte. Sie hatten zu zweit in der Hängematte geschaukelt, warmen Rhabarberkuchen vertilgt, waren um drei Uhr morgens aufgewacht, in die Arme der anderen verschlungen, und dann war Anil durch die leeren Straßen nach Hause gefahren.

Die nächste Postkarte zeigte eine Parabolantenne. Abermals weder Botschaft noch Adresse. Anil war verärgert und warf die Postkarte weg. Ein paar Monate später, als sie in Europa arbeitete, erhielt sie den Anruf. Sie hatte keine Ahnung, wie Leaf ihren Aufenthaltsort herausgefunden hatte.

»Das ist ein illegaler Anruf, nenne mich also nicht beim Namen. Ich zapfe eine fremde Telefonleitung an.«

(Als Teenager hatte Leaf Ferngespräche auf Kosten von Sammy Davis, Jr. geführt, an dessen Telefonnummer sie gelangt war.)

»O Angie, wo steckst du nur! Du wolltest mir doch schreiben!«

»Es tut mir leid. Wann hast du Urlaub?«

»Im Januar. Zwei Monate. Danach gehe ich vielleicht nach Sri Lanka.«

»Wenn ich dir ein Ticket schicke, besuchst du mich dann? Ich bin in New Mexico.«

»Ja, natürlich ...«

So kam Anil nach Amerika zurück. Und sie saß mit Leaf in einem Doughnut-Imbiß in Socorro, New Mexico, eine halbe Meile vom Very Large Array entfernt, dem Radioteleskop, das jede Minute Informationen aus dem All auffängt. Informationen über den Stand der Dinge vor zehn Milliarden Jahren und in ähnlich großer Ferne. Siebenundzwanzig Parabolantennen, die Datenmaterial aus dem Universum über der Wüste sondern. Hier, an diesem Ort, legten sie einander Rechenschaft ab über die Wahrheit in ihrem Leben.

Leaf hatte anfangs behauptet, wegen ihres schweren Asthmas sei sie für ein Jahr in die Wüste gezogen und aus Anils Leben verschwunden. Sie war mit Earthworks in Berührung gekommen und wohnte bei dem Konzeptkunstwerk *The Lightning Fields* in der Nähe von Corrales. 1977 hatte Walter de Maria vierhundert Edelstahlstangen auf einem Hochplateau in der Wüste in einer Meile Länge hintereinander aufgestellt. Leaf hatte es übernommen, sich um das Wärterhäuschen zu kümmern. Starke Winde bliesen von der Wüste her, und sie erlebte Gewitter mit, denn im Sommer zogen die Stangen Blitze an. Sie stand dazwischen, im elektrischen Spannungsfeld, inmitten des Donners. Sie hatte einfach ein Cowboy sein wollen. Sie liebte den Südwesten.

Jetzt hatte Leaf sich mit Anil nahe dem Very Large Array verabredet. Sie lebte neben diesen Empfängern der gewaltigen Himmelsgeschichte. Wer war dort draußen? Aus welcher Entfernung kam das Signal? Wer starb unvertäut?

Nun, es stellte sich heraus, daß es Leaf war.

Sie saßen einander gegenüber, wenn sie täglich im Pequod aßen. Anil hatte das Gefühl, daß die riesigen Teleskope in der weiten Wüste Leafs geliebten Autokinos nicht unähnlich waren. Sie redeten und hörten einander zu. Leaf liebte Anil.

Und sie wußte, daß Anil sie liebte. Schwestern. Aber Leaf war krank. Und es würde schlimmer werden.

»Was soll das heißen?«

»Es ist ... ich vergesse Sachen. Ich kann meine eigene Diagnose stellen. Ich habe Alzheimer. Ich weiß, daß ich zu jung dafür bin, aber als Kind hatte ich eine Gehirnentzündung.«

In Arizona war ihre Erkrankung niemandem aufgefallen. Schwestern. Und sie war weggegangen, ohne Anil den wahren Grund zu sagen. Mit aller Energie, die sie noch aufbringen konnte, hatte sie sich in die Wüstenlandschaft New Mexicos aufgemacht. Asthma, hatte sie gesagt. Sie begann ihr Gedächtnis zu verlieren und kämpfte um ihr Leben.

Sie saßen im Pequod in Socorro und unterhielten sich flüsternd bis in die Nachmittage hinein.

»Leaf, paß auf. Weißt du noch, wer auf Cherry Valance geschossen hat?«

»Was?«

Anil wiederholte langsam ihre Frage.

»Cherry Valance«, sagte Leaf, »ich ...«

»John Wayne hat auf ihn geschossen. Erinnerst du dich?«

»Wußte ich das mal?«

»Weißt du, wer John Wayne ist?«

»Nein, mein Schatz.«

Mein Schatz!

»Meinst du, sie können uns hören?« fragte Leaf. »Das riesengroße stählerne Ohr in der Wüste. Belauscht es auch uns? Ich bin nur ein Detail aus der Nebenhandlung, stimmt's?«

Dann kehrte ein Erinnerungsfragment zurück, und sie sagte die schrecklichen Worte: »Hast du nicht immer gesagt, daß Cherry Valance sterben würde?«

»Und sie?« hatte Sarath gefragt, als Anil ihm von ihrer Freundin Leaf erzählte.

»Nein. Sie hat mich in der Nacht angerufen, als ich das Fieber hatte, als wir im Süden waren. Wir telefonierten immer miteinander und redeten bis zum Umfallen, tauschten unsere Geschichten aus, lachten und weinten. Nein. Ihre Schwester kümmert sich um sie, nicht weit weg von den Teleskopen in New Mexico.«

Lieber John Boorman,

Ihre Adresse ist mir nicht bekannt, aber Mr. Walter Donahue von Faber & Faber war bereit, Ihnen dieses Schreiben zu übermitteln. Es geht mir und meiner Kollegin Leaf Niedecker um eine Szene in einem Ihrer frühen Filme, Point Blank.

Zu Beginn des Films, eigentlich im Vorspann, wird auf Lee Marvin geschossen, aus einer Entfernung, die nicht mehr als eineinhalb Meter zu betragen scheint. Er fällt in eine Gefängniszelle zurück, und man könnte meinen, er wäre tot. Aber dann kommt er wieder zu Bewußtsein und schwimmt durch die Soundso-Meerenge nach San Francisco.

Wir sind Forensikerinnen und haben uns gefragt, an welcher Stelle seines Körpers Mr. Marvin getroffen worden sein könnte. Meine Freundin hält es für einen Rippenstreifschuß, der neben der Rippenverletzung nur eine kleine Fleischwunde verursacht hat. Ich habe den Eindruck, daß es eine gravierende Verwundung war. Ich weiß, daß es lange her ist, aber vielleicht können Sie sich doch noch erinnern und uns Angaben zu Einschuß- und Austrittswunde machen und sich daran erinnern, was Sie sich mit Mr. Marvin zusammen dazu überlegt hatten, wie er auf den Schuß reagieren und wie er sich später im Film bewegen sollte, wenn Zeit vergangen ist und die Figur, die er darstellt, genesen ist.

Mit besten Grüßen,

Anil Tissera

Ein Gespräch in einer Regennacht im *walawwa*.

»Du bist gern undurchschaubar, Sarath, sogar für dich selbst.«

»Ich glaube nicht, daß Klarheit unbedingt mit Wahrheit gleichzusetzen ist. Eher mit Einfachheit, oder?«

»Ich muß wissen, was du denkst. Ich muß Dinge aufbrechen, um herauszubekommen, woher jemand stammt. Das ist auch eine Bejahung der Komplexität. Im Freien verlieren Geheimnisse ihre Macht.«

»Politische Geheimnisse nicht, in keiner Form«, sagte er.

»Aber den Druck, die Gefahr, die von ihnen ausgehen, kann man in Luft auflösen. Du bist doch Archäologe. Die Wahrheit kommt irgendwann ans Licht. Sie steckt in den Knochen und in den Ablagerungen.«

»Sie steckt im Charakter, in Nuancen und Stimmungen.«

»Das treibt uns im Leben an; das ist nicht die Wahrheit.«

»Für die Lebenden ist es die Wahrheit«, sagte er leise.

»Wie bist du in dieses Metier geraten?«

»Ich liebe die Geschichte, die Vertrautheit, die das Erkunden all dieser Landschaften erzeugt. Als würde man einen Traum erkunden. Jemand schiebt einen Stein beiseite, und schon ist eine Geschichte da.«

»Ein Geheimnis.«

»Ja, ein Geheimnis ... Ich wurde zum Studium nach China geschickt. Dort war ich ein Jahr lang. Alles, was ich von China zu sehen bekam, war ein Gebiet von der Größe einer Viehweide. Ich war nirgendwo anders. Dort hielt ich mich auf, und dort arbeitete ich. Dorfbewohner hatten einen Hügel von Unkraut befreit und waren auf Erde gestoßen, die sich farblich von der übrigen Erde unterschied. Nicht gerade weltbewegend, sollte man meinen, aber die Archäologen kamen scharenweise. Unter der andersfarbigen grauen Erde fand man Steinplatten, unter den Steinplatten fand man Holzbalken – riesige Balken, zurechtgeschnitten und entrindet und zusammengefügt wie zu einem großen Fußboden in einer Banketthalle. Nur daß es sich um eine *Decke* handelte.

Es war also, wie ich schon sagte, wie eine Aufgabe im Traum, wo man immer tiefer und weiter geht. Mit Kränen wurden die Balken herausgehoben, und darunter entdeckte man Wasser – ein Wassergrab. Drei riesengroße Becken. Im Wasser schwamm der Lacksarg eines Herrschers aus alter Zeit. Und ebenfalls im Wasser waren Särge mit den Leichen von zwanzig Musikantinnen samt ihren Instrumenten. Sie sollten ihn begleiten, verstehst du. Mit Zithern, Flöten, Panflöten, Trommeln, Maultrommeln aus Flaschenkürbissen und vor allem Glocken. Sie sollten ihn zu seinen Ahnen geleiten. Als die Skelette aus den Särgen geholt und ausgelegt wurden, konnte man an den Knochen keine einzige Stelle entdecken, die die Todesart verraten hätte, nichts war gebrochen.«

»Dann wurden sie erdrosselt«, sagte Anil.

»Ja. Das hat man uns gesagt.«

»Oder erstickt. Oder vergiftet. Wenn ihr die Knochen untersucht hättet, hättet ihr die Wahrheit vielleicht erfahren. Ich weiß nicht, ob das Vergiften damals in China üblich war. Welche Zeit war es?«

»Fünftes Jahrhundert vor Christus.«

»Ja, die hatten Gift.«

»Wir haben die Lacksärge mit Polymer getränkt, damit sie nicht zerfielen. Der Lack bestand aus Sumachsaft, angereichert mit Farbpigmenten. Hunderte von Schichten. Und dann entdeckte man die Musikinstrumente.

Inzwischen waren auch Historiker erschienen. Taoistische und konfuzianische Gelehrte, glockenspielkundige Musikwissenschaftler. Vierundsechzig Glocken haben wir aus dem Wasser geholt. Bis dahin hatte man noch nie Musikinstrumente aus dieser Zeit gefunden, obwohl bekannt war, daß die Musik die bedeutendste Aktivität und *Idee* dieser Zivilisation ausgemacht hatte. Folglich wurde man nicht mit seinem Reichtum bestattet, sondern mit Musik als Grabbeigabe. Die großen Glocken, die wir aus dem Wasser holten, waren mit höchster Kunstfertigkeit hergestellt. Offenbar besaß jede Landesregion ihre eigenen Techniken der Glockenherstellung. In diesen Gegenden hatte es im wahrsten Sinn des Wortes Musikkriege gegeben ...

Nichts war der Musik an Bedeutung ebenbürtig. Sie diente nicht zur Unterhaltung, sondern war eine Verbindung zu den Ahnen, die für unser Dasein verantwortlich waren, sie war eine moralische und geistige Kraft. Das Erlebnis, Barrieren aus Stein, Holz und Wasser zu durchbrechen, um ein begrabenes Frauenorchester zu entdecken, hatte eine vergleichbare mystische Logik, verstehst du? Du mußt verstehen, daß sie irgendwie mit diesem Tod einverstanden waren. So ähnlich, wie man heutigen Terroristen einreden kann, daß sie unsterblich werden, wenn sie für die Sache ihres Anführers in den Tod gehen.

Gegen Ende meines Aufenthalts gab es eine Veranstaltung, wo alle, die mit diesem Grabhügel zu tun gehabt hatten, kamen, um die Glocken zu hören. Es war am Abend, und als wir zuhörten, konnten wir konkret spüren, wie sie sich in die Dunkelheit emporschwangen. Jede Glocke hatte zwei Töne, die für die zwei Seiten des Geistes stehen und die entgegengesetzten Kräfte im Gleichgewicht halten. Vielleicht haben diese Glocken mich zum Archäologen werden lassen.«

»Zwanzig ermordete Frauen.«

»Es war eine andere Welt mit ihrem eigenen Wertesystem, die sich uns offenbarte.«

»Liebe mich, liebe mein Orchester. Man kann es *doch* mitnehmen! Diese Art von Wahnsinn ist der Struktur jeder Zivilisation eingeschrieben, nicht bloß den Gesellschaften des Altertums. Ihr Kerle seid sentimental. Tod *und* Ruhm. Ich kenne jemanden, der sich wegen meines Lachens in mich verliebt hat. Wir kannten uns nicht, hatten uns nicht mal im gleichen Raum aufgehalten; er hatte mich auf einem Tonband gehört.»

»Und?«

»Oh, er hat mich angeschmachtet wie ein verheirateter Mann, bis ich mich in ihn verliebt habe. Du kennst das Szenario. Wie kluge Frauen verdummen, alles vergessen, was sie nicht vergessen dürften. Am Ende gab es für mich nicht mehr viel zu lachen. Kein Glockenläuten.«

»Meinst du, er hat sich in dich verliebt, bevor er dich kennengelernt hat?«

»Tja, das ist eine interessante Frage. Vielleicht hatte er sich an meine Stimme gewöhnt. Offenbar hat er sich das Tonband mehrmals angehört. Er war Schriftsteller. Schriftsteller. Die haben genug Zeit, um in Schwierigkeiten zu geraten. Ich leitete eine Diskussion bei einer Tagung, die einer meiner Lehrer veranstaltete, Larry Angel. Ein reizender, witziger Mann; es gab eine Menge zu lachen über die Art, wie er mit seinem nichtlinearen Verstand dachte und Verbindungen herstellte. Wir saßen auf dem Podium an einem Tisch, und ich stellte ihn vor, und wahrscheinlich war mein Mikrofon eingeschaltet, und ich kicherte, während er seinen Vortrag hielt. Zu dem alten Knaben hatte ich immer eine gute Beziehung. Ein bißchen wie zu einem Lieblingsonkel, leicht sexuell gefärbt, aber eindeutig platonisch.

Vermutlich hatte mein späterer Freund, der Schriftsteller, ebenfalls einen nichtlinearen Geist, so daß er die Witze mitbekam. Er hatte sich das Band kommen lassen, weil er sich für die Erforschung von Hügelgräbern oder Ähnliches interessierte, ein eher ernstes Thema, und er brauchte Informationen und Einzelheiten. So haben wir uns kennengelernt. Indirekt. Nicht gerade eine Sternstunde der Menschheit ... Die drei Jahre unserer Beziehung waren ein einziger Drahtseilakt.«

Ihr erstes gemeinsames Abenteuer: Anil fuhr mit ihrem unge-
waschenen weißen Wagen, der nach Moder roch, zu einem
srilankischen Restaurant. Es war ein paar Monate nachdem
Cullis sie auf dem Tonband gehört hatte. Sie fuhren durch das
frühabendliche Verkehrsgewühl.

»Und – bist du berühmt?«

»Nein.« Er lachte.

»Ein bißchen?«

»Es gibt wahrscheinlich an die siebzig Menschen, die nicht
mit mir verwandt oder befreundet sind und meinen Namen
kennen.«

»Auch hier?«

»Wenig wahrscheinlich. Aber wer weiß. Wo sind wir, in
Muswell Hill?«

»Archway.«

Sie kurbelte das Fenster herunter und rief: »*Hallo, Leute,
aufgepaßt* – ich habe den Wissenschaftsautor Cullis Wright
bei mir im Wagen! Oder heißt du Cullis Wrong? Ja, wirklich!
Er ist heute bei mir im Wagen!«

»Vielen Dank.«

Sie kurbelte das Fenster hoch. »Morgen können wir in den
Boulevardblättern nachschauen, ob dein Inkognito gelüftet
ist.« Sie kurbelte es wieder herunter, und diesmal hupte sie,
um auf sich aufmerksam zu machen. Sie steckten sowieso im
Stau fest. Aus der Entfernung konnte es aussehen, als stritten
sie. Eine wütende Frau, die halb aus dem Wagen hing und auf
jemanden im Wageninneren deutete im Versuch, Passanten
auf ihre Seite zu ziehen.

Er lehnte sich zurück in den Beifahrersitz und betrachtete
das Schauspiel ihrer ungebärdigen Energie, die Ungezwun-
genheit, mit der sie sich den Rock zu den Knien hochstreifte
und ein zweites Mal aus dem Wagen sprang, nachdem sie die
Handbremse scharf angezogen hatte. Jetzt winkte sie mit beiden Armen und trommelte auf das schmutzige Verdeck.

Ähnliche Momente würde er sich später ins Gedächtnis rufen – Momente, in denen sie versucht hatte, ihn seiner

Vorsicht zu entkleiden, seinen besorgten Blick zu lösen. Sie brachte ihn dazu, auf einer dunklen Straße in Europa zu der Musik aus einem kleinen Kassettenrecorder zu tanzen, den sie ihm ans Ohr hielt. »Brazil«. *Erinnere dich an dieses Lied.* Er sang die Worte mit ihr zusammen auf der Straße in Paris, während ihre Füße über den gemalten Umriß eines Hundes tanzten.

Er saß an den Sitz gepreßt da, mitten im Verkehrsgewühl, und betrachtete ihren Oberkörper, während sie schrie und auf das Verdeck schlug. Er hatte das Gefühl, als wäre er in Eis oder Stahl eingeschlossen, und sie schlüge gegen die Oberfläche, um zu ihm zu gelangen, um ihn herauszuholen. Der energische Schwung ihrer Kleider, das übermütige Grinsen, als sie wieder einstieg und ihn küßte – sie hätte ihn aus dem Panzer befreien können. Aber er war verheiratet und hatte sein Herz schon verpfändet.

Am Ende verließ sie ihn im Una-Palma-Motel von Borrego Springs. Ließ nichts von sich zurück, woran er sich hätte klammern können. Nur das Blut, das so schwarz war wie ihr Haar, das Zimmer, das so düster war wie ihre Haut.

Er lag im dunklen Zimmer und sah zu, wie die unwillkürliche Bewegung seines Armmuskels das Messer zucken ließ. Wie ein Boot ohne Ruder driftete er in einen Halbschlaf. Die ganze Nacht konnte er das schwache Surren der Hoteluhr hören. Er fürchtete, das Pochen in seinem Blut könne versiegen, der Lärm auf dem Autoverdeck, als sie ihn zu erreichen versuchte, könne aufhören. Hin und wieder leise Lastwagengeräusche, zitterndes Scheinwerferlicht. Er wehrte sich gegen den Schlaf. Normalerweise liebte er das Eindämmern. Wenn er schrieb, glitt er in die Seite wie in Wasser, in dem er sich tummelte. Der Schriftsteller war ein Tümmler. (Würde er sich daran erinnern?) Wenn nicht das, dann ein Kesselflicker, der sich mit Hunderten Töpfen und Pfannen und Linoleumflicken und Drahtenden und Falkenhauben und Bleistiften abmühte ... jahrelang schleppte man sie mit sich herum und paßte sie allmählich in ein kleines, bescheidenes Buch ein. Die Kunst des Packens. Und wieder war er unterwegs und durchstreifte die nassen Gefilde. Wie man ein Buch macht, Anil. Du wolltest wissen: *Wie*, du wolltest wissen: *Was brauchst du am dringendsten?* Anil, ich sage dir ...

Doch sie saß im Nachtbus, der aus dem Tal in die Berge fuhr, ihren warmen grauen Umhang, halb Cape, halb Poncho, eng um sich geschlungen. Ihre Augen waren dicht an der Fensterscheibe, nahmen für Sekunden Bäume im Scheinwerferlicht wahr. Oh, diese Anil kannte er, die sich nach einem Streit wieder sammelte. Aber dieses Mal war das endgültig letzte Mal. Keine neuen Versuche. Sie wußte es, und er wußte es. Ihr gemeinsames Leben, das ritualisierte Kräftemessen, die halbherzigen Trennungen, die schlimmsten und die besten Momente, alle Erinnerung daran abgewogen wie auf einem hellbeleuchteten Seziertisch in Oklahoma, während der Bus sich seinen Weg in den Nebel bahnte, an den kleinen Bergstädten vorbei.

Anil kroch in sich zusammen, als es kälter wurde. Dennoch zuckte sie mit keiner Wimper, wollte sie keine Regung in dieser letzten Nacht mit ihm verpassen. Sie war entschlossen, festzuhalten, was sie einander angetan hatten, was sie aneinander versäumt hatten. Dessen wollte sie sich vergewissern, wohl wissend, daß es später andere Versionen ihrer verhängnisvollen Liebesgeschichte geben würde.

Außer dem Fahrer war sie die einzige Schildwache. Sie sah den Eselhasen. Sie hörte das dumpfe Aufschlagen eines Nachtvogels gegen den Bus. Keine Innenbeleuchtung in dem dahingleitenden Fahrzeug. Sie würde ihren Schreibtisch fünf Tage lang aufräumen und dann nach Sri Lanka abreisen. Irgendwo in ihrer Tasche hatte sie eine Liste aller Telefon- und Faxnummern, unter denen sie auf der Insel in den nächsten zwei Monaten erreichbar sein würde. Sie hatte sie für ihn vorbereitet. Sie hatte sich um sein verkorkstes Leben herumgetastet, um seine verbissenen Ängste, die Liebe und Geborgenheit, die von ihr anzunehmen er sich fürchtete. Und trotzdem

war er wie ein Haus voller Wunder für sie gewesen, voller unerwarteter Kammern und Möglichkeiten, die etwas merkwürdig Erregendes hatten.

Der Bus erreichte den Bergkamm. Wie Cullis konnte auch
sie keinen Schlaf finden. Wie er würde sie den Krieg weiter-
führen. Wie sollte er nachts Schlaf finden mit ihrem Namen
zwischen ihm und seiner Frau? Noch die zärtlichsten Inti-
mitäten dieses Paares würden von ihrer Gegenwart wie von
einem Schatten geprägt sein. Das wollte sie nicht länger. Ein
Stäubchen sein, ein Echo, ein Kompaß, der nur benutzt
wurde, um seinen Geist über ihre Lebensumstände zu unter-
richten.

Und zu wem außer zu ihr sollte er um Mitternacht durch
mehrere Zeitzonen sprechen? Als wäre sie der Stein vor dem
Tempel, den die Priester als Gegenstand der Andacht benutzten. Bis auf weiteres hatten sie beide kein Ziel. Sie mußten sich
nur von der Vergangenheit befreien.

Anil konnte nicht singen, aber sie wußte den Text und
kannte den Rhythmus.

> Oh the trees grow high in New York State,
> They shine like gold in the autumn –
>
> Never had the blues whence I came,
> But in New York State I caught 'em.

Sie flüsterte die Verse mit gesenktem Kopf zu ihrer Brust.
Autumn. Caught 'em. Wie glatt der Reim sich aneinander-
schmiegte.

Das Rad des Lebens

Im dritten Graphitminendorf konnten Sarath und Anil Seemann identifizieren. Er hieß Ruwan Kumara und war Palmsaftzapfer gewesen. Er hatte sich bei einem Sturz das Bein gebrochen und danach in der Mine gearbeitet. Die Dörfler wußten, wann die Fremden ihn mitgenommen hatten. Sie waren in den Schacht gekommen, in dem zwölf Männer arbeiteten. Sie hatten einen *billa* mitgebracht – einen Mann aus dem Ort, der sich einen Sack über den Kopf gestülpt und Augenschlitze hineingeschnitten hatte –, der den Sympathisanten der Aufständischen identifizieren sollte, ohne selbst erkannt zu werden. Ein *billa* war ein Ungeheuer, ein Gespenst, mit dem man Kinder im Scherz erschreckte, und es hatte Ruwan Kumara ausgesucht, und er war weggebracht worden.

Jetzt verfügten sie über einen konkreten Zeitpunkt der Entführung. Im *walawwa* planten sie ihr weiteres Vorgehen. Sarath war der Ansicht, daß sie weiterhin vorsichtig sein mußten, daß sie noch mehr Beweismaterial benötigten, damit man ihre Ergebnisse nicht einfach verwarf. Er wollte nach Colombo fahren, um in einem Verzeichnis unerwünschter Personen nach dem Namen Ruwan Kumara zu suchen; er behauptete, zu einem solchen Verzeichnis Zugang erlangen zu können. Es werde zwei Tage dauern, dann sei er wieder da. Er wollte ihr sein Mobiltelefon dalassen, obwohl sie wahrscheinlich keine Verbindung zu ihm würde herstellen können, und deshalb wollte er sie anrufen.

Aber fünf Tage darauf war Sarath noch immer nicht zurückgekehrt.

Alle ihre Befürchtungen erwachten von neuem – sein Verwandter im Ministerium, seine Ansichten über die Gefährlichkeit der Wahrheit. Wütend ging sie in dem verlassenen *walawwa* auf und ab. Dann waren es sechs Tage. Sie setzte Sarath' Telefon in Betrieb und rief im Krankenhaus von Ratnapura an, aber offenbar war Ananda entlassen worden, nach Hause gegangen. Sie konnte mit niemandem sprechen. Sie war allein mit Seemann.

Sie ging mit dem Telefon an den Rand des Reisfelds.
»Wer spricht da?«
»Anil Tissera, Sir.«
»Ah, unsere Verschollene.«
»Ja, Sir, die Schwimmerin.«
»Sie haben mich noch gar nicht besucht.«
»Ich muß mit Ihnen sprechen, Sir.«
»Worüber?«
»Ich muß einen Bericht abfassen, und ich brauche Hilfe.«
»Wie kommen Sie auf mich?«
»Sie kannten meinen Vater. Sie haben mit ihm zusammengearbeitet. Ich brauche jemanden, dem ich vertrauen kann. Es geht möglicherweise um einen politischen Mord.«
»Sie sprechen von einem Mobiltelefon aus. Sagen Sie nicht meinen Namen.«
»Ich bin hier aufgeschmissen. Ich muß nach Colombo. Können Sie mir helfen?«
»Ich kann versuchen, etwas zu arrangieren. Wo sind Sie?«
Es war die gleiche Frage, die er schon einmal gestellt hatte. Sie schwieg einen Augenblick.
»In Ekneligoda, Sir. Im *walawwa*.«
»Ich kenne es.«
Er hatte aufgelegt.

Einen Tag später befand Anil sich in Colombo, im Armoury Auditorium, das zum Sitz der Antiterroristeneinheit an der Gregory's Road gehörte. Seemanns Skelett befand sich nicht mehr in ihrem Besitz. Ein Wagen hatte sie am *walawwa* abgeholt, doch ohne Dr. Perera. Als sie am Krankenhaus in Colombo ankam, hatte er sie begrüßt und ihr den Arm um die Schultern gelegt. Dann hatten sie in der Kantine gegessen, und er hatte sich die Schilderung dessen angehört, was sie unternommen hatte. Er hatte ihr geraten, sich nicht weiter vorzuwagen. Er hielt ihre Arbeit für wichtig, aber gefährlich. »Sie haben eine Rede über politische Verantwortung gehalten«, sagte sie. »Damals hatten Sie eine andere Meinung.« »Das war eine Rede«, erwiderte er. Als sie ins Labor zurückkkamen, schien niemand zu wissen, wo sich das Skelett befand.

Und jetzt stand sie verloren in dem kleinen Vortragssaal, den zur Hälfte Staatsbeamte füllten, darunter militärische und polizeiliche Spezialkräfte zur Terroristenbekämpfung. Sie sollte ihren Bericht vorlegen, ohne Beweismaterial zur Hand zu haben. Der Sinn der Übung war, ihre ganze Untersuchung lächerlich zu machen. Anil stand neben einem alten Skelett, das auf einen Seziertisch gelegt worden war – wahrscheinlich Kesselflicker –, und begann die verschiedenen Methoden von Knochenanalyse und Identifikation anhand der Knochensubstanz darzulegen, die auf Tätigkeit und Herkunftsort schließen lassen, obwohl das Skelett nicht das richtige war.

Sarath saß in der letzten Reihe, wo sie ihn nicht sehen konnte, und hörte zu, hörte ihre gelassenen Erklärungen, nahm ihre Sicherheit wahr, ihre unbeirrbare Ruhe und ihre Entschlossenheit, sich nicht aufzuregen und nicht zu ärgern.

Sie hielt ein Plädoyer wie ein Anwalt, und, was wichtiger war, sie legte das Zeugnis eines Bürgers ab; sie war keine ausländische Kapazität mehr. Dann hörte er sie sagen: »Ich glaube, Sie haben Hunderte von uns ermordet.« *Hunderte von uns.* Sarath dachte im stillen: Fünfzehn Jahre im Ausland, und jetzt gehört sie zu *uns.*

Doch jetzt waren sie in Gefahr. Er spürte die Feindseligkeit im Raum. Nur er war nicht gegen sie. Und nun mußte er sich selbst schützen, so gut er konnte.

Zwischen Anil und dem Skelett war unauffällig ihr Kassettenrecorder plaziert, der jedes Wort, jede Meinungsäußerung und Frage seitens der Regierungsbeamten aufzeichnete, auf die sie bisher höflich, aber bestimmt geantwortet hatte. Doch er konnte sehen, was Anil nicht sah – die verstohlenen Blicke in dem heißen Raum (offenbar hatte man eine halbe Stunde nach Beginn des Vortrags die Klimaanlage abgeschaltet, ein alter Trick, um die Gedanken abzulenken), hörte, wie Gespräche um ihn herum angefangen wurden. Er löste sich von der Wand und trat vor.

»Entschuldigen Sie mich bitte.«

Alle drehten sich zu ihm um. Anil blickte auf, und man sah ihrem Gesicht an, wie überrascht sie war über seine Anwesenheit, über die Unterbrechung.

»Stammt dieses Skelett ebenfalls von dem Fundort in Bandarawela?«

»Ja«, sagte sie.

»Und wie dick war die Erdschicht darüber?«

»Ungefähr einen Meter.«

»Können Sie das genauer angeben?«

»Nein, das können wir nicht. Außerdem scheint mir das in keiner Weise relevant.«

»Es ist relevant, weil Teile des Erdreichs außerhalb der Höhle, in der das hier gefunden wurde, von Vieh, von Wagenverkehr, vom Regen abgetragen worden sind ... habe ich recht? Kann man bitte die verdammte Klimaanlage einschalten, kein Mensch kann in so einer Hitze einen klaren Gedan-

ken fassen. Verhält es sich nicht so, daß auf den alten Fried-
höfen aus dem neunzehnten Jahrhundert zahlreiche Gräber –
offizielle Gräber ebensogut wie die verscharrter Mordopfer –
gefunden wurden, die eine Erdschicht von höchstens sechzig
Zentimeter bedeckte – eigentlich fast in allen Fällen?«

Anil schwieg, um ihre wachsende Nervosität nicht zu verraten. Sarath spürte, daß ihn alle anstarrten, sich die Hälse
verrenkten.

Er ging bis zu dem Podest, und man ließ ihn ungehindert
zu Anil vortreten. Er sah sie über den Tisch hinweg an, beugte
sich vor und hob mit einer Zange den Stein hoch, der im
Brustkorb lag.

»Dieser Stein fand sich in den Rippen des Skeletts.«

»Ja.«

»Erzählen Sie uns, wie die alten Bräuche beschaffen waren ... Denken Sie gut nach, Miss Tissera, keine Mutmaßun-
gen.«

Eine Pause trat ein.

»Sprechen Sie bitte nicht in diesem gönnerhaften Ton mit
mir.«

»Erzählen Sie uns, wie der Brauch aussieht.«

»Der Leichnam wird begraben, und auf die Erde darüber
wird ein Stein gelegt – jedenfalls meistens. Der Stein zeigt die
Grabstätte an und fällt nach unten, wenn das Fleisch verschwunden ist.«

»Verschwunden ist? Wie verschwunden?«

»Moment mal!«

»Wie viele Jahre dauert das?«

Schweigen.

»Bitte?«

Schweigen.

Jetzt sprach er ganz langsam.

»Durchschnittlich mindestens neun Jahre, nicht wahr? Bis
der Stein in den Brustkorb fällt. Stimmt's?«

»Ja, aber –«

»Stimmt das?«

285

»Ja. Außer bei verbrannten Leichen.«

»Aber da wissen wir auch nicht genau Bescheid, weil die meisten dieser Leichen im letzten Jahrhundert verbrannt wurden, ich meine die in den historischen Begräbnisstätten. Wie wir wissen, gab es in jener Region 1856 eine Pestepidemie. Und eine weitere 1890. Viele Leichen wurden verbrannt. Das Skelett vor Ihnen ist möglicherweise hundert Jahre alt – unabhängig von Ihren eindrucksvollen Erkenntnissen über Beruf und Eigenarten und Ernährungsgewohnheiten des Verstorbenen ...«

»Das Skelett, mit dem ich tatsächlich etwas hätte beweisen können, wurde beschlagnahmt.«

»Offenbar gibt es hier zu viele Leichen. Ist das vorliegende Skelett weniger wichtig als das beschlagnahmte?«

»Natürlich nicht. Aber bei dem beschlagnahmten liegt der Zeitpunkt des Todes keine fünf Jahre zurück.«

»Beschlagnahmt, beschlagnahmt ... Wer hat es denn beschlagnahmt?« fragte Sarath.

»Es verschwand, als ich mich im Kynsey Road Hospital mit Dr. Perera traf. Seitdem ist es nicht mehr auffindbar.«

»Dann haben Sie es also verloren, und es wurde nicht beschlagnahmt.«

»Ich habe es nicht verloren. Es wurde aus dem Labor entfernt, als ich mich mit Dr. Perera in der Kantine unterhielt.«

»Sie haben es also verlegt. Halten Sie es für möglich, daß Dr. Perera etwas damit zu tun hat?«

»Das weiß ich nicht. Vielleicht. Ich habe ihn seither nicht mehr zu sehen bekommen.«

»Und Sie wollten beweisen, daß das Skelett das eines vor kurzem Verstorbenen ist. Selbst wenn uns das Beweismaterial jetzt nicht vorliegt.«

»Mr. Diyasena, ich möchte Sie daran erinnern, daß ich als Mitglied einer Menschenrechtskommission hergekommen bin. Als Rechtsmedizinerin. Ich arbeite nicht für Sie, nicht in Ihrem Auftrag. Ich arbeite für eine internationale Behörde.«

Er drehte sich um und wandte sich an die Zuhörer.

»Diese ›internationale Behörde‹ wurde von der Regierung eingeladen, oder? Ist es nicht so?«

»Wir sind eine unabhängige Organisation. Wir verfassen unabhängige Berichte.«

»Sie berichten *uns*. Der Regierung *dieses Landes*. Was bedeutet, daß Sie für die Regierung dieses Landes arbeiten.«

»Mir geht es darum, zu melden, daß Regierungstruppen möglicherweise unschuldige Menschen ermordet haben. Das berichte ich Ihnen. Sie als Archäologe sollten an die Wahrheit der Geschichte glauben.«

»Ich glaube an eine Gesellschaft, in der Frieden herrscht, Miss Tissera. Was Sie vorbringen, könnte chaotische Zustände zur Folge haben. Warum untersuchen Sie nicht die Ermordung von Regierungsbeamten? Kann bitte jemand die Klimaanlage einschalten?«

Vereinzelter Applaus war zu vernehmen.

»Das Skelett, das ich hatte, bewies eine bestimmte Art von Verbrechen. Und das ist wichtig. ›*Ein Dorf kann für viele Dörfer sprechen. Ein Opfer kann für viele Opfer sprechen.*‹ Erinnern Sie sich? Ich dachte, Sie stünden für mehr, als es den Anschein hat.«

»Miss Tissera –«

»Doktor.«

»In Ordnung, Doktor Tissera. Ich habe hier ein zweites Skelett von einer zweiten Begräbnisstätte, das ein Jahrhundert älter ist. Ich möchte, daß Sie es forensisch untersuchen, um den Unterschied zu beweisen.«

»Das ist ja albern.«

»Das ist nicht albern. Ich möchte, daß Sie den Unterschied zwischen zwei Leichnamen nachweisen. *Somasena!*«

Er winkte jemandem hinten im Raum zu. Das in Plastik eingewickelte Skelett wurde hereingefahren.

»Ein zweihundert Jahre alter Leichnam«, sagte er laut. »Jedenfalls nehmen wir Archäologen dieses Alter an. Vielleicht können Sie uns ja etwas anderes beweisen.«

Er klopfte mit dem Stift herausfordernd auf den Tisch.

»Ich brauche Zeit.«

»Wir geben Ihnen achtundvierzig Stunden. Vergessen Sie das Skelett, über das Sie sprechen wollten, und gehen Sie mit Mr. Somasena in die Lobby, er wird Sie begleiten. Sie werden alle Ihre Unterlagen abgeben müssen, bevor Sie das Gebäude verlassen. Darauf muß ich Sie hinweisen. Dieses Skelett hier wird am Haupteingang in zwanzig Minuten für Sie bereit sein.«

Sie wandte sich ab und sammelte ihre Unterlagen ein.

»Ich muß Sie bitten, die Unterlagen und den Kassettenrecorder dazulassen.«

Sie blieb einen Moment lang reglos stehen; dann holte sie den Kassettenrecorder aus der Tasche, in die sie ihn eben gesteckt hatte, und legte ihn auf den Tisch zurück.

»Er gehört mir«, flüsterte sie. »Schon vergessen?«

»Sie werden ihn von uns zurückerhalten.«

Sie begann die Stufen zum Ausgang hochzugehen. Die Regierungsbeamten würdigten sie kaum eines Blickes.

»Dr. Tissera!«

Sie drehte sich oben um und sah ihn an, in der Gewißheit, daß es das letzte Mal war.

»Versuchen Sie nicht, diese Gegenstände zurückzuholen. Verlassen Sie einfach das Gebäude. Wir werden Sie anrufen, wenn wir Sie brauchen.«

Sie trat durch die Tür, die sich hinter ihr mit einem pneumatischen Klicken schloß.

Sarath blieb im Raum und sprach ruhig zu den Zuhörern.

Zusammen mit Gunesena fuhr er die zwei Skelette auf dem Wagen durch die Seitentür. Sie gelangten in einen dunklen Tunnel, der sie zum Parkplatz führen würde. Für einen Augenblick blieben sie stehen. Gunesena sagte nichts. Sarath wollte auf keinen Fall in den Hörsaal zurückkehren. Er tastete nach einem Lichtschalter. Neonlicht blinkte mehrmals, bevor es anging, das Lichtgeflacker, das er aus Gebäuden dieser Art gewohnt war.

Eine Reihe roter Pfeile beleuchtete den Gang, der nach oben führte. Sie schoben den Wagen mit den Skeletten im Halbdunkel vor sich her; ihre Arme wurden jedesmal rot, wenn sie an einem Pfeil vorbeikamen. Er stellte sich Anil vor, die zwei Stock über ihnen wütend ausschritt, jede Tür, durch die sie ging, hinter sich zuschlug. Sarath wußte, daß man sie auf jedem Stockwerk anhalten würde, daß man ihre Papiere wieder und wieder überprüfen würde, um sie zu verärgern und zu demütigen. Er wußte, daß man sie durchsuchen würde, Phiolen und Dias aus ihrer Aktentasche oder ihren Taschen entfernen würde, sie nötigen würde, sich auszuziehen und wieder anzuziehen. Sie würde länger als vierzig Minuten brauchen, um den Spießrutenlauf zu absolvieren und aus dem Gebäude zu entrinnen, und am Ende dieser Reise würde sie, das wußte er, nichts mit sich führen, nicht die geringste Information, nicht ein einziges privates Foto, nichts, was sie an diesem Vormittag törichterweise in das Armoury-Gebäude mitgebracht haben mochte. Aber man würde sie gehen lassen, und das war das einzige, worauf es ihm ankam.

Seit dem Tod seiner Frau hatte Sarath nicht mehr den Weg in die Welt zurückgefunden. Er überwarf sich mit seinen Schwiegeeltern. Die ungeöffneten Kondolenzschreiben ließ er in ihrem Zimmer liegen. In Wahrheit waren sie ohnehin für sie bestimmt. Er kehrte zur Archäologie zurück und verbarg sein Leben hinter seiner Arbeit. Er leitete Ausgrabungen in Chilaw. Die jungen Männer und Frauen, die er ausbildete, wußten kaum etwas über sein Leben, und deshalb fühlte er sich unter ihnen am wohlsten. Er zeigte ihnen, wie man feuchte Gipsstreifen auf Knochen anbringt, wie man Glimmer sammelt und einordnet, wann man Funde fortbringen und wann man sie am Fundort belassen sollte. Er aß mit ihnen und hatte für alle Fragen, die ihre Arbeit betrafen, ein offenes Ohr. Alles, was er hinsichtlich ihres Arbeitsgebiets wußte oder vermutete, teilte er ihnen mit. Jeder, der mit ihm zusammenarbeitete, akzeptierte die Burggräben der Zurückgezogenheit, hinter denen er sich verschanzte. Wenn er den Tag über an dem Ausgrabungsort an der Küste gearbeitet hatte, kehrte er erschöpft in sein Zelt zurück. Er war Mitte Vierzig und kam seinen Schülern weit älter vor. Er wartete bis zum frühen Abend, wenn die anderen das Meer verließen, bevor er ins Wasser watete und in den dunklen Wogen verschwand. Zu dieser dunklen Stunde gab es draußen in der Tiefe bisweilen heimtückische Strömungen, die einen nicht zum Ufer zurückschwimmen ließen, die einen ins offene Meer entführten. Allein in den Wellen, überließ er sich ihnen; sein Körper wurde wie in einem Tanz umhergewirbelt, und nur sein Kopf über dem Wasser nahm wahr, was ihn umgab, das undeutliche Glitzern der großen Wellen, unter die er tauchte, wenn sie sich über ihm auftürmten.

Er hatte das Meer von Kindheit an geliebt. In seiner Schulzeit in St. Thomas hatte das Meer sich gleich hinter den Eisenbahnschienen befunden. Und egal, an welcher Küste er sich befand – Hambantota, Chilaw, Trincomalee –, sah er den Fischern zu, die in der Abenddämmerung in Katamaranen hinausfuhren, bis sie gerade eben hinter dem Horizont, den seine Knabenaugen erfaßten, im Dunkeln verschwanden. Als wären Abschied oder Tod oder Verschwinden nur das Aufhören der Sehfähigkeit des Schauenden.

Todesmuster waren immer um ihn. Bei seiner Arbeit hatte er den Eindruck, in gewisser Hinsicht ein Bindeglied zwischen der Sterblichkeit von Fleisch und Knochen und der Unsterblichkeit eines in Stein gehauenen Bildnisses zu sein oder, befremdlicher, dessen Unsterblichkeit als Ergebnis eines Glaubens, einer Idee. Das Verschwinden eines Kopfs aus dem sechsten Jahrhundert, das Herabfallen steinerner Arme und Hände infolge jahrhundertelanger Ermüdung war also ebenso real wie das Geschick von Menschen. Er hielt manchmal Statuen in den Armen, die zweitausend Jahre alt waren. Oder er legte seine Hand auf alten, warmen Stein, der zu menschlicher Form behauen war. Er fand Trost darin, sein dunkles Fleisch vor dem Hintergrund des Steins zu sehen. Das bereitete ihm Freude. Nicht Gespräche, nicht das Erziehen anderer, nicht Macht, sondern einfach die Berührung eines *gal vihara*, eines lebendigen Steins, dessen Temperatur von der Tageszeit abhing und dessen poröses Aussehen sich durch Regen oder schnell hereinbrechendes Zwielicht veränderte.

Diese steinerne Hand hätte die Hand seiner Frau sein können. Sie war ähnlich dunkel, ähnlich alt, und ihre Weichheit wirkte vertraut. Ohne weiteres hätte er mit Hilfe der Relikte aus ihrem Zimmer ihr Leben wiedergeben können, die gemeinsam verbrachten Jahre. Zwei Bleistifte und ein Schal hätten ausgereicht, um ihre Welt zu bezeichnen und wiederzuerwecken. Ihr gemeinsames Leben jedoch blieb verschüttet. Sarath wollte nicht ergründen, aus welchen Motiven sie ihn verlassen haben mochte, welche Laster, Fehler, Mängel seinerseits sie dazu getrieben haben mochten. Er konnte ein Feld entlanggehen und sich eine Versammlungshalle vorstellen, die vor sechshundert Jahren abgebrannt war; er konnte sich dieser Abwesenheit zuwenden und mittels einer Rauchschliere, mittels eines Fingerabdrucks das Licht und die Bewegungen jener Menschen wiedererschaffen, die dort während eines abendlichen Zeremoniells gesessen hatten. Doch Ravina wollte er ruhen lassen. Nicht weil er ihr böse gewesen wäre, sondern weil er einfach außerstande war, sich in die traumatische Situation zurückzubegeben, als er im Dunkeln gesprochen und das Dunkel als Helligkeit ausgegeben hatte. Doch jetzt, an diesem Nachmittag, war er in die Wirren des öffentlichen Lebens mit seinen unterschiedlichen Wahrheiten zurückgekehrt. Er war in diesem Licht aufgetreten. Er wußte, daß man ihm das nicht vergeben würde.

Sarath und Gunesena schoben den Wagen den abschüssigen Gang hoch. Die Luft im Tunnel war zum Ersticken. Sarath blockierte die Räder.

»Holen Sie etwas Wasser, Gunesena.«

Gunesena nickte – eine Höflichkeitsbezeigung, die Verärgerung verriet. Er ließ Sarath im Halbdämmer allein und kehrte fünf Minuten später mit einem Becher voll Wasser zurück.

»Abgekocht?«

Wieder nickte Gunesena. Sarath trank das Wasser und stand dann vom Boden auf, wo er gesessen hatte. »Entschuldigung, mir wurde schwindelig.«

»Ja, Sir. Ich habe auch einen Becher Wasser getrunken.«

»Gut.«

Sarath erinnerte sich, wie Gunesena in der Nacht, als sie ihn auf der Straße nach Kandy gefunden hatten, den Rest Magenbitter getrunken und wie Anil die Flasche gehalten hatte.

Sie schoben den Wagen weiter. Stießen die doppelte Schwingtür auf und fanden sich im Tageslicht wieder.

Lärm und Sonnenlicht ließen ihn fast zurückweichen. Sie waren auf den Parkplatz für Regierungsbeamte gelangt. Im Schatten des einzigen Baums standen ein paar Fahrer. Andere saßen mit summender Klimaanlage in ihren Wagen. Sarath schaute zum Haupteingang, aber von Anil war nichts zu sehen. Er war sich nicht länger sicher, daß sie es schaffen würde. Der Kastenwagen, der das Skelett befördern sollte, das sie Anil übergeben wollten, fuhr neben ihnen vor, und Sarath überwachte das Einladen. Die jungen Soldaten fragten ihn über alles aus. Nicht aus Mißtrauen, sie waren einfach neugierig. Sarath wünschte sich eine Pause, etwas Ruhe, aber er wußte, daß daran nicht zu denken war. Die Fragen waren persönlicher, nicht offizieller Natur. Woher stammte er? Wie lange war er schon ...? Der einzige Weg, ihnen zu entkommen, bestand darin zu antworten. Als sie ihn über die Gestalt auf der Bahre auszufragen begannen, bewegte er beide Hände vor dem Gesicht und ließ Gunesena mit ihnen allein.

Sie hatte das Gebäude noch nicht verlassen. Was auch geschehen sein mochte, er wußte, daß er nicht hineingehen und nach ihr suchen konnte. Sie mußte die Hürden von Beleidigung, Schmach und Demütigung ohne Beistand nehmen. Es war fast eine Stunde her, seit er sie zuletzt gesehen hatte.

Er mußte sich mit etwas beschäftigen. Hinter der Absperrung verkaufte ein Mann aufgeschnittene Ananas, und Sarath ließ sich durch den Stacheldraht ein paar Scheiben reichen, die er mit Salz und Pfeffer bestreute. Zwei Scheiben für eine Rupie. Er konnte aus der Sonne und in die Lobby gehen, aber er konnte sich nicht darauf verlassen, daß sie die Fassung bewahrte und sich nicht noch mehr in Gefahr brachte.

Jetzt waren es anderthalb Stunden. Als er sich zum viertenmal umdrehte und zurückschaute, sah er sie in der Tür. Sie stand nur da, ohne sich zu bewegen, als wisse sie nicht, wo sie sich befand oder was sie tun sollte.

Er ging zu ihr, mit geballten Fäusten, seine Gedanken in Aufruhr.

»Alles in Ordnung?«

Sie sah zu Boden, um ihn nicht ansehen zu müssen.

»Anil!«

Sie zog ihren Arm weg. Er sah, daß sie keine Aktentasche bei sich hatte. Keine Unterlagen. Keine forensischen Arbeitsgeräte. Er berührte ihre Brust, um nach den kleinen Teströhrchen zu fühlen, die sie in der Innentasche mit sich führte, aber sie waren nicht mehr da. Sie reagierte nicht auf seine Berührung. Selbst in ihrem gegenwärtigen Zustand begriff sie zumindest, was er tat.

»Ich habe dir gesagt, daß ich zum *walawwa* zurückkomme.«

»Du bist nicht gekommen.«

»Alle beobachten uns. Das hat dir mein Bruder gesagt. Sobald du hier warst, wußten alle, daß du in Colombo bist.«

»Du Verräter.«

»Du mußt weg von hier.«

»Nein, danke. Auf deine Hilfe kann ich verzichten.«

»Nimm das Skelett, das ich dir gegeben habe, und fahr los. Geh mit Gunesena zum Schiff.«

»Meine ganzen Papiere sind da drinnen. Ich muß sie zurückbekommen.«

»Du wirst sie nie zurückbekommen. Verstehst du mich? Vergiß sie. Du mußt deine Unterlagen aus dem Gedächtnis rekonstruieren. Eine neue Ausrüstung kannst du dir in Europa besorgen. Fast alles kannst du ersetzen. Wichtig ist nur, daß dir nichts passiert.«

»Vielen Dank für deine Hilfe. Dein Scheißskelett kannst du für dich behalten.«

»Gunesena, holen Sie den Wagen.«

»Sarath . . .« Sie funkelte ihn an. »Sag ihm, daß er mich nach Hause fahren soll. Ich kann nicht zu Fuß gehen. Ich will keine Hilfe von dir, aber ich kann nicht gehen. Ich habe . . . da drinnen . . .«

»Geh ins Labor.«

»Mein Gott, halt endlich –«

Er schlug ihr ins Gesicht. Er nahm wahr, daß Leute ihnen zusahen, daß sie nach Luft rang, daß ihr Gesicht aussah, als bekomme sie Fieber.

»Geh mit dem Skelett ins Labor und untersuch es. Du hast nicht viel Zeit. Ruf mich nicht an. Sieh zu, daß du heute nacht fertig wirst. Sie wollen deinen Bericht in zwei Tagen, aber sieh zu, daß du heute nacht fertig wirst.«

Sein Verhalten hatte sie so verblüfft, daß sie wortlos in den Kastenwagen stieg, der neben ihr vorgefahren war. Sarath sah zu ihr hin. Er reichte Gunesena den Passierschein durch das Fenster. Er sah ihr gesenktes brennendes Gesicht, als der Wagen sich aus seinem Blickfeld entfernte.

Für ihn gab es keinen Wagen. Er ging an den Wachen am Tor vorbei, trat auf die Straße, winkte ein *bajaj* heran und nannte dem Fahrer die Adresse seines Büros. In einem *bajaj* konnte man sich nie entspannt zurücklehnen; wenn man nicht aufpaßte, lief man Gefahr, hinauszufallen. Doch er saß vorgebeugt da, den Kopf in die Hände gestützt, und versuchte die Welt um sich herum zu vergessen, während das dreirädrige Gefährt sich durch den Verkehr mühte.

Anil stieg die Laufplanke hoch und ging das Deck entlang. Ein nachmittäglicher Hafen. Aus entfernten Winkeln des Hafens ertönten schrille und dumpfe Schiffssirenen. Es verlangte sie nach Weite und nach Luft; die Dunkelheit im Frachtraum erschien ihr unerträglich. Weiter hinten am Kai sah sie einen Mann mit einer Kamera. Sie trat einen Schritt zurück, um ihn nicht mehr zu sehen.

Sie wußte, daß sie nicht mehr lange hier sein würde; sie hatte keinen Wunsch mehr danach. Überall Blut. Massaker als Selbstverständlichkeit. Sie erinnerte sich an das, was eine Frau im Nadesan Centre zu ihr gesagt hatte: »Ich habe die Bürgerrechtsbewegung auch deshalb verlassen, weil ich keinen Überblick mehr hatte, welches Massaker wann und wo stattgefunden hat ...«

Es war gegen fünf Uhr. Anil holte sich die Arrakflasche und goß sich ein Glas ein, und dann ging sie die steile Treppe zum Frachtraum hinunter.

»Alles in Ordnung, Miss?«

»Ja, danke, Gunesena. Sie können nach Hause gehen.«

»Ja, Miss.« Aber sie wußte, daß er ihr irgendwo auf dem Schiff Gesellschaft leisten würde.

Sie schaltete eine Lampe ein. Sie sah den zweiten Satz Werkzeuge, der Sarath gehörte. Sie hörte, wie die Tür sich hinter ihr schloß.

Sie trank noch mehr Arrak und sprach laut, um das Echo in dem schwachen Licht zu hören und sich nicht mit dem alten Skelett, das man ihr mitgegeben hatte, allein zu fühlen. Sie schnitt die Plastikumhüllung mit einem Federmesser auf und wickelte sie ab. Sie erkannte es sofort. Doch um Gewißheit zu haben, tastete sie mit der Rechten zur Ferse und spürte die Kerbe im Knochen, die sie ein paar Wochen zuvor geschnitten hatte.

Er hatte Seemann gefunden. Langsam richtete sie eine zweite Lampe auf das Skelett. Die Rippen sahen aus wie Bootsspanten. Sie langte zwischen die gewölbten Knochen und berührte den Kassettenrecorder, der sich dort befand, noch immer ungläubig, noch immer zweifelnd, bis sie den Recorder einschaltete und Stimmen den Raum erfüllten. Sie hatte alles auf Band. Die Fragen. Und sie hatte Seemann. Abermals griff sie zwischen die Rippen, um das Gerät auszuschalten, doch da hörte sie seine Stimme, sehr deutlich und nah. Offenbar hatte er sich den Recorder vor den Mund gehalten und hineingeflüstert.

Ich bin im unterirdischen Gang des Armoury-Gebäudes. Ich habe nicht viel Zeit. Wie du sehen kannst, ist das Seemanns Skelett. Dein Beweismaterial aus dem zwanzigsten Jahrhundert, seit fünf Jahren tot. Lösch dieses Band. Lösch das, was ich sage. Schreib deinen Bericht und mach dich bereit, morgen früh um fünf das Land zu verlassen. Es gibt einen Flug um sieben. Man wird dich zum Flughafen fahren. Ich würde es gerne tun, aber wahrscheinlich wird es Gunesena sein. Verlaß das Labor nicht, und rufe mich nicht an.

Anil ließ das Band zurücklaufen. Sie entfernte sich vom Skelett und ging im Frachtraum auf und ab, während sie seiner Stimme noch einmal lauschte.

Während sie allem noch einmal lauschte.

Auf Galle Face Green hatten die Brüder sich nur dank ihrer Anwesenheit entspannt unterhalten können – zumindest war es ihr so vorgekommen. Erst viel später begriff sie, daß sie in Wahrheit ein Zwiegespräch geführt hatten und daß sie es gern getan hatten. Beide hatten das Bedürfnis, sich aneinander anzuschließen, und sie war der Köder, der Vorwand dafür gewesen. Es war das Gespräch der beiden Brüder über den Krieg in ihrem Land gewesen, darüber, was beide in diesem Krieg getan hatten und was sie nicht zu tun bereit waren. Im nachhinein waren beide einander näher gewesen, als sie sich vorstellen konnten.

Wenn Anil nun in ein anderes Leben zurückkehrte, in das Heimatland ihrer Wahl, wie sehr würden dann Gamini und die Erinnerung an Sarath Teil ihres Lebens sein? Würde sie guten Freunden von ihnen erzählen, von den zwei Brüdern aus Colombo? Und sie zwischen ihnen, fast wie eine Schwester, die sie davon abhielt, die Welt des anderen zu zerstören? Würde sie an sie denken, wo sie sich auch befinden mochte? Würde sie an das merkwürdige Paar aus der Mittelschicht denken, das in eine Welt hineingeboren worden war und in der Mitte des Lebens bis zur Brust in eine andere Welt eingetaucht war?

Sie erinnerte sich, wie sie irgendwann in jener Nacht davon gesprochen hatten, wie sehr sie ihr Land liebten. Trotz allem. Kein Abendländer könne diese Liebe verstehen. »Aber ich könnte das Land nie verlassen«, hatte Gamini geflüstert.

»Amerikanische Filme, englische Bücher – wißt ihr noch, wie sie immer enden?« hatte er gefragt. »Der Amerikaner oder der Engländer besteigt ein Flugzeug und reist ab. Und das war's. Die Kamera verschwindet mit ihm. Er sieht aus

dem Fenster auf Mombasa oder Vietnam oder Jakarta, irgendeinen Ort, den er jetzt durch die Wolken betrachten kann.
Der erschöpfte Held. Ein paar Worte zu dem Mädchen, das
neben ihm sitzt. Er fährt nach Hause. Der Krieg ist also mehr
oder weniger zu Ende. Das genügt dem Westen an Wirklichkeit. Wahrscheinlich ist das die Geschichte der letzten zweihundert Jahre politischen Denkens im Westen. Nach Hause
fahren. Ein Buch schreiben. Sich wieder in den Kreislauf ein-
fügen.«

Der Mitarbeiter der Bürgerrechtsbewegung brachte wie üblich am Freitag die Liste der Opfer – die neuen, fast noch feuchten Schwarzweißfotos, in dieser Woche sieben Stück. Die Gesichter abgedeckt. Die Berichte wurden für Gamini neben dem Fenster auf den Tisch gelegt. Als er Zeit hatte, sie anzusehen, war Schichtwechsel. Er schaltete den Kassettenrecorder ein und begann die Wunden und ihre mutmaßlichen Ursachen zu beschreiben. Als er zum dritten Foto kam, erkannte er die Wunden wieder, die harmlosen. Er ließ die Berichte liegen, ging eine Treppe hinunter und lief den Gang entlang zur Pathologie. Die Tür war nicht verschlossen. Er begann die Laken von den Leichen zu ziehen, bis er zu sehen bekam, was zu sehen er erwartet hatte. Seit er das dritte Foto in die Hand genommen hatte, konnte er nur noch sein eigenes Herz klopfen hören.

Gamini hatte keine Ahnung, wie lange er so dastand. Sieben Leichen waren auf der Station. Es gab Dinge, die er tun konnte. Wirklich? Vielleicht gab es Dinge, die er tun konnte. Er sah die Säureverätzungen und das verdrehte Bein. Er öffnete den Schrank, der Verbandmaterial, Schienen und antiseptische Lösung enthielt. Er säuberte die dunkelbraunen Wundränder mit Seifenlösung. Er konnte seinen Bruder heilen, das linke Bein schienen, jede Wunde behandeln, als wäre Sarath lebendig, als könnte er ihn in sein Leben zurückbringen, wenn er nur die Hunderte kleiner Wunden behandelte.

Die breite Narbe am Ellbogen, die du dir bei einem Fahrradunfall am Kandy Hill zugezogen hast. Die Narbe hier, die ich dir mit einem Cricketschläger beigebracht habe. Letzten Endes haben wir einander als Brüder nie im Stich gelassen. Aber du warst immer so sehr der ältere Bruder, Sarath.

Trotzdem hätte ich die Wunde anständiger vernäht als Dr. Piachaud, wenn ich damals schon Arzt gewesen wäre. Dreißig Jahre sind seither vergangen, Sarath. Es ist später Nachmittag – alle sind nach Hause gegangen, bis auf mich, deinen am wenigsten geliebten Verwandten. Der, in dessen Gesellschaft du nie entspannt bist, dem du nie traust. Dein glückloser Schatten.

Er beugte sich über den Toten, begann die Wunden zu verbinden, und das waagerecht hereinfallende Nachmittagslicht umfaßte alle beide in einem breiten Streifen.

Es gibt Pietàs jeglicher Art. Er erinnert sich an die sexuelle Pietà, die er einmal gesehen hat. Ein Mann und eine Frau; der Mann war gekommen, und die Frau streichelte seinen Rücken mit einem Gesichtsausdruck, der besagte, daß sie seinen veränderten körperlichen Zustand hinnahm. Es waren Sarath und Sarath' Frau gewesen, die er beobachtet hatte, und dann hatten ihre Augen zu ihm in seinem Wahnsinn hochgeblickt, ohne daß ihre Hand aufhörte, den Körper in ihren Armen zu streicheln.

Es gab andere Pietàs. Die Geschichte Savitras, die ihren Mann dem Tod entriß; auf den verstörenden Bildern, die den Mythos erzählen, sieht man sie ihn umarmen – ihr Gesicht voller Freude, während *seine* Miene unter dieser erschreckenden Metamorphose, dieser Umkehr zu Liebe und Leben zurück, wie entgleist wirkt.

Doch dies hier war eine Pietà zwischen Brüdern. Und als einziges wußte Gamini in seiner Betäubung, seiner Konfusion, daß dies entweder das Ende war oder der Beginn eines ununterbrochenen Gesprächs mit Sarath sein konnte. Wenn er jetzt nicht zu ihm sprach, nicht zu ihm fand, dann würde sein Bruder aus seinem Leben verschwinden. In diesem Augenblick unterlag auch er den Bedingungen einer Pietà.

Er öffnete das Hemd seines Bruders, so daß die Brust sichtbar wurde. Eine sanftmütige Brust. Nicht hart und abweisend wie seine eigene. Die großmütige Brust eines Ganescha.

Ein asiatischer Bauch. Die Brust eines Mannes, der im Sarong mit Tee und Zeitung in den Garten oder auf die Veranda schlendert. Gewalt war Sarath immer wesensfremd gewesen, als hätte in seinem Inneren nie ein Krieg getobt. Damit hatte er die anderen schier wahnsinnig gemacht. War Gamini das Mäuschen gewesen, so war sein Bruder der Bär gewesen.

Gamini legte seine warme Hand an das stille Gesicht. Er hatte sich nie Sorgen um das Schicksal seines einzigen Bruders gemacht, hatte immer angenommen, daß er selbst als erster sterben würde. Vielleicht hatten beide unterstellt, daß sie in der Dunkelheit, die sie um sich selbst geschaffen hatten, einsam zugrunde gehen würden. Ihre Ehen, ihre Karrieren im Grenzland des Bürgerkriegs zwischen Regierungen, Terroristen und Aufständischen. Nie hatte es einen Tunnel des Lichts zwischen ihnen gegeben. Statt dessen hatten sie ihr eigenes Terrain gesucht und gefunden. Sarath, der auf sonnengetränkten Feldern nach astrologischen Steinen suchte, Gamini in seiner mittelalterlichen Welt der Notaufnahmestationen. Beide am unbeschwertesten und am freiesten in den Augenblicken, in denen sie den anderen vergaßen. Sie waren einander im Grund ihres Wesens zu ähnlich und deshalb unfähig, dem anderen nachzugeben. In jener Nacht auf Galle Face Green hatte diese Anil gesagt: »Ich kann Menschen nie nach ihren Stärken beurteilen. Die verraten nichts. Ich kann Menschen nur nach ihren Schwächen beurteilen.«

Sarath' Brust verriet alles. Gegen sie hatte Gamini sich gewehrt. Doch jetzt lag dieser Körper schutzlos auf der Bahre. Er war das, was er war. Kein Gegenpart im Disput, keine Meinung mehr, die Gamini von sich wies. Oh, dort war ein Wundmal, das aussah, als wäre es von einem Speer verursacht. Eine kleine Wunde, nicht sehr tief, und Gamini reinigte sie und klebte ein Pflaster darauf.

Er hatte Fälle erlebt, wo jeder Zahn herausgerissen, die Nase verstümmelt, die Augen mit Säuren geschändet, die Ohren durchbohrt worden waren. Als er den Gang im Krankenhaus entlanggerannt war, hatte er sich am meisten davor gefürchtet, das Gesicht seines Bruders zu sehen. Auf das Gesicht hatten sie es in manchen Fällen ganz besonders abgesehen. Zu ihren abscheulichen Fähigkeiten gehörte die, Eitelkeit zu wittern. Doch Sarath' Gesicht hatten sie nicht angetastet.

Das Hemd, das sie ihm angezogen hatten, besaß riesengroße Ärmel. Gamini wußte, warum. Er schlitzte die Ärmel bis zu den Manschetten auf. Unterhalb der Ellbogen waren Unterarme und Hände an mehreren Stellen gebrochen.

Inzwischen war es dunkel geworden. Es sah aus, als wäre der Raum voll mit grauem Wasser. Er ging zur Tür und berührte den Schalter, so daß sieben Strahler angingen. Er kam zurück und setzte sich zu seinem Bruder.

Eine Stunde später, als die ersten Leichen nach einer Bombenexplosion irgendwo in der Stadt eintrafen, saß er immer noch dort.

Präsident Katugala trug ein weißes Baumwollgewand; er sah alt aus, ganz und gar nicht so wie auf den riesigen Plakaten überall in der Stadt, die ihn seit Jahren verherrlichten und priesen. Wenn man das wahre Bild des Mannes ansah, das magere Gesicht unter dem gelichteten weißen Haar, empfand man Mitleid mit ihm, unabhängig davon, was er getan hatte. Er sah müde und verängstigt aus. Während der letzten Tage hatte er ständig unter Anspannung gestanden, als würde er von einer Art Vorahnung heimgesucht, als wäre ein Mechanismus in Bewegung gesetzt worden, über den er keine Macht besaß. Doch heute war nationaler Heldengedenktag. Und an jedem nationalen Heldengedenktag hatte der silberne Präsident das Bad in der Menge gesucht. Er konnte unmöglich eine politische Veranstaltung versäumen.

In der Woche davor hatten die politische Polizei und der militärische Geheimdienst ihm geraten, sich *nicht* unter das Volk zu mischen. Und er hatte auch versprochen, es nicht zu tun. Doch gegen halb vier Uhr nachmittags stellte man fest, daß der Präsident sein Bad in der Menge nahm. Der Leiter der Sondereinsatztruppen sprang zusammen mit ein paar anderen Staatsbeamten in einen Jeep und machte sich auf die Suche nach dem Präsidenten. Sie fanden ihn relativ schnell auf den überfüllten Straßen Colombos, und sie hatten ihn gerade erreicht und hinter ihm Stellung bezogen, als die Bombe explodierte.

Katugala trug eine weite weiße Jacke mit langen Ärmeln und einen weißen Sarong. An den Füßen trug er Sandalen. Am linken Handgelenk hatte er eine Armbanduhr. Er blieb am Lipton Circus stehen und hielt von seinem gepanzerten Fahrzeug aus eine kurze Ansprache.

R. trug Jeansshorts und ein weites Hemd. Unter dem Hemd befanden sich eine Lage Dynamit, zwei Duracell-Batterien und zwei blaue Schalter. Einer für die linke Hand, einer für die rechte, beide durch Drähte mit dem Sprengstoff verbunden. Der erste Schalter versetzte die Bombe in Bereitschaft. Wurde der zweite Schalter betätigt, detonierte die Bombe. Damit die Explosion eintrat, mußten beide Schalter gedrückt sein. Man konnte sich soviel Zeit lassen, wie man wollte, bevor man den zweiten Schalter drückte. Oder man konnte den ersten wieder abschalten. R. hatte noch mehr über seinen Jeansshorts an als das Hemd: vier Streifen Pflaster hielten den Strengstoff an seinem Oberkörper, und außer dem Dynamit trug er das nicht unbeträchtliche Gewicht Tausender kleinster Kugellager.

Nachdem Katugala am Lipton Circus gesprochen hatte, fuhr er in seinem Range Rover zu der großen Schlußkundgebung auf Galle Face Green. Ein Jahr zuvor hatte ein Wahrsager prophezeit: *Er wird vernichtet werden wie ein Teller, der zu Boden fällt.* Jetzt fuhr er die zweispurige Allee entlang. Doch ständig verließ er sein Fahrzeug und begrüßte die Menge. R. bahnte sich auf dem Fahrrad einen Weg durch das Gewühl; möglicherweise ging er auch zu Fuß und schob das Rad. Jedenfalls befand Katugala sich inmitten der Zuschauer; er war wieder stehengeblieben, weil er einen Zug plakateschwenkender Anhänger aus einer Nebenstraße in die Allee einbiegen sah. Er wollte den Zug organisieren helfen. Und R., der ihn töten würde, der sich in den äußeren Kreis der Hausangestellten und Leibwächter Katugalas eingeschlichen hatte, um für sie kein Unbekannter zu sein, dieser R. näherte sich ihm langsam auf dem Fahrrad oder zu Fuß.

Nur in Unterlagen des Militärs existieren ein paar Fotos, die von Katugala während der letzten halben Stunde seines Lebens gemacht wurden. Einige der Bilder wurden von der Polizei von einem hohen Gebäude aus gemacht, einige von Journalisten, denen man ihre Filme wegnahm und nie zurückgab, so daß die Fotos nie veröffentlicht werden konnten.

Sie zeigen den Präsidenten in seiner weißen Kleidung; er wirkt zerbrechlich, so als beginne er sich Gedanken zu machen. Hauptsächlich wirkt er alt. All die Jahre über durften keine Fotos von ihm in den Zeitungen veröffentlicht werden, die nicht schmeichelhaft waren. Doch was einem auf diesen Bildern als erstes auffällt, ist sein Alter, zusätzlich betont durch den Umstand, daß sich hinter ihm sein idealisiertes Abbild in riesiger Vergrößerung befindet, ausgeschnitten und auf Pappe aufgezogen, wo er energiegeladen wirkt und einen dichten weißen Haarschopf hat. Und man sieht hinter ihm das gepanzerte Fahrzeug, das er zum letztenmal verlassen hat.

Katugala hatte in den letzten Minuten seines Lebens die Absicht, den Zug von Anhängern aus seinem Wahlbezirk in die Menge auf Galle Face Green zu integrieren. Er hatte den Rückweg zu seinem Fahrzeug bereits angetreten und es sich dann anders überlegt und war zurückgekehrt, um der Prozession nochmals Anweisungen zu geben; so kam es, daß er sich mitsamt seinen Leibwächtern zwischen zwei verschiedenen Menschenmengen eingekeilt fand, zwischen seinen Anhängern und dem Volk, das den nationalen Heldengedenktag feierte. Hätte ihnen jemand gesagt, daß der Präsident sich unter ihnen befand, wären die meisten Feiernden erstaunt gewesen. *Wo ist der Präsident?* Auf Blickhöhe war in der Menge das einzige Indiz seiner Anwesenheit sein riesenhaftes Pappabbild, das wie eine Filmdekoration getragen wurde und auf und ab schwankte.

Niemand kann mit Bestimmtheit sagen, ob R. mit dem Zug von Anhängern kam – was am wahrscheinlichsten ist –, oder ob er an der Stelle wartete, wo der Zug auf die Menge stieß. Vielleicht wartete er auch in der Nähe des Fahrzeugs. Jedenfalls hatte er auf diesen Tag gewartet, den Tag, an dem er sicher sein konnte, Katugala auf der Straße zu fassen zu bekommen. Unter keinen Umständen wäre es R. möglich gewesen, den Präsidentenpalast mit Sprengstoff und Kugellagern am Leib zu betreten. Die Leibwächter kannten kein Pardon. Sie machten keine Ausnahmen. Jeder Stift in jeder Hosen-

tasche wurde untersucht. Folglich mußte R. sich an einem öffentlichen Ort an den Präsidenten heranmachen, mit allen
Accessoires der Vernichtung ausstaffiert. Er war nicht nur die
Waffe, sondern auch der, der sie einsetzte. Die Bombe würde
jeden vernichten, der ihm entgegentrat. Seine Augen, seine
Gestalt waren das Fadenkreuz. Er näherte sich Katugala,
nachdem er die Bombe bereits durch Druck des ersten Schalters entsichert hatte. Ein einziges blaues Lämpchen leuchtete
unter seiner Kleidung auf. Als er sich in fünf Meter Entfernung von Katugala befand, drückte er den zweiten Schalter.

Um vier Uhr nachmittags am nationalen Heldengedenktag
wurden mehr als fünfzig Menschen auf der Stelle getötet, unter ihnen der Präsident. Die Explosion war so heftig, daß Katugala in Stücke gerissen wurde. Nach dem Attentat war die
Hauptfrage die, ob der Präsident entführt worden war, und
wenn ja, ob durch Polizei und Streitkräfte oder durch Terroristen. Denn man konnte nichts von ihm finden.

Wo war der Präsident?

Der Leiter der Sondereinsatztruppen, dem man eine halbe
Stunde früher mitgeteilt hatte, daß Katugala ausgestiegen
war, um sich unter das Volk zu mischen, und der in den Jeep
gesprungen war und sich zum silbernen Präsidenten durchgekämpft hatte, war im Begriff gewesen, Katugala aufzufordern, in sein gepanzertes Fahrzeug zu steigen und sich in seine
Residenz zurückfahren zu lassen. Als die Bombe detonierte,
blieb er wie durch ein Wunder unversehrt. Die Kugellager
wurden vom Körper Katugalas absorbiert oder durchquerten
ihn und fielen hinter ihm klirrend auf den Asphalt. Aber das
Getöse der Explosion übertönte dieses Klirren. Und das entsetzliche Getöse war das, an was sich die meisten erinnern
sollten – jene, die überlebten.

Der Einsatzleiter stand also als einziger in der Stille da, in
der die letzten Echos der Explosion nachklangen. Auf zwanzig Meter Entfernung war niemand in seiner Nähe, bis auf
das gulliverhafte Konterfei Katugalas, und Sonnenstrahlen

drangen durch die Pappe, wo die Kugellager sie durchlöchert hatten.

Ringsum verstreut lagen die Toten. Politische Anhänger, ein Astrologe, drei Polizisten. Der gepanzerte Range Rover, der ganz in der Nähe stand, war unbeschädigt. An den intakten Scheiben klebte Blut. Dem Fahrer im Wagen war nichts geschehen, bis auf den Gehörschaden durch die Detonation.

Fleischfetzen, wahrscheinlich vom Körper des Attentäters, fanden sich an einer Hauswand auf der anderen Straßenseite. Katugalas rechter Arm ruhte auf dem Bauch eines der toten Polizisten. Überall bedeckten zerbrochene Quarkgefäße das Pflaster. Vier Uhr nachmittags.

Um halb fünf hatte sich jeder Arzt, der erreichbar gewesen war, in der Notaufnahme der Krankenhäuser von Colombo zum Dienst gemeldet. Es gab mehr als hundert Verletzte vom äußeren Radius der Explosion. Und schon bald wurde auf allen Stationen gemunkelt, daß Katugala sich in der Menge befunden habe, als die Bombe losging. In jedem Krankenhaus war man darauf gefaßt, seinen verwundeten Körper hereingebracht zu sehen. Aber dazu kam es nie. Der Leichnam – das, was von ihm übrig war – wurde lange Zeit nicht gefunden.

Die Öffentlichkeit erfuhr von dem Attentat erst, als Anrufer aus England und Australien sagten, sie hätten gehört, Katugala sei tot. Und dann verbreitete die Wahrheit sich innerhalb einer Stunde in der Stadt.

Ferne

Die dreißig Meter hohe Statue hatte sich seit Generationen auf einem Feld in Buduruvagala erhoben. Eine halbe Meile entfernt befand sich die noch berühmtere Felswand mit den Bodhisattvas. In der Mittagshitze ging man barfuß und sah zu den Bildnissen hoch. Es war eine Gegend, wo die Bauern um das nackte Überleben kämpften; das nächste Dorf war vier Meilen entfernt. Diese steinernen Körper, die sich aus der Erde erhoben und deren Gesichter hoch in den Himmel ragten, waren oft das einzige Menschenähnliche, das ein Bauer hier tagsüber zu sehen bekam. Die Statuen blickten über die Stille, über das Sirren der im verdorrten Gras unsichtbar kauernden Zikaden. Sie verliehen dem kurzen Leben Beständigkeit.

Nach der langen dunklen Nacht färbte die aufgehende Sonne zuerst die Köpfe der Bodhisattvas und den freistehenden Buddha und glitt dann an ihren Felsgewändern herab, bis sie sich zuletzt auf baumlosem Land majestätisch über Sand und vertrocknetes Gras und Stein und über die menschlichen Gestalten ergoß, die auf nackten, brennenden Füßen den heiligen Statuen entgegengingen.

Drei Männer waren die ganze Nacht über die Felder gewandert; sie hatten eine schmale Bambusleiter bei sich. Sie tauschten vereinzelte leise Worte, wollten nicht auffallen. Die Leiter hatten sie am Nachmittag angefertigt, und jetzt lehnten sie sie an die Buddhastatue. Einer von ihnen zündete eine Beedi an und steckte sie sich in den Mund, dann stieg er in die Dunkelheit hinauf. Er packte das Dynamitbündel in eine Gewandfalte der Statue und entzündete die Zündschnur mit der Zigarette. Dann sprang er zu Boden, und alle drei rannten weg und drehten sich um, als es krachte, und hielten sich an den

Händen und senkten die Köpfe im Niederkauern, während die Statue zusammenknickte und der Torso zu Boden stürzte und das große ausdrucksvolle Gesicht des Buddhas vornüberfiel und auf der Erde in Stücke barst.

Die Diebe stemmten den Bauch der Statue mit Eisenstangen auseinander, fanden aber keinen Schatz und machten sich davon. Dennoch war es nur zerbrochener Stein. Es war kein Menschenleben. Hier hatte ausnahmsweise keine politische Untat stattgefunden, nichts, was eine Überzeugung der anderen antat. Die Männer versuchten etwas gegen den Hunger zu tun oder aus ihrem in Auflösung begriffenen Leben herauszufinden. Und die »neutralen« oder »unschuldigen« Felder in der Nähe der Statue und der Felsreliefs waren möglicherweise Orte, wo Menschen gefoltert und verscharrt wurden. Da die Gegend bis auf die paar vereinzelten Bauern und Pilger unbewohnt war, wurden Opfer, die wahllos aufgegriffen worden waren, auf Lastwagen hergefahren, dann verbrannt und versteckt. Es waren Felder, wo der Buddhismus und seine Werte auf die häßlichen politischen Gegebenheiten des zwanzigsten Jahrhunderts trafen.

Der Handwerker, der nach Buduruvagala gebracht wurde und dort die Buddhastatue wieder instand setzen sollte, war ein Mann aus dem Süden. Er war in einem Dorf von lauter Steinmetzen geboren und war Augenmaler gewesen. Laut Auskunft der Archäologischen Behörde, die die Leitung des Projekts innehatte, war er Trinker, trank aber erst nachmittags. Es gab eine kurzzeitige Überschneidung zwischen Arbeit und Trinken, doch nur abends war er völlig unansprechbar. Er hatte ein paar Jahre früher seine Frau verloren. Sie gehörte zu den Tausenden, die verschwunden waren.

Ananda Udugama war bei Tagesanbruch an seinem Arbeitsplatz, steckte die Schablone mit Pflöcken im Boden fest und teilte seinen sieben Mitarbeitern ihre Arbeit zu. Sie hatten die Basis der Statue ausgegraben, Unter- und Oberschenkel, die unbeschädigt waren. Sie wurden auf ein Feld gebracht, wo es Bienen gab, und dort gelagert, bis der übrige Körper wiederhergestellt war. Eine Viertelmeile entfernt entstand parallel zur Restaurierung des großen Buddhas eine neue Statue, die die zerstörte Gottheit ersetzen sollte.

Es hatte geheißen, Ananda werde unter Oberaufsicht und Anleitung ausländischer Spezialisten arbeiten, aber diese Berühmtheiten ließen sich am Ende nicht blicken. Die politische Lage war zu unstabil; es wäre zu riskant gewesen. Täglich fand man Ermordete, die nicht einmal verscharrt waren, auf den umliegenden Feldern. Opfer aus weitentfernten Orten wie Kalutara wurden hierhergebracht, damit ihre Familien sie nicht ausfindig machen konnten. Ananda schien an alledem keinen Anteil zu nehmen. Zwei der Männer aus seinem Team beauftragte er, sich um die Leichen zu kümmern, sie zu kennzeichnen und Bürgerrechtsorganisationen zu benachrichtigen. Als der Monsun einsetzte, hörten die Morde auf, oder zumindest wurde diese Gegend nicht mehr als Schauplatz von Massakern und als Begräbnisstätte benutzt.

Später sollte sich herausstellen, daß Anandas Leistung komplexer und innovativer Art war. Während der verschiedenen Hitzeperioden und zur Zeit der Monsune mit ihren Stürmen beaufsichtigte er die Arbeit in dem Schlammgraben, der aussah wie ein dreißig Meter langer Sarg. In diesen Graben kamen die Steinfragmente, die sie fanden. Er war bedeckt von einem Gitterwerk, das im Abstand von jeweils dreißig Zentimetern unterteilt war, und wenn derjenige, der sozusagen die Triage leitete, die Steine einem Körperteil der Statue zugeordnet hatte, legte man sie in das entsprechende Geviert. All das hatte einen vorläufigen, ungefähren Charakter. Die Steine konnten so groß wie Felsbrocken und so klein wie Splitt sein. Diese Sortierarbeit erfolgte während der schlimmsten Monsunzeit im Mai, und so wurden die Steinfragmente in quadratische Wasserpfützen geworfen.

Ananda heuerte einige Dorfbewohner an, was das Team um zehn Männer verstärkte. Es war sicherer, Mitarbeiter bei einem derartigen Projekt zu sein, denn andernfalls konnte man in die Armee eingezogen oder als Verdächtiger aufgegriffen werden. Ananda warb noch mehr Leute aus dem Dorf an, Männer wie Frauen. Jeder, der sich bei ihm meldete, bekam Arbeit. Sie mußten um fünf Uhr morgens kommen, und um zwei Uhr nachmittags war Schluß, denn von da an hatte Ananda Udugama seine eigenen Pläne für den Rest des Tages.

Die Frauen sortierten die nassen Steine, die aus ihren Händen in das Gitter glitten. Es regnete über einen Monat lang. Als der Regen aufhörte, dampfte das Gras um sie herum, und sie konnten einander wieder hören und begannen miteinander zu sprechen; ihre Kleider trockneten innerhalb einer Viertelstunde. Dann setzte der Regen erneut ein, und der Lärm toste wieder um sie herum; schweigend und allein arbeiteten sie auf dem Feld voller Menschen, und der Wind rüttelte an einem Wellblechdach, das er von einem Schuppen löste. Es dauerte Wochen, die Steine voneinander zu sondern, und als die Trockenperiode kam, waren fast alle Gliedmaßen gefunden. Es gab einen fünfzehn Meter langen Arm und ein Ohr. Die Beine waren noch immer auf dem Feld mit den Bienen untergebracht. Sie begannen nun, die Einzelteile im Gras, das von Zikaden wimmelte, aufeinander zuzuschieben. Techniker kamen und bohrten mit einem sechs Meter langen Gerät Löcher in die Fußsohlen und in die Beine, um Gänge zu schaffen, in die Metallknochen gegossen werden konnten, Tunnel zwischen Hüften und Rumpf und zwischen Schultern und Hals bis hinauf zum Kopf.

Während der monatelangen Puzzlearbeit hatte sich Ananda die meiste Zeit mit dem Kopf beschäftigt. Er und zwei andere Handwerker arbeiteten mit einer Methode, die ihnen erlaubte, die Steine miteinander zu verschmelzen. Ursprünglich hatten sie eine glatte Oberfläche schaffen wollen, um ein einheitliches Aussehen zu erreichen, aber als Ananda erkannte, daß das Gesicht aus der Nähe wie ein Flickenteppich aussah, beschloß er, es so zu lassen, wie es war, und konzentrierte sich statt dessen auf die Details und die Zusammensetzung der einzelnen Gesichtszüge.

Am Horizont wuchs die neue Buddhastatue allmählich in die Höhe, während Anandas Restauration neben einem Sandweg ausgestreckt lag. Der Weg beschrieb eine Neigung, so daß der Kopf tiefer lag als der übrige Körper, was für die letzten Stadien des Zusammenfügens erforderlich war.

Fünf Kessel kochenden Eisens zischten im sachten Regen. Die Männer holten die Blechtrichter, die sie vorbereitet hatten, und gossen das flüssige Eisen hinein und sahen zu, wie es in den Füßen der Statue verschwand, wie das rote Metall den Gang entlangglitt, der in den Körper gebohrt worden war – riesige rote Adern, die ihn auf dreißig Meter Länge durchzogen. Sobald das Eisen erstarrte, würde es alle Gliedmaßen aneinanderschmieden. Dann regnete es abermals, diesmal zwei Tage hindurch, und die Arbeiter aus dem Dorf wurden entlassen. Jedermann verließ die Arbeitsstätte.

Ananda saß in einem Stuhl neben dem Kopf der Statue. Er sah zum Himmel empor, zum Zentrum des Sturms. Drei Meter über dem Boden hatten sie ein Gerüst aus Bambus errichtet. Jetzt stand er auf und erstieg das Gerüst, um Kopf und Torso zu betrachten, die vom abkühlenden rotflüssigen Eisen gefüllt waren.

Am nächsten Morgen kam er wieder. Es regnete noch immer, und plötzlich hörte der Regen auf, und die Hitze brachte Erdboden und Statue zum Dampfen. Unablässig nahm Ananda seine mit Draht zusammengehaltene Brille ab und trocknete die Gläser. Er verbrachte jetzt fast die ganze Zeit auf dem Gerüst, bekleidet mit einem der indischen Baumwollhemden, die Sarath ihm ein paar Jahre zuvor geschenkt hatte. Sein Sarong war schwer und dunkel vom Regenwasser.

Er stand über dem, was sie vom Gesicht der Statue hatten restaurieren können. Es war lange her, seit er an die Einzigrtigkeit von Künstlern geglaubt hatte. In seiner Jugend hatte er einige von ihnen kennengelernt. Man legte sich in das alte Bett der Kunst, in dem andere vor einem geschlafen hatten. Das war bequem und tröstlich. Man erlebte die Tage des Ruhms und später die der Verbannung dieser Künstler. Sie und ihre Kunst hatte er in den Jahren der Verbannung stets mehr geschätzt als vorher. Er selbst hatte es aufgegeben, Gesichter zu schaffen oder zu erfinden. Erfinden war nebensächlich. Und doch zielte all sein Tun bei der Wiederherstellung der Statue nur auf das eine: das Gesicht, dessen hundert Steinsplitter und Stückchen zusammengefügt, ineinandergefügt worden waren und auf dessen Wange der Schatten des Bambusgerüsts lag. Ihr Leben lang hatte die Statue bis zu diesem Tag keinen menschlichen Schatten auf sich gespürt. Sie hatte über die heißen Felder zu grünen Terrassen im fernen Norden geblickt. Sie hatte Kriege miterlebt und jenen, die darin umkamen, Friede oder Ironie dargeboten. Jetzt streifte das Sonnenlicht die Nähte ihres Gesichts, das aussah, als hätte man es unbeholfen aneinandergestückelt. Das wollte Ananda nicht verbergen. Er sah die grauen Augen mit den schweren Lidern, Augen, die jemand anders in einem anderen Jahrhundert aus dem Stein gehauen hatte, sah das Zerrissene in der überwältigenden Duldsamkeit der Figur – er war jetzt ganz nahe an den Augen, ohne Distanz, wie ein Tier in einem Steingarten, wie ein alter Mann in der Zukunft. In ein paar Tagen würde das Gesicht im Himmel sein, nicht mehr unter ihm, der er das Gerüst entlangging und sich als Schatten auf dem Gesicht bewegte, dessen Höhlungen Regenwasser enthielten, so daß er sich hinabbeugen und daraus trinken konnte, als wäre es Nahrung, Fülle. Er sah die Augen an, die einem Gott gehört hatten. So kam es ihm vor. Als Handwerker seiner Zeit feierte er nicht die Größe des Glaubens. Doch er wußte, daß er Handwerker bleiben mußte, wenn er kein Dämon werden wollte. Der Krieg um ihn herum war ein Krieg von Dämonen, von Gespenstern der Vergeltung.

Es war der Vorabend der Nētra-Mangala-Zeremonie für die neue Buddhastatue, und aus den umliegenden Dörfern wurden Opfergaben gebracht. Die Skulptur stand aufrecht, hoch über den Feuern, als lehne sie sich in die Dunkelheit. Gegen drei Uhr morgens waren die Gesänge verstummt, statt dessen wurden *slokas* zu ruhigem Trommelrhythmus rezitiert. Ananda hörte, wie das *Kosala-bimba-varanana* vorgetragen wurde, und er hörte die nächtlichen Insekten neben den Lichtpfaden zirpen, die sich von der Statue wie Speichen in die Felder erstreckten, bis zu den Feuern, an denen Kinder und Mütter schliefen oder saßen und auf den Morgen warteten. Die Trommler kehrten nach der Zeremonie zurück, schwitzend in der kalten Dunkelheit, und Öllampen beleuchteten ihre Füße, als sie die Wege entlanggingen.

Die beiden Statuen waren kurz hintereinander beendet worden, und jetzt gab es mit einemmal zwei Denkmäler – eines aus narbigem grauen Felsgestein und eines aus weißem Gips –, die sich in einer halben Meile Abstand voneinander im offenen Tal erhoben.

Ananda saß auf einem Teakholzstuhl; er wurde angekleidet und geschminkt. Er war dazu ausersehen, das Augenzeremoniell an der neuen Statue durchzuführen. Die Dunkelheit um ihn hatte Jahrhunderte der Geschichte ausgelöscht. Zu Zeiten der alten Könige wie Parakrama Bahu, als nur der König das Zeremoniell verrichten durfte, hätten Tempeltänzerinnen getanzt und die Lieder gesungen, als sei man im Himmel.

Es war fast halb fünf Uhr, als die Männer zwei lange Bambusleitern aus den dunklen Feldern holten und innerhalb des Rings von Feuern an die Statue lehnten. Bei Sonnenaufgang würde man sehen, daß sie auf den Schultern der riesigen Figur ruhten. Schon erklommen Ananda Udugama und sein Neffe die Leitern ins Dunkel. Beide waren in festliche Gewänder gehüllt, und Ananda trug einen feingewirkten Seidenturban um den Kopf. Beide hatten Stoffbündel bei sich.

In der Kälte der Welt war ihm auf halbem Weg nach oben, als verbänden nur die Feuer unten ihn mit der Erde. Dann blickte er in die Dunkelheit hinaus und sah, wie die Dämmerung sich über den Horizont hinausstahl und über den Wald emporstieg. Die Sonne beleuchtete den grünen Bambus der

Leiter. Er spürte ihre leise Wärme auf seinen Armen, sah, wie sie das Brokatgewand zum Funkeln brachte, das er über Sarath' Baumwollhemd trug, jenem Hemd, das bei dem Zeremoniell an diesem Morgen zu tragen er gelobt hatte. Er und die Frau namens Anil würden für immer den Geist Sarath Diyasenas in sich tragen.

Er erreichte den Kopf, wenige Minuten bevor er mit dem Augenzeremoniell beginnen mußte. Sein Neffe war schon da und wartete auf ihn. Ananda hatte die Leiter am Vortag ausprobiert und wußte, daß der beste und sicherste Platz für ihn auf der drittobersten Strebe war. Er benutzte eine Schärpe, um sich an der Leiter festzubinden, und dann reichte sein Neffe ihm Meißel und Pinsel. Unter ihnen verstummten die Trommeln. Der Junge hielt den Metallspiegel hoch, so daß er den leeren Blick der Statue reflektierte. Unfertige Augen, die nichts zu sehen vermochten. Und solange die Statue keine Augen hatte, war sie kein Buddha.

Ananda begann zu meißeln. Er benutzte eine Kokosnußschale, um den Sand aus dem breiten Spalt zu kehren, den er gemeißelt hatte und der den Betrachtern unten nur als Detail des Gesichtsausdrucks erscheinen würde. Zwischen ihm und dem Jungen herrschte Schweigen. Hin und wieder beugte Ananda sich an der Leiter vor und ließ die Arme hinabhängen, damit das Blut wieder zirkulieren konnte. Doch beide arbeiteten in schnellem Tempo, denn schon bald würde das grelle Sonnenlicht sie blenden.

Ananda war mit dem zweiten Auge beschäftigt; er schwitzte in dem Brokatgewand, obwohl es erst morgendlich warm war. Nur die Schärpe hielt ihn an der Leiter fest. Überall war Gipsstaub – auf den Wangen und Schultern der Statue, auf Anandas Kleidung, auf dem Jungen. Ananda war sehr müde. Als wäre sein ganzes Blut wie durch Zauber in die Statue geflossen. Doch der Augenblick der Enthüllung stand kurz bevor, der Moment, da die Augen, im Spiegel reflektiert, ihn erblicken, in ihn eindringen würden. Der erste und letzte Blick auf jemanden in solcher Nähe. Von dieser Stunde an würde die Statue menschliche Gestalten nur noch aus großer Ferne wahrnehmen können.

Der Junge beobachtete ihn. Ananda nickte zum Zeichen, daß mit ihm alles in Ordnung war. Sie schwiegen noch immer. Er hatte vielleicht noch etwa eine Stunde Zeit.

Das Geräusch seines Hämmerns verstummte; um sie war nur der Wind mit seinem Zerren und Sausen und Pfeifen. Ananda reichte seinem Neffen die Werkzeuge. Dann holte er aus dem Bündel die Farben für die Augen. An der vertikalen Linie der Wange vorbei sah er in die Landschaft. Helle und dunkle Grüntöne, das Flattern von Vögeln und ihr Gezwitscher in der Nähe. Für alle Zeiten würde die Statue die Gestalt der Welt erblicken, in Regenlicht und Sonnenlicht, eine entzündbare wetterwendische Welt, selbst ohne das menschliche Element.

Wie seine Augen in diesem Augenblick würden die der Statue immer nach Norden sehen, nicht anders als das große narbenübersäte Gesicht in einer halben Meile Entfernung, das aus beschädigtem Stein zusammenzufügen er mitgeholfen hatte, das Gesicht einer Statue, die keine Gottheit mehr war, die ihre anmutigen Konturen eingebüßt hatte und der nur der nackte traurige Blick geblieben war, den Ananda an ihr vorgefunden hatte.

Und jetzt sah er mit seinem Menschenblick alle Fasern der Naturgeschichte, die ihn umgaben. Er konnte das unmerkliche Nahen eines Vogels beobachten, jedes Flügelschlagen, ebensogut wie einen Sturm, der mit einer Geschwindigkeit von hundert Meilen von den Bergen bei Gonagola herunterkam und sich in die Ebene stürzte. Er konnte jeden Windhauch spüren, jedes Gitterwerk aus grünem Schatten, das die Wolken schufen. Im Wald ging eine Frau. Der Regen in der Ferne rollte wie blauer Dunst auf ihn zu. Gras, das verbrannt wurde, Bambus, der Geruch von Benzin und Granaten. Das knirschende Geräusch, als die Schicht von Steinstaub auf seiner Haut in der Hitze abblätterte. Das Gesicht mit seinen offenen Augen in den großen Mai- und Juniregenstürmen. Das

Wetter, das in den Wäldern gemäßigter Zonen und im Meer entstanden war, im Dorngebüsch hinter ihm im Südosten, in den Hügeln mit ihrem Laubwald, und sich auf die sengendheiße Savanne bei Badulla zubewegte und dann auf die Küste aus Mangrovenwäldern, Lagunen und Flußdeltas. Das große Tosen des Wetters über der Erde.

Einen kurzen Moment lang gewahrte Ananda diesen Aspekt der Welt. Etwas Verführerisches lag darin. Die Augen, die er mit dem Meißel seines Vaters geformt und zentriert hatte, zeigten ihm das. Wie die Vögel sich in die Lücken zwischen den Ästen der Bäume stürzten! Sie flogen durch die einzelnen Schichten heißer Luftströmungen. Ihr winziges Herz, das erschöpft und schnell schlug, so wie Sirissa in der Geschichte gestorben war, die er in der Leere ihres Verschwindens für sie erfunden hatte. Ein kleines tapferes Herz. In den Höhen, die sie liebte, und in der Dunkelheit, die sie fürchtete.

Er spürte die besorgte Hand des Jungen auf seiner Hand. Die süße Berührung der Welt.

Danksagung

Ich möchte den Ärzten und Krankenschwestern, Archäologen und forensischen Anthropologen sowie den Mitgliedern der Menschen- und Bürgerrechtsorganisationen danken, die ich in Sri Lanka und anderen Teilen der Welt getroffen habe. Dieser Roman hätte nicht geschrieben werden können ohne ihre Hilfsbereitschaft und ihr Wissen, ohne die Erfahrungen, die sie an archäologischen Ausgrabungsstätten, in Krankenhäusern, in denen sie inmitten des Chaos voll Hingabe arbeiten, in Archiven von entsetzlicher Traurigkeit gesammelt haben. Dieses Buch ist für diese Menschen und diese Organisationen. Es ist insbesondere für Anjalendran und Senake und Ian Goonetileke.

Mein besonderer Dank gilt folgenden Personen für die Unterstützung, die ich bei den Vorarbeiten und beim Schreiben dieses Buches von ihnen erfahren habe: Gillian und Alwin Ratnayake, K. H. R. Karunaratne, N. P. Sumaraweera, Manel Fonseka, Suriya Wickremasinghe, Clyde Snow, Victoria Sanford, K. A. R. Kennedy, Gamini Goonetileke, Anjalendran C., Senake Bandaranayake, Radhika Coomaraswamy, Tissa Abeysekara, Jean Perera, Neil Fonseka, L. K. Karunaratne, R. L. Thambugale, Dehan Gunasekera, Ravindra Fernando, Roland Silva, Ananda Samarasingha, Deepika Udagama, Gunasiri Hewepatura, Vidyapathy Somabandu, Janaka Weeratunga, Diluni Weerasena, D. S. Liyanarachchi, Janaka Kandamby, Dominic Sansoni, Katherine Nickerson, Donya Peroff, H. Rousseau, Sara Howes, Milo Beech, David Young und Louise Dennys.

Ebenso dem Kynsey Road Hospital, dem Base Hospital Polonnaruwa, dem Karapitiya General Hospital, dem Nadesan Centre, der Bürgerrechtsbewegung von Sri Lanka, Amnesty International und der Menschenrechtskonferenz, die im Mai 1996 von der Colombo Medical Faculty und dem Colombo University Centre for the Study of Human Rights organisiert wurde.

Die folgenden Arbeiten lieferten mir beim Schreiben dieses Buches wertvolle Hinweise: *The National Atlas of Sri Lanka* (Survey Department, 1988); *Culavamsa; Asiatic Art in the Rijksmuseum, Amsterdam*, hg. von Pauline Scheurleer (Rijksmuseum, 1985), *Bells of the Bronze Age*, ein vom *Archaeological Magazine* produzierter Dokumentarfilm; *Mediaeval Sinhalese Art* von Ananda K. Coomaraswamy (Pantheon Books, 1956), vor allem seine Studien zu »eye ceremonies«; *Reconstruction of Life from the Skeleton*, hg. von Mehmet Yasar Iscan und Kenneth A. R. Kennedy (Wiley, 1989), insbesondere Kennedys Arbeit über die Kennzeichen von berufsbedingtem Streß; »Upper Pleistocene Fossil Hominids from Sri Lanka« von Kennedy, Deraniyagala, Roertgen, Chiment und Disotell, *American Journal of Physical Anthropology* (1987); *Stones, Bones, and the Ancient Cities* von Lawrence H. Robbins (St. Martin's Press, 1990); Aufsätze über die medizinische Behandlung von Kriegsverletzungen, vor allem »Injuries due to Anti-Personnel Landmines in Sri Lanka« von G. Goonetileke; »Senarat Paranavitana als Autor historischer Romane in Sanskrit« von Ananda W. P. Guruge, *Vidyodaya Journal of Social Sciences* (University of Sri Jayawardenapura); *Witnesses from the Grave: The Stories Bones Tell* von Christopher Joyce und Eric Stover (Little, Brown, 1991); »A Note on the Ancient Hospitals of Sri Lanka« (Department of Archaeology); »Restoration of a Vandalized Bodhisattva Image at Dambogoda« von Roland Silva, Gamini Wijeysuriya und Martin Wyse (Konos Info, März 1990); P. R. C. Petersons

Erinnerungen an seine Jahre als Arzt in Sri Lanka, *Great Days! Memoirs of a Government Medical Officer of 1918*, zusammengestellt und hg. von Manel Fonseka; Berichte von Amnesty International, Asia Watch und der Menschenrechtskommission.

Das Motto ist aus zwei Gedichten aus dem Aufsatz »Miner's Folk Songs of Sri Lanka« von Rex A. Casinander, *Etnologiska Studier* (Göteborg), Nr. 35 (1981), kompiliert worden.

Der Auszug aus der Liste der »Verschwundenen« ist Berichten von Amnesty International entnommen.

Das Zitat von Robert Duncan stammt aus *The HD Book*, Kapitel 6, »Rites of Participation« (*Caterpillar*, Oktober 1967).

Die kursiv gedruckte Bemerkung auf Seite 48 stammt aus *Great Books* von David Denby (Simon and Schuster, 1996).

Die Zitate auf Seite 60 stammen aus Victor Hugos *Die Elenden* und aus Alexandre Dumas' *Der Mann mit der eisernen Maske*.

Die kursiv gedruckten Zitate auf S. 62 sind aus H. Zimmers *The King and the Corpse* (Bollingen Series XI, Princeton University Press, 1956) entnommen.

Das kursiv gedruckte Zitat auf Seite 144 stammt aus *Plainwater* von Anne Carson (Knopf, 1995).

Die Bemerkung zu Jung auf Seite 243 und 244 stammt von Leonora Carrington während eines Interviews mit Rosemary Sullivan.

Mein Dank gilt David Thomson für seine genealogische Auflistung amerikanischer Westernhelden.

Ein besonderer Dank geht an Manel Fonseka.

Darüber hinaus wurde eine Vielzahl forensischer und medizinischer Informationen aus Gesprächen mit Clyde Snow in Oklahoma und Guatemala, mit Gamini Goonetileke in Sri Lanka und mit K. A. R. Kennedy in Ithaca, New York, übernommen sowie von vielen der oben genannten Personen.

Ich danke Jet Fuel, Rick / Simon und Darren Wershler-Henry und Stan Bevington von Coach House Press, ebenso Katherine Hourigan, Anna Jardine, Debra Helfand und Leyla Aker. Dank auch an Ellen Levine, Gretchen Mullin und Tulin Valeri.

Und schließlich gilt mein Dank Ellen Seligman, Sonny Mehta, Liz Calder sowie Linda, Griffin und Esta.

M. O.

Inhalt

Michael Ondaatje
im Carl Hanser Verlag

Der englische Patient
Roman
Aus dem Englischen von Adelheid Dormagen
1993. 328 Seiten

»Choreographie« ist sein Lieblingswort im *Englischen Patienten*; und Michael Ondaatjes literarische Kunst besteht in der tänzelnden, schwebenden Leichtigkeit, mit der er den weitgespannten und tief-gestaffelten Stoff choreographiert. Ebendarin liegt das Geheimnis nicht nur der Spannung, sondern auch des Lesevergnügens, das die-ser kanadische Orientale wie wenige andere Schriftsteller heute bei einem zu erwecken vermag. O *Jugend*! O Joseph Conrad! Hier ist einer, der euch nachfolgt.
Die Faszination, in deren Sog einen der Erzähler Ondaatje versetzt, rührt nicht nur daher, daß er mit spielerischem Raffinement ein Puzzle auslegt, das wir uns mit nicht nachlassender Spannung zu-sammenfabulieren, vergleichbar nur dem Lustgewinn auf der Suche nach dem »Rosebud« in Orson Welles' *Citizen Kane*; sondern dieser Roman der Leidenschaften und Zärtlichkeiten umfaßt mit leiden-schaftlicher Zärtlichkeit auch unsere Liebe zur Literatur und zum Abenteuer. Also schönstes Kopf-Kino für einige Abende in Beglei-tung eines Rotweins und einer Stehlampe.
Herodot und Kiplings *Kim*, *Robinson Crusoe* und *Die Kartause von Parma*, *Anna Karenina* und Daphne du Mauriers *Rebecca*: On-daatjes *Englischer Patient* ist ein Buch, das aus diesen und anderen Büchern hervorgeht – wie seine Helden und Heldinnen ausnahmslos in die Schrift und in die Literatur Verliebte sind, als Leser, Zuhörer und als Schreibende.
Wolfram Schütte in der *Frankfurter Rundschau*

Seine Romane sind von einer in der Gegenwartsliteratur selten ge-wordenen Kraft ... Ein großes Buch, ein großer Autor, der es nicht verdient hat, hier immer noch als Geheimtip zu gelten.
Stern

Michael Ondaatje
im Carl Hanser Verlag

In der Haut eines Löwen
Roman
Aus dem Englischen von Peter Torberg
1990. 248 Seiten

Es liegt in der Familie
Aus dem Englischen von Peter Torberg
1992. 216 Seiten mit mehreren Fotos
aus dem Familienbesitz des Autors

Buddy Boldens Blues
Roman
Aus dem Englischen von Adelheid Dormagen
1995. 184 Seiten

Die gesammelten Werke von Billy the Kid
Aus dem Englischen von Werner Herzog
1997. 144 Seiten